KB011049

9788925504612

킬러리스트 killer-list*

*살인자명부(killer-list) 또는 킬러(killer)와 테러리스트(terrorist)의 합성어. 영어철자는 다르지만 한국어 음소로는 같음.

킬러리스트

노희준 장편소설

랜덤하우스

차 례

서(序)

눈을 뜬다. 등허리가 차갑다. 약간의 흙냄새와 희미한 쇳가루 냄새가 콧속에 말려든다. 하얗게만 보이던 시야 속으로 가슴 벅찬 물빛이, 늦가을의 높고 푸른 하늘이 끝도 없이 펼쳐진다. 주위를 둘러보니 신식으로 지어진 건물의 옥상이다.

등을 대고 누운 채로 고개만 들어 발아래 펼쳐진 하늘을 본다. 해는 벌써 한껏 떠올랐다. 지금은 구름 속에 있어 보이지 않지만 10분 정도만 더 있으면 벌어진 다리 사이의 정중앙에 삼각형의 꼭짓점으로 우뚝 설 것이다.

치마끈을 푼다. 허리와 한쪽 다리에 단단하게 묶어놓은 두 개의 매듭을 헤치고 총을 꺼낸다. 펼쳐진 치마폭 위에 총을 올려놓고 누운 자세로 총을 분해한다. 뒤쪽의 작은 손잡이를 왼쪽으로 꺾고 장전 손잡이를 잡아당겨 실린더를 꺼낸다. 실린더에서 공이를 분해하여 이물질이 없는지 확인하고 본체에 결합한 후 버선 안에서 탄알뭉치를 꺼낸다. 다섯 개가 엮여 있는 철대를 탄피 배출구에 꽂은 다음 뭉치를 밀어 다섯 발을 장전한다. 그 모든 동작들이 1분을 넘기지 않는다. 치마를 다시 여민다. 총을 잡고 몸을 돌려 거리를 내려다본다.

황톳길을 따라 가녀린 곡선으로 뻗어 있었을 기와지붕들을 수없이 짓밟고 들어선 웅장한 건물들. 넓은 포도와 섬처럼 놓인 잔디밭들, 평화롭게 물을 뿜어 올리는 동그란 모양의 분수. 완만한 곡선을 그리며 길 한복판을 관통하고 있는 전차의 레일. 길을 대각선으로 자르며 일렬로 서 있는 높은 전신주들. 이미 사진으로 익힌 것들인데 낯익게 여겨지는 것은 하나도 없다. 이 땅의 백성들이 헐벗고 굶주려 죽어가고 있는 동안, 놈들은 구라파의 도시나 모방하면서 시시덕거리고 있었단 말인가.

스쿠프에 눈을 가져다 댄다. 멀게만 보이던 풍경들이 성큼 다가온다. 사거리의 왼편, 한참 달리고 있는 승용차의 검은 지붕이 번쩍, 스쿠프 안에서 빛을 터뜨린다. 가죽 가방을 든 남자들의 멋스러운 중절모, 갈색 주름치마 밑으로 분주하게 움직이는 뾰족구두, 서지 원피스 밑으로 드러난 맨종아리와 하얀 양말까지 다 보인다. 전차 레일을 따라 시선을 먼 곳으로 옮긴다. 자전거를 타고 지나치는 사람들. 학생복을 입고 늠름하게 걸어가는 청년들. 하얀 두루마기에 새장 모자 차림의 노인네들. 자동차만큼이나 큰 수레를 맨몸으로 끌고 가는 쿠리(苦力)들. 커다란 봇짐을 머리에 이고 가는 아낙네들. 그리고 저 멀리, 길을 가로질러 뛰어가는 어린아이들. 아이들은 어디로 가고 있을까.

눈을 깊이 감았다 뜬다. 레일을 중심으로 훑으면서 놈들의 병력을 살핀다. 지금 막 전차가 지나가는 4차선 거리의 중앙에 둘. 그곳에서 왼쪽으로 횡단보도를 건너 오른편, 몽당연필 모양으로 생긴 벽돌 건물 앞에 다시 둘. 계속 오른쪽으로 하얀색 대리석 건물을 지나쳐 낮은 목조 건물 앞에 하나. 다시 건물 하나를 건너뛰어 가로수가 촘촘히 심어진 곳에 다시 둘. 어림잡아도 20~30미터에 한 명씩은 배치되어 있는 것 같다. 하지만 문제없다. 그들이 가진 무기는 고작 권총 정도다. 소총을 든 보총 병력이라도 그들이 들고 있을 38식 보총으로는 모신나강을 이길 수 없다. 이쪽은 위에 있고 놈들은 아래에 있다. 등 뒤에서 떠오를 햇빛은 거리를 향해 정면으로 쏟아질 것이다. 놈들은 이쪽을 볼 수 없다.

그런데 몸이 이상하다. 수많은 생각들이 한꺼번에 떠올라 거리의 풍경을 제대로 바라볼 수 없다. 정말 내가 그를 쏠 수 있을까, 이번에는 아무 망설임 없이 방아쇠를 당길 수 있을까.

한겨울의 산속을 생각한다. 뼛속을 갈아대던 추위와 창자를 칼로 저미는 것 같던 굶주림과, 동상과 부황으로 반병신이 된 사지의 고통과, 그 무엇보다도 끔찍했던 두려움과……. 그 모든 것을 다시 느끼

서(序) 9

며 총구의 끝을 가만히 노려본다. 차가운 눈을 꽁꽁 뭉쳐 달구어진 기관총의 총열을 식히고 있다고 상상한다.

감정 따윈 없다. 아니 없어야 한다. 분노가 없으면 방아쇠를 당길 수 없지만, 분노를 누르지 못하면 표적을 맞힐 수 없다. 일단 겨냥을 하고 나면 표적과 가늠쇠, 그리고 방아쇠뿐이다. 그 외에는 아무것도 남지 않는다. 그게 저격이다.

총을 난간에 받쳐놓고 그가 나타날 거리의 저편, 도심의 가장자리를 무심한 눈길로 바라본다. 때마침 해가 구름을 빠져나오며 맑은 햇살이 거리 위로 하얗게 쏟아지기 시작한다. 다시 한번 스쿠프에 천천히 눈을 가져다 댄다. 꼬리 긴 바람이 쪽찐 머리의 가르마를 날카롭게 훑고 지나간다.

한 발이다. 한 발이면 모든 게 끝날 것이다.

살인지도(殺人地圖)

늦은 커피를 끓여 마시며 서린은 창가에 섰다. 턱을 밀어내듯 고개를 들어 하늘을 보았다. 머릿속이 비눗물처럼 흐려지며 가슴 박동이 빨라지는 느낌이었다. 서울의 밤 풍경은 너무 삭막했다. 공해 탓인지, 아니면 세계 1, 2위를 다툰다는 밤 문화 탓인지 몰라도, 서울의 하늘은 밤중은커녕 새벽녘까지도 잠들지 못한 채 부옇게 들떠 있었다. 서린은 창가에서 고개를 돌렸다.

의자에 앉자 한숨이 나왔다. 책상 위에는 검찰 측에서 제공해준 서류들이 어지럽게 널려 있었다. 분량은 꽤 되는 편이었지만 써먹을 만한 건 별로 없었다. 대부분은 제목만 달리한 신상 명세의 동어반복이었고, 나머지는 일선 형사들이 제멋대로 끼적거려놓은 취재 노트에 불과했다. 몇몇 의사라는 사람들의 소견서 역시 추측형 어투가 남발하는 비과학적인 것이었다. 객관적인 것은 사진 자료뿐이었다. 한마디로 결정적인 단서는 전혀 없다는 얘기였다.

　─한번 해보자. 우리 식대로 해서 훨씬 더 훌륭하게 해내는 모습을 보여주자고.

　근 3년 만에 통화를 하면서 박 검사는 지체 없이 '우리'라는 깃발을 흔들었다.

　─나 손 뗐어. 한국 와선 상담만 해.

　─그러지 말고 좀 도와줘. 오랜만에 고국에 왔는데, 애국 한번 해 야지.

　─나 주버널 델린퀀시* 전공이야.

　─그러니까 네가 적임자지. 살인자의 동생을 맡아달라는 거니까. 어린 시절에 문제가 있거든.

　서린은 '문제'라는 단어에 비위가 상해서 톡 쏘아 말했다.

　─아까는 용의자라더니, 지금은 살인자야? 어째 좀 횡설수설이다.

　─여동생의 진술이 상당히 설득력 있어.

　─그럼 된 거 아냐?

　─용의자 엄마가 여동생의 정신 상태를 걸고 넘어왔어. 미친년이 라는 거지.

　─미친년?

　─양모 말을 그대로 옮긴 것뿐이야.

　─계속해봐.

　─하필 검찰 내부에도 지지자가 있어. 물론 큰 문제는 아니라고 보

＊ Juvenile Delinquency ｜ 청소년 범죄

지만······.

　—문제없음 됐네. 전문가들한테 부탁해. 테스트 몇 번이면 신빙성
검사 금방 끝날 거야.

　—그러니까 그게······ 이왕 하려면 완벽하게······.

　—말 돌리지 말고, 핵심이 뭐야?

　박은 시간을 질질 끌었다. 서린은 30초 후에 전화를 끊겠다고 말했
다. 박은 잽싸게 말을 이었다.

　—용의자는 여러 명이야. 증거가 부족해. 적도 많아. 다른 놈이 범
인이라 이거지. 의사들조차 부정적이야. 하지만 내 생각에 김주희는
증언 능력이 충분해. 정신병원에 간 경력도 없고. 사회의 편견 때문에
살인자가 거리를 활보하고 다니게 내버려둬서는 안 되잖니. 부탁이
다. 친구 좋다는 게 뭐냐.

　박은 '애국'과 '윤리'와 '친구'를 골고루 팔아먹은 다음 자신이 하
고 있는 말이 극비임을 재차 삼차 강조했다. 어떻게든 정보가 새지 않
게 하려고 안달하는 모습이 역력했다. 범인은 특이하게도 남자만 죽
이고 있었다. 낮밤을 구분하지도 않았다. 단칼에 숨통을 끊어놓은 것,
독살한 것, 고문해서 죽인 것 등 시체의 유형도 다양했다. 다른 킬러
들과 달리 그는 시체를 토막내거나 유기하는 법이 없었다. 그는 시체
를 전시하고 있었다.

　서린은 벌써 몇 번이나 본 서류를 다시 열었다. 김주희. 주민등록번
호 780126-20×××××. 갓난아기 때 교회 앞에 버려져 정확한 생
일 알 수 없음. 고향, 친부, 친모 알 수 없음. 현재 직업 바텐더. 1990
년 입양.

양부 김종주. 1937년생. 전직 군인. 1989년 퇴직하고 2003년 만 65세에 사망. 양모 박필례. 1945년생. ××동에서 포장마차 운영. 오빠 김종희. 1972년생. S대 사학과 중퇴. 운동권 출신. 그 외 경력 없음. 서린은 혀를 쯧쯧 찼다. 도대체 김주희의 신고 외에 무슨 근거가 있다는 말인가? 더구나 김종주의 사망 원인은 공식적으로는 자살로 기록되어 있었다.

김주희 경우에도 의혹은 많았다. 입양에 있어 한국 부모들은 특히 어린아이들을 선호했다. 1990년이면 김주희가 만으로 열두 살이 된 해였다. 개인적인 관계도 없이 다 큰 아이를 입양한 게 이상했다. 그는 입양 2년 전인 1988년에 악성 임파종 선고를 받았다. 오래 부양할 수 없다는 생각에 나이 든 아이를 선택했을 수 있었다. 죽기 전에 딸 한 명쯤 더 남기고 싶다는 욕망에서 입양했다면 이해할 수 있었다. 하지만 암 선고를 받은 자에게 입양을 허가하다니? 이상한 점은 또 있었다. 입양 서류에 첨부된 1990년도의 건강진단서에 결격 사항이 없었다. 매수했을까? 입양 당시 그들은 두 사람 다 무직이었다. 부동산 쪽으로 재산이 있었지만 안정된 수입은 없었다. 대단히 화목한 집안이어서 입양 심사를 통과했다? 서린은 고개를 갸웃했다. 양아버지는 칼로 제 목을 그어 자살했다. 혹은 살해당했다. 맏아들은 지금 연쇄살인 용의자다. 양어머니는 친아들이 위기에 몰리자 양딸은 어렸을 때부터 미친년이었다고 길길이 날뛰고 있었다.

오른손이 책상 위를 탁 탁 탁 탁, 두드리고 있었다. 서류 위에 맺혀 있던 초점이 부옇게 흐려졌다. 정면과 오른쪽, 전지만한 창문으로 서로가 서로를 들여다보게끔 되어 있는 옆방들의 존재가 갑자기 거추

장스럽게 느껴졌다. 서린은 벌떡 일어나 방 안을 반시계 방향으로 돌며, 열려 있는 바인더들을 꼭꼭 돌려 닫았다.

—꼭⋯⋯, 창을 닫아야 되는⋯⋯ 건가요?

김주희가 말했다. 처음 입 밖에 꺼낸 말이었다. 한 칸 한 칸 징검다리를 걷듯, 말마디는 도루 주자의 그것처럼 머뭇거리며 흘러나왔지만 눈빛은 딴판이었다. 떨리는 눈빛 속에 애원과 원망을 반복하는 복잡한 심리의 굴곡이 나타났다. 마치 블라인드의 사소한 회전이 나비효과를 일으켜, 그녀의 잔잔한 눈동자 위에 폭풍으로 불어닥친 것 같았다.

—어린 시절 중에 기억나는 게 전혀 없나요?

—한 가지 있어요.

—어떤 거죠?

—그냥, 내가 누워서 하늘을 보고 있어요. 사방에 눈이 깔리고, 등이 몹시 차가워요.

—바깥이군요. 기분은 어때요?

—무서워요. 몹시 무섭다는 생각이 들어요.

—주위에 아무도 없나요?

—어머니가 나를 내려놓고 저 앞으로 뛰어가요. 아지랑이처럼 어머니 모습이 잘 보이지 않아요. 앞에서는 마을이, 마을이 통째로 불에 타고 있어요.

—마을이 왜 타죠?

—어머니가 쓰러져요. 누군가 쐈어요.

—쏴요? 총으로 쐈다는 말인가요?

―온통 불이에요. 하, 하늘이 온통 핏빛이에요.

　그녀는 더 이상의 것을 기억해내지 못했다. 누구나 겪었을 법한 평범한 학창 생활에 대한 이야기가 있었지만 그건 아예 두세 문장을 넘지 않았다. 경험을 말로 표현할 수 없다는 것도 문제였지만 인출된 것들도 정상은 아니었다. 보통 사람은 기억하지 못하는 유아 기억상실기의 사건을 회상하고 있다는 것부터가 이상했다. 눈 위에 누워 있다는 내용을 들어서는 아마도 교회 앞에 버려졌을 때의 기억이 아닌가 싶었다. 하지만 1978년에 불타는 마을이라니. 더구나 어머니가 총을 맞고 쓰러져?

　서린은 의자에 앉아 전문가들이 작성한 소견서를 다시 한번 읽어보았다. 그녀를 감정했던 첫 번째 의사는 그녀의 경험이 변형되었거나 왜곡되었을 가능성을 지적하고 있었다. 두 번째 의사는 한발 더 나아가 부분기억상실증이나 기억 능력 자체의 훼손이 있다고 진단했다.

　서린은 의자에 몸을 깊숙이 파묻었다. 실실 웃음이 새어나왔다. 억지로 떠맡았으면 대충 넘길 일이지 퇴근 시간을 넘겨가면서까지 심각하게 고민하는 꼴이라니. 서류라면 벌써 수십 번쯤 훑었잖아, 상담도 테스트도 더블 체킹했고……, 그럼 된 거 아냐? 생각하다가, 그런데 대체 연쇄 살인 건에 관한 서류는 왜 안 넘기는 거야? 얼결에 중얼거리면서 머그컵을 기울였다가 서린은 얼굴을 찡그렸다. 식어버린 커피에서 옅은 비린내가 났다.

　서린은 메이커에서 새 커피를 받았다. 책상 위에 컵을 올려놓자 수면 위에 잠시 파문이 일었다. 서린은 김주희의 눈동자를 떠올렸다. 시종일관 불안하게 흔들리는 시선, 주위의 사물을 필요한 만큼만 최대한 짧게 취하겠다는 소극적인 태도. 그러나 그 속에서 서린은 때를 기다리며 낮게 포복해 있는 어떤 의지를 보았다. 두 번째 상담을 할 때쯤 서린은 그녀의 얼굴이 꽤 예쁘다는 사실도 알았다. 수녀처럼 감추고 있었지만 가만 보니 몸매도 매력적이었다. 만약 자아 존중감을 충분히 키워줄 만한 환경이었다면 어땠을까. 불행하게도 그녀에게는 그럴 만한 기회가 주어지지 않은 것처럼 보였다. 아무렇게나 자란 머리, 그늘진 표정, 남자애들이나 입을 법한 촌스러운 잠바, 구겨진 면바지에 낡은 운동화. 그녀의 옷차림은 그녀가 자신을 어떻게 생각하고 있는지를 드러내고 있었다.

서린은 훗, 짧은 한숨을 쉬었다. 도대체 내가 이 사건에 이토록 집착해야 할 이유가 뭐란 말인가. 범죄 수사가 아니다. 정신 감정을 부탁받았을 뿐이다. 김주희의 증언 능력만 평가하면 된다. 서린은 스스로 묻고 답했다. 한국에 왜 왔지? 더 이상 이런 짓을 하지 않으려고 왔다.

서린은 책상 위에 펼쳐져 있는 서류들을 덮었다. 차곡차곡 쌓아서 박스에 집어넣었다. 내용물이 넘쳐 뚜껑을 닫는 데 애를 먹었지만 책상 위는 매우 빠르게 치워졌다. 복잡했던 머리도 쉽게 정리가 되었다. 누가 뭐래도 김주희는 증언 능력이 없다고 봐야 했다. 한 마리 양을 구하기 위해서라면 99마리의 위기도 감당해야 한다는 따위의 얘기는 성경 안에서나 진리였다. 현실에서는 51마리를 위해 49마리를 포기하는 게 최선이었다.

김주희는 49마리 중 한 마리로 분류되어 상자 속에 들어갔다. 서린은 사무실 문을 잠그고 빠른 걸음으로 건물을 빠져나왔다.

박 검사가 세 번이나 전화를 했다. 귀국 축하 겸 감사의 표시로 저녁을 꼭 사야겠다는 것이었다. 2년 동안 전화 한 통도 않다가 이제 와서 축하를 해? 감정 결과도 바라는 바가 아니었을 텐데 감사는 무슨 감사?

박 검사가 서린을 불러낸 곳은 꽤 비싸 보이는 스테이크 집이었다. 검사가 되었다는 것만 빼면 박은 정말 변한 게 없었다. 안부 묻기는 웨이터가 물을 갖다주기도 전에 끝났다. 10년 동안 서린은 정기적으로 박의 소식을 들어왔다. 한국과 미국을 오락가락하는 선후배들이 워낙 수다스러웠다. 박은 그들과의 친분을 중시 여겼다.

"저칼로리 저지방 시대에 웬 스테이크?"

"한국 음식에 적응 못했을까 봐."

"아예 맥도날드로 부르지?"

"그건 예의가 아니잖아."

"예의가 아니라 접대겠지. 환자 중에 접대 때문에 에이즈 공포증 걸린 남자 있는데. 넌 그런 거 없어?"

"여전하구나."

서린은 대답 대신 씩 웃어 보였다. 유쾌한 자리는 아니었지만 불편하지도 않았다. 박도 그래머스쿨 동창생답게 스스럼없이 대했다. 식탁 위에 메인 디시가 놓이자마자 곧장 본론으로 들어갔다. 두 사람의 대화는 빠르게 이어졌다.

"정신병자는 아니지만 증언 능력은 없다. 이게 네 결론이냐?"

"가장 확률 높은 가능성에 대한 판단이지."

"그게 그거 아냐."

"그렇지? 단순한 너한텐 그게 그거겠지?"

"너한테 부탁한 이유를 정말 모르겠어?"

"모르겠는데."

"잘 생각해봐. 증언 능력이 없다는 건 가능성이라고 했지?"

박 검사는 '가능성'이라는 말에 강조점을 두어 말했다. 김주희도 두 단어를 힘주어 말하며 스테이크 조각을 꾹, 꾹, 눌러 찍었다.

"증언이 불가능하다는 가장 높은 가능성이지."

"좋아. 알았어. 그 가능성은 현재의 가능성이지? 미래에 달라질 가능성이 전혀 없다는 건 아니지?"

"무슨 얘긴지 알겠어. 환자를 치료하면 될 게 아니냐?"

"유어 퍼펙트리 라이트."

"영어 쓰지 마. 한국이야."

"알았어. 네 전공이 주버널 델린퀀시라는 말도 안 할게."

"그건 용어잖아."

"그럼 청소년 범죄는 용어가 아닌가?"

서린은 포크를 내려놓았다.

"정신 치료가 쉬운 일 같아?"

"안 쉬운 것 같으니까 너한테 보냈지."

"외과 수술 아냐. 피상담자의 자발적인 의지 없인 절대로 안 되는 일이야. 심각한 증상이 어느 날 갑자기 해결되기도 하고 원인 불명의 노이로제가 평생 지속되기도 해."

"그럼 어떡해. 살인은 계속되는데⋯⋯. 한 명의 피상담자의 권리를 지키기 위해 수많은 다른 이들의 생존권은 외면당해도 좋단 말야?"

"나한텐 의사의 양심이 더 중요해. 난 검사도 아니고 형사도 아니거든."

박은 못마땅하다는 듯 입을 다물었다가 새 고기 조각을 입에 넣고 열심히 씹기 시작했다. 서린이 물을 마시며 물었다.

"살인 사건에 관한 자료는 왜 안 보여줘?"

"말했잖아. 극비 사항이라고."

"아무 증거도 없는데 김주희 오빠가 범인이라고 어떻게 단정해?"

"사건 현장을 보면 알 수 있어."

"그런데 왜 너만 김주희 오빠래. 다른 사람들은 바보야?"

박 검사는 곁눈질로 주위를 살핀 다음 목소리를 낮추어 대답했다.

"성추행 흔적이 없는 데다 남자만 죽었거든. 연쇄 살인이 아니라 조직적인 복수극으로 보고 있어. FBI 프로파일에 없다 이거지."

FBI 프로파일에 없다는 말이 서린의 호기심을 자극했다. 서린은 스테이크를 다시 썰기 시작했다. 절대 나서지 않는다는 애초의 결심을 까맣게 잊고 말했다.

"그냥은 못 믿겠고, 한 번 봐야겠어."

"뭘?"

"사건 현장."

"네가 그걸 왜 봐?"

"이렇게 나오면 접대 취지에 어긋나지. 보여주느냐 안 보여주느냐에 의해서 태도 바뀔 수 있어."

"내가 널 몰라? 달라질 수도 있다는 거잖아. 지푸라기라도 잡고 싶은 사람 괜히 희망 갖게 만들지 마."

20

그렇게 말하면서도 박 검사의 눈빛은 반짝거렸다. 서린은 한발 물러서서 말을 이었다.

"김주희는 몰라도 시리얼킬러*는 조언할 수 있는데. 내 부전공이 크리미널 사이컬러지**잖아."

"한국이라며."

"옆에 앉은 사람들이 우리 대화 귀담아들을까 봐."

"의사가 폴리스라인 넘는 거 불법이야."

"난 감정인인데."

"감정인이 검사냐 형사냐?"

"제173조 1항. 감정인은 감정에 관하여 필요한 때에는 타인의 주거, 간수가 있는 가옥, 그 외 여기저기에 들어갈 수 있고 신체의 검사, 사체의 해부, 기타 이런 짓 저런 짓 등등을 할 수 있다."

"마지막이라더니 그새 법전까지 뒤졌냐?"

"한 번이라도 제대로 해야지."

"그럼 제대로 읽어야지. 분명 '법원의 허가를 얻어'라는 문장이 있었을 텐데. 거기다가 173조 2항에는 이렇게 적혀 있을걸? 전항의 허가에는 이것저것 어쩌구저쩌구를 고루 기재한 허가장을 발부하여야 한다."

"법대로 하자?"

"네가 먼저 시작했잖아."

---

* Serial-Killer | 연쇄 살인.
** Criminal Psychology | 범죄심리학.

"그래서 검사님께서는 저한테 감정 의뢰할 때 감정의뢰서, 감정위촉장 주셨나요?"

"그건 네가……."

"내가 뭐? 내가 달라고 안 해서 그랬다고? 설마. 내가 뭔가 확실한 걸 찾아내기 전에는 상부에 알리고 싶지 않았던 거겠지. 내 말이 틀렸으면 서류 줘. 대신 꼭 보고해야 돼."

박 검사는 한숨을 쉬었다.

"알았다. 대신 딱 한군데만이야. 언제가 좋아. 약속 잡자고."

"지금 가자."

"뭐?"

"뭐가 문제야? 서류에 사인해줄까?"

"그래도 그렇지, 고기 먹고 그런 델 가잔 말야?"

"먹기 전에 갈 걸 그랬나?"

현장은 식당에서 한 시간 거리에 있었다. 공식 리스트로는 두 번째, 박의 주장으로는 세 번째 살인 사건이 일어난 곳이었다. 박은 목적지에 도착할 때까지 쉴 새 없이 떠들었다. 그의 조바심 내는 태도로 서린은 사건 현장의 잔혹함을 충분히 짐작할 수 있었다. 서린은 마음을 천천히 가라앉혔다. 마음이 들뜨면 중요한 징후들을 놓칠 위험이 있었다.

피살자의 단독 주택 앞에는 형사 두 명이 잠복해 있었다. 박이 나타나자 그들 중 한 명이 차에서 내려 열쇠를 가져왔다. 서린을 곁눈질로 살피는 시선에 의구심이 있었다. 보나마나 웬 여자일까, 하는 거겠지. 서린은 조금 웃었다. 일부러 들으라는 듯, "박 검, 안내해" 하고 거만하게 말한 다음 가든가든한 치마 차림으로 대문을 넘었다. 잠복근무 들키면 어쩌려고 차에서 내립니까, 빨리 돌아가세요, 박 검사가 정중하게 핀잔 주는 소리가 들렸다.

정원이 넓은 집이었다. 150~200평은 족히 됨직한 넓이였다. ㄱ자로 지어진 양옥의 외관은 수수한 편이었지만 그래도 노교수의 집이라기에는 사치스러웠다. 건물은 뼈대만 남기고 ㄱ자의 한쪽 획이 불에 스러져 전장의 폐허 같은 인상을 주었다. 어떻게 1층 2층과 지붕이 속도 차이 없이, 칼로 자른 듯 균등하게 타들어갔는지 신기할 따름이었다. 정원을 향해 전면 창이 나 있는 오른쪽 건물은 약간 그을린 것을 제외하면 온전했다.

"이상해. 왜 여기만 태우려고 했는지 모르겠어. 소방차가 빨리 달려와서 결과적으로는 실패했지만."

"시체는?"

"지하에 있어서 괜찮았어."

서린은 지하란 말이지, 하면서 정원을 관통하기 시작했다.

"첫 번째 두 번째는 어떻게 했는데?"

"한 게 없어. 그냥 됐어."

"그러니까 어떻게?"

"아버지는 목을 잘라 이불 위에 뒀고, 남자는 독살시켜 침대 위에 뒀지."

서린은 고개만 끄덕였다. 아무 말 없이 현관문을 열려고 했다. 박이 제지했다.

"거긴 위험, 뒤로 돌아가자."

박은 서린을 거실의 뒤쪽으로 안내했다. 지나치면서 전면 창을 들여다보니 실내는 겉보기와는 딴판이었다. 모든 것이 무채색이었다. 벽, 천장, 문 할 것 없이 잿빛으로 그을렸고, 검은 잿더미가 바닥과 가구를 온통 뒤덮고 있었다. 곳곳에는 더러운 소방수까지 고여 있었다.

지하실 입구는 우측 건물의 뒤편에 있었다. 폴리스라인을 뜯자마자 박은 다시 말이 많아졌다.

"이게 뭔 줄 아냐. 글쎄 방공호란다. 언제 전쟁 나서 북한 놈들 밀고 내려올지 모른다고 부득불 우겨서 만든 지하실이래. 그뿐이 아냐. 부산, 제주도, 일본 등지로 가게 되면 갈 때는 비행기를 타도 올 때는 항상 배편이나 열차를 이용했대. 웬 줄 알아?"

박의 목소리가 지하로 내려가는 계단 벽에 부딪혀 쩌렁쩌렁했다.

"비행기 탔다 잘못되면 북한으로 하이잭 당할까 봐 그랬다는 거야. 빨간 옷 싫다고 월드컵도 안 봤다는데 말 다했지 뭐."

현장의 첫인상은 언제나 그랬듯이 냄새였다. 이상한 냉기와 끈적끈적함, 그 속에서 피어오르는 퀴퀴한 냄새. 새의 깃털을 태울 때 나는 노린내. 생오징어가 썩어들어가고 있는 듯한 비린내. 비료를 뿌린 흙. 곰팡이가 가득 낀 음식. 한 달 정도 치우지 않고 내버려둔 수챗구멍……. 그 다음에 보인 것은 지하실 중앙의 커다란 흔들의자와 엄청난 양의 피로 물들었던 흔적이었다. 서린은 주위를 천천히 둘러보았다. 지하가 아니었다면 차고로 썼을 법한 공간이었다. 벽지가 붙어 있었으나 바닥은 미장된 시멘트 그대로였다. 공간은 큰방과 작은방으로 이분할되어 있었다. 작은방에는 수도 시설과 작은 싱크대, 냉장고가 구비되어 있었다. 구형 텔레비전과 소파, 선풍기, 온열기 등등이

구석에 치워져 있었다. 한편에는 오래된 철제 책상이 하나 있었다.

"식구들이 미국에 간 사이 혼자 있다가 당했어. 적어도 하루 이상은 머문 것 같은데 지문은커녕 머리카락 하나 안 남겼어. 먼지 한 톨 없이 청소까지 다 해놓고 갔더라고. 방화도 시체보다는 자신의 흔적을 없애려고 저지른 일일 공산이 커."

"없어진 물건은?"

"이쪽엔 없어. 혹시 타버린 공간에서라면 몰라도."

서린은 의자 앞에 우뚝 서서 물었다.

"어떤 식이었어?"

"일단 손톱을 하나씩 뽑았어."

"다음엔?"

"손을 잘랐어."

"잘라?"

"정확히 말하면 손가락 사이를 잘랐어. 물갈퀴 찢듯이."

박은 자신의 왼손 검지로 손가락에 평행되게 오른쪽 손바닥에 선을 하나씩 그었다.

"아마도 교대로 했겠지만, 발에도 똑같은 짓을 했어."

"도구는?"

"이것저것 썼다더군. 망치, 니퍼, 칼, 톱, 드릴, 전기톱 등등…….완전히 미친놈이야. 씻지도 않고 그대로 놓고 갔어."

서린은 자신도 모르게 눈을 감았다. 손과 발이 찌릿찌릿해졌다.

손과 발은 감각이 발달한 곳이다. 소용돌이 모양의 지문이 나타나는 손가락 끝, 손가락 사이의 연결 부위는 종단신경이 밀집해 있어 특히 예민하다. 바로 그 부분들을, 한 번도 아니고 36번에 걸쳐서 으깨고 뽑고 썰고 잘라냈다는 얘기였다.

"묶여 있었나?"

"처음엔 묶었다가, 나중엔 풀어준 것 같대."

서린은 고개를 끄덕였다. 발톱 하나만 빠져도 보행이 어렵다. 피해자는 손과 발의 근육이 걸레처럼 찢겨 있었다.

"자른 순서는?"

"엄지랑 검지 사이를 최대한 늦게 자른 것 같대. 출혈 때문이라면서."

서린은 의자 주변을 천천히 맴돌았다. 하이힐 소리가 시멘트 벽에 메아리쳤다.

"비명 소리가 굉장히 컸을 텐데."

"옆집 아줌마가 몇 번 들은 모양인데 무심코 지나쳤나 봐. 지하인 데다, 집도 넓고. 형사들이 직접 해봤는데 잘 들리지 않는다는 보고야."

서린은 핏자국을 세심하게 둘러보았다. 다양한 종류의 혈흔이 있었다. 뿜어져 나왔을 피에서부터, 빠른 속도로 의자를 타고 내려가 바닥까지 흐른 것, 응고된 상처에서 천천히 새어나온 것, 톱 등으로 절개할 때 사방으로 튄 것, 피해자가 몸부림치거나 몸을 떨 때에 간헐적으로 떨어진 것 등, 의자와 의자 주변은 그것 자체만으로 가해가 어떻게 이루어졌는가를 보여주는 정밀한 살인지도였다. 자리에 앉았다. 바닥에 응고된 두터운 피의 더께에 칼로 도려낸 사각형의 구멍이 여럿 있었다.

"그건 우리가 샘플 채취한 거야. 단면을 조사해보니 응고된 핏자국에 층이 져 있었어. 출혈이 시간차를 두고 여러 번에 걸쳐서 이루어졌다는 증거지. 인위적으로 지혈을 한 흔적도 있어. 대단히 흥분한 상태에서 흘린 피, 반쯤 목이 졸린 상태에서 흘린 피, 기절한 상태에서 흘린 피, 종류도 다양해. 의자에 묻어 있는 혈흔 분석한 것이랑 합쳐서 손톱이나 발톱을 뺀 순서, 손과 발을 자른 순서를 재구성해봤지. 어느 정도는 임의적인 순서로 한 것 같아. 하지만 몇 가지 규칙은 있었어. 특히 수지의 경우에는 중지와 약지 사이를 가장 먼저 잘랐어. 그런 다음 지혈하고 다른 부분들을 잘랐지. 중요한 건 검지와 엄지 사이를 최대한 늦게 잘랐다는 거야. 하지만 피해자가 정신을 잃기 전에 잘라냈어. 근육이랑 동맥이 많아서 제일 아픈 부분이라면서? 손톱은 방금 절단한 부분과 겹치지 않게 가장 먼 곳의 것을 뽑았어. 한마디로 상처 부위와 출혈량, 고통까지 계산해서 가해했단 얘기지. 피해자가 실신한 뒤에는—늙은인데 오래 버텼어, 반 이상 진행되고 나서야 쇼크가 온 것 같아—, 나머지 것들을 한꺼번에 뽑아내고 잘라내서 가해를 끝냈어. 이미 사망한 후에 가해한 부분도 많아. 족지의 경우 특히 많다고 하더라고. 난 그게 이상해. 이왕 고통을 주는 게 목적이었다면 굳이 죽은 다음에도 계속해야 할 이유가 뭐였을까. 작업 방식도 특이해. 얼핏 보면 피에 굶주린 미친놈 같은데, 자세히 보면 정확한 논리와 법칙이 숨어 있어. 많은 전문가들이 정신병자로 위장한 전문 킬러의 가능성을 꼽더군. 덕분에 내 주장이 전혀 안 먹혀들어가고 있지."

바닥에는 의자가 크게 움직인 흔적이 남아 있었다. 손과 발을 묶었다 해도 처음에 피해자는 매우 격렬하게 몸부림을 쳤을 것이다. 나중에 움직임이 둔해졌다 하더라도 근육에 경련이 일거나 쇼크에 빠져

의자는 매우 여러 번 움직였을 것이다. 그러나 바닥 위에 남아 있는 자국은 피해자가 낸 것으로 보기 어려웠다. 아마도 피해자에 의한 것은 그 뒤에 흘러내린 피로 덮여 육안으로 식별할 만큼의 흔적은 남기지 않았을 것이다.

"응고된 가루나 가해자의 살점 같은 건 발견되지 않았어?"

"피 뭉친 거? 당연히 있었지. 응고되었다가 피해자가 몸부림칠 때마다 떨어져 나온 것들이 새로 흘러나온 피에 섞여 들어갔지. 그런데 불행하게도 가해자 살점은 없더군. 머리카락은 물론이고 털까지 깨끗이 깎은 것 같아."

서린은 앉은 자세로 좀 더 자세히 관찰했다. 이동의 흔적은 타이어 궤적처럼 매끄럽게 나 있었다. 가해자는 고문을 끝내고 난 다음 의자를 바닥에 질질 끌면서 우측으로 돌렸다. 시선을 의자로 옮겼다. 의자의 팔걸이 아래쪽에 누군가가 피해자의 앞쪽에서 선 채로 그러잡은 흔적이 남아 있었다.

"외과용 고무장갑을 썼어. 부분적으로 남을 만도 한데 겹쳐 끼었는지 깨끗해."

"지문을 보는 게 아냐."

자리에서 일어서면서 서린은 말했다. 방 안을 다시 한번 둘러보았다. 의자는 원래 책상 쪽을 향하고 있었다, 아마도 줄곧. 고문이 끝난 뒤 의자는 다른 곳을 바라보고 있었던 것처럼 돌려졌다. 책상에 무언가가 있었을까? 박 검사는 그 어떤 것도 발견되지 않았다고 대답했다.

"이상한 건 한두 가지가 아니야. 면식범이 아니라면 어떻게 경비장치가 되어 있는 집 안에 발을 들여놓을 수 있었지? 어떻게 상처 하나

입지 않고 피해자를 의자에 묶을 수 있었을까? 긁힌 자국도 그래. 녀석은……."

박 검사는 책상 쪽을 손가락으로 가리키며 다소 격양된 어조로 말했다.

"저 책상에 앉아서 피해자가 괴로워하는 모습을 즐겼던 거야. 피 흘리는 모습을 보면서 성적 쾌감을 느끼는, 그게 정신병자가 아니면 누가 정신병자야. 작업을 끝낸 다음 성적 흥분 상태에서 실수를 저지른 게 바로 저 자국이지. 만족한 웃음을 짓고 유유히 빠져나가려다가 혹시나 변태성욕자인 걸 들킬까 봐 급하게 의자를 돌린 거야. 괴물 같은 자식."

서린은 차분한 걸음으로 지하실을 빠져나왔으나 대문을 나오자마자 그만 저녁으로 먹은 고기를 다 게워내고 말았다. 박 검사가 등을 두드려주며 혀를 끌끌 찼다. 아무래도 먹기 전에 올 걸 그랬지? 하며 손수건을 건네주었다. 서린은 손수건을 받아 입을 닦으며 피식 웃었다.

새벽부터 전화가 왔다. 잠들었다 깨었다 반복하던 서린은 꿈속인 것처럼 수화기를 들었다. 목소리를 확인하자마자 끄응, 한숨이 새어나오려고 했다. 온몸에서 옅은 신열이 느껴졌다. 아버지였다.

잘 교육받은 사람의 정확한 영어 발음. 녹음된 목소리처럼 이번에도 똑같은 얘기였다. 그립다, 내가 한국에 가기는 어렵다, 미국에 와서 얼굴 보여줄 마음이 없느냐, 아무래도 나는 나 때문에 네가 험한 직업을 갖게 된 것 같아 미안하다, 일의 성격을 바꾸려고 한국에 간 것은 다행이다, 하지만 돌아와서 다른 일을 할 수도 있지 않느냐, 사업의 일부를 물려줄 계획도 있다…….

그는 아무 때나 전화를 했다. 마치 그에게는 딸을 호출할 권리가 있고 딸에게는 어떤 때이건 그의 호출을 받아들일 의무가 있다는 듯이. 서린은 고분고분 전화를 받았다. 그의 무성의함을 탓하기엔 키워준 은혜가 컸다. 어차피 통화는 몇 분을 넘기지 못할 운명이었다. 텅 빈 방을 더 고요하게 만들어버린 수화기 떨어지는 소리는 언제나 그랬듯이 서린의 머릿속에 낡은 의문부호 하나를 남겼다. 그는 정말 내가 무엇으로부터 떠나오고 싶었는지 모르는 것일까.

눈꺼풀이 여전히 무거웠다. 전화가 꿈이었는지 현실이었는지 구분 가지 않았다. 잠들었다고는 할 수 없었다. 혼몽함 속에서도 서린은 자신이 누운 자세와 방위를 매 순간 자각하고 있었다. 그러다가 눈꺼풀 안으로 붉게 스며드는 햇살이 서린의 감각을 녹여버렸다.

서린은 캘리포니아 해변에 있었다. 서린은 열두 살짜리 소녀였다. 햇살이 강하게 내리쬐고 있었다. 땅 위에 있는 모든 것들이 녹아내릴 것 같았다. 서린의 몸은 땀투성이였다. 1달러에 렌트해주는 자전거로 전용도로를 한 바퀴 돌아 나왔기 때문이었을까. 아니면 여느 때처럼 해변 위에 서서 수많은 사람들을 한동안 바라보고 나서였을까. 얼굴과 손이 후끈 달아올라 있었다. 자전거를 되돌려주면 받을 수 있는 커다란 콜라를 아무리 빨아들여도 열이 내리지 않았다. 감기에 걸려 있었나? 도대체 몸이 왜 이러지? 생각하고 있을 때 여자애 한 명이 다가왔다. 역광으로 날아오는 햇빛이 너무 강해서 여자애의 얼굴이 검게 보였다. 여자애가 서린의 손을 잡았다. 느낌이 이상했다. 고개를 내려보니 여자애의 피부가 벗겨져 하얀 뼈가 드러나 있었다.

눈이 번쩍 뜨였다. 서린은 고개를 돌려 시계를 보았다. 11시가 훌쩍 넘어 있었다. 부랴부랴 화장실로 뛰어가서 칫솔 위에 치약을 묻히고 나서야 서린은 서두를 필요가 없다는 것을 깨달았다. 일요일이었다. 몸살기까지 있었다.

샤워를 하고, 아침 겸 점심을 천천히 차려 먹고, 소파 위에 앉아 TV를 켰다. 재미있는 프로그램이 없었다. 꿈의 뒷맛이 개운치 않았다. 예리한 두통이 관자놀이를 날카롭게 파고들었다. 지하실에서 맡았던 냄새와 피부에 닿았던 느낌과 선명한 핏자국들의 화상이 제멋대로 이합집산하여 기묘한 집합체로 다가오고 있었다. 감각의 경계가 허물어진 곳에서 자라나는 느낌의 추상화, 눈이 아니라 오감의 총체로써 목격하게 되는 기묘한 만화경이 서린과 화면 사이의 공간을 무한한 날개로 쪼개고 있었다. 서린은 곰팡이처럼 빠르게 번지는 불안의 번식을 늦추기 위해 눈을 감고 심호흡을 하며 머릿속을 차갑게 식혔다. 너네는 이제 냉장실에 들어간다. 온도가 낮아지고 성장이 멈춘다. 너네는 이제 냉동실에 들어간다. 온몸이 얼음 속에 갇힌다…….

―나 혼자서는 할 수 없는 일이야.

―물증 확보하고 범인 찾아내는 게 급선무 아냐? 그건 형사들을 동원할 일이지.

―설득력 있는 자료가 나와야 상부를 설득해서 형사들을 빼오지.

―경찰대학에 교수님들 없어? 범죄 심리사들도 있을 거 아냐.

―전부 다 내 편이 아니니까 그렇지. 정말 안 되겠어?

―미안해.

박은 입을 다물었다. 가끔씩 자문 구하는 건 괜찮겠지? 뜸을 들였다가 물어왔다. 서린은 한 박자 쉬었다가 차분하게, 사양한다고 대답했다. 범죄 관련 일을 그만둔 지 햇수로 3년이 지났지만 서린은 그 끔찍한 악몽과 두통, 정체불명의 신경쇠약과 경미한 근육 마비의 나날들을 선명하게 기억했다. 그때로 돌아가고 싶은 마음은 없었다.

그런데 전화를 끊자마자 두통이 찾아왔다. 관자놀이에 압정을 박아 넣는 듯한 통증을 시작으로 예전의 병증이 하나 둘씩 되살아났다. 처음부터 사건 현장에 찾아가는 게 아니었구나, 싶었다. 내내 피로 물든 의자 생각에서 벗어날 수가 없었다.

연쇄 살인범은 면식범이 드물다. 눈에 띄는 몇 가지 특징만으로 피해자를 선택한다. 어린 소녀, 치마 입은 여성, 건강한 미소년……. 살해 방식에 공통점이 있다. 강간 후 배를 갈랐다든지, 시체를 모욕했다든지……. 참을 수 없는 욕구로 저질러지기 때문에 우발적이고 충동적이다. 알코올 중독자가 술을 희구하는 것처럼 매일 밤 여자를 물색하는 경우가 많다. 설사 치밀한 경우라도 증거 인멸은 사후적이다. 방화, 토막 유기가 흔하다. 영화 속의 '똑똑한 사이코'는 실제로는 극히 드물다.

이 경우는 조직적인 살인이다. 대상은 정해져 있었다. 가족들이 없는 시점을 노렸다. 귀신같이 경보장치를 뚫었다. 지하실의 존재도 알고 있었다. 의학도이거나 해부학을 공부했다. 체모를 제거하고 DNA 정보를 흘리지 않기 위해 조치를 취했다. 살인이 끝난 다음에는 건물의 오른편에서 왼편으로 이동하며 꼼꼼히 청소했다. 화장실에서 피를 씻고 옷을 갈아입은 다음 방화했다. 그럼에도 현장은 미치광이 살인광의 그것이었다.

위장이라고? 박의 말대로 범인은 가해자의 고통을 즐겼다. 하지만 단순히 즐기지는 않았다. 상대는 교수니까. 심리전이 있었다. 어차피 난 넌 죽일 거야. 대신 정답을 맞히면 덜 아프게 해주지…… . 정말 그렇게 생각해? 틀렸어. 틀렸으니까 벌을 받아야지…… . 이번엔 정답인데. 근데 아무래도 거짓말 같아. 거짓말이니까 벌을 받아야지…… .

미치광이 사디스트? 피살자가 죽은 뒤에도 가해는 계속되었다. 범인은 집이 전부 타거나, 지하실이 붕괴되는 것을 원치 않았다. 반쯤 타리라는 것까지 계산했다. 왜? 시체가 훼손되면 안 되니까. 살을 저미는 도중에 실수로 물고기가 죽었다고 회치는 것을 그만두는 요리사는 없다. 물론 살아 있으면 더 좋지만 그렇지 않다 해도 상관없다. '완성품' 개념이 있기 때문이다.

의자 긁힌 자국은 의도적인 것이다. 범인은 의자의 위치를 숨기려고 한 게 아니다. 오히려 범인은 의자의 원래 위치를 알리려고 그것을 돌렸다. 상대방이 '예술품'을 몰라주면 섭섭하니까. 하지만 일부러 남긴 흔적은 선전 포고이기도 했다. 너희들이 아는 건 나도 알고 있어. 그러니 건방 떨지 않는 게 좋을 거야. 바닥의 자국은 그렇게 말하고 있었다.

서린은 리모컨을 들어 빨간 버튼을 눌렀다. 화면이 하나의 점이 되어 사라지며 주위가 조용해졌다. 관자놀이의 통증이 뺨을 기어 내려와 이번에는 목 언저리를 눌러대고 있었다. 통증이 생긴 것은 10년쯤 전이었다. 특별한 계기는 없었다. 어느 날 갑자기 옆구리 아래쪽이 화끈거렸다. 병원에 가보니 손가락 두 개만한 크기의 양성 종양이 대장 바깥쪽에 자라 있었다. 통증은 그 종양이 없어지고 나서부터 생겨났다. 꼭 왼쪽이 아팠다. 살아 있는 생명체처럼 머리끝부터 발끝까지를 제멋대로 돌아다녔다. 서린은 녀석에게 '블랙홀'이라는 이름을 붙였다. '블랙홀'은 사건 하나가 해결되면 잠시 서린의 몸을 떠났다가 곧 되돌아왔다. 서린은 자신의 머릿속에 새로운 사건을 끊임없이 욕망하는 굶주린 위장이 있는 것은 아닌지, 혹은 범죄자의 폭력을 즐기고, 최종적으로는 범죄자를 정복함으로써 이중의 쾌락을 추구하는 교묘한 가학망상이 숨어 있지 않은지 의심했다. 그렇지 않다는 것을 확인하는 데 2년이 걸렸다. 서울에 온 지 1년쯤이 지나고서야 '블랙홀'은 사라졌었다.

목 근육에 몹시 성가신 압통을 느끼며 서린은 집을 나왔다. 바깥공기를 쐬면 좀 괜찮아지겠지 싶어서였다. 뚜렷한 목적이 없다 보니 아파트를 나오자마자 막막했다. 서린은 자신이 살고 있는 아파트 단지 전체가 생각보다 훨씬 더 촘촘하고 거대하다는 것을 알고 놀랐다. 잘 만들어놓은 미로처럼 가도 가도 똑같은 풍경이었다. 결국 서린은 이 동 저 동의 사이, 주차장과 주차장을 연결하는 포장도로를 쳇바퀴처럼 돌다가 작은 놀이터 앞 벤치에 주저앉았다.

가을 햇볕이 따가웠다. 놀이터에는 아이들이 별로 없었다. 초등학교 1, 2학년쯤 되었음직한 두 명의 아이가 미끄럼틀 주위를 뛰어다니고 있을 뿐이었다. 아이들은 공기놀이를 하는 것도 아니었고 술래잡기나 소꿉놀이를 하는 것도 아니었다. 추억을 되새기기 위해 놀이터에 들른 연인들처럼 얌전했다. 둘이서는 깔깔거리고 시시덕대며 꽤나 재미있어하는데도, 서린의 눈에는 놀고는 있어도 어떻게 놀아야 하는지는 모르는 아이들처럼 싱겁게만 보였다. 그러던 중에 남자애가 모래땅 주변의 시멘트 턱에서 갑충 한 마리를 발견했다. 앗, 바퀴

벌레다. 바퀴벌레 아냐 바보야. 그럼 뭐야. 사슴벌레야 사슴벌레. 거
짓말. 맞아 책에서 봤어. 아줌마, 이게 무슨 벌레예요? 글쎄…… 아줌
마가 좀 볼까? 서린은 설핏 웃으며 갑충 가까이 다가앉았다. 그리고
일순간 눈이 커졌다. 하늘소였다. 지식이 짧아 정확히는 알 수 없었지
만 몸피가 작은 것으로 보아 장수하늘소는 아니었다. 그렇다 해도 숲
이 없는 도심에서는 평생을 두고도 보기 힘든 진귀한 곤충이었다. 서
린은 아이들에게 하늘소에 대해, 그것을 발견한 것이 얼마나 소중한
일인가를 설명해줘야겠다는 작은 의무감을 느꼈다. 그때였다. 한 중
년의 여자가 먼발치에서 아이들을 불렀다. 학원에 갈 시간이라는 것
이었다. 여자애는 몹시 싫다는 듯 어깨를 앞뒤로 흔들었다. 여자가,
너 엄마한테 이른다! 하고 나서야 치맛자락을 털고 일어섰다. 여자애
가 먼저 뛰어갔다. 남자애가 그 뒤를 따랐다. 하지만 남자애는 채 몇
발을 떼기도 전에 돌아섰다. 서린을 향해 다가오더니 쿵, 간단한 동작
으로 하늘소를 짓밟았다. 순식간이었다. 아이는 자신이 한 일의 결과
를 확인해보지도 않았다. 발을 떼는 것보다 고개 돌아가는 게 더 빨랐
다. 서린은 아이의 발소리를 들으며 고개를 숙였다. 맑은 가을 햇빛
아래 갑충의 짓이겨진 육체가 적나라하게 드러나 있었다. 돋보기를
들이대면 부서진 외골격 사이사이로 엉망이 되어버린 근육과 내장을
관찰할 수 있으리라. 서린은 처참한 잔해 속에서 마지막 생을 향해 필
사적으로 헤엄치는 몇 개의 더듬이와 다리가 화석처럼 굳어질 때까
지, 하늘소의 임종을 조용히, 담담한 눈길로 지켜봐주었다.

아이들의 목소리는 사라졌다. 하늘소의 영혼도 도심을 떠났다. 놀
이터 앞 벤치는 평화를 되찾았다. 부드러운 바람을 맞으며 서린은 한

소년을 떠올렸다.

열두 살밖에 되지 않은 그 소년은 어느 날 갑자기 슬럼가까지 버스를 타고 가서 길 가던 행인을 총으로 쏴 죽였다. 이후 한 달 사이에 소년의 범행은 두 차례나 더 저질러졌다. 소년은 범행을 부인하지 않았다. 왜 죽였냐는 질문에 표정 하나 바뀌지 않고 따분해서였다고 답했다. 죽은 사람의 가족이 어떨 것 같냐고 묻자 매우 슬퍼할 것이라고도 했다. 소년은 백인 중산층이었다. 문제없는 유년 시절을 보냈으며, 학교 성적도 좋은 편이었다. 서린은 소년을 구원할 수 없었다.

평범한 살인은 돈이나 입막음, 개인적인 복수 따위의 물리적인 동기를 갖고 있다. 반면 연쇄 살인은 성적 만족 따위의 심인(心因) 때문에 저질러진다. 꼭 이성일 필요는 없다. 동성이라도, 노인이라도, 그도 아니라면 살인의 과정 그 자체라도 성적 만족을 가져다줄 수 있다. 하지만 서린을 진정으로 괴롭힌 경우들은 그조차의 동기조차 찾을 수 없는 신종 살인이었다.

전문 킬러가 아니다. 정보를 얻어내기 위한 고문이 아니었으니까. 위장도 아니다. 즐겼으니까. 정신병자도 아니다. 예술품을 남겼으니까. 그렇다면 살인 행위를 예술로 생각하나? 그렇지 않다. 예술적 살인은 성행위의 즉물적인 변형이다. 아무리 예쁜 여자라도 이틀씩 뒹굴면 오르가슴이 반감된다. 그렇다면 소년처럼 심심해서 죽였나? 단지 심심해서 그토록 치밀하게?

서린은 자리에서 일어섰다. 집에 들어갔다가는 꼬리에 꼬리를 물고 이어지는 생각에서 벗어날 수 없을 것 같았다. 운동복 차림인 것도 잊고 전철역 쪽으로 방향을 잡으며 병원에 가서 밀린 일들을 처리하는 게 좋으리라 생각했다.

서린은 병원으로 올라가는 엘리베이터 속에서 조금 떨었다. 건물 내부는 지나치게 조용하고 을씨년스러웠다. 복도에 발을 내딛자마자 차가운 냉기가 서린의 몸을 움켜잡았다. 어디선가 음울하게 유령들의 신음 소리가 들려오는 듯도 싶었다. 서린은 집에 돌아가는 것이 좋겠다는 나약한 마음에 저항하며 긴 복도의 굳게 닫힌 문들을 지나쳤다. 이젠 다 왔어, 중얼거리며 상담실로 통하는 짧은 복도로 접어들기 위해 오른쪽으로 몸을 돌렸다. 그리고 찌익, 운동화 끌리는 소리와 함께 얼음처럼 굳어버렸다. 상담실 문 밑에 검은 그림자가 잠복해 있었다.

서린은 상대를 한참 동안 노려보았다. 아무렇게나 자란, 얼굴을 거의 다 뒤덮은 생머리. 종이처럼 매끄러운 하얀 어깨. 표정 없이 침묵하는 검은 원피스. 핏기 없이 늘어뜨려진, 대리석 조각 같은 팔과 다리. 그것은 흑백 필름으로 촬영한 한 구의 시신 같았다. 누구일까. 정말 죽은 것은 아닐까. 서린은 한 발 두 발, 조심스럽게 피사체를 향해 전진했다. 거의 다 접근했을 때 갑자기 덜컹, 피사체의 손목이 문에 부딪혔다. 서린의 고개가 한차례 출렁거렸다.

"머릿속에……, 이상한 게 들어 있어요."

검은 원피스가 무슨 현수막처럼 문을 따라 일어섰다. 갈대처럼 휘청거리며, 고개를 오른쪽으로 조금 꺾은 채로. 들릴 듯 말 듯한 목소리가 복도의 차가운 공기를 축축하게 적셨다. 김주희였다. 머리카락 사이로 언뜻 내비치는 얼굴에 눈물의 홍수가 휩쓸고 간 흔적이 완연했다. 피해망상이로군. 서린은 마음속으로 중얼거리며 놀란 가슴을 진정시켰다.

"악몽에 시달려요. 신문 기사를 보면 살인 현장이 생생하게 떠올라요. 오빠 짓이에요. 아무리 생각해봐도 그걸 머릿속에서 빼내줄 사람은 선생님밖에 없어요."

서린은 아무 말도 하지 않았다. 이럴 때일수록 긍정도 부정도 하지 말아야 했다. 그러나 불안하게 흔들리는 김주희의 커다란 눈동자가 이쪽을 향해 열리자, 서린은 누군가의 존재를 필사적으로 희구해온 한 인간의 야윈 더듬이가 자신의 몸에 와 닿는 것을 느낄 수 있었다. 망상이건 현실이건. 사실이건 사실이 아니건. 서린은 김주희가 증인이기 이전에 한 명의 인간이라는 것을, 그것도 전문가의 도움을 절실하게 필요로 하는 한 명의 환자라는 사실까지 부정할 수는 없었다.

빛 속의 잠

헉, 하는 신음과 함께 눈을 뜬다. 벌떡 일어나 주위를 둘러본다. 빛이 사라진 방 안에는 아무도 없다. 현관과 베란다의 문은 굳게 닫혔다. 화장실에는 불이 꺼졌다. 공기 속에 떠도는 냄새마저 어제와 같다.

이불 위에 일어나 앉는다. 아직 어둠에 적응하지 못한 눈으로 방 안의 보이지 않는 것들을 본다. 고개를 천천히 왼편으로 돌린다. 오빠가 바른 풀잎 무늬 벽지 아래, 오빠가 사준 옷장이, 오빠가 만들어준 작은 화장대가 나타난다. 정면에는 두 쪽으로 짠 문이 있다. 오빠가 담배를 피우던 베란다가 있고, 오빠가 면도를 하던 화장실이 있다. 고개를 오른편으로 돌리면 책꽂이 앞에 앉은뱅이책상이 하나 놓여 있다. 책상 위에는 수많은 책과 복사지, 길고 짧은 메모가 퍼즐처럼 흩어져 있다. 마음속으로 방 안을 걸어가 책상 앞에 앉는다. 흔적으로만 엿볼 수 있는 그의 가려진 삶. 언제부터인가 그는 보이지 않는 동거인이었다. 퇴근해서 돌아오면 깊이 잠들어 있었다. 출근할 무렵에는 아직 돌아와 있지 않았다. 너는 원래 달에 살았어. 너는 지구에 유배된 외계인이야. 어느 날 그가 말했다. 얼굴에 번지는 미소를 느끼며 손을 뻗친다. 그의 모습이 시야에서 사라진다. 그의 책과, 수많은 종이들과, 그의 빈자리를 화석처럼 지키고 있던 앉은뱅이책상도 거짓말처럼 스러져버린다. 홍채는 방 안의 어둠에 적응했다. 방 안은 좀 전만큼 어둡지 않다. 어둡지 않은 방 안에 그의 흔적이 없다.

깜짝 놀라 자리에서 일어선다. 현관에 다가가 불을 켠다. 눈동자에 칼날이 박혔나. 동공이 저려 텅텅 비어버린 방의 오른편을 똑바로 볼 수 없다. 좀 전까지만 해도 눈앞에 있었던 것들이 지금은 왜 없을까.

눈물 한 방울이 차가운 뺨을 가로지른다. 소나기 듣는 창문처럼 시야가 흐려진다. 부연 화면 위에 두 명의 남자가 나타난다.

—김종희 언제 만났습니까.

—만난 적 없어요.

—그럼 김종희가 집으로 찾아왔습니까.

—그런 적 없어요.

—따로 접선 장소가 있었군요. 그게 어딥니까.

—그런 곳 없어요.

—아하. 특별히 정해놓은 곳은 없고 상황 따라 이곳저곳에서 만났다. 몇 번이나 만났습니까.

남자 한 명이 어깨 위에 손을 올려놓으며 말했다. 몸이 부들부들 떨렸다. 잊고 싶었던 영상이 되살아났다. 어제 저녁 6시, 서울시 ××동의 자택에서 ××대 명예교수인 ×××씨가 피살된 채로 발견되었습니다. ×××씨는 정체불명의 괴한에 의해 잔인하게 고문을 당한 것으로 알려졌으며……. 텔레비전 속에서 말들이 튀어나왔다. 튀어나온 말들이 주변을 홍수처럼 휩쓸며 모든 것을 오염시켰다. 통나무로 된 바닥과 벽들이 잿빛 시멘트로 뒤덮이고, 수많은 테이블과 좌석이 요술처럼 사라지고……. 지하실이었다. 손과 발이 모두 묶여 움직일 수가 없었다. 고개를 내리니 손이 갈기갈기 찢겨 있었다.

자리에 주저앉는다. 불빛을 피해 고개를 숙인다. 헝클어진 머리카락 아래로 흔들리는 그림자가 보인다. 초침 소리가 5평짜리 실내를 지배하고 있다. 초점이 잡히지 않는 눈으로 시계를 본다. 오후 6시. 출근 시간도 6시. 매니저의 살진 얼굴이 떠오른다. 두꺼비를 닮은 그는 언제나 다정한 표정으로 말한다. 뺨을 쓰다듬거나 귀를 매만지며. 혹은 유니폼 바깥으로 드러난 맨어깨를 붙잡고서. 일이 힘들어? 좀 더 쉬운 일 하고 싶어? 언제든 말해.

심호흡을 한다. 이곳에는 아무도 없고, 이곳은 안전한 곳이라고 되뇐다. 오빠가 가르쳐준 대로. 더 이상 두렵지 않을 때까지 매니저의 얼굴을 반복해서 떠올려본다. 마녀는 이곳에 없다. 그러니까 무섭지 않다. 스무 살 이전의 기억들은 수증기처럼 증발해버렸다. 끓어 넘친 냄비 속에 남은 것은 오빠에 관한 것들뿐이다. 그런데 이토록 절실한 당신은 어릴 때 어디에 있었지? 왜 기억나지 않는 거지? 장판에 파인 책장과 책상의 흔적을 보고 고개를 끄덕거린다. 얼마 전에 형사들이 왔었다. 그들이 오빠의 기억을 죄다 훔쳐가버렸다. 더 이상은 빼앗길 것도 없다. 그러니까 이제는 그들도 무섭지 않다.

이불을 개키고, 깨끗하게 세수를 하고, 화장대 앞에 앉는다. 오빠가 가르쳐준 대로 스킨, 로션, 에센스, 영양크림을 일렬종대로 세운다. 차례대로 꼼꼼하게 기초 화장을 하고 파우더로 부드럽게 얼굴을 두들긴다. 파우더는 오빠의 요술 붓이다. 닿는 곳마다 못생긴 주희 얼굴은 사라지고, 예쁜 줄리의 얼굴이 나타난다. 트윈 케이크를 바를 때쯤이면 주희는 몸만 남아 줄리의 화장을 돕는다. 떨리는 손으로 줄리의 눈썹에 마스카라를 입히고, 아이섀도를 드리우고, 립스틱을 칠한다. 그날 기분에 맞춰 예쁜 옷까지 입혀주면 주희는 줄리의 몸속으로 완전히 숨을 수 있다. 줄리는 주희와 달리 할 줄 아는 게 많다. 티-존에 밝은 색을 칠해 이마선을 도드라지게 하고, 적당한 볼 터치로 매력적인 뺨을 만드는 것은 모두 줄리의 몫이다. 줄리는 스무 살에 태어났다. 아빠도 없고 엄마도 없고 유년기도 없다. 그래서 주희는 줄리가 좋다.

주희는 줄리를 위해 옷장을 열어준다. 오늘은 어떤 옷을 입을까? 줄리에게 묻는다. 얼마 전부터 하얀 옷이 입고 싶었어. 줄리가 대답한다. 주희는 줄리가 왜 그렇게 말하는지 안다. 차분하게 가라앉은 눈동자, 상냥하고 부드럽지만 강인함이 서려 있는 표정과 음성. 몸짓 하나하나에서 느껴지는 정확함과, 자신감 있는 걸음걸이와……. 40대라는 게 믿어지지 않을 만큼 젊어 보이는 여자. 그녀는 하얀 옷을 입고 있었다.

그녀는 얼굴도 하얀색이었다. 이마에서 흘러내린 곡선은 미간 부위에서 직선을 그으며 코끝까지 이어졌다. 하얗게 도드라진 그 완벽한 선은 주희의 가슴을 둘로 쪼갰다.

백인은 무서웠다. 그녀는 백인을 닮아 있었다. 매끈한 유리처럼 투명했다.

주희가 이런저런 생각을 하는 동안 줄리는 택시를 타고 이동한다. 하얀 투피스에 분홍색 하이힐을 신고 7시 정각, 두꺼비의 바에 도착한다. 주희의 나이와 같은 개수의 계단을 정확하게 밟고 올라가 반짝거리는 은색의 문을 연다. 또각 또각 또각……. 분홍색 구두가 검은 대리석 바닥을 네다섯 번쯤 울린다. 온통 검은색으로 꾸며진 바 안에서 하얗게 웃음꽃 한 송이가 핀다. 씨씨다. 씨씨는 한가롭게 앉아서 담배를 피우고 있다. 두꺼비가 아직 오지 않았다는 의미다. 뒷굽을 축으로 플로어 위를 한 바퀴 돌아본다. 술집 안은 텅 비어 있다.

기억을 씻듯 손을 씻는다. 바 위에 역삼각형 잔 여섯 개를 준비한다. 다른 잔은 안 된다. 같은 크기로 여섯 개, 반드시 2.5온스짜리 역삼각형 잔이어야 한다. 왜인지는 모른다.

잔 하나를 올려놓고 병 하나를 뽑아올린다. 베이스는 붉은 빛깔이 도는 그레나딘이다. 다음은 밝은 갈색의 칼루아. 바나나 리큐어와 미도리는 신중하게 다루어야 한다. 비중이 비슷해서 섞이기 쉽기 때문이다. 거의 무채색에 가까운 술을 그레나딘과 칼루아 위에 올린다. 빨대 하나를 잔에 비스듬히 걸쳐놓고 숨을 고른다. 섞이면 안 돼, 조금이라도 섞이면 모든 걸 종잡을 수 없게 될 거야. 줄리가 말한다. 신중하게, 빨대를 따라 조금씩, 지거에 담긴 멜론빛 액체를 바나나 위에 흘려 넣는다. 그러자 점점이 퍼져가는 초록빛 미도리 아래서 부옇게만 보이던 바나나 리큐어가 노란 부채꽃으로 활짝 펼쳐진다. 줄리의 뺨에도 발그레하게 두 송이, 꼭 그만한 크기의 꽃들이 핀다.

칵테일 쇼는 12시다. 줄리는 매일 똑같은 쇼를 한다. 씨씨와 함께 병을 돌리며 빙글빙글 춤추다가 분위기가 절정에 도달하면 입으로 불을 뿜어 꼭대기 잔에 불을 붙인다. 활활 타오르는 불꽃을 바라보면 기분이 좋아진다. 가슴속에 석탄처럼 가라앉은 침전물들도 모조리 함께 날아가버릴 것 같다. 끝나면 손님들과 함께 술을 나눈다. 한 잔은 줄리의 것이고, 나머지 다섯 개는 바에 앉은 손님들에게 주는 선물이다. 아무나 마실 수는 없다. 줄리의 술을 원하는 남자들은 많기 때문이다. 덕분에 자정이 되면 20석 남짓 되는 바는 남자 손님들로 완전히 포위된다.

최근에는 손님이 줄었다. 불경기 때문이 아니다. 주희 때문이다. 주희가 불꽃 속에서 소리를 듣기 시작했기 때문이다. 소리는 오빠가 사라진 날부터 시작되었다. 처음에는 음악 소리에 묻혀 간간이 휘파람 소리처럼 들려오던 것이 여의사를 알게 된 후에는 마치 현실 속에서 벌어지고 있는 일처럼 생생해졌다. 화르르—, 불 무덤이 솟구쳐 오르는 소리. 따닥 딱 닥……, 주위의 나뭇가지들이 부러지는 소리. 귓불을 파고드는 겨울의 차가운 바람 소리. 총소리, 비명 소리, 말발굽 소리.

—오빠가 집을 나간 뒤 오빠를 만난 적이 있나요?

—아니요.

—오빠의 살인에 대해 자세히 알고 있다고 하더군요. 오빠가 미리 계획을 밝혔나요? 그렇다면 다음 살인에 대해서도 알고 있겠군요.

—아니요.

—말하지 않으면 도울 수 없어요. 무슨 일이 있었죠?

뺨을 차가운 바 위에 올려놓고 여섯 번째 칵테일의 단면을 비스듬하게 노려본다. 그레나딘, 칼루아, 바나나, 미도리. 그리고 푸른빛의 페퍼민트와 하얀색의 보드카. 비중에 따라 낱낱이 분리된 여섯 개의 빛. 일곱 번째 술은 쇼가 시작되기 직전에 부어야 하지만 줄리는 주저하지 않는다. 씨씨의 의아해하는 눈빛에도 아랑곳 않고 간단한 동작으로 바카디 병을 뽑는다. 희미한 불빛에 의지해 지거를 잡은 손가락의 감촉을 일깨운다. 빛 지층의 꼭대기 위에 순도 76.5도의 황금빛 돛을 얹어 '빨, 주, 노, 초, 파, 흰, 금'의 인공 무지개를 완성한다. 그리고 라이터를 갖다 대어 무지개 위에 불을 붙인다.

불타는 여섯 번째 잔을 들고 홀의 창가로 걸어나가 선다. 맞은편 건물의 1층, 금방이라도 쓰러질 듯 조그만 실내포장마차에서는 욕쟁이 할매가 막 개시 준비를 마쳤다. 할매는 언제나 한복 차림으로, 한 손에는 불집게를, 다른 손에는 담배를 들고 간이의자에 앉아 지나가는 행인들을 무심한 눈길로 바라본다. 한복을 입은 할매는 오빠의 엄마를 닮았다. 오빠의 엄마를 닮은 할매의 옷은 하얗다. 하얀 옷을 입은 줄리는 불타는 잔을 들어 할매를 겨냥한다. 역삼각형의 잔 속에서 노파는 불타오른다. 우스꽝스러운 모시 한복이, 아무렇게나 자란 백발이, 주름살투성이 누런 얼굴이, 푸른색 불꽃 속에서 미친 듯 춤을 춘다. 불타는 노파를 한입에 삼켜버린다. 고개를 쳐들고 눈을 감는다. 그제야 왕왕거리던 소리들이 기억의 저편으로 사라지며 막힌 숨이 시원하게 뚫린다. 주위는 조용하다.

텅 비어버린 잔을 아무렇게나 들고 도시의 밤 풍경에 먼눈을 판다. 점차 뚜렷해지는 빛과 어둠의 모자이크 위에 십자가들이 여럿 떠 있다. 도시에는 왜 저토록 많은 십자가가 필요한 것일까. 밤하늘을 가득 채운 붉은 허수아비들. 줄리는 그것들이 갈기갈기 찢긴 피투성이 시체들 같다고 생각한다. 그가 비석을 늘릴 때마다 하나씩 늘어날, 끔찍한 악몽의 숫자를 헤아리며 몸서리친다. 뭐든지 반복하면 괜찮다고, 앞으로는 아무렇지도 않게 될 거라고, 마음속으로 중얼거리면서.

어둠 속을 노려본다. 어쩐 일인지 나는 옛날에 살던 집으로 돌아와 노인의 방에서 혼자 자고 있다. 창문에 비치는 희미한 빛을 헤아리며 가만히 귀를 기울여본다. 번개가 친다. 가위 모양의 그림자가 창문에 앉는다. 천둥이 내린다. 요란한 빗소리 사이로 어렴풋이 창틀 흔들리는 소리가 들려온다. 뭘까. 멀찌감치 수은등 불빛에 젖어 있는 키다리 목련나무가 번개가 칠 때마다 와락, 방을 향해 투신하는 것일까. 아니면 비바람에 휩쓸리다 못해 앙상한 손가락들을 뻗어 구원을 요청하는 것일까. 다시 번개가 친다. 커다란 거미의 형체가 창문에 도장처럼 찍혔다 사라진다. 어디선가 신음 소리 들린다. 알아들을 수 없는 절박한 부름, 창문을 힘겹게 두드리는 소리, 마른 손톱 따위로 반투명 유리를 긁는 소리 점점 커진다. 나는 벌벌 떨다 못해 이불을 떨치고 일어선다. 베란다도 없는 4층 창문에 누가 있을까. 창 앞으로 살금살금 다가가 커튼을 획, 젖혀버린다.

탕 탕 탕 탕! 총소리를 내며 커튼이 뜯긴다. 커튼을 붙잡은 채로 나는 뒤로 넘어진다. 어머니다. 어머니가 비를 맞으며, 창에 매달려 있다. 맨발을 5센티미터 남짓한 시멘트 창턱에 얹고, 손끝 마디로 1센티미터나 될까말까한 창틀의 홈을 거꾸로 붙잡고, 숯불처럼 타오르는 눈으로 방 안을 들여다보고 있다. 나는 갑충의 다리처럼 반질반질한 머리카락이 비에 젖은 채 휘날리는 것을 본다. 먹이를 향해 전속력으로 질주하는 거미처럼, 검은 속치마는 터질 듯한 실주머니 같이 바람에 부풀고, 창틀을 그러잡은 날카로운 손톱에서는 빗물 섞인 피가 팔뚝을 따라 흘러내리고 있다.

뺨으로 눈물 한 방울 흘러내린다. 가슴 위에 놓인 두 손바닥 안이 홍건하다. 이제 괜찮아, 다 끝났어. 식은땀 젖은 이마를 짚어주며 오빠가 말한다. 안도의 한숨을 내쉰다. 나는 원룸에 있다. 마녀는 사라졌다. 천둥도, 비바람도 멎었다. 가슴속에서 출렁대던 물결이 가라앉으며 온몸이 따뜻해진다.

어디 갔다 이제 왔어. 걱정했잖아.

산책을 좀 다녀왔어. 바람이 좋아서.

얘기라도 좀 하고 가지 그랬어.

금방 올 줄 알았는데, 바람에 이끌리다 보니 길을 잃었어.

그를 붙잡고 운다. 꿈속에서의 고통이 다시 되살아나는 것 같아서 가슴속에 얼굴을 파묻고 엉엉 운다. 차가운 옷자락 속에서 침엽수 냄새가 난다. 호숫가에서 나는 시원한 흙냄새, 가을 산의 낙엽 타는 냄새, 향긋한 아이스크림 냄새, 싸한 사향이 한데 뒤섞여 있는 것 같다.

그의 품속에서 다시 잠이 든다. 몸을 웅크린 채, 태반 속 아이처럼 그의 커다란 몸에 둘러싸인 채. 나는 그의 몸에 붙는다. 심장과 폐와 내장이 되어 그의 몸속으로 들어간다. 그러다가 우리들은 뒤집힌다. 옷이 거꾸로 뒤집히는 것처럼 팔과 다리부터 빈 옷처럼 꺼져서 통째로 배와 가슴 쪽으로 파고 들어가 결국에는 몸 전체가 정수리를 통과해 나온다. 그는 안이 되고, 나는 밖이 된다. 나는 작은 아이가 된 그를 몸속에 품는다. 그런데 그가 이상하다. 부드럽던 몸이 점차 연탄재처럼 사각거리며 숨소리가 거칠어진다. 침엽수 냄새는 어디론가 사라지고 비릿한 닭똥 냄새가 사방에 번지기 시작한다. 깜짝 놀라 일어나보니 이불 위에 아버지가 누워 있다. 젖었다 마른 휴지 같은 노인, 오래된 미라 같은 노인, 포르말린 속에 담긴 갓난아기 표본 같은 노인이 누워 있다. 이불 위에 피를 잔뜩 토해놓고 잠들어 있다. 나는 엉금엉금 기어가 벽 모서리에 등을 대고 무릎을 껴안는다. 벽 모서리가 둥글어진다. 고무주머니처럼 움푹해지고 물렁물렁해져서, 웅크린 나를 통째로 삼켜버린다. 나는 아직 덜 자란 태아가 되어 어머니 뱃속에 갇혀버린다.

눈을 뜬다. 한낮의 희붐한 햇살이 홍채 속으로 뿌듯하게 파고든다. 꿈일까 현실일까. 머리가 아파온다. 악몽을 꾼 것만은 확실한데 내용이 기억나지 않는다. 그렇다면 현실이다. 일단 한번 건너오면, 꿈속에서 있었던 일은 감쪽같이 사라져버리는 곳.

개수대에서 물이 똑, 똑, 똑……, 떨어지고 있다. 엇박자로 리듬을 맞추며 자명종 시계도 탁, 탁, 탁……, 가고 있다. 그러나 둘은 곧 엇갈린다. 거북이 경주를 하듯 자명종이 개수대를 바짝 뒤쫓다가 초침 소리가 물소리의 끝자락을 덥석 삼켜버린다. 일어나서 시계를 꺼버린다. 잠시 후에는 수도꼭지도 완전히 잠가버린다. 부랴부랴 세수를 하고 화장을 한다. 어서 빨리 줄리가 돼야 한다고 생각한다. 그러면 두통이, 악몽의 여운이 사라질 거라고 생각한다.

화장은 금세 끝난다. 덕분에 줄리는 다른 날보다 일찍 일어난다. 일찍 일어난 줄리는 뾰로통하다. 한 달에 두 번, 줄리는 바에 가지 않고 하루 종일 잠을 잔다. 오늘이 그날인 걸 깜박 잊었다. 다시 잘래? 주희는 미안해져서 클렌징크림을 들고 묻는다. 어차피 다 깼어. 줄리가 심드렁하게 대답한다. 그럼 뭐 할래? 글쎄……, 오랜만에 산책이라도 할까?

주희는 줄리의 오랜만이라는 말에 가슴이 축축해진다. 맞다. 아주 오랫동안 주희는 집에만 있었고, 줄리는 줄곧 일만 해왔다. 주희는 아는 사람이 한 명도 없다. 줄리는 술집에 찾아오는 손님들밖에 모른다. 누구를 만나, 무슨 이야기를 할 수 있었을까. 폐는 사라지고 앙상한 가슴뼈만으로 숨을 쉬는 것 같다. 느낌만 남기고, 기억은 도대체 어디로 가버렸나.

줄리는 검은색 원피스에 청재킷을 아무렇게나 걸쳐 입고 밖으로 나온다. 목적지도 없이 무작정 아무 곳으로나 걷는다. 걷다 보니 아는 길이다. 식료품이나 먹을거리 등속을 사오던 상가를 벗어나자 걸음이 딱 멈춘다. 오르막길이다. 젖가슴처럼 봉긋하게 솟은 동산에 길이 뚫려 있고 산 너머 거리는 보이지 않는다.

허정거리며 올랐던 길을 되짚어 내려온다. 사거리에 닿자마자 지하도로 들어선다. 방향도 모르는 전철에 올라 실컷 사람 구경을 하다가 아무 역에서나 내린다. 설렘과 두려움이 복잡하게 얽힌 마음을 유리잔처럼 조심스레 안고 계단을 오른다. 정말 오랜만에 집에서 멀리 떨어진 거리로 왔다고 생각한다. 그런데 조금을 걷다 보니 또 아는 데다. 바깥에는 가구점들이 모여 있고, 안쪽에는 재래시장이 있는, 주위에서는 유일하게 하나 남았다는 시장 골목이다. 이곳에서 주희는 오빠와 함께 유년 시절을 보내고, 양아버지 양어머니와 함께 살며 학교를 다니고, 한 살 두 살 나이를 먹어 스무 살이 되었을 것이다. 줄리는 가구점들을 빠른 속도로 지나쳐 'X X 약국'이라는 간판이 있는 곳에서 오른쪽으로 접어든다. 빨간 간판의 정종집을 발견하자 익숙한 동작으로 좌회전하여 한산한 골목 안에 들어선다. 그리고 50미터쯤 걸어가 어떤 상점 앞에 기계 인형처럼 정확히 멈춘다. 놀랍게도 그곳에는 오빠가 자주 들르던 새 파는 가게가 있다.

—피리새는 새마다 목소리가 다르다는 거 알아?

—정말?

—응. 변성기에 다른 새들한테 배운대. 그러니까 어떤 새를 만나느냐에 따라 목소리가 달라지겠지.

—까마귀처럼 우는 피리새, 참새처럼 우는 피리새, 종달새처럼 우는 피리새도 있겠네?

—아마도.

—신기하다.

—그런데 변성기가 한 번밖에 없어. 그때 배운 목소리로 평생을 살아야 돼. 못 배우면 목소리가 없어서 죽게 되고.

—목소리가 없다고 왜 죽어?

—다른 새들이랑 말이 안 통하니까. 먹이도 못 구하고 천적도 못 피하고…….

—불쌍하다.

—넌 다시 태어나면 무슨 새가 되고 싶니?

—다시 태어나고 싶지 않아.

—난……, 어쩔 수 없이 다시 태어나야 한다면 검은머리방울새가 되고 싶어.

—이름이 어쩐지 슬퍼.

　—변성기가 세 번 있어서 여러 종류의 목소리를 배울 수 있어. 변성기가 모두 끝나면 이 목소리 저 목소리를 내는 게 아니라 자신이 배운 걸 모두 합쳐서 새로운 목소리를 만들어. 그러니까 피리새나 앵무새처럼 남의 것을 따라 하는 게 아니지. 세상에 단 하나밖에 없는 목소리로 살아가다가, 그 목소리와 함께 깨끗이 사라지는 거야. 아무것도 남기지 않고.

　주위를 둘러본다. 귓가에 온통 새 울음소리뿐이다. 쇼윈도를 바라본다. 작고 붉은 몸을 가진 카나리아, 주황색 노랑색 초록색이 뒤범벅된 파스텔 톤의 앵무, 털실로 짠 것 같은 몸에 삼각형 부리를 가진 것은 십자매고, 금색 깃털에 붉은 부리를 가진 것은 금화조고……. 줄리는 자신이 그것을 어떻게 아는지도 모르면서 눈에 보이는 새 이름을 줄줄 외워나간다. 어디선가, 한 번도 들어보지 못한 검은머리방울새의 비명이 들릴 것도 같다. 그러나 주의 깊게 들으려고 하면 할수록 소리들은 제멋대로 뒤섞인다. 절단된 시체들의 무덤처럼, 홀로 떠도는 손가락이 누구의 것인지 알 수 없다. 아니, 사방을 날아다니는 파동의 조각들이 몇 개의 노래인지조차 헤아릴 수 없다.

　눈을 감았다 뜬다. 생각의 실타래가 기나긴 뱀이 되어 혓바닥을 날름거리고 있다. 머리를 잡으려고 손을 갖다 대자 머리와 꼬리를 순간적으로 바꾸며 사정권을 벗어난다. 허리를 확 낚아채자 제가 제 몸을 휘감아 풀 수 없는 매듭처럼 형편없이 뒤엉킨다. 실타래를 붙잡는다. 앞뒤 없이, 서로서로 똬리를 틀어 굳어진 기억의 실마리를 그대로 손아귀 속에 구겨 넣는다. 울 것 같은 심정이 되어 무작정 걷기 시작한다.

갖가지 종류의 상가들이 밀집해 있는 옆 골목으로 발걸음을 돌린다. 정(井)자로 생긴 재래시장으로 파고 들어가, 주단, 도자기, 건어물, 약재, 머리고기, 순대, 떡볶이 등속을 파는 가게와 천막들을 지나쳐, 어머니의 실내포장마차 앞에 도착한다. 하지만 술집의 셔터는 굳게 닫혔다. 대낮의 햇빛이 거리에 점점이 부서지고 있다. 눈앞에 나타난 것은 어머니가 아니라 또 하나의 기억, 거대한 똬리 속으로 들어갈 또 한 마리의 뱀이다.

희뿌연 불빛에 소리들이 묻어나왔다. 와자지껄 떠드는 소리, 조심스럽게 이야기하는 소리, 높고 낮은 웃음소리, 하하 호호 수다 떠는 소리. 사각형의 실내는 마치 맷돌처럼 수많은 낱낱의 소리들을 한데 갈아 걸쭉하게 내뱉고 있었다. 고급 승용차들은 로열석 티켓을 구한 사람들처럼 소리의 진원지를 철옹성처럼 감싸고, 넘쳐나는 사람들은 그 안에서 간이의자를 빽빽이 채운 채 뒤섞인 손과 발로 이야기하고 있었다. 어머니는 고성방가로 술집의 화음을 깬 사내에게 불집게를 휘두르며 욕을 해대고 있었다. 그러다가 그녀는 나를 발견했다. 잠시지만 흑백 사진처럼 딱딱하게 굳어 있었다.

—네 이년. 이 미친년. 아비 잡아먹은 년. 아들 훔쳐간 년. 어디라고 함부로 와.

그녀는 그예 주방에서 막소금을 꺼내왔다. 썩 꺼져라 미친년, 썩 꺼져라 잡귀……. 그녀는 내 얼굴에 톱밥처럼 깔깔한 소금을 내던지며 무섭게 외쳤다. 사람들이 웃고 있었다. 깜짝쇼라도 구경한다는 듯 이쪽을 흘겨보며 저희들끼리 낄낄대고 있었다. 그들은 그녀의 손에 들린 시퍼런 칼을 보고서야 정육점 고기처럼 조용해졌다.

한낮의 햇살을 받으며, 굳게 닫힌 술집 앞에서 줄리는 운다. 그녀는, 그녀는 왜 주희를 미워하는 것일까.

뼈아픈 가슴만 남기고, 가슴 아픈 사건들은 사라졌다. 매일같이 새싹을 틔우는 공포만 남기고, 공포의 깊은 뿌리는 암흑 속에 묻혔다. '나'는 누구일까. '나'는 과연 어디에서 왔을까. 죽고 싶을 만큼 아프더라도 차라리 기억하고 싶다. 사랑도 증오도, 꿈도 좌절도 잃은 채, 매일매일을 오늘처럼 살아가도 사람이라고 할 수 있을까. 스무 살에 태어난 어른은 어른도 아니다. 상대방과 속 깊은 얘기를 할 수도 없고, 누군가와 사랑을 나눌 수도 없는 삶.

감정이 복받쳐 참을 수 없다. 무작정 뛰어서 시장 골목을 빠져나온다. 낯선 거리를 바라보며 빠른 속도로 걸어가기 시작한다. 어쩌자고 오빠는 사랑하는 여동생의 머릿속을 깨끗이 지워버린 것일까?

그는 사람을 또 죽였을지 모른다. 아직 저지르지 않았더라도 누군가를 살해하려고 남몰래 계획 중일지 모른다. 그를 막아야 한다. 주희가 살인을 원할 리 없다. 하지만 어떻게 막나. 어떻게 예전의 그를 되찾아 주희에게 되돌려 보내나?

줄리는 청재킷이 벗어진 줄도 모르고 버스에서 내린다. 어디로 가는지도 알지 못한 채, 출근하는 사람처럼 묵묵히 걸어 낯익은 건물 안으로 들어선다. 4층의 어느 사무실 앞에 도착해 헛구역질을 한 다음 그대로 주저앉는다.

××신경정신과. 담당 의사 이서린.

줄리는 소파에 앉아 있다. 사무실? 상담실? 진찰실? 어쨌든 네 번째 방, 가장 깊은 곳에 있는 공간에 앉아 있다. 서린은 왼편에서 차를 끓이고 있다. 방과 방 사이의 격벽마다 달려 있는 네 개의 블라인드는 활짝 열려 있다. 오른쪽 창문을 사선으로 관통해 두 번째 방의 블라인드를 건너면 간호사 두 명이 왔다 갔다 하는 게 보인다. 첫 번째 방. 병원의 입구다. 하지만 간호사가 있다는 것을 제외하면 서린의 방과 특별히 다르게 생긴 구석은 없다. 네 개의 방은 색깔과 인테리어가 조금씩 다를 뿐 모두 다 닮은꼴이다.

그래서일까. 눈길이 한곳에 머물지 못하고 이 방 저 방을 헤매게 된다. 가장 신경이 쓰이는 곳은 오른편의 두 번째 방이다. 모든 방에는 문이 두 개씩 있다. 첫 번째 방은 두 번째 방에, 두 번째 방은 네 번째 방에 연결된다. 네 번째 방에는, 그러니까 지금 앉아 있는 자리의 뒤편으로는 바깥과 통하는 또 하나의 문이 뚫려 있다. 오직 두 번째 방에만 문이 하나다. 그러니까 두 번째 방을 지나서는 이곳에 올 수 없다. 소파에 앉은 채로 병원을 들어왔다 나갔다 하기를 벌써 수십 번, 입구를 거치지 않고 두 번째 방에 들어가고 싶다는 생각에 자꾸만 사로잡힌다. 지금은 이럴 때가 아니야, 마음속으로 도리머리를 해봐도 소용없다. 두 번째 방을 거쳐서 네 번째 방으로 들어오는 방법은 없을까? 아니면 그 반대는?

오른쪽 창문에서 여자를 발견한다. 여자는 튀지 않는 자연스러운 입체 화장과 굵은 컬의 머리 모양을 하고, 줄무늬가 있는 회색 블라우스 바깥으로 옆트임이 깊은 진갈색 치마를 입었다. 줄리다. 줄리는 보기에 따라 이쪽 방에도, 저쪽 방에 앉아 있는 것처럼도 보인다. 기분이 좋아진다. 자유자재로 두 방을 넘나들다가, 줄리의 당당하고 자신감 넘치는 외모에 넋을 잃는다. 그러다가 주희의 뒷모습을 창문 안에서 발견하고 깜짝 놀란다. 고개를 돌린다. 여의사가 커피메이커와 전기주전자가 있는 작은 테이블 앞에 서 있다. 평범한 티에 면바지 차림. 머리카락은 고무줄에 뒤로 묶여 있다.

일요일. 그녀는 운동복 차림이었다. 운동복 차림의 그녀는 친절했다. 감기에 든다며 담요를 덮어주고, 따뜻한 유자차까지 끓여주었다. 하지만 대화는 거절했다. 나중에 얘기하는 게 낫겠다며 애써 입을 막았다. 그녀가 옳았다. 그때 아무렇게나 쏟아내버렸다면 폭음한 다음 날처럼 후회했을 것이다.

딸각, 딸깍, 하고 찻잔 놓는 소리가 들린다. 고개를 드니 여의사가 맞은편 소파에 앉아 있다. 이쪽을 바라보는 눈빛이 따뜻하다. 끓여온 차는 허브차다. 허브차 좋아하는 걸 어떻게 알았을까.

"그러니까, 살인 현장을 꿈속에서 본다 이거죠?"

"그냥 아무 때나 봐요. 집에 있다가도, 일하다가도."

"장면이 분명한가요 어지러운가요. 그러니까, 마구 뒤엉킨 영상들을 본 다음 현실로 돌아와서 아, 그게 살인 현장이었구나 하는 건가요, 아니면 정말 눈앞에 일어나는 것처럼 사실적인가요."

"생생해요. 그런데 사람이 바뀌어요. 주희가 죽는 것처럼 꿀 때도 있고……, 어떨 땐……."

"어떨 땐?"

"주희가 살인범이 되어서 나올 때도 있어요."

그녀가 다시 찻잔 속에 고개를 묻는다. 들었을까? 찻잔 위로 나타난 얼굴에 표정이 없다.

"아무 이유 없이?"

"아뇨. 낮에 살인 사건에 관한 신문 기사나 뉴스를 본 날이오."

"오빠가 사람을 몇 명 죽인 것 같아요?"

"네 명이오."

"누구누구죠?"

"아버지, 바에 자주 찾아오던 사진작가, 노교수라는 사람, 그리고 복지사업가라는 사람."

"꿈에 대해 자세히 설명해봐요."

"언제나 주희가 나와요. 희생자들 대신 주희가 당해요. 꼭 꿈이 아닌 것 같아요."

"가해자의 얼굴은 보이나요?"

"안 보여요. 하지만 그란 걸 느낌으로 알 수 있어요."

"아버지랑 노교수부터 설명해줄 수 있어요?"

주희의 경험을 하나하나 묘사하기 시작한다. 아버지의 부고를 듣자마자 꿈속에 나타난 사내와 그 사내에게 주희의 목이 잘리던 순간, 명예교수가 살해되었다는 뉴스를 본 날 눈앞에 갑자기 펼쳐진 지하실과 주희가 군복을 입은 사내에게 고문을 받던 모습을 덤덤하게 술회한다. 얘기를 끝낸 다음 그녀의 표정을 살펴본다. 그녀는 고개를 조금 끄덕일 뿐 말이 없다. 믿는 건지 믿지 않는 건지 알 수가 없다. 그녀는 잠시 뜸을 들였다가 사진작가의 죽음을 설명해달라고 한다. 애가 탄다. 이전 것처럼 말하기가 쉽지 않다. 그러나 눈을 감고 정신을 집중해 구석구석 흩어진 기억을 용케 불러모은다. 여관방이다. 주희는 한 남자와 함께 벌거벗은 채 침대 위에 누워 있다. 두 사람은 한참 동안,

서로를 애무하며 사랑을 나눈다. 남자를 엎드리게 한 후 등 뒤에 키스를 퍼붓다가 침대 밑에서 칼을 꺼낸다. 하나, 둘, 셋, 넷…… 목뒤의 볼록한 뼈에서부터 남자의 척추를 세어 내려가다가 등에 칼을 꽂았다 뺀다. 남자가 비명을 지른다. 남자의 등에서 피가 분수처럼 솟아오른다. 조심스럽게 남자의 몸을 바로 누인 다음 이번에는 남자의 성기를 자른다. 피가 뚝뚝 떨어지는 남자의 성기가 손안에서 점차 작아진다.

"남자가 소리 지르지 않나요?"

"몸을 부르르 떨 뿐 조용해요."

"기절했나요?"

"아직 의식이 있어요. 나를 쳐다보고 있거든요. 입을 벌리고 무슨 말인가 하려고 해요. 나는 손에 있던 성기를 남자 입에 밀어 넣어버려요."

"질식해서 죽었겠군요."

"맞아요. 하지만 안 끝났어요."

주희가 죽은 남자의 배를 길게 찢는 장면을 본다. 아랫배부터 가슴까지 길게. 내장을 꼼꼼하게 들어내서 봉지 속에 담는다. 능숙하게, 마치 해부하는 사람처럼. 끝이 아니다. 깨끗하게 빈 뱃속에 남자의 잘린 머리를 집어넣는다. 그런 다음 커다란 바늘로 배를 다시 꿰매버린다. 모든 감각이 너무 생생하다. 시체의 너덜너덜한 감촉이 손에 닿는 것도 같고 어디선가 피비린내가 나는 것도 같다. 금방이라도 토할 것처럼 속이 울렁거린다.

"괜찮아요? 괴로우면 그만 해도 괜찮아요. 자, 날 따라 해보세요. 크게 심호흡하는 거예요. 자, 이렇게."

가슴을 쓰다듬으며 여의사를 바라본다. 그녀는 얼굴을 양옆으로 흔들면서 팔을 크게 벌렸다 오므린다. 뺨을 크게 부풀려 어쩐지 우스꽝스럽다. 픽, 하고 웃음이 새어나온다. 물풍선에서 물이 새어나오듯, 비릿한 기운이 몸속에서 사라진다.

"어때요, 효과가 있어요?"

"주희는 따라 하지도 않았는걸요."

"괜찮아요. 따라 하라고 한 게 아니라 보라고 한 거니까. 늙은 펠리컨이에요. 재밌었어요?"

또 웃음이 터진다. 주희는 웃지 말라고 하지만 어쩔 수 없다. 여의사도 따라 웃는다. 처음 볼 때와는 달리 친근한 인상이다. 잠시지만 친구 같다는 생각도 한다. 그러자 주희의 얼굴이 차갑게 식는다. 다른 사람을 더 좋아해서는 안 된다고 말한다. 여의사에게서 고개를 틀고 창문을 바라본다. 줄리가 아직 희미하게 웃고 있다. 그 얼굴이 갑자기 말할 수 없이 싫어진다. 줄리를 싫어하게 만든 여의사가 미워진다. 자리에서 벌떡 일어선다. 창문에 눈을 둔 채로, 주희는 장난을 치려고 이곳에 온 게 아니에요, 하고 그녀에게 말한다. 그제야 여의사의 입가에서 웃음이 가신다.

"미안해요. 불쾌하게 하려던 건 아닌데……, 기분 나빴으면 사과할게요. 자, 그러지 말고 자리에 앉아요."

그녀의 말대로 자리에 앉는다. 그녀는, 차가 식었네, 하더니 허브차를 한 잔 더 타서 갖다준다. 그녀에게 미안해진다. 그녀처럼 높은 사람한테 사과받기는 처음이다.

"계속해보죠. 살인 얘기 하고 싶지 않으면 관둬도 돼요. 아무것이나

하고 싶은 말 해봐요."

"계속하겠어요."

"그럼 계속해요. 중지하고 싶으면 언제든 말하고. 자, 이제 한 명 남았네요. 복지사업가? 아는 사람인가요?"

"아니요. 신문에서 봤어요."

"그 사람 죽는 걸 어디서 봤죠?"

"길 가다가 봤어요."

"길 가다 무슨 일이 있었나요? 기분 나쁜 일이 있었다든지, 뭔가 인상적인 장면을 보았다든지……."

"별다른 걸 보진 않았어요."

"꼭 별다르지 않더라도 뭐 기억나는 게 없나요?"

"아……, 예쁜 강아지 한 마리를 봤어요."

"얼만한 거. 작은 거 큰 거? 예뻐요?"

"네. 무슨 종인지는 모르지만 똥개처럼도 보였는데, 조그맣고 아주 예뻤어요."

"근데 왜 그 개가 생각이 나요? 단지 예뻐서?"

"아뇨. 좀 불쌍하다는 생각이 들었어요."

"왜요?"

"그냥……, 덩치가 크고 못생긴 여자한테 꽉 껴안겨서 가는 게, 어쩐지 행복해 보이지 않았어요."

"구박받는 것처럼 보였어요?"

"아니요. 그냥, 저 사람은 좋아서 키우겠지만 개도 그럴까 하는 생각이 들어서요."

"그렇군요. 다시 사업가 얘기로 넘어가죠. 신문에서 봤다면 이름은 알겠네요?"

"말할 수 없어요."

"그래요. 말하기 싫으면 하지 말아요. 어디서, 어떻게 죽었죠?"

영상 하나가 또 떠오른다. 마치 비디오테이프가 재생되는 것처럼. 이번에도 살인자는 주희다. 주희가, 목사처럼 인자하게 생긴 중년의 사내 앞에 서 있다. 영상이 멈춘다. 누군가가 뒷장면을 보지 못하게 정지 버튼을 누르는 것만 같다. 몇 번씩 시도해봐도 결과는 같다. 이미 알고 있는 내용인데 말이 나오지 않는다. 금붕어처럼 입만 벌렸다 닫았다 반복할 뿐이다.

"말해봐요."

"마, 말하지 말라고 해요."

"누가?"

"주희 오빠가요."

그녀의 눈이 잠시 흔들린다. 무슨 생각을 하는 것일까. 거짓말이라고 생각하는 것일까. 서투른 자전거 타기를 시도하듯 안장 위에 올라본다. 넘어지지 않으려고 애쓰며 조심스럽게 페달을 밟는다. 페달은 반 바퀴쯤 돌아가다 무엇에 걸린 듯 딱 멈춘다. 팽이는 뒤집히고, 주사위는 손바닥에 붙어 떨어지지 않고, 스케이트의 날은 첫발부터 녹은 얼음 속에 파고든다. 레몬을 자르는 칼날은 자꾸만 손가락을 썰고, 어딘가로 바삐 걸어가는 낯선 거리 위에선 자꾸만 발바닥에 압정이 박힌다.

"도와주세요."

"뭘요? 뭘 도와줬으면 좋겠어요?"

"오빠가 주희에게 돌아올 수 있도록 도와주세요."

"어떻게 하면 오빠가 돌아오죠?"

"살인을 막아주세요. 사형을 면하게 해주세요. 주희는 오빠가 죽지만 않으면 돼요."

그녀가 자리에서 천천히 일어선다. 손바닥을 펴서 한쪽 뺨을 받치고, 방 안을 서성거린다. 무슨 생각을 하고 있을까. 그녀의 얼굴은 하얀 도화지 같다. 그녀가 갑자기 묻는다.

"주희 씨와는 무슨 관계죠?"

"네?"

가슴이 철렁 내려앉는다. 그녀는 표정 하나 변하지 않고 질문을 반복한다.

"김주희 씨랑 무슨 관계냐구요."

벽이 다가온다. 책을 덮는 것처럼 완전히 좁아진다. 차라리 책 속에 갇혀 그녀의 시야에서 사라지고 싶다. 하지만 그녀는 사라지지 않는다. 계속해서 묻는다. 대답하기 곤란하면 질문을 바꿔보죠. 그럼 김종희와는 무슨 관계죠? 숨을 쉴 수 없다. 심호흡을 한다. 그녀가 가르쳐준 대로 팔을 벌리고 숨을 쉬려고 해본다. 팔이 올라가지 않는다. 벽이 몸을 짓눌러 어깨조차 펼 수 없다. 어깨를 옹송그린다. 그러는 사이 줄리가, 김종희는 주희의 오빠……, 하고 간신히 대답한다. 그녀가 크게 말한다.

"김주희의 오빠 건 알고 있어요. 그러니까 당신과는 무슨 관계죠? 사랑했나요?"

벽이 멀어진다. 방이 한없이 넓어지며 가슴속에 담겨 있던 야릇한 감정들이 점차 분노로 바뀐다. 네 따위 게 줄리를 안다고? 네가 줄리에 대해서 뭘 알아? 하고 줄리가 외친다. 화가 난 줄리는 막을 수 없다. 고장난 로봇처럼 명령을 어기고 그녀의 목을 힘껏 조르기 시작한다. 줄리의 몸에서 수많은 소리들이 흘러나온다. 지껄이는 소리, 웃는 소리, 속삭이는 소리, 외치는 소리, 비명 소리, 흐느끼는 소리들이, 시장바닥의 새 우는 소리처럼 어지럽게 울려 퍼진다. 새들의 합창 속에서 줄리는 망가진 입으로 낮게 읊조린다. 죽여버릴 거야 너를……, 다시는 말할 수 없게……, 박제로 만들어버릴 거야.

붉은 군대

　1936년 가을, 특무대에서 1년여의 훈련을 마친 후에, 나는 적들의 사령부에 침입하라는 특무대의 명을 받고 국경지대에 투입되었다. 놈들은 8월에 무송현성을 공격해 아군에 적지 않은 타격을 입혔다. 특무대는 김××비(匪)가 백두산 밀림지대로 들어갔다고 보고 몇 명의 특무를 분산 침투시켰다. 대부분은 급조된 밀정으로 소부대 토벌 및 적장의 암살 임무를 맡고 있었으나 내 경우는 달랐다. 내 임무는 빨치산 지원자로 부대 내에 위장 잠입, 6개월 전후—대부분은 길다 해도 2~3개월이 고작이었다—로 적의 전체 규모, 지휘 체계, 병력, 무기 보유 상황, 근거지, 이동 경로, 식량 조달 방법 등등을 파악해 보고하는 것이었다. 놈들은 힘없는 여자들과 아이들까지 선동하고 노략하여 부대의 모습은 집창촌을 방불케 한다는 소문이었다. 토비대장 김××가 여러 명의 첩을 거느리고 있다고도 했다. 원수놈들에게 정조를 짓밟힐 수도 있고, 자칫하면 목숨까지 잃을 수 있는 위험한 임무였지만 나는 개의치 않았다. 나는 일본인이지만 원래는 함경도 지주집의 막내딸로 태어난 조선 태생으로 여덟 살까지 조선에서 살았다. 다시 말해 나는 조선어에 능통하고 조선 문화에 익숙한 몇 안 되는 일본 여자였다. 특무대 생활 중에는 조선 노래, 조선 춤까지 익혀 만반의 준비를 갖췄다. 한마디로 나는 완벽한 밀정이었다.

그러나 적들의 밀영을 찾아내는 일은 어려웠다. 밀림은 한도 끝도 없이 펼쳐졌다. 10월이었지만 백두산 어귀의 날씨는 한겨울이나 다름없었다. 주먹밥은 며칠 못 가 떨어졌다. 말린 생선 등을 조금씩 베어 먹으며 일주일을 버텼다. 보름 만에 식량이 떨어졌다. 독이 무서워 열매나 버섯을 발견해도 침만 넘겼다. 장질부사* 때문에 샘물도 마실 수 없었다. 다행히 성냥은 많았다. 나는 끓인 물로 허기를 채웠다.

원수는 찾아내지도 못하고 산속에서 이렇게 홀로 죽는구나 싶었을 즈음에 홀로 살고 있는 노인의 움막을 만났다. 노인은 무뚝뚝했지만 저녁도 차려주었고 하룻밤 거처도 제공할 기세였다. 그러나 밥을 다 먹은 뒤 혹 주위에서 빨치산을 보았냐고 묻자 드러내놓고 싫은 체를 하며 나를 내쫓았다.

오랜만에 만난 따뜻한 정을 맘껏 누릴 새도 없이 된서리를 맞아 야속한 생각도 들었으나 토비들에게 얼마나 시달렸으면 저럴까를 생각하니 마음이 저리고 새로운 분노조차 솟아올랐다. 나는 그 분노의 힘으로 소금과 풀로 연명하며 행군을 계속했다. 오랫동안 산속에 있다

---

* 장티푸스.

보니 추격자들이 생겼다. 이리 떼였다. 나는 밤마다 불을 피워 놈들을 쫓았다. 불이 커지면 숙영하는 적으로 오인받아 토벌대의 손에 죽임을 당할지도 몰랐다. 하지만 불이 꺼지면 이리 떼들이 한꺼번에 들이닥칠 게 뻔했다. 최소한의 불씨를 유지해가며 자는 둥 마는 둥 밤을 지새울 수밖에 없었다. 그러던 어느 날 밤 나는 나도 모르는 사이에 잠에 곯아떨어졌다. 무언가로 쿡쿡 찌르는 감촉에 눈을 떠보니 어떤 남자가 내 가슴에 총을 겨누고 있었다. 주변을 지나가던 적군의 통신원이었다.

놈들은 예상외로 다수였다. 숲 깊은 곳에 백 명 남짓이 있었고, 듣던 대로 열 명 정도는 여자였다. 하나같이 바짝 말랐고 형편없이 해진 옷들을 입고 있었다. 군복은 아군의 것처럼 누런색이었는데 조금 더 칙칙하고 어두웠다. 상당수는 군복이랄 것도 없이 아무 옷이나 꿰어 찬 오합지졸이었다. 무기도 각양각색이었다. 일본제 38식 보총, 러시아제 모신나강, 독일제 모젤, 아마도 북유럽제인 듯한 경기관총도 있었다. 구식 조총, 위만군 기병대의 기병총까지 있었다. 그조차 없어 칼을 차고 다니는 치도 있었다. 내가 근거지로 들어가자 놈들은 나를 힐끗힐끗 쳐다보았으나 오래 주목하지는 않았다.

근거지는 초라했다. 사람은 많은데 천막은 두 개밖에 없었다. 그것도 20명 정도가 겨우 새우잠을 잘 법한 크기였다. 나는 그중 한곳에 인도되었다. 하루 종일 앉아 있는 게 일이었다. 밤에는 다른 천막으로 옮겨와 여자들 틈에서 잠을 잤다. 김××란 자는 볼 수 없었다. 감히 '사령관' '장군님' 등으로 불리는 그자는 며칠 동안 얼굴조차 내비치지 않았다.

나는 동상처럼 바닥에 꿇어앉아 있었다. 왼쪽에 나 있는 천막 입구로 하루 종일 보초의 다리가 보였다. 우습게도 보초는 짚신을 신고 너덜너덜해진 천으로 감발을 하고 있었다.

천막 주위는 한산했다. 중앙에는 나무를 대충 건목 쳐 만든 나무 책상 하나와 의자 한 개가 놓여 있었다. 뒤편에는 열 개 정도의 군장이 차곡차곡 쌓여 있고 외따로 놓인 군장 위에는 낡은 모포가 개켜져 있었다. 모포는 한 장뿐이었고 바닥에는 낙엽과 풀들을 덮고 잔 흔적이 매일매일 모습을 달리했다. 안에서 자는 사람뿐만 아니라 밖에서 자는 사람들에게도 덮을 것이 없는 모양이었다. 그 외에는 아무것도 없었다. 응당 있어야 할 작전 지도나 병력계는 물론이고 사소한 문서 한 장 없었다. 간간이 틈새를 통과해 불어오는 바람과 간간이 들려오는 병사들의 목소리를 제외하면 적막과 먼지뿐이었다.

나흘이 지났다. 두 남자가 천막 안에 나타났다. 백발성성한 장년의 남자와 검은 얼굴의 청년이었다. 비가 오는 날이었다.

앞서 들어온 남자는 마흔 살쯤으로 보였다. 수염을 기른 얼굴은 인자하고 품위 있었다. 바라보는 눈빛에 적의는 없었으나 상대방을 꿰뚫어보는 듯했다. 하긴, 저 정도 되니까 수많은 사람들을 세뇌시켰겠지, 하는 생각이 들었다. 어쨌거나 그는 내 원수가 아니었다. 뒤에는 서른 살쯤 되어 보이는 젊은 남자가 서 있었다. 나이가 너무 적었다. 큰 편인 키에, 약간 마른 듯한 체격이며 검게 그을린 얼굴도 원수의 인상과는 영 딴판이었다. 나는 고개를 숙였다. 허리를 펴고 무릎을 조여 '사령관'에 대한 예를 표했다.

쉽지 않았을 텐데……. 여자 몸으로 이 깊은 산장까지 온 이유가 뭐요.

김 사령으로 추측되는 자가 물었다. 부드럽고 무게 있는 목소리였다.

부모님의 원수를 갚으러 왔습니다.

사내의 목소리가 나지막해졌다.

어떻게 돌아가셨소.

제가 여섯 살 때 적들의 총칼을 맞고 돌아가셨습니다.

나는 준비해온 거짓말을 좔좔 늘어놓았다. 부모를 잃고 어린 시절을 혼자 살아내야 했던 슬픔과 고통을 말한 뒤 일부러 말끝을 잇지 못하는 시늉을 했다. 그는 시간을 두어 물었다.

그래서 지금까지 어디서, 무슨 일을 하며 살았소.

나는 차분하게 나머지 이야기를 끝마쳤다. 무엇보다 '항일군에 참가해 원수를 갚고 싶다'는 의견을 확실히 했다. 그는 유격대 생활이 몹시 어려운 생활임을 강조한 후, 꼭 전쟁에 참여해야만 항일은 아니라고 했다. 나는 원수를 갚지 못하면 죽음을 택하겠다고 답했다. 그는 젊은 남자와 눈짓을 교환했다. 한동안 침묵을 지키다가 헛기침을 몇번 하더니 일장연설을 늘어놓았다.

복수심을 잊지 않는 것은 중요한 일이지만 해방은 복수심만으로 되는 것이 아니오. 불붙지 않으면 아무리 좋은 땔감도 무용지물이지만 불길이 너무 승하면 제 몫을 다하지 못하고 스러지는 법이오. 복수심도 마찬가지요. 복수심이 없으면 용감하게 투쟁할 수 없지만 복수심을 누르지 못하면 귀중한 생명을 잃을 수도 있고 중요한 시기에 투쟁의 방향을 상실할 수도 있소. 동무는 앞으로 이 점을 명심해야 할 게요.

대장과 젊은 남자는 천막을 나가버렸다. 보초는 나를 숲 속으로 인

도했다. 어딘가로 끌고 가 총살하려는 수작인가 의심했으나 그런 일
은 일어나지 않았다.

숲 속에서는 여자들이 간이천막 안에서 음식을 만들고 있었다. 여
자들은 보초가 다가가자 일제히 일어났다. 여기 새로운 지원자가 왔
소. 살갑게 맞아주기 바라오. 보초는 돌아갔다. 가장 고참인 듯한 여
자가 다가와 내 손을 잡아주었다. 30대 중반쯤으로 보이는 서글서글
한 인상의 여자였다. 그녀의 손은 거북등처럼 거칠었지만 따듯했다.
환영합니다, 임순례라 합니다. 그러자 다른 사람들이 일제히 합창으
로 외쳤다. 환영합니다. 나는 약간 얼떨떨하게 웃었다. 나흘 동안의
심리전을 감안한다 해도 참으로 허술하기 짝이 없는 입대 절차였다.
사람들은 나를 둘러싸고 손을 한 번씩 잡아주며 자신의 이름을 외웠
다. 순박하고 어리숙한 사람들이었다. 고참과 신참의 구별 없이 아무
렇게나 너나들이를 하는가 하면, 나이와 성별을 차치하고 무슨 애들
처럼 서로를 '동무'라 불렀다.

며칠 후 부대는 산속에 있는 통나무집으로 이동했다. '사자봉 밀
영'이라는 곳이었다.

밀영의 일과는 꽤 군대다웠다. 5시쯤에 기상, 6시쯤 점검을 받고 곧
바로 세면 후 아침 식사를 했다. 식사가 끝나면 정찰이나 훈련, 혹은
지방 공작이나 민중 선동 등의 임무가 주어졌다. 교육 시간에는 사회
주의 사상을 주입하거나 외국어 따위를 가르쳤다. 7시쯤에는 사령부
에서 보고가 이루어졌으며 사병들은 총을 분해 소제하거나 옷을 깁
는 등의 작업을 했다. 취침은 9시였다.

나는 신입들과 함께 훈련을 받았다. 사격, 포복, 이동 요령 등 기본

적인 것들이었는데 서툰 척하는 게 더 힘들었다. 사정을 알 리 없는 장교는 처음에는 다들 서툴다며 격려해주었다.

내가 배치된 곳은 '작식(作食)대'였다. 말 그대로 '밥 짓는 부대'였다. 말이 작식이지 이것저것 안 하는 일이 없었다. 대원은 모두 열 명으로 여자가 일곱 명, 남자가 세 명이었다. 남자 중 한 명만이 '부대장'이라는 호칭을 갖고 있었고 나머지 대원들한테는 계급이 없었다.

식사는 세 끼가 꼬박꼬박 주어졌다. 조선 음식은 어떤 것일까 걱정했으나 기우였다. 조선 음식이라고 할 만한 게 없었다. 민족도 국적도 없는, 기상천외한 식단이라는 게 옳았다.

쌀은 애초에 있지도 않았고, 조, 수수, 옥수수, 감자 따위를 마구 섞거나, 한두 가지 재료로 멀겋게 끓이는 죽이 주식이었다. 보리를 먹을 때도 있었는데 산에서 채취한 아무 풀에나 곁들여 먹으면 그게 쌈이었다. 별의별 희한한 맛이 난다는 점에서는 별미라 할 만했다.

가장 다루기 힘든 재료는 나무껍질이었다. 죽을 한번 끓이려면 하루 종일이 걸렸다. 우선은 먹기 좋은 송피를 하나에서 두 뭇 정도 벗겨낸다. 그런 다음 잿물에 집어넣고 흐물흐물해질 때까지 몇 시간이고 펄펄 끓인다. 그것만으로도 오전이 다 가버렸다. 오후에는 끓인 송피를 강물에 씻었다. 씻은 것을 망치로 두들기고, 또 강물에 씻어내고, 마치 대장간에서 칼을 만들듯 여러 번 되풀이했다. 다른 게 있다면 칼은 담금질을 하면 할수록 단단해지지만 송피는 점점 더 부드러워진다는 것이었다. 해거름녘엔 잿물이 빠진 송피를 죽으로 끓였다. 수백 번을 두들겨도 송피는 여전히 꺼끌꺼끌했다. 함께 넣는 쌀겨는 아예 목구멍으로 넘어가지도 않았다.

임순례는 여러 가지 일들을 친절하게 도와주었다. 어린 시절 부모를 잃었다는 얘기를 들었노라며 힘들면 언제든지 상의하고 평소에도 친언니처럼 생각하라고 말해주기도 했다.

그녀는 함북 태생으로 1906년생이었다. 언뜻 보면 중년 같은데 30대 초반이라니 의외였다. 그녀는 빈농 출신이어서 어릴 적부터 고생을 많이 겪었다고 했다. 그녀는 태어난 곳도, 꽤 일찍 가족을 잃고 혼자가 된 것도 나와 같았다.

부모는 평생 동안 가혹한 노동에 시달리다가 일찍 죽었다. 지주는 그녀의 가족을 불쌍히 여기기는커녕 '빚을 물지 않으면 네 여동생을 갖다 팔겠다'며 그녀의 오빠를 위협했다. 지주의 폭압에 시달리던 오빠는 어느 날 달 없는 밤을 틈타 그녀와 할머니, 그리고 갓난쟁이 동생을 데리고 국경을 넘어 연길현(延吉縣)에 왔다. 하지만 국경을 넘어온 후에도 그녀의 가족은 여전히 못살았다. 일본군과 중국 지주가 결탁하여 내지에서보다 더 가혹하게 '인민'의 피를 빨았기 때문이었다. 그녀는 일찌감치 혁명투쟁에 나선 오빠의 뒤를 따라 '부녀회' 일을 했다. 이미 열 몇 살 무렵에 사회주의에 참여했다는 얘기였다.

그녀가 열일곱 되던 해 일본군이 마을을 기습했다. 그녀와 오빠는 수림 속에 숨어 목숨을 보전했으나 대부분의 마을 사람들은 그렇지 못했다. 돌아와보니 마을은 쑥대밭이 되어 있었다. 안전할 거라 믿었던 할머니와 다섯 살짜리 동생이 보이지 않았다. 설마 노인이랑 애까지……, 하고 있는데 살아남은 마을 사람이 다가와 울면서 소식을 전했다. 노파는 애를 업고 있는 상태에서 총창에 찔렸다. 노파는 뱃가죽이 뚫린 채로 총창 손잡이를 붙잡았다. 다른 놈이 달려와 이미 애를 찔러 죽인 것도 알지 못한 채, 비명인지 절규인지 알 수 없는 소리를 지르며, 자신의 뱃속을 흔들리는 칼날로 훑으면서도 움켜쥔 총구를 놓지 않았다. 칼이 빠지지 않자 화가 난 일본군은 노파와 애를 불타고 있는 초가집 속에 힘껏 차 넣었다.

오빠는 이듬해, 다시 쳐들어온 일본군에 맞섰다가 총상을 입고 전사했다.

그녀는 이런 얘기들을 틈이 날 때마다 띄엄띄엄 해주었다. 말끝은 항상 짧은 한숨으로 끝났다. 그러나 단 한 번도 눈물을 흘린 적은 없었다. 모질고 독한 여인이었다. 순박해 보이는 겉인상과는 딴판이었다. 그녀는 잠을 잘 때에도 총을 꼭 껴안고 잤다. 조금만 기척이 일어나도 벌떡 일어났다.

나는 그녀의 말을 다 알아들었다. 그녀가 빨치산에 참가한 이유도 얼마든지 이해했다. 그녀의 말대로 세상은 둘이었다. 하지만 세상에는 사회주의자들이 말하는 부르주아니 프롤레타리아니 하는 것보다 더 큰 나눔이 있었다. 무력을 가진 자와 가지지 못한 자, 죽이는 자와 죽임당하는 자가 그것이었다.

일본군이 노인과 아이를 죽인 것이 죄라면, 단지 지주라는 이유만으로 내 부모를 살해한 것도 결코 용서받을 수 없는 죄였다. 부모님은 선량한 분들이었다. 온 고을에 그들의 어짊이 널리 퍼져 있었다고 했다. 그들은 어디까지나 '민족주의자'였지 '친일 지주'가 아니었다. 이념은 개인이 선택하는 것이다. 하지만 부모나 계급을 선택할 수 있는 사람은 없다. 지주의 자손으로 태어난 게 죄라면, 힘없는 나라에서 가난하게 태어난 것도 죄여야 한다.

임순례에게서 그녀의 가족들을 데려간 것은 일본군이 아니라 그녀의 붉은 사상이었다. 보호해준다는 명목으로 백성들을 이중 삼중으로 착취한다는 점에서는 토비도 지주와 다를 게 없었다. 어쨌든 임순례는 속내를 자주 드러내는 것으로 보아 크게 경계할 인물은 아닌 듯했다.

요주의 인물은 최달성이라는 자였다. 두꺼비 같은 얼굴에 시선이 항시 좌우로 흔들려 덜떨어져 보이는 인상이었지만 작은 눈구멍 속의 회색 눈동자에서 뿜어져 나오는 이상한 빛은 그가 속을 알 수 없는 음흉한 인물임을 여실히 드러내주고 있었다. 그는 보통 혼자 돌아다니는 것을 좋아하고 엉뚱한 짓을 잘해 장교들의 꾸지람은 도맡은 바였지만 일단 한번 무리에 들게 되면 그럴듯한 장광설로 사람들의 귀를 미혹시키는 재주가 있었다. 최고 장기는 육담이었다. 가끔씩 덜떨어진 남자들이 둘러앉으면, '중국에서 앙캐모낭 가심이 여레 딸린 지집도 봤다'는 둥, '아사러(러시아)' 지집은 거게가 곱쟁이루 커서, 웬간하 누무 느봤자 모신나강에 38식 콩알*으 쳐느으 것맨치로 헐럭거린다'는 둥, 온통 괴상한 소리들뿐이었다. 그것도 일부러 처녀들 들으라고 크게 얘기하는 것을, 흰소리인 줄 뻔히 알면서도 열중해 듣는 족속들이 있는가 하면, 단체로 배를 잡고 웃기까지 하는 것이었다. 나는 사투리를 잘 못 알아들어 나중에 임의 설명을 듣고서야 그 말뜻을 이해했다.

그는 사적인 얘기를 별로 하지 않았다. 하지만 그의 사투리가 대체

---

* 모신나강과 중국식 보총은 구경이 7.62밀리나 38식 보총은 6.5밀리에 지나지 않다.

로 남쪽의 것인 데다 억양이 특이하고, 중국이나 일본, 러시아 등지의 이야기를 많이 한다는 점으로 미루어 짐작했을 때, 외국을 돌아다니며 노동자 생활을 했거나, 강제 징용에 끌려왔다가 탈출했을 가능성이 높았다. 빨치산에 자원하기 위해 남쪽에서부터 직접 올라오는 경우는 드물었다. 대원들은 대부분 함경도·평안도 지방이나 만주에서 자원해온 인원이었다. 백두산 주변 마을에서 입대한 청년들이 가장 많았다.

최는 항상 나를 이상한 눈빛으로 쳐다보았다. 사냥꾼이 사냥감을 노릴 때의 눈빛이 꼭 그럴 것 같았다. 그는 눈빛이며 행동거지도 이상했지만 외국 물, 특히 일본 물을 먹은 듯했으므로 조심해야 했다. 어쩌면 사령부로부터 나를 감시하라는 특별 명령을 받았을지도 몰랐다.

그런데 하필이면 한 달 뒤, 나는 최와 같은 부대에 편성되었다. 후방 임무를 맡아 서쪽으로 파견 나가는 소부대 부대원으로였다. 대원은 총 다섯 명이었다. 임순례가 포함된 것은 개중 다행이었다.

소부대는 서쪽으로 이동하여 후방 작식 공작을 담당한다고 했다. 엎친 데 덮친 격으로 6사의 주력은 어딘가 다른 곳으로 이동한다는 얘기들이 있었다. 의심을 살까 봐 정보 수집을 미처 하지 못했는데 사령부와 멀어져 언제 돌아올지도 모르는 적군의 허드렛일을 맡게 된 것이었다. 만약 사령부와의 합류가 내년 여름을 넘기면 나는 임무를 완수하지 못한 채 특무대에 복귀하는 수밖에 없었다. 이래저래, 시작부터 계획이 틀어지고 있었다.

10월 중순. 백두산에는 벌써 첫눈이 왔다. 첫눈답지 않게 대설이었다. 소부대원들에게는 두터운 솜옷이 주어졌다. 짚신과 설피*, 여벌의 군화도 지급되었다. 인상적인 것은 무릎까지 올라오는 긴 버선이었다. 역시 안에 솜이 들어 있어 무척 따듯했다. 버선은 사령부에서 내려온 것이라 했다. 풍문으로는 장백현 한 마을의 촌장인가 뭔가 하는 자가 만들어다 바친 것이라 했다. 빨치산 부대가 물자를 어떻게 마련하는지 알 만했다.

그해 11월, 소부대는 국경을 따라 백두산 지역을 행군하고 있었다. 김×× 부대를 찾아올 때 이미 모진 고생을 겪었으니 무리로 행군하는 정도야 뭐 힘들겠냐는 애초의 내 생각은 며칠도 지나지 않아 오산임이 드러났다. 백두산의 겨울은 말 그대로 참혹했다.

바람이 불면 눈보라 때문에 앞이 보이지 않았다. 어찌나 차가운지 몸을 통째로 관통해서 지나가는 것 같았다. 눈은 내리자마자 얼음 덩어리로 변해버렸다. 강한 바람이 불면 칼날 같은 조각들이 마구 날아왔다. 가뜩이나 딱딱하게 굳은 얼굴에 상처가 나는 것은 대수였다. 큰 조각에 맞으면 두꺼운 동복이 종잇장처럼 찢기기 일쑤였다. 임순례는 나에게 절대로 뺨 부분이 바깥으로 나오지 않게 조심하라고 경고했다. 얼어 있는 상태에 잘못 두들겨 맞으면 귀가 통째로 떨어져 나갈 수도 있다는 것이었다.

소부대장은 일부러 높은 지대만을 골랐다. 그것도 고깔처럼 생긴 산마루의 음지만을 고집했다. 불평을 미리 예상했는지 '산비탈을 골라야 적들이 갑자기 나타나도 맞불질하기가 좋고, 음지여야 비행기

---

* 눈 위를 걷기 위해 짚신 등에 덧대어 신는 물건. 잘 휘는 물푸레나무를 다래 덤불 등으로 엮어서 만든다.

의 정찰에 걸리지 않을 수 있다'고 설명했다. 김형욱이라는 자였는데 날카롭고 철저한 사람이었다. 나는 방향감각을 잃은 지 오래였지만 오가는 대화를 듣고 소부대가 백두산 줄기를 타고 동북쪽으로 비스듬히 올라가고 있음을 알았다. 최대한 일본군의 힘이 미치지 않는 곳을 거쳐가겠다는 심산이 아닌가 싶었다.

　날씨는 점점 더 추워졌으나 소부대장은 우등불*을 금지했다. 어차피 바람이 너무 거세 불을 붙인다는 것 자체가 불가능했다. 낮은 몰라도 밤에는 확실한 표적이 될 수 있으니 당연한 명령이기도 했다. 소부대장은 비교적 안전하고 나무로 둘러싸여 바람막이가 되는 곳에서조차 고깔불은커녕 담뱃불조차 피울 수 없게 해서 최의 불평을 샀다. 최는 며칠째 담배를 한 대도 피우지 못한 것이 무척 견디기 힘든 모양이었다. 어두워져서 움직일 수 없게 되면 눈 속에 깊은 굴을 팠다. 그 위에 하얀 천을 덮고 눈을 좀 뿌리면 안전한 잠자리가 되었다. 눈 속은 생각보다 따뜻했다. 문제는 옷과 신발이 축축해진다는 것이었는데 옷이나 신발을 벗는 것도 절대 금지였다. 소부대장은 다음날 대원들이 딱딱한 눈을 그러모아 구덩이를 없던 것처럼 메우기 전에는 한 발짝도 움직이지 않을 정도로 철저했다. 그는 밀영을 한군데도 거치지 않았다. 사냥꾼이나 은둔자의 움막조차 피해갔다. 불평 한마디 없는 대원들이 더 대단했다. 최도 군말을 자주 하지는 않았다.

　며칠을 걷다 보니 발에 감각이 없어졌다. 임이 감발에 떡갈잎까지 꽁꽁 싸매주었는데도 소용없었다. 발에 커다란 얼음 덩어리 하나씩

---

*모닥불.

을 매달고 있는 기분이었다. 걷는 게 아니었다. 몇십 배는 무거워진 몸을 커다란 바위 끌듯 조금씩 옮겨놓는다는 게 옳았다. 대원들의 얼굴에는 고드름이 열렸다. 천 바깥으로 삐져나온 머리카락은 그대로 얼어서 손대기가 무섭게 뚝뚝, 부러져 나갔다. 토시며 장갑을 끼운 손도 잠깐만 잡고 있으면 총에 쩍쩍 달라붙었다. 머리통이 우주처럼 넓어졌다 모래알처럼 작아졌다 했다.

그러나 육체는 스스로 한계점에 도달했다. 동시에 더 강해졌다. 나무가 열렬히 타다 잦아들면 숯으로 화하는 것과 같은 이치였다. 그제야 나는 불어오는 바람만큼이나 차갑게, 앞과 뒤를 따져볼 수 있게 되었다.

김××는 바보가 아닐 것이다. 앞에서는 호탕하게 받아들였지만 뒤에서는 의심했을 수 있다. 신입대원을 훈련소로 보내지 않고 어려운 행군에 곧장 투입한 것만 봐도 뭔가 꺼림칙했다. 부대는 백두산 줄기를 타고 동쪽으로 이동하고 있었다. 장백현 쪽의 비교적 남쪽은 치안 불량지대였지만 동쪽은 얘기가 달랐다. 사령부는 멀어지고 육체적 고통도 감당하기 어려울 것이다. 복수심에 사무친 지원자가 아니라 일본의 밀정이라면 도주를 택하는 것이 현명하다. 사령부도 보호하고, 비교적 적은 병력으로 신입대원의 정체도 파악할 수 있는 좋은 기회 아닌가. 지원자를 증거도 없이 죽이면 부대의 사기가 떨어질 수도 있다. 밀정이라면 오히려 쓸모가 있을지 모른다. 일부러 적들과 가까운 곳으로 보내 내통하도록 유도한 다음 다시 포획하여 정보를 캐내거나, 적에게 허위 정보를 전달하게끔 소부대장에게 귀띔을 해놓았을 가능성도 있었다.

이겨내야 했다. 귀환 시기를 넘기더라도 할 수 없다. 그를 만나기 전에는 다른 곳으로 갈 수 없었다. 포기해서도, 죽어서도 안 되었다.

그렇게, 하루에도 몇 번씩 다짐을 되새기는 사이, 부대는 백두산 자락을 빠져나왔다. 그리고 위치를 알 수 없는 어느 산간 마을 입구에 섰다. 누군가가 '조국이다' 소리치며 눈 속의 흙을 파먹었다. 놀랍게도 그곳은 국경의 안쪽, 만주가 아닌 조선의 땅이었다.

임은 산 한가운데서 농기구들을 파냈다. 대원 한 명을 데리고 가더니 감자도 한 부대가량 파내왔다. 필요한 것을 척척 가져오는 품이 꼭 마법사 같았다. 여기와 저기가 구분되지 않는 숲 속에서, 그것도 온통 하얗게 쌓인 눈 속에서, 어떻게 파묻었던 물건을 정확히 찾아내는지 신기할 따름이었다.

소부대장은 두 명의 정찰조를 보내 안전을 점검한 다음 산 중턱의 귀틀집으로 직행했다. 귀틀집에는 열 명 정도의 대원들이 생활하고 있었다. 우리까지 해서 전 부대원은 15명가량 되었다. 여성 대원은 다섯 명이었다.

새로 편성된 부대는 선발대의 부대장인 안혁이란 자가 맡았다. 안혁은 언뜻 보기에도 간부인 게 티가 나는 인물로, 원래 직책은 중대 정치위원이었다. 40대 초반의 미남자로 군인보다는 학자에 가까운 외모를 지니고 있었다. 앳된 얼굴로 30대인 임보다도 젊어 보였다. 웃는 법이 별로 없고 필요한 말만 했으며 혼자 생각에 잠겨 있을 때가 많았다.

안혁은 허드렛일을 하지 않았다. 몇몇 부대원들과 평복을 입고 산 아랫마을들을 들락날락하는 게 주요 일과였다. 변방의 산골까지 빨갱이 세포가 퍼졌다는 증거였다. 공산주의는 전염병이었다. 안혁은 주민들에게 세균을 실어 나르는 숙주였다. 부대원들을 상대로 토론 회라는 걸 열 때마다 그의 입속에서는 마르크스란 병균이 쉴 새 없이 튀어나왔다.

나머지 대원들의 임무는 작식 공작 및 과동(過冬)용 의복을 만드는 일이었다. 작식은 산비탈의 버려진 땅을 고르는 일로부터 시작되었다. 그들은 직접 농사를 짓고 있었다.

아침부터 해거름까지 열 명 정도의 부대원들이 땅과 씨름을 했다. 동토를 개간하는 일은 쉽지 않았다. 눈을 치우는 것부터가 큰일이었다. 처음에는 곡괭이도 박히지 않았다. 무난히 파내도 돌멩이가 턱턱, 걸렸다. 사방에 퍼져 있는 나무와 잡초의 뿌리는 철사처럼 질겼다. 하지만 공산주의자들은 그 어떤 뿌리보다도 끈질기게 땅속에 뿌리박혀 있었다. 나는 그들의 지칠 줄 모르는 끈기와 독한 근성에 혀를 내둘렀다. 개간이 끝나면 감자를 심게 될 거라는 임의 말이 나에게는 빨갱이에 대한 무서운 비유처럼 들렸다. 지하에서 뿌리를 엮으며 조용히 자라는 감자처럼 그들의 사상이 퍼져나가면 벼나 보리 같은 작물들은 씨 내릴 땅조차 빼앗기지 않겠는가. 임은 감자는 제때에 가을하지 않고 겨울 내내 묵어두어도 녹말로 화해 오래도록 썩지 않는다 했다.

해는 빨리 졌다. 좀 이르다 싶은 저녁을 먹고 나니 벌써 깜깜한 밤이었다. 각자 무기며 의복을 수리하는 시간이 있었다. 나는 바느질에 서툴러 번번이 임의 신세를 졌다. 일은 임이 훨씬 많이 하는데도 옷과 신발은 내 것이 더 쉽게 닳았다. 행군 중에도 나는 짚신 하나를 완전히 버리고 지하족*까지 구멍을 냈는데 임은 처음의 짚신을 아직도 신

고 있었다. 내가 이유를 묻자 임은 세월 지나면 자연히 터득하게 될
거라며 조금 웃었다.

　밤에는 주로 재봉 공작을 했다. 나는 우연히 다른 4사 소부대들이
장백 지방에서 김××가 도안한 새 군복을 만들고 있다는 정보를 얻
었다. 6백 벌에 달하는 엄청난 수량이라 했다. 나는 그 이야기를 믿는
여대원의 순진함에 실소했다. 내가 알기로 김×× 부대는 기껏해야 2
백여 명이 될까말까한 토비 집단이었다. 6백은 가당치 않은 숫자였
다. 우리에게 맡겨진 '빤쓰'의 달성량은 2백 벌이 채 안 되었다.

　날씨가 좋지 않거나 대원들이 다수 정치사업에 나가 인원이 달리게
되면 여자들끼리 모여 앉아 하루 종일 바느질을 했다. 한 사람당 40
벌은 만들어야 했으므로 바느질손을 재게 놀리지 않으면 안 되었다.
하지만 나는 바느질에 서툴렀다. 다른 사람이 두세 개쯤 만들 시간에
하나를 겨우 때워놓는 격이었다. 손가락을 수십 번 찔려가며 열심히
했지만 내가 박음질한 것은 들쭉날쭉 맵시가 훌륭하지 못했다.

　"거 좀 촘촘하게 하라요. 살에 쓸리면 상처 납늬다."

　누군가가 내 바느질에 핀잔을 주자 다른 사람이 날름 받아쳤다.

　"불멸의 빨치산이 고작 요깟 실 때문에 아프단 말여? 철릭에 철사
를 박아도 끄떡없을 일이지."

　다른 대원이 웃으며 말했다.

　"빨치산은 온몸이 강철이지마는 고거이는 쓴 저기 하~도 오래되
이서 애기처럼 연약합니다."

＊ 肢下足. 발목까지 올라오는 신발. 군화.

임이 능을 치며 짐짓 심각하게 명령했다.

"기럼 담금질 잘된 헌거이랑 아직 덜 되어서 물렁물렁한 총각이랑 따로 만들라."

모두가 킥킥대며 웃었다. 나도 웃었다. 제일 어린 영희란 이름을 가진 대원만이 얼굴이 불그레해졌다. 누군가가, 니 애인이 누긴지 다 안다, 손가락으로 옆구리를 찌르며 놀렸다. 영희의 얼굴이 모닥불을 뒤집어쓴 것처럼 금세 달아올랐다. 나는 웃으면서도 은근히 놀랐다. 부대 내에서 '애인'이라고? 혹 성적 노리개 역할을 하고 있다는 게 아닐까. 나는 영희의 얼굴을 자세히 살펴보았다. 원하지 않는 상대를 받아들이고 있는 여자의 표정은 아니었다. 하지만 만주 땅에서 보듯 주민들이 토비의 착취에 기꺼이 응하고 먼저 옷이며 식량 따위를 상납하는 것을 보자면 영희 또한 그렇지 않으리라는 보장은 없었다. 자발적인 노예도 노예는 노예인 것이다.

하루 종일 바느질을 하는 날이면 동네 아낙들이 산비탈의 귀틀집까지 놀러 왔다. 누가 통고를 하는 것도 아닌데 어떻게 아는지 귀신같았다. 올 때는 감자며 떡이며 간소한 것이나마 간식을 챙겨왔다. 대원들은 절대 가져오지 말라고 했으나 본인들이 좋아서 그런다는데 거절할 말도 넉넉지 않았다. 나는 그들을 통해서 내가 '홍암동'이라는 마을의 뒷산쯤에 있음을 알 수 있었다.

함경북도? 함경남도? 어쨌든 나는 고향이 멀지 않은 곳에 와 있었다.

가와무라사마에게서 함경도라고만 들었을 뿐 나는 내 고향이 어디인지 몰랐다. 고향의 모습도, 부모님의 얼굴도 떠오르지 않았다. 내가 널찍한 집에 살았다는 것과 귀염받는 막내둥이였다는 사실만이 어렴풋했다. 그 외에는 온통 불에 대한 기억뿐이었다. 마귀의 울음소리를 내며 타오르던 집, 분주히 뛰어다니던 잿빛 복장의 토비들, 그리고 말을 타고 있던 얼굴이 검은 남자, 이상하게도 그 남자의 얼굴만은 사진을 찍어놓은 듯 또렷했다. 이마에서 콧잔등까지 사선으로 나 있던 칼자국. 그 얼굴을 어떻게 잊을 수 있겠는가. 그가 악덕 지주를 처단하라고 포승에 묶인 부모를 향해 소리치던 목소리는 이미 수백 번 꿈속에서 다시 들었다. 나는 그가 살아 있기를 기원하고 또 기원했다. 아니, 두 눈 멀쩡하게 살아 있을 것임을 의심치 않았다.

아낙들은 하는 일 없이 이런 말 저런 말을 띄엄띄엄 내뱉다가 공연히 시간만 쪼개고 돌아가곤 했다. 사투리가 너무 심해서 무슨 말인지 도무지 알아들을 수가 없었다. 함경도 출신이라는 여대원 하나도 어떤 것은 못 알아듣겠는 모양이었다. 임순례만이 그들의 말을 거의 다 이해했다.

어느 날 아낙네 중에 한 명이 임에게 뭐라고 뭐라고 진지하게 말을 건넸다. 정확하지는 않으나 어차피 농한기라 일손도 놓고 있으니 자기들에게도 일감을 좀 달라는 것 같았다. 임은 좀 있으면 보릿고개인데 오실 때마다 간식 얻어먹는 것만도 미안하다고 만류했으나 아낙네는 워낙 집요하게 들러붙어서 바느질감을 나누어줄 것을 간청했다. 다른 여자들도 마치 오리가 합창을 하듯이 아낙의 말을 반복했다. 저녁나절까지 돌아가지 않고 입구에 지키고 서 있자 결국에는 임이 두 손을 들고 말았다. 임은 이건 빤쓰라는 건데 마름질은 다 되어 있고 세 장을 앞뒤로 붙이게 되어 있으니 선을 따라 어디어디에 박음질만 하면 된다고 상세하게 설명을 해주었다. 임이 석필로 표시를 해주겠다는 것을 아낙은 듣는 둥 마는 둥 매가 먹이를 잡듯 잡아채서는, 알았다고 연신 답하면서 다시 뺏기기라도 할까 봐 황급히 마을로 내려가는 것이었다.

무슨 일이 바빴는지 하루면 해올 수 있는 것을 그들은 며칠이나 끌었다. 나흘째 되는 날에야 만면에 웃음을 띠며 완성품을 가지고 왔다. 대원 하나가, 어머, 하고 외마디 비명을 질렀다. 보따리 속에서 나온 것은 빤쓰가 아니라 평생 보도 듣도 못한 괴상한 옷이었다. 임이, 이게 무슨 옷이냐고 물으니 그제야 뭔가 잘못된 것을 알고 다들 긴장했다. 한 명이 무슨 큰 죄라도 지은 사람처럼 고개를 숙이고 들릴 듯 말 듯한 음성으로, 돌찌야요, 했다. 임이 제일 먼저 웃음을 터뜨렸다.

그들은 뭘 만들어야 할지 몰랐다. 마름질한 천을 놓고 여러 명이 이틀 동안 고심하던 중 한 명이 여러 장으로 조끼 모양을 맞추었다. 옳거니, 돌찌(웃도리)로구나. 산사람들이라 모양이 특이한가 보다. 그제야 모두들 달라붙어 바느질을 시작했다. 짝이 맞지 않아 천이 남았다. 얼씨구나, 하고 마구 잘라 옷고름 다는 데 썼다.

만들어진 것은 숫제 인형 옷이거나 무슨 갓난쟁이 옷이었다. 체격이 작은 영희가 시범 삼아 입어보았다. 간신히 팔은 들어갔으나 앞섶이 여며지지 않았다. 어깨선이 맞지 않아 두 쪽 다 뿔처럼 솟아올랐다. 대원들이 하나 둘씩 웃음을 터뜨렸다. 옷감을 수십 장 버려놓았는데도 아무도 화내는 사람이 없었다. 나중에는 모두들 배꼽을 잡고 웃었다. 아낙들은 영문을 모르겠다는 표정이었다. 얼결에 따라 웃다가 붉게 달아올랐다가 큰일 당한 사람들처럼 흙빛이 되었다. 웃음꽃은 봄바람에 산불 번지듯 그칠 줄 몰랐다.

대충 다음과 같은 대화가 오갔다.

"이게 도대체 뭐야요?"

"돌찌이오다. 하긴 우리도 그런 돌찌는 첨 보기는 하오다만……."

"이곳 돌찌는 원래 이렇게 생겼나요?"

모두들 또 한바탕 웃었다.

"저희가 부탁한 건 우에 입는 적삼이 아니고 아래 입는 빤쓰야요."

"기껏해야 베돌찌나 알지 그런 걸 알아야지오다. 보지도 듣지도 못했소구마."

난 웃음을 참느라 다른 생각은 하지 못했다. 그런데 갑자기 영희가 훌쩍거리기 시작했다. 다른 사람들이 왜 그러냐고 묻자 아예 울음을 터뜨렸다. 임이 영희를 데리고 밖으로 나갔다. 아낙들은 혹 우리 때문에 속이 상해 그러느냐고 물었다. 대원 한 명이 아니라고 극구 부인하면서 쓸쓸하게 웃었다. 자세히 보니 그의 눈에도 물기가 희번거리고 있었다. 나는 물색도 없이 빤쓰가 없으면 안에는 무얼 입느냐고 물었다. 나이 지긋하신 분이 여유 있을 때는 '명지 개재미*'도 썼지만 요즘에는 아무 천이나 구멍만 막고 산다며 힐힐힐 웃었다. 대원 한 명이 잠시 화장실에 간다며 일어섰다. 그때가 되어서야 나는 상황을 이해했다. 그러고 보니 아낙들은 늙건 젊건, 옷이라기보다는 누더기도 못 되는 것을 입고 있었다. 인간 이하의 삶을 각오하고 입대한 군인들보다 더 못한 삶을 살고 있었던 것이다. 나중 듣자니 영희는 엄마 생각이 나서 울음을 터뜨렸다고 했다. 임은 그리운 생각이 드는 것은 어쩔 수 없지

---

* '명주 개짐'의 평북 무산 방언. 개짐은 월경대의 고유어.

만, 빨치산은 주민들 앞에서는 절대 눈물을 보이는 법이 아니라며 훈계했다 한다.

이래저래 한 달이 지났다. 매일매일 똑같은 일과가 반복되었다. 전 대원이 개미처럼 달라붙어 두 마지기 정도 되는 땅을 겨우 개간했다. 물론 장소를 바꾸어 개간은 계속 진행되었다. 이미 만들어진 밭에는 보리를 심는다 했다. 아직 겨울 중에, 추위가 한풀 꺾일 때쯤 씨를 뿌리면 8~9월쯤 보리가을을 하게 된다고 하였다. 그렇다면 그때까지 소부대는 이동을 하지 않는다는 것일까. 나에게는 무척 중요한 일이었으나 누구에게도 물어볼 엄두는 나지 않았다.

한차례 개간이 끝난 후에 본격적인 정치 선동이 시작되었다. 소박한 농민들에게 계급의식을 주입하기에 가장 좋을 때는 언제일까. 농한기인 겨울이다. 그것도 곧 보릿고개가 와 태반 이상 식량고에 시달리게 될 테니 당신들의 가난은 착취 때문이라고 가르치기 딱 좋을 때인 것이다. 마을로 내려가는 부대원의 수가 대폭 늘었다. 일부의 작식 대원과 정찰조를 제외한 모든 대원이 적화사업에 투입되었다. 안혁은 다수의 부대원들을 데리고 어딘가 먼 곳에 다녀온다 했다. 인원이 달려 신입인 나조차 정찰조에 편성되었다. 하필이면 최달성과 복조였다.

정찰은 고된 일이었다. 넓은 지역을 오직 도보로 감당해야 했다. 이미 사냥꾼들의 흔적이 찍혀 있는 곳이면 모르되 그렇지 않은 곳에서는 지나온 발자국을 지우면서 움직여야 했다. 뒤로 걷거나 한 바퀴 돌아 흔적을 어지럽게 만드는 방법도 있었다. 그 많은 토벌대들이 빨치산의 뒤를 쫓다가 어리둥절해지거나 길을 잃게 되는 이유를 알 만했다.

나는 최악의 경우 어떻게 행동할까를 미리 생각해두었다. 아군의
추격을 따돌릴 수 없게 되면, 그래서 결코 살아남을 수 없는 상황에
처하면, 일단은 최를 쏴 죽여야 했다. 내가 아군이라는 사실을 모를
테지만 총을 버리고 투항하면 죽이지는 않을 것이다. 그 뒤 기회를 틈
타 신분을 밝히고, 부대의 근거지로 아군을 끌고 가 작식대와 정찰대
를 제거한 다음, 안이 돌아올 때까지 매복을 하고 있다가 모조리 쓸어
버리면 된다. 마지막으로 몸에 상처를 내서, 혹독한 고문을 받은 것처
럼 꾸며, 빨치산 사령부를 찾아가면 된다. 오히려 신뢰를 얻을 기회가
될 수도 있었다.

우선 나는 최한테 잘 보이기 위해 열과 성을 다했다. 발자국도 깨끗
이 지우고, 최대한 살금살금 걸었다. 나는 기모노를 입고 있다고 상상
하면서 게이샤의 걸음걸이를 흉내 냈다. 상반신의 움직임을 줄이고
무릎을 스치면서 앞발로 걸으면 소리를 내지 않고 이동할 수 있었다.

며칠 동안은 아무 일도 일어나지 않았다. 홍암동 주변은 안전해 보
였다. 정찰 자체가 부대원들의 긴장을 늦추지 않기 위한 연극처럼 여
겨질 즈음이었다.

그러던 어느 날, 최가 갑자기 멈췄다. 왼손으로 나한테 모든 행동을
중지하라는 신호를 보냈다. 총을 눈높이까지 올리고, 무너지듯 몸을
낮추었다. 무언가를 발견한 모양이었다.

한동안 앉아쏴 자세로 긴장을 유지하던 최는 주위를 두리번거리더
니 나에게 따라오라고 했다. 우리는 10미터쯤 떨어진 웅덩이처럼 움
푹 파인 수풀로 이동했다. 최가 고개를 숙이라고 명령했으므로 나는
수풀 안에 낮게 주저앉았다. 주위는 몹시 조용했다. 특수 훈련을 받은

매복조인 모양이었다. 관자놀이에서 식은땀이 흘렀다. 매복조는 보통 십수 명이 함께 움직였다.

판단을 내려야 했다. 주위의 밀림은 울창했다. 최와 나는 두 사람 다 하얀 옷으로 위장을 하고 있었다. 놈들은 우리가 몇 명인지 모를 수 있었다. 일단 총질이 시작되면 두 편 중 한쪽이 몰살하기 전에는 끝나지 않을 것이었다. 서로가 극도로 긴장해 있는 상태에서 항복 따위를 했다가는 수십 군데 총알 구멍이 나서 즉사하기 딱 알맞았다.

나는 정면으로 총을 겨눈 채 주위를 살피고 있는 최의 뒤통수를 훔쳐보았다. 어떻게 할 것인가. 최를 죽이고 계획대로 진행할 것인가, 아니면 좀 더 두고 볼 것인가.

우선 탄알부터 재우자. 나는 장전 손잡이를 붙잡고 한쪽으로 비틀었다. 그런데 채 탄알을 약실에 밀어 넣기도 전에 무언가 선뜻한 것이 목덜미에 와 닿았다. 반사적으로 상대방의 팔을 잡고 반대쪽으로 꺾었다. 큰 실수였다. 상대는 최였던 것이다. 칼을 놓친 최는 무릎으로 내 두 팔을 누른 다음 목덜미에 총구를 들이댔다. 최는 금방이라도 튀어나올 것 같은 눈알을 희번덕거리며 낮은 목소리로 물었다.

"어서 궁글은 간나가 이러 겁대가리가 읎어. 니 어서 났어?"

"하⋯⋯ 함북에서⋯⋯."

"함북 체내가 우째 입질만 하문 서울 깍쟁이야."

"서울서 자라 그래요. 서울말 하는 기생들 틈에서 허드렛일하느라⋯⋯."

최가 무릎에 힘을 집어넣었다. 나는 팔이 너무나 아파 나도 모르게 악, 소리를 지르고 말았다. 최는 그런 나를 내려다보며 한쪽 입만으로 빙긋 웃었다. 들쭉날쭉 면도한 거칫한 인중 부위가 뱀 비늘처럼 빛났다. 나는 그제야 매복조 따위는 없다는 사실을 깨달았다. 최는 입만으로 웃다 못해 클클클, 침을 튀기며 웃었다.

"남으 노레보는 기 눈노리만 봐도 알갔구만 안 대장 그거이 말이 식재지 말금이 옳어. 구미호가 사람이 못 된 이유는 다릉 기 아이야. 그 빌어 처먹을 꼬랑지가 체신머리읎이 자꼬 빠져나오는 기지. 낯반데기 반반한 뻬깡쳉이가 행군을 모하나, 총 드는 기 스투나, 남자 뻬마리르 치구두 남아. 대차 니 누기야. 왜놈들 끄나불이네?"

"끄나불은 너나 해라. 나는 조선의 빨치산이다."

나는 얼결에 침을 뱉듯 말해놓고 깜짝 놀랐다. 어디서 이런 말이 튀어나왔단 말인가. 최는 내 뺨을 두세 차례 갈겼다. 꺼끌꺼끌한 주둥아리로 내 목덜미를 파고들었다. 억센 힘에 팔다리가 묶인 나는 그의 어깨를 물어뜯었다. 그는 악, 소리를 내며 뒤로 물러났다가 또 씩 웃었다.

"장미를 꺾을라구 기래문 까시가 돋혜 있어서 내뜩 찔린데더니."

그는 내 오른쪽 가슴을 힘껏 물어뜯었다. 내가 비명을 지르자 그는 내 왼쪽 가슴을 주먹으로 내리쳤다. 쇳덩이가 몸에 와 부딪치는 느낌이었다. 너무 아파 숨조차 쉴 수 없었다. 그는 벌써 내 웃옷을 헤치고 앙가슴을 파고들고 있었다. 몸을 틀어 반대쪽으로 기었다. 그의 얼굴을 걷어차고 겨우 빠져나올 찰나에 발목을 붙들렸다. 사람 살려, 하고 소리 지르자 이번에는 얼굴 위로 주먹이 쏟아졌다. 나는 반쯤 실신하여 풀숲 위에 쓰러졌다. 그가 낄낄낄 웃으면서 말하는 소리가 어렴풋이 들려왔다.

"낭청 뜰지 말구 기다려. 막힌 가다리를 확 뚫버줄 틴게."

나는 의식을 잃지 않았다. 그런데 몸이 꿈쩍도 하지 않았다. 옷 속으로 수백 마리의 갑충이 쳐들어오는 감촉에 이를 악물며 나는 푸른 하늘을 보았다. 그러자 고요했던 숲 속에서 수많은 소리들이 들려왔다. 그것은 바람 소리 같기도 하고 풀숲 넘어지는 소리 같기도 했다. 발소리, 새의 날갯짓 소리, 맹수의 포효하는 소리 따위가 한꺼번에 귓속에 밀려들어와 정신을 차릴 수가 없었다. 그것은 어린 시절, 집이 불타는 광경을 지켜보며 들었던 바로 그 소리들이었다.

네 개의 이름을 가진 여자

한 명의 인간은 하나가 아니다. 모든 인간은 여러 개의 '나'로서 살아간다. 여러 개의 나는 인간 생존의 전제다.

한 남자가 있다. 그는 아버지이면서 아들이다. 조직 사회의 일원이면서 동시에 가족의 일원이다. 대낮에 낙태 수술을 한 손으로 저녁때는 자식의 머리를 쓰다듬고, 어제는 정부에게 내맡겼던 몸으로 오늘은 아내를 안는다. 그는 미치지 않았다.

가족을 사랑하는 킬러, 스타벅스를 애용하는 민중운동가, 창녀를 경멸하는 페미니스트, 고리대금업을 하는 목사……. 그들은 정상이다. 성경 왈, 오른손이 한 일을 왼손이 모르게 하라. 다만 인간은 무수히 많은 손을 가진 다지류(多肢類)다.

어류의 간뇌와 파충류의 중뇌, 영장류의 대뇌피질을 가지고, 냉철한 좌뇌와 감성적인 우뇌로 분리된 그 혹은 그녀는, 다섯 개일 수도,

열 개일 수도, 스무 개일 수도 있다. 그래야만 사회에서 살아남을 수 있다. 엄마가 그렇게 하면 나쁜 애라고 했지. 역시 우리 예쁜이는 착해. 남자가 쪽팔리게 그게 뭐냐? 우리는 민족중흥의 역사적 사명을 띠고……. 물론 나는 '가면'이 아니다. '가면' 따위로 나를 설명할 수는 없다. 나는 어디까지나 '가면들'이니까.

'자아 정체성'이란 착시 현상을 설명하기 위한 소용돌이 그림과 비슷하다. 초점 없이 바라보면 그림은 마구 회전하는 것처럼 보인다. 하지만 원환 중앙의 점을 응시하면 그 점을 중심으로 움직임이 멎게 된다. 한 명의 인간이 수십 개의 원환을 가지고도 미치지 않고 살아갈 수 있는 것은 일시적인 중심, 즉 '주체의 고정점'을 갖고 있기 때문이다. 조금만 연습하면 몇 초 안에 전체 그림을 안정시키면서 자아를 이동시킬 수 있다. 어떤 사람들에게는 가면을 바꿔 쓸 능력이 결여되어 있다. 그들의 상당수는 정신병원에 갇히거나 통제 불가능한 범죄자가 된다.

서린이 김주희에게서 최초로 의심한 것은 외상에 의한 부분기억상실증이었다. 부분기억상실증은 추상적인 기억, 다시 말해 학습된 지식이나 정보는 보존하되, 고통을 주는 특정한 사건 내지는 개인적이고 경험적인 기억 전체를 소실하는 증상을 말한다. 사는 데 필요한 것들은 남기고 불쾌한 것만을 잘라 없앤다는 식이다. 심인에 의한다는 점, 지능을 보존한다는 점에서 후천성 기억상실증과 다르며 매우 특수한 현상이다. 하지만 김주희는 가장 외상이 됨직한 양아버지의 살인 사건에 대해서 선명하게 기억하고 있었다. 김주희가 곤란을 겪고 있는 부분은 오히려 스무 살 이전의 기억이었다.
　또 하나 의심할 수 있는 것은 분리성 자아 정체 장애였다. 과학의 바깥에서는 빙의(憑依)라고도 불리는 현상. 여러 개의 인격을 덧가지게 되는 것으로 생각하기 십상이지만 사실은 주체의 소실점을 상실하는 병이라는 편이 옳다. 여러 자아가 서로의 존재를 모른다는 게 특징이다. 주(主) 인격이 다른 인격을 통합하면 증상이 호전된다. A, B, C, D, E의 자아가 있을 때 A에게 B의 존재를 알려주면 B를 없앨 수 있다. 정확히 말하면 없애는 게 아니라 이동 가능한 원환으로 B를 통합하는 것이다.
　서린은 김주희가 1인칭 주어를 사용하지 않는다는 점, 자신을 3인칭으로 부른다는 점에 주목했다. 사람이 한 명 더 있었다. 화려한 옷을 즐겨 입고, 성격이 직선적이고, 자신이 예쁘다는 사실을 알고 있는 또 한 명의 여자. 바로 줄리였다. 하지만 주희는 줄리를 알고 있었다. 둘은 마치 오래된 친구처럼 지내고 있었다. 분리성 장애가 아니었다.
　주희의 첫 번째, 세 번째 살인에 대한 묘사는 정확했다. 꼭 스스로 저지른 일처럼. 그러나 서린은 살인 사건에 관한 신문 기사와 뉴스 보도를 한꺼번에 열람한 다음 생각을 바꿨다. 목격하지 않은 사람도 충분히 유추 가능하다는 판단이 섰다. 더구나 두 번째 네 번째 살인에 대한 진술은 사실과 달랐다. 사진작가는 독살당했지 잔인하게 찢겨 죽지 않았다. 인터넷을 오랫동안 뒤져보았지만 최근 실종된 복지사업가에 관한 얘기는 없었다. 서린은 주희가 오랫동안 폭력의 환상을 키워왔으리라고 짐작했다. 죽고 싶다는 욕망, 죽이고 싶다는 욕망. 지금까지는 마음의 의지가 되는 오빠가 있었으므로 잠재된 폭력성이 겉으로 드러나지 않을 수 있었다. 그러던 어느 날 오빠가 사라졌다. 현실을 받아들일 수 없어 괴로워하던 중에 신문에서 연쇄 살인에 대한 기사를 보았다. 그러자 관계망상*이 고개를 들었다. 아, 오빠는 떠난 게 아니구나. 내 욕망을 대신 성취해주려고 잠시 외출했을 뿐이구나. 이를테면 두 마리 토끼 잡기였다. 버림받은 게 아니라고 합리화하고, 오랫동안 꿈꿔온 살해 욕구도 대리충족하고……. 일단 상상한 것을 그럴듯한 이야기로 만들었으면 다음은 쉽다. 무조건 사실이라고 믿어버리면 된다.

검사 나리가 맞장구를 쳐주었다. 꼼꼼하게 확인해보지도 않고 토끼덫 노릇을 해주겠다고 나섰다. 수사는 미궁에 빠지고, 출세욕은 벽에 부딪치고……. 궁지에 몰리자 범인을 잡을 수 있는 중요한 단서라고 믿고 싶어졌다. 항상 같이 믿어주는 사람이 있어야 환상의 알리바이는 성립하고 환상은 힘을 얻게 마련이니까.

---

* delusion of reference | 자신과 관계없는 사건을 자신과 관련된 것으로 파악하는 망상증의 하나.

기억이란 교묘한 것이다. 끊임없이 사실을 위조하고 변명을 해대는데 망각이란 놈이 그때그때 적절하게 맞장구를 쳐준다. 기억은 다 알면서 모르는 척하는 교활한 노인, 아무것도 모르면서 아는 척하는 애송이를 닮았다.

열에 아홉은 기억 자체를 잃는 게 아니다. 번호판을 기억하지 못하는 도주범 목격자가 최면의 도움을 얻어 숫자와 문자를 정확히 기억해내거나 몽타주를 그려내는 경우는 드물지 않다. 소실되는 것은 기억에 접근할 수 있는 단서나 통로다. 인간의 뇌 속에는 버려진 열쇠꾸러미가 아주 많다. 인간은 기억 용량이 모자라서가 아니라 '나'의 통일성을 유지하기 위해 망각한다.

서린은 책상 위에서 한숨을 쉬었다. 벌써 한 시간째 손은 하얀 종이 위에 그림만 그리고 있었다. 주희의 얼굴은 잘 그려지지 않았다. 구석구석 선명하게 떠오르는데도 이미지를 포착할 수 없었다. 서린은 책상 위에 딸깍, 소리 나게 펜을 놓았다. 공허해진 손으로 디지털 녹음기의 재생 버튼을 눌렀다.

―왜 스무 살에 집을 나왔나요?

―원래부터 그렇게 하기로 되어 있었던 것 같아요.

―원래부터? 왜?

―모르겠어요.

―어디로 갔지요? 갈 데가 만만치 않았을 텐데.

줄리―그녀는 확실히 주희가 아니었다―는 이 대목에서 시니컬하게 웃었다.

―고등학교를 갓 졸업한 스무 살짜리 계집아이가 어디로 갈 수 있

었겠어요.

—떠올리기 싫으면 말하지 않아도 돼요.

—상관없어요. 말하고 싶진 않지만 말 못할 이유도 없죠.

—그럼 말해봐요.

—처음에는 정말 갈 곳이 없었어요. 친구도 없고 아는 사람도 없으니까. 기차역이나 전철역은 무서워서 엄두도 못 냈고. 여관은 매일 자기엔 비쌌고. 몇천 원짜리 캡슐 룸도 있었지만 여자는 받지 않더군요. 음식점에 갔더니 아줌마만 받는다고 했고, 카페에 갔더니 대학생만 뽑는다고 했어요. 어디에선가는 휴대전화가 없다고 했더니 고개를 저어요. 얼마 안 되는 돈은 점점 떨어지고……. 그러다가 어느 날 어떤 남자를 만나요. 같이 술을 마셔달라고 하더군요. 재워줄 수 있냐고 했더니 그렇게만 해주면 뭐든지 다 해줄 수 있다고 했어요. 그리고……, 그 다음부터는 술집 거리를 방황하다가 남자한테서 돈을 받아요. 하지만 그 일도 오래 할 수는 없었어요.

—계속 할 일은 아니라는 생각이 들었던 거군요.

—아니요.

—그럼?

—어느 날 다섯 명쯤 되는 여자애들이 면도칼을 들고 찾아와요. 그렇게 생활하는 애들이 나뿐만이 아니었던 거예요. 그애들은 나보다 어려요. 열네 살밖에 안 되는 애도 있어요. 그런데 그애들은 여러 명이고 나는 혼자예요.

서린은 잠시 어떤 표정을 지어야 할지 몰랐다.

—나는 원조교제도 할 수 없고 보도방에도 갈 수 없어요. 나이도

많고, 혼자인 데다, 전화도 없으니까요. 결국 나는 먹여주고 재워준다는 사창가로 가요. 어떤 언니가 사창가에 올 수 있었던 걸 다행으로 생각하라는군요. 못생겼으면 어림도 없었다고. 난 손님들한테 별로 인기가 없었지만 언니들은 나한테 잘해줬어요. 그곳은 따뜻한 곳이에요.

서린은 상담을 하면서 감정의 굴곡을 느끼거나 필요 이상으로 흥분한 적이 거의 없었다. 하지만 주희의 이야기를 들으며 서린은 분노했다. 사창가가 따뜻하다니. 기억을 소실한다고 했을 때에는 불쾌한 것, 기억하고 싶지 않은 것을 먼저 잃는 게 보통이었다. 집을 나온 이후 주희의 삶은 상상하면 상상할수록 끔찍한 것이었다. 그렇다면 스무 살 이전은 어땠다는 말인가. 서린은 이런저런 생각에 잠시 듣기를 멈추었으나 녹음기는 재생을 계속하고 있었다.

—그곳에서 2년쯤 지냈을 때 오빠가 나를 찾아냈어요. 어떻게 찾았냐고 물어봤더니 이 사회에서 주희 같은 여자애가 혼자서 살아갈 수 있는 방법은 사창가에 가는 방법밖에 없다고 했어요. 오빠는 모르는 게 없어요. 못하는 것도 없어요. 어떻게 했는지는 모르지만 포주를 만나 한 시간쯤 얘기하더니 돈 한 푼 안 들이고 주희를 빼냈어요.

—그렇게 된 거군요.

—오빠는 주희한테 집을 줬어요. 뭐든지 배우라며 돈도 줬어요. 오빠는 학교에 들어가라고 했지만 줄리는, 아니 주희는 패밀리 레스토랑에서 운영하는 학원에 들어가서 바텐더가 되는 길을 택했죠.

—오빠는 어떻게 돈을 벌었죠?

—마녀한테서 훔쳐왔다고 했어요. 틈틈이 과외 같은 것도 하는 것

같았어요. 정말 신기하게도 오빠는 적게 일하면서도 돈을 아주 많이 벌어왔어요.

　—그럼 남는 시간에는 뭘 했죠?

　—도서관에 가서 책을 읽는다고 했어요. 오빠는 정말 모르는 게 없어요. 아마 퀴즈 프로그램 같은 데 나가면 무조건 일등일 거예요. 그런 오빠가 뭘 더 공부할 게 있는지 난 신기하기만 했어요.

　서린은 녹음기의 정지 버튼을 눌렀다. 스무 살 이후 주희의 기억은 논리적이고, 공백이 없었다. 거짓말이거나 환상으로 보기도 어려웠다. 그렇다면 기억이상의 원인은 무엇인가. 인간의 뇌는 바둑판 같은 공간이 아니다. 케이크를 자르듯 일부분만 먹어치울 수 없다. 만약 그 경계선에 충격적인 사건이 있었다면 몰라도. 그래. 스무 살 전후에 정신적 충격을 받고, 한동안 그것을 망각하거나 억압하고 있다가 최근에 그것과 같은 사건을, 아니 똑같다고 생각되는 사건을 다시 겪었다면 가능하다. 몇 가지를 유추할 수 있었다. 양아버지의 죽음에 죄책감을 느껴서 양아버지와 관련된 기억을 묻어버리기로 했다든지. 혹은 오빠에게서 버림받았다는 생각이 들자, 그 생각을 억압하기 위해, '버림받았다'를 상기시키는 모든 사건을 지워버리기로 했다든지.

　서린은 약간 들뜬 기분이 되어 백지 위에 주희의 얼굴을 다시 그려보았다. 그러나 여전히 명료하게 그릴 수 없었다. 추측은 가능하다. 하지만 분석을 위해서는 구체적이어야 한다.

　기억을 되살리는 방법에는 대략 두 가지가 있다. 첫 번째는 산파술. 환자가 스스로 회복하도록 내버려두되 온전하게 기억을 되찾을 수 있게 도와주는 방법이다. 불안감을 없애주고, 외롭지 않도록 말벗을 해주고, 연상 게임을 하거나 기억이 떠오를 만한 곳을 자주 가보도록 하여 좋은 환경을 만들어준다. 두 번째는 겸자술. 환자를 최면하여 필요한 기억을 되살리는 방법이다. 속도가 빠르다는 장점이 있지만 위험하다는 게 단점이다.

최면이나 암시를 잘못하면 영구히 기억 능력을 잃을 수도 있다. 인간의 기억은 도서관의 색인처럼 바꿔 달 수 있는 것도 아니고, 컴퓨터처럼 백업을 하거나 다시 깔 수도 없다. 최면요법은 최후의 수단이다. 이런저런 처방도 듣지 않을 때 마지막으로 선택하게 되는 일종의 극약 처방이다. 현재까지는 상담도 약도 효과가 없었다.

생각해보면 위험한 상황이었다. 범인이 잡혔는데 오빠가 아니라면? 주희는 환상을 지탱할 수 없게 된다. 오빠가 돌아온다 해도 혼란에 빠질 것이다. 피해망상에 시달릴 수도 있고 직접 살인을 시도할 수도 있다. 오빠가 범인으로 판명되면 해결될 것 같지만 그렇지도 않다. 상황은 오히려 더 나빠진다. 환상은 환상으로 남아 있어야만 제 기능을 다 할 수 있기 때문이다. 환상이 충족되면 주희와 현실 사이의 완충지대는 사라질 것이다. 그 결과는 심각한 자아 분열, 최악의 경우 자살이다.

살인 사건이 결론을 맺기 전에 주희는 기억을 되찾을 필요가 있었다. 그냥 내버려두면 줄리의 환상은 수단 방법을 가리지 않고 주희의 기억을 억압할 것이었다. 어쩌면 범인은 당장 내일이라도 잡힐 수 있었다. 서린은 펜을 책상 위에 딸각, 소리 나게 내려놓았다.

서린은 사면의 블라인드를 내렸다. 방은 적당히 어두워졌다. 작은 빨간 등불로 암시를 주어 주회를 최면 상태에 빠지도록 했다. 약물을 투여한 것도 아니고 질문도 하지 않았는데 곧장 눈꺼풀에 REM*이 나타났다. 초보자들이 대여섯 번째쯤에 최면에 성공한다는 점을 감안하면 상당히 민감한 반응이었다.

—뭐가 보이나요?

—푸른 하늘.

—어디에 있죠?

—방에 있어요.

—방에서 뭘 하죠?

—좁은 다락방이에요. 조그만 창문으로 하늘이 보여요. 나는 이곳에 있는 걸 좋아해요.

—왜요?

—여기에선 혼자일 수 있으니까요.

—가족들과 함께 있는 게 싫은가요?

—가족들은 여기 없어요. 여기 있는 사람들은 나한테 잘해줘요.

—몇 살이에요?

—열 살.

—이름이 뭐에요?

—유키히메. 아오아메 유키히메.

서린은 의아했다. '유키히메'라니?

—일본인인가요?

---

* Rapid Eyes Movement의 약자. 얕은 수면 상태에서 안구가 빠른 속도로 움직이는 현상.

—네. 하지만 조선 태생이에요.

—그럼 조선 이름은 뭐죠?

—말할 수 없어요. 이곳에서는 오카 상을 제외하고는 제가 조선 사람인 걸 아무도 몰라요.

—그곳이 어디죠?

—기온 코부.

—그게 어디죠?

—교토 역에서 멀지 않은 곳에 있어요. 여섯 개 하나마치 중의 하나죠.

교토? 하나마치? 서린은 머뭇거렸다. 표정을 보나 환자 모니터로 보나 주희는 최면 중이었다. 최면 중에 거짓말을 하는 것은 불가능했다. 서린은 탁자 위 녹음기가 제대로 작동하고 있는지 확인했다.

—유키히메?

—네.

—조선 이름이 뭐죠? 진짜 이름을 알고 싶군요.

—진짜 이름 같은 건 없어요.

—그래도 나는 조선 사람이라 조선 이름을 알고 싶군요. 아직 다락방 안에 혼자 있나요?

—네.

—그럼 말해봐요. 조그맣게 속삭이면 아무도 못 들을 거예요.

—그래도 말할 수 없어요.

—그러지 말고 말해봐요. 아무한테도 말 안 할게요.

—…….

―어서요.

―서…… 설희.

―설희. 예쁜 이름이군요.

서린은 가슴이 철렁했다. 줄리만 있는 게 아니었다. 또 하나의 인격이 있었다. 어쩌면 훨씬 더 많은 인격들이 있을지도 모를 일이었다.

설희의 기억을 간추려보자면 이랬다. '나'는 평안도 지주집의 외동딸로 태어나 여섯 살까지 희수(稀壽)라는 아명으로 살았다. 그런데 자신이 여섯 살 되던 해 부모님이 마적의 습격을 받아 살해당했다. 마적을 소탕하기 위해 출동하신 일본 육군 소좌 가와무라사마가 고아가된 '희수'를 거두어주셨다. 그 뒤 '나'는 서울에 있는 저택으로 옮겨가 가와무라사마의 메카케(첩)이자 서울 기생 출신인 '초희'라는 여자와 지냈다. 그곳에는 '설희' 같은 조선 아이들이 몇 명 더 있었다. 초희는 '희수'와 '초희'의 '희'를 살리고, 눈 위에서 발견된 아이라하여 나를 설희(雪姬)라 불렀다. 가와무라가 아오아메라는 성을 붙여주었다. 나는 한 명의 일본인으로 열여섯 살이 될 때까지 교토의 기온거리에서 성장했다. 게이샤 집의 부엌데기였다는 것이었다.

도대체 어느 시대 얘기인가? 난 어딘가 다른 데서 태어났어요, 지금 나를 키우고 있는 부모님은 진짜 부모님이 아니에요……. 아버지가 나를 홀딱 벗겨놓고 때려요……. 이건 정말 비밀인데, 매일 밤 아빠가 내 침대로 와요…… 등등. 주희의 환상은 신경정신과를 찾아오는 여아들의 전형적인 환상과는 조금 거리가 있었다.

두 번째 최면에서 서린은 시간을 지정했다. 현재의 연도와 나이를 인식시킨 다음 천천히 과거로 거슬러 올라가는 방법이었다. 주희는 최면 상태에서도 스무 살 이전의 사건들을 기억하지 못했다. 오히려 정상적인 상태보다 못해서 아예 백지처럼 비어 있었다. 서린은 포기하지 않고 계속 숫자를 세었다. 그러자 유아기억상실증기의 기억 하나가 인출되어 나왔다.

―무엇을 보고 있나요?

―푸른 하늘.

―어디서?

―눈 위에서. 등이 차가워요. 얼어 죽겠어요.

―지금 당신은 몇 살이죠?

―다섯 살, 아니 여섯 살. 잘 모르겠어요. 아, 이런.

―왜 그러지?

―마을이 온통 불바다예요. 말을 탄 사람들이……, 마을을 짓밟고 있어요.

주희의 맥박이 빨라지고 있었지만 서린은 질문을 계속했다.

―말 탄 사람을 자세히 봐. 어떻게 생겼지? 혹시 아는 사람이 있어?

―한 명의 얼굴이 낯설어요. 하지만 누군지는 모르겠어요.

―몇 살쯤 됐지? 복장은 어때?

―젊어요. 다른 사람들은 털옷을 입고 있는데 그 사람은 황색 군복을 입고 있어요. 혼자서 하얀 말을 타고 한쪽엔 권총을 차고 있네요.

―군복에 대해서 자세하게 묘사해봐요.

―긴 코트인데 짙은 황색 군복이에요. 신발은 갈색 긴 부츠인데 밑부분을 털로 감쌌고, 모자도 감쌌는데 안으로 붉은 테가 보이네요. 그런데…….

주희의 눈에 갑자기 눈물이 어렸다. 주희는 몹시 울기 시작했다. 흐느끼는 소리라 다 알아들을 수는 없었지만 갓난아기 옆에는 아빠가 쓰러져 있고, 또 멀리서 갓난아기를 발견한 엄마는 이쪽으로 뛰어오다가 군복을 입은 사람의 권총을 맞았다는 것이었다. 불길이 눈앞을 가려 아무것도 볼 수 없다고 하는 데다가 맥박도 급상승하고 있었으므로 서린은 서둘러 최면을 종결시켰다.

첫 번째 최면에서 주희는 자신이 게이샤 촌에서 식모로 일했다고 했다. 가와무라라는 일본 군인이 마적에게 습격당해 죽게 된 것을 살려주었다고 했다. 만약 눈 위의 갓난아기가 커서 설희가 된 거라면 설희는 일제 강점기에 출생한 여자라는 얘기가 된다. 1978년도의 것으로 추정되었던 주희의 최초의 기억—갓난아기인 채로 눈 위에 버려져 어머니가 총에 맞아 쓰러지는 장면을 목격했다는—은 설희의 기억과 뒤섞인 것이었다. 두 번째 최면에서 깨어난 주희는 애초에는 기억하고 있던 1978년도의 일을 깨끗이 잊었다. 덕분에 서린은 중요한 단서를 얻었다.

'전생 체험'이라는 게 있다. 최면 중에 자신의 전생이라고 믿어지는 사건들을 체험하는 현상. 드문 현상은 아니다. 최면에 걸릴 수 있다면 거의 대부분이 전생 체험 또한 할 수 있다. 주희는 최면에 민감한 편이었다. 현실의 기억이 억압되어 있으므로 전생의 기억이 대신 인출될 가능성도 있다. 재밌는 것은 전생 체험은 있어도 전생은 없다는 것이다. 전생 또한 환상이다.

1978년 무렵의 어렴풋한 외상은 2, 30년대를 배경으로 한 전생의 짝패와 결합된 채로 현실과 환상의 경계선에 아슬아슬하게 걸려 있었다. 마치 물 위에 떠 있는 부표처럼. 그러다가 최면을 통해 전생의 기억이 구체화되자 다른 기억들처럼 환상의 영역으로 넘어가면서 망각되었다. 질량이 증가하면서 무의식의 수면 속으로 가라앉아버린 것이다.

줄리는 주희에서 왔다. 왜? 발음이 비슷하니까. 게이샤의 집은 가족들로부터 버려져 외딴집에 살아야 했던 유년 시절의 반복이다. '가족들은 여기 없어요.' 집을 나와 처음으로 정착했던 사창가 체험의 변형이기도 하다. '여기 있는 사람들은 나한테 잘해줘요.' 가와무라는 설희를 죽음의 문턱에서 구원해준 오빠의 대역이다. 서린은 오빠를 사랑했느냐고 묻자 줄리가 목을 조르며 강하게 저항하던 때를 떠올렸다. 줄리는 오빠를 사랑하기 위해 만들어낸 인물. 여동생은 안 돼도 여동생의 친구는 되니까. 주희의 전생은 정교한 환상으로, 현실의 복잡한 대체물이었다.

두 개의 기억은 모두 '푸른 하늘'에서 시작했다. 아오아메 유키히메는 유년 시절 혼자서 푸른 하늘을 보던 기억과 눈 위에 홀로 버려진 기억에서 나왔다. 일어를 잘하는 간호사에게 물어보니 한자어로는 청천설희(靑天雪姬). 번역하면 '푸른 하늘, 눈꽃 여왕'이라는 뜻이란다. '설희'와 '주희'는 일종의 자매로 '종희'와 함께 '희' 자 돌림이다. 다른 이름 같지만 동음으로 긴밀하게 묶여 있다. '희수' '초희'가 '희' 자에서 온 것과 같다. '희수'의 '희(稀)'는 원래 '드물다' '귀하다'의 뜻인데 기생 '초희'를 통과하면서 '첩'을 의미하는 '희(姬)' 자로 바뀌었다. 창녀가 되기는 했지만 원래는 귀한 신분이었을 거라는 유년 시절의 소망이 투영된 것이리라.

그런데 주희의 전생 체험은 좀 특이했다. 보통은 한두 시간이면 일생을 다 볼 수 있는 게 보통이다. 어린 시절을 체험하더라도 다 늙은 노파가 지난 인생을 회상하듯 뒷얘기를 다 알고 있다는 식이다. 그런데 주희의 기억은 퍼즐처럼 조각나 있었다. 주희는 기억하기를 회피하고 있었다. 환상 속에 등장하는 검은 얼굴의 사내가 증거였다.

환상은 지하실을 혼자 쓰다가 진짜 기억이 쫓겨 내려오자 곧 그것과 뒤섞여 한 몸이 되었다. 혹은 전생이라는 이름의 보아뱀이 현생이라는 이름의 코끼리를 삼켜버렸다. 찌그러진 모자에 불과한 지금의 상태를 원래대로 되돌리려면? 1번. 보아뱀의 배를 가른다. 2번. 코끼리를 꺼낸다. 3번. 보아뱀의 배에 다른 먹이를 채워주고 봉합한다. 3번이 특히 중요하다. 보아뱀을 비워놓으면 코끼리는 다시 먹힌다.

환상을 없애면 현실도 사라진다. 거꾸로 환상의 문제를 해결해주면 현실의 상처도 낫는다. 어떤 남자는 정체불명의 두통을 앓고 있었다. 전생 체험해보니 전생에 총을 맞은 자리였다. 그 사실을 기억하게 해주었더니 두통은 사라졌다. 마음 때문에 몸이 아픈 사람은 납득할 만한 핑계를 대주면 증상이 사라진다. 속임수이지만 효과는 좋다.

주희의 기억은 환상과 합금처럼 뒤섞인 채 수면 아래 깊숙이 가라앉아 있었다. 녹여서 진짜 기억과 가짜 기억을 분리해내려면 일단은 물 밖으로 끄집어내는 게 수순이었다. 주희는 현생을 기억하기 위해서 전생의 기억부터 기억해야 했다. 우선은 주희의 환상을 묵묵히 따라가볼 필요가 있었다.

늦은 밤, 서린은 책상을 손가락으로 두드리고 있었다. 앞에는 서류들이 잔뜩 펼쳐져 있었다. 다 식어버린 커피에서 비린내가 났다. 머릿속에서 매듭 하나를 보는 기분이었다. 알렉산더 외에는 결코 풀지 못했다는 고르디우스의 매듭. 알렉산더는 검을 휘둘러 쉽게 매듭을 잘랐다. 하지만 그것은 정복과 통치의 방식이지, 의사의 치료 방법은 될 수 없었다.

스탠드 밑에서 알록달록 빛나는 종이 무덤이 햇빛 아래 일광욕하는 아마존 악어처럼 무시무시해 보였다. 1차분의 전생 체험 결과는 놀라웠다. 주희의 환상은 대단히 구체적이었다. 한마디로 디테일이 훌륭했다.

서린은 한국 공산주의를 연구했다는 한국인 사학자에게 자문을 구했다. 1930년대 좌파 부대에 관한 정보와 일본 측 스파이의 가능성에 대해 간략하게 물었다. 대답은 길었으나 요약해보면 이랬다. 좌파 부대에는 '조선의용군'과 '동북항일연군'이 있었다. 전자는 조선인으로만 이루어진 부대이며, 후자는 조·중 합작 부대로 그중 한 사단을 김일성이 이끈 것으로 알려졌다. 특무대 출신의 밀정이 많았다. 김일성 부대에 침입한 여성 스파이의 기록이 있다. 기생 출신으로 독립군과 일본군을 오간 이중간첩도 알려져 있다.

그 외에도 그는 수십 권의 참고 자료를 이메일로 보내주었다. 자신이 잘 안다는 일인 학자—하필 이름이 가와무라였다—의 이메일 주소를 알려주고 자신의 이름을 말하면 친절하게 자료를 찾아줄 거라고 덧붙였다.

그가 말한 총독부 기록에는 1938년 여름 당시 치안이 가장 불량했던 봉천성과 안동성의 경계 지역인 동변도 지방에 잠복해 있던 동북항일연군 제1로군 제6사장 김일성 부대에 김영숙이라는 20대 여성이 이미 사망한 장교의 부인이라며 잠입한 사실이 기록돼 있었다. 그녀는 일본의 밀정으로 당시 1로군의 규모와 역량, 내부 사정 및 군사 작전 등을 조사할 목적으로 파견되어 1년간 김일성 부대에 머물다가 무사히 귀환했다. 다른 스파이에 대한 기록은 '현대사 자료'에서 찾을 수 없었다.

서린은 가와무라에게 이메일을 보냈다. 영어를 모른다는 답장이 와서 일어로 바꾸어 두 번을 더 보내 부탁한 끝에 답장을 받았다.

당시 항일군이라면 김좌진 부대 아니면 김일성 부대다. 일본은 스파이 조직을 갖고 있었으나 조선인은 받아들이지 않은 것으로 알고 있다. 가장 권위 있는 자료라면 총독부의 것인데 나는 그런 사실을 읽어보지 못했다. 만약 한국인들의 수기에 대해서 말하는 것이라면 세계적으로 식민지인들의 기록이 왜곡되거나 과장된 경우가 많다는 것을 말해두고 싶다.

안타까운 일이지만 분노에 찬 식민지인들의 증언을 아무 증거도 없이 믿는 것은 민족주의이지 학문이 아니다. 지나간 역사에 관심을 갖는 것은 중요한 일이지만 정확한 사실을 알고 싶다면 주관으로 흐르기 쉬운 개인적인 기록보다는 공식적인 기록을 참고하는 편이 옳을 것이다. 내가 알기로 당시 조선어로 된 권위 있는 기록 매체는 존재하지 않았다.

어디까지나 '나는 못 읽었다'는 얘기였다. 기록되지 않았으므로 설사 있었다 해도 학자로서 언급할 수 없다는 식이었다. 일견 합리적인 태도인 것 같지만 교묘한 국수주의였다. 그는 세계주의자의 옷을 입은 일본인이었다.

서린은 억울한 마음에 주희의 기억을 다 믿어버리고 싶은 충동을 느꼈다. 하지만 객관적인 근거 없이 판단한다는 것은 정말이지 학자답지 못한 짓이었다. 서린은 과학자라는 자신의 한계 앞에서 이중의 모욕을 느꼈지만 가와무라의 말을 거부할 수는 없었다.

서린은 서씨가 소개해준 책을 차례대로 훑었다. 일주일 동안 30권 정도를 속독했다. 서씨의 말대로 스파이는 충분히 가능성이 있었다. 여성이 다수 있었다는 것도 사실과 같았다. 하지만 김주희는 김영숙일 수 없었다. 시기상으로도 1년 차이가 졌고 연령, 입대 사유, 입대 지역 모두가 달랐다. 서린은 약 백여 명의 이름을 찾아냈다. 현재까지 알려져 있는 여성 대원 중 '설희'라는 이름은 없었다. '임순례'도 없었다. 안씨 성을 가진 정치위원이 한 명 있었으나 14단 소속이었다. 서린은 몇 개의 문장 앞에서 막막해졌다. 항일무장연군은 '한때 20여만 명에 달'했다. 가장 줄어들었다는 '1940년경 동북항일연군의 대오는 약 1000여 명' '제1로군은 300~350명 정도'였다. '36년 37년에는 다수의 소년이 항일연군에 합류'했다. 서린은 이름 찾는 것을 포기했다.

기록되지 않은 이름이 많다는 것을 감안하더라도 김설희의 진술에는 믿을 수 없는 구석이 적지 않았다. 주희는 '김'이라고만 했을 뿐 대장이란 자의 이름도, 얼굴도, 기억해내지 못했다. 얼굴이 검게 보인다는 것이었다. 검은 얼굴은 한 명 더 있었다. '안'이라는 자였다.

'안'이 누구인지는 알 수 없었다. 정황상 '장군님'은 김일성인 듯했다. 왜 4일씩 앉혀놨을까. 기록에 의하면, 열두 살짜리 어린애도 받았다. 산속을 헤매다가 소부대를 만나 별다른 절차 없이 합류한 경우도 있었다. 그런데 왜 김영숙과 김설희만 나흘이나 앉아 있었나? 김설희가 김영숙을 따라 했기 때문이다. 쉽게 말해서 어디선가 김영숙의 이야기를 읽고 주희가 그것을 유키히메의 이야기로 바꾸었기 때문이다. 거기까지 생각하다 서린은 실소했다. 김일성이라니. 전 세계 231개국 중에서 하필 한국에 다시 태어나야 할 이유가 뭐였을까. 무궁무진한 전생 중에 왜 하필 빨치산 스파이?

전생 환상의 특징 중 하나는 반복이다. 어느 날 어떤 여자가 별다른 이유 없이 남편을 칼로 찔러 죽였다. 살인의 이유를 알기 위해 여자를 최면에 빠뜨렸더니 전생 체험이 나왔다. 그녀는 오래전 중국의 공주였다. 그런데 무사였던 애인이 권력에 눈이 멀어 자신을 살해했다. 그 애인이 누구를 닮았냐고 물어보았더니 그녀는 서슴없이 '남편'이라고 대답했다. 그녀의 전생은 하나가 아니었다. 무려 다섯 번의 환생이 있었다. 시대와 장소는 달랐지만 그녀와 그녀의 남편은 다섯 번에 걸쳐 서로를 죽였다.

환자들은 종종 아버지와 의사를 동일시한다. 자신의 잘못을 인정하지 않기 위해서다. '내가 잘못된 건 인정해. 하지만 그건 아버지가 나에게 상처를 주었기 때문이야'를 '내가 지금 이상하다는 건 인정해, 하지만 나한테 문제가 생긴 건 당신과 상담을 시작한 뒤부터야'로 바꾸는 것이다. 내가 살인을 한 건 잘못이야, 하지만 그건 전생에 남편이 나를 죽였기 때문이야……

서린은 한국의 기성세대가 한번쯤은 경험해온 꿈이 전쟁 나는 꿈이며, 군 생활을 체험한 한국 남자의 단골 메뉴는 군대 다시 가는 꿈이라는 얘기를 동료 의사에게서 들은 적이 있었다. 왜 김일성인가. 어렸을 때부터 '공포의 대상'으로 배워왔으니까 그렇다. 그런데 그 유명한 이름을 기억 못해? 그것도 모자라 얼굴에 검은 칠까지? 이유야 간단하다. 도덕 시간에 '김일성'을 만나고 싶다고 얘기하거나, 미술 시간에 김일성 얼굴을 그리면 선생님한테 혼나기 때문이다.

미국에서 자란 서린이라면 김일성 대신 히틀러를 만나지 않았을까. 전설적인 더블 에이전시 '마타하리' 역을 따냈을지도 모른다. 시대의 특정한 금기는 개인의 특정한 욕망을 충동질한다. 한국의 연쇄 살인범 유영철이 존경한 인물은 체 게바라, 김일성, 그리고 히틀러였다.

주희는 어린 시절 노골적인 불평등에 시달렸을 수 있었다. 급우들 사이에서도 '왕따'였을 것이다. 단지 가진 것이 없다는 이유만으로 차별받는 사회보다는 '공산주의'가 낫겠다고 생각했을지도 모른다. '사상은 개인이 선택하는 것이지만 부모는 선택할 수 없는 거잖아요.' 맞다. 전자는 몰라도 후자는 확실하다. 부모를 어떻게 선택하겠는가. 역도 마찬가지다. 부모는 자식을 고를 수 없다. 하지만 버릴 수는 있다.

'버림'을 '죽음'으로 바꾸고, '고아'는 '양반의 혈통'으로 미화하고, '선택할 수 없다'로 자신의 상황을 합리화하고, '간첩'으로 둔갑해서 금지된 욕구를 충족할 수 있는 방법을 모색했다. 어린 시절 산속이나 수림 같은 곳에서 성폭행에 노출되었을 가능성도 염두에 두어야 했다. 최달성에게 겁탈당할 위기에 처하는 환상은 그래서 나왔을 거였다.

궁금한 점은 그 수많은 이야기들을 어디서 끌고 왔냐는 것이었다.

스무 살 이전에 책을 많이 읽었는데 기억이 소실되면서 환상으로 조직되었다? 기억을 잃어도 언어 능력이나 수리 능력 따위는 소실되지 않는다. 그렇다면 영어와 일어, 무기 조작 방법 등도 알고 있어야 한다. 주희는 평상시에 영어나 일어를 전혀 할 줄 몰랐다. 고등학교 시절 주희의 영어 성적은 하위권이었다.

서린은 녹음기의 재생 버튼을 눌렀다. '우리는 산자락을 타고 북으로 이동해요. 아무래도 백두산 일대가 아닌가 싶어요……' 하는 주희의 목소리가 흘러나왔다. 그런데 키보드로 옮겨 적으려 하자마자 전화가 왔다. 서린의 손은 키보드와 녹음기 사이에서 갈팡질팡하다가 결국에는 탁, 하고 책상 위에 떨어졌다. 뭐 좀 하려고 하면 꼭 이런다니까, 생각하며 셀폰을 잡았다. 일본어 번역을 맡아서 해주고 있는 간호사였다. 슬라이드를 밀자 평소와는 다른 목소리가 귀에 가깝게 달라붙었다.

—선생님 이, 이상한 일이 생겼어요.

—무슨 일인데?

—혹시 TV…… 보셨어요?

—아니.

—지금 틀어서 마감 뉴스라도 좀 보세요. 아니면 인터넷이라도…….

—무슨 내용인지 대충 브리핑해봐. 지금 바빠.

—그게……, 제가……, 환자 기록 들으면 안 되지만……, 김주희 환자 말이에요, 일본어 번역하다가 궁금해서 딴 데도 좀 들었는데……, 죄송해요.

―알았어, 봐줄 테니까 담부턴 듣지 마, 이제 본론을 말해봐.

―그게……, 오늘 연쇄 살인이 또 터졌는데요…….

―그런데?

―피살자가 복지사업가예요. 피상담자가 네 번째 피살자로 지목했던……. 어떡해요, 너무 이상해요.

서린은 깜박이는 커서를 멍하니 바라볼 뿐 말이 없었다. 차분했던 얼굴도 차갑게 굳었다. 너무 많은 단어들이 한꺼번에 나타나, 아무 생각도 할 수 없었다.

모든 인간은 빨간 구두를 신고 있다

점심을 차린다. 메뉴는 된장찌개다. 줄리가 좋아하는 음식이다. 지금은 1시. 오늘은 줄리가 장을 봐서 출근하는 날이다. 4시쯤 나가면 될 테니 서두를 필요는 없다.

야채를 썰며 콧노래를 부른다. 빨, 주, 노, 초 색깔을 맞추어 고추, 당근, 감자와 호박, 피망 등속을 알맞은 크기로 잘라 물속에 빠뜨린다. 뚝배기를 레인지 위에 얹고 냉장고에서 반쯤 얼려놓은 쇠고기를 꺼내 도마 위에 올린다. 칼이 닿자마자 육질을 덮고 있던 살얼음이 녹으며 붉은 선이 새겨진다. 칼에도 온기가 있나? 어쩐지 섬뜩해져 칼을 내려놓는다. 잠시지만 다리에 힘이 빠지고 살이 서늘해진다. 이번에는 고기를 썰기 시작한다. 신경이 예민해진 탓인지 금방 손을 벤다. 붉은 핏방울이 고깃덩어리 위에 떨어진다. 얼음을 적신 핏자국이 눈 위에 떨궈진 꽃잎처럼 도드라진다.

반창고를 찾아 손가락에 붙이고 도마 앞에 돌아와 선다. 따듯한 피
는 이미 죽은 조직 속에 깊숙이 스며들었다. 배어 있던 피와 떨어진
피를 구분할 수 없다. 거꾸로 매달린 채 죽어가는 남자가 뭐라 뭐라
중얼거린다. 주희야……, 주희야……, 자꾸만 이름을 부른다. 칼을
잡은 손에 힘을 준다. 환영을 떨쳐내기 위해 악을 패듯 고기를 썬다.
흉물스런 물건을 쓰레기통에 집어넣듯 난도질당한 고기 조각들을 끓
는 물속에 쓸어 넣는다. 하얀 포말과 함께 고기는 순식간에 선홍의 빛
을 잃는다. 뒤섞인 채 휘발하고 익어갈 나의 피와 소의 피. 황급히 된
장을 풀어 숟가락으로 휘젓는다. 레인지의 불을 내리고 혼자서 들끓
는 뚝배기를 냄비 뚜껑으로 막아버린다.

방 안은 조용하다. 주위를 둘러보니 줄리가 없다. 파헤쳐진 무덤처
럼 이부자리가 비어 있다. 곰곰 생각해본다. 줄리가 밖으로 나갔다는
기억은 없다. 한 칸짜리 원룸에는 숨을 곳도 마땅치 않다. 베란다에
나가본다. 화장실 안을 들여다본다. 줄리야…… 줄리야……, 이름을
불러본다. 방 안은 더 조용해진다. 현관문은 굳게 잠겨 있다. 방 안에
퍼진 고기 비린내가 역하다. 고개를 돌려 베란다를 쏘아본다. 키우던
화초들이 죄다 말라 죽어 있다. 그러고 보니 집 안에 살아 있는 것이
라곤 아무것도 없다. 몇 마리 있던 모기조차 어젯밤 뿌린 약에 몰살당
했을 것이다.

가구 밑이나 싱크대 밑, 어둡고 습한 곳에는 바퀴벌레들의 보금자
리가 있을지 모른다. 흰개미 따위가 나무를 갉아 먹으며 벽 속이나 천
장의 구석구석을 점령했을 수도 있다. 알 잘 낳는 여왕개미를 먹이기
위해 수천 마리씩 분주히 오가고 있을는지도 알 수 없다. 아무렇게나

파헤쳐진 이부자리 속은 어떨까. 아마도 수없이 많은 진드기가 꿈틀대고 있으리라. 매일 밤 떨어지는 살비듬을 씹어 먹으며 수만, 아니 수억 마리쯤은 번성하고 있을 것이다. 방바닥을 구르며 흐흐흐 하고 웃는다. 그래봤자 그들은 보이지 않는다. 볼 수 없는 것은 기억할 수 없는 것이다. 기억되지 않는다면 죽은 것이나 매한가지다.

그런데 정말 줄리는 어디 갔나. 아침부터 의사선생님을 만나러 간 걸까. 그러고 보니 아침부터 없었던 것 같기도 하다. 아니 어쩌면 아직까지 집에 들어오지 않은 것은 아닐까. 자리에서 벌떡 일어나 싱크대와 수납장을 차례대로 열어본다. 들들 뒤져 바닥까지 확인한 후에야 바보 같은 짓이라고 생각한다. 옷장 문도 열어본다. 주인 잃은 옷가지들이 빽빽하게 걸려 있다. 신발장을 열어본다. 신발이 모두 그대로다. 줄리가 제일 좋아하는 빨간 구두도 그대로 있다. 물끄러미 줄리의 빨간 구두를 지켜보다 신발장을 닫는다.

불을 켜고 화장실에 들어간다. 찬장도 열어보고 변기조차 떠들어본 후에야 줄리를 발견한다. 줄리는 거울 속에 있다. 옷은 주희 것인데, 얼굴은 줄리의 것이다. 줄리 대신 주희가 사라진 건가? 그렇다면 거울 앞에 서 있는 여자는 도대체 누구란 말인가?

땅이 흔들린다. 아랫도리에 힘이 빠진다. 왼손이 저릿저릿하며 갑자기 흉통이 밀려온다. 나는 벽을 타고 그 자리에 스르르 주저앉는다. 물기가 번져 있는 차가운 바닥에 관자놀이를 대고 눕는다. 바로 눈앞에 주희의 욕실화가 뒹굴고 있다. 욕실화에는 '트위티'라는 이름의 앙증맞은 노란 새 한 마리가 그려져 있다. 평소에는 얌전하다가 실베스터만 나타나면 폭력적으로 돌변하던 그 새. 어린 시절, 마녀 몰래 재미있게 보던 만화.

　어느 날 주희에게 오빠가 선물을 하나 사다 준다. 뚜껑에 노란 트위티가 그려진 예쁜 플라스틱 도시락. 그걸 처음 학교에 가져간 날 주희는 오전 내내 수업을 하나도 듣지 못했다. 멍청하게 칠판에 초점만 맞춘 채 왼쪽에 걸어둔 도시락 가방에 맨무릎을 자꾸만 가져다 대었다. 살갗이 닿는 것만으로도 넓적다리가 찌릿찌릿했다. 정말이지 나흘처럼 긴 네 시간이었다.

　그래도 점심시간은 왔다. 조금씩 아껴 먹어야 하는 기분으로 도시락통을 열었다. 트위티 그림이 잘 보이게 뚜껑을 위쪽에 엎어놓고 젓가락을 들었다. 그런데 마녀가 웬일이었을까. 반찬이 있었다. 가끔씩 넣어주는 김치도, 콩자반도, 그 지긋지긋한 무말랭이도 아니었다. 먹음직스러운 튀김이 잔뜩 들어 있었다. 송구스러운 마음으로 한입 베어 물어보았다. 바삭바삭 물컹물컹한 것까지는 좋은데 이상하게 신맛이 났다. 퉤퉤 뱉어버리고 튀김옷을 벗겨보았다. 갈색으로 탄 길쭉한 게 들어 있었는데 무엇인지 알쏭달쏭했다. 두 개를 더 벗겨보고 나서야 주희는 그게 뭔지 알았다. 비명이 새어나오는 입을 억지로 틀어막고 반 친구들의 눈치를 살피며 황급히 도시락통을 닫았다. 어제 무엇을 했던가. 오빠와 함께 나무젓가락으로 송충이를 잡았다. 아니 송충이가 아니다. 오빠는 그게 흰불나방 애벌레라고 했다. 송충이를 닮은 흰불나방 애벌레는 마당에 있는 배나무를 탐스러운 털로 빽빽하게 뒤덮고 있었다.

　하루 종일 입속에서 털북숭이 애벌레가 꿈틀거렸다. 가슴속에서도 뱃속에서도, 나중에는 머릿속에서도 꼬물거렸다. 집에 돌아갔을 때 오빠는 신림동에 있다는 하숙방으로 옮아가고 없었다. 마녀는 주희에게 도시락을 정말 다 먹었느냐고 물었다. 주희는 무슨 말을 해야 할지 몰라 생각다 못해, 감사히 잘 먹었습니다, 조그맣게 대답했다. 마녀가 웃으며 다가왔다. 거칠한 손을 들어 주희의 머리를 가만히 쓰다듬으며, 참 예쁘게도 생겼구나, 넋 잃은 음성으로 말했다. 주희는 겁이 나서 벌벌 떨었다. 마녀가 웃음을 거두었다. 와? 나가 무서운겨? 주희는 고개를 가로저었다. 그렇담 뭐여? 뭘 잘못혔어?

마녀는 얼굴만은 때리지 않았다. 주희는 학교에 가야 했다. 언제 갑자기 오빠가 집에 올지도 알 수 없었다. 하지만 그날은 얼굴도 예외가 아니었다. 모든 게 네 반반한 낯짝 때문이라며 수십 번 주먹으로 내리쳤다. 눈을 뜰 수 없을 만큼 눈꺼풀과 뺨이 부풀어 오른 후에야 반찬을 남겨왔어야 했다는 것을 깨달았다. 그랬다면 조금이라도 덜 맞았을 것이다. 하지만 때는 이미 늦어 있었다. 이빨 하나가 부러져 나갔다. 갈비뼈에 금이 갔다. 하혈이 있었다.

마녀는 바보가 아니었다. 주희를 제때 병원에 데려가 귀한 딸이 폭력배에게 얻어맞았다며 울고불고 난리법석을 떨었다. 그 와중에도 마녀는 의사에게 그 부분이 온전한지, 혹 정액 따위가 남아 있지 않은지 검사해달라고 부탁했다.

의사들은 바보들이었다. 의사들은 모두 마녀를 믿었다. 딸의 장래가 걸려 있으니 모든 일을 비밀에 부치고 싶다는 새빨간 거짓말까지 믿었다. 마녀는 그 모든 얘기들을 주희가 있는 곳에서 할 만큼 영리했다.

그 뒤로 나는 TV에서 사람을 단매로 때려눕히는 장면을 볼 때마다 웃는다. 몇 대씩 정통으로 얻어맞고도 반창고 하나로 거뜬한 사람을 보고도 웃는다. 사람은 그렇게 강하지 않다. 그렇게 쉽게 기절하지도 않는다. 나는 하느님을 미워한다. 하느님은 차라리 정신이라도 잃게 해달라는 기도를 번번이 무시했다.

　점점 더 또렷해지는 정신으로 나는 생각했다. 이렇게 맞는 것은 내가 아니라고. 그 누구도 나를 이렇게 때릴 수는 없다고. 지금 개 취급을 받고 있는 것은 당신이 입양한 어떤 고아일 뿐, 그 아이가 곧 나인 것은 아니라고. 내가 얼마나 고귀하고 가치 있는 존재인지, 당신은 털끝만치도 아는 것이 없다고. 그러니까 당신은, 당신이 모르는 나만은 결코 학대할 수 없을 거라고, 마녀에게 얻어맞을 때마다 언제나 생각했다. 그러던 어느 날, 나는 얼굴을 난타당하다가, 고통이 깨끗하게 사라지는 어떤 순간을 경험했다. 그 순간 나는 주희에게서 떨어져 나왔다. 홀홀, 흰불나방이 되어 공중으로 도약했다.

　그래. 기억난다. 주희는 그날 죽었다. 뒤늦게 태어난 내가 그녀의 몸을 차지했다. 죽은 뒤에도 주희는 한동안 내 곁에 머물렀다. 집에 있을 때 주희는 주희였다. 대신 학교에 있을 때에는 내가 그녀여야 했다. 그렇게 우리는 오랫동안 공존했다. 하지만 사창가 거리를 떠날 때는 주희와 작별할 수밖에 없었다. 내가 그런 게 아니다. 오빠가 그러자고 했다. 여기서 있었던 일은 깨끗이 잊으라고. 집에서 있었던 모든 일들도 이곳에 모두 놓고 가자고 했다. 그리고 오빠는 나에게 예쁜 원피스 한 벌과 빨간 구두 한 켤레를 사주었다. 주희가 싫어하던 빨간 구두를 사주었다. 동화를 곧이곧대로 믿는 바보 같은 주희가, 한 번이라도 신었다간 평생 춤만 추며 살게 될 거라고, 발목을 잘라내기 전엔 결코 멈추지 않을 거라며 무서워하던 빨간 구두를, 오빠가 나에게 사주었다.

나는 화장실을 나와 방 안으로 돌아온다. 6년 전에 오빠가 사준 원피스를 입고 빨간 구두를 꺼내 신는다. 또각―또각―, 또각―, 또각―, 시계 소리에 맞춰 방 안을 한 바퀴 돈다. 그러다가 레인지 위에서 반쯤 익은 된장찌개를 발견한다. 깜짝 놀라 그 자리에 서버린다. 주희가 돌아왔었다. 방금 전까지만 해도 이곳에 있었던 게 분명하다. 주위를 둘러본다. 방 안에는 아무도 없다. 찌개를 끓이다 말고, 주희는 어디로 가버린 것일까.

방바닥에 가만히 주저앉는다. 호흡을 멈추고 몸속의 움직임을 포착해본다. 몸통을 흔들어 미세한 진동이나 소음이 일지 않는지 귀 기울여본다. 무언가가 꿈틀거리는 듯한 감각은 그저 느낌에 지나지 않는 것일까. 사각대는 소리, 푸르르 날갯짓하는 소리는 옷 스치는 소리에 불과한 것일까. 내 몸과, 방 안의 구석구석을 번갈아 본다. 주희는 정말로 있었을까 없었을까? 의사선생님은 주희의 존재를 믿을까 믿지않을까?

의사선생님은 내 머릿속에서 전생의 기억이 나왔다고 말했다. 그리고 그것의 일부를 기억하게 해주었다. 최면에서 깨어난 나는 웃었다. 고작 칵테일이나 만드는 보잘것없는 계집아이가 스파이였다니. 터무니없는 기억은 점점 더 생생해져만 갔다. 꿈에서도, 현실에서도, 나는 김설희라는 여자의 삶을 여러 번 다시 경험했다. 설희는 강한 여인이었다. 그녀는 자신이 왜 존재하는지를 알고 있었다. 가슴속에는 자신이 목적하는 바를 해내고 말겠다는 열정이 가득했다. 여인은 나와 달랐다. 하지만 나는 여인을 잘 알 것 같았다. 굳이 애쓰지 않아도 내가 그녀였음을 핏줄 저리게 느낄 수 있었다. 한동안 나는 여인의 삶 속에서 행복했다. 언제나 내 곁에 있다고 믿었던 주희가, 아주 오래전에 죽었다는 사실을 기억해내기 전까지는.

의사선생님이 옳았다. 설희를 기억하면 주희의 기억도 찾을 수 있을 거라던 그 말. 내가 기억하자, 주희는 사라졌다. 내 기억이 그녀를 죽였다.

나는 고개를 숙이고 바닥에 닿을 듯 말 듯, 긴 머리카락을 흔들어본다. 고개를 오른쪽으로 돌릴 때마다 현관에 가지런히 놓여 있는 주희의 운동화를 곁눈으로 확인한다. 벌떡 일어나 신발장을 열어본다. 모든 신발이 그대로인데, 오빠가 사준 빨간 구두만이 제자리에 없다. 어떻게 된 일이지? 이게 어디로 갔지? 뒷걸음치다시피 방 안으로 들어와 옷장을 연다. 옷걸이에 걸린 옷들을 들추다가 가슴이 덜컹, 내려앉는다. 없다. 아무리 찾아도 없다. 오빠가 사준 원피스가 옷장 안에 없다.

공포에 질려 자리에 얼어붙는다. 정말 주희는 죽은 것일까. 수십 년 전에 죽은 김설희가 내 몸을 빌려 깨어났듯이, 오히려 내 기억이 주희를 살려냈다면? 6년간의 저주에서 풀려난 주희의 영혼은 오랫동안 나를 찾아 헤맸겠지. 맨몸 맨발로 그 먼 길을 걸어와, 원피스를, 구두를, 마지막 남은 오빠의 흔적들을 하나씩 훔쳐냈겠지. 그렇다면 이번에는 내 차례인가. 이제는 몸마저 돌려달라고 할 참인가.

방 한가운데 서서 사방의 벽들을 노려본다. 너 어디 있니, 대체 어디에 숨었니, 하나씩 하나씩 되살아나는 기억들을 곱씹으며 소리와 감촉에 몸을 맡긴다. 얼마 전까지만 해도 없었던 것들. 평소에는 눈에 띄지 않던 것들. 그들은 혼자 살지 않는다. 한 마리만 눈에 띄어도 이

내 수백, 수천, 수만 마리의 숫자로 불어나고 만다. 내가 잠잘 때마다 그들은 내 몸 위로 무수히 기어다닐 것이다. 매일 밤 나를 들었다 놓 았다 방의 이쪽저쪽으로 끌고 다닐지도 모른다. 중독성 침으로 나를 마취시키고 내 몸속을 제멋대로 들락날락할 것이다. 굴을 파고, 양분 을 흡수하고, 엄청난 양의 새끼를 키우면서, 나를 속 빈 번데기로 만 들고 있다.

나는 책이 한 권도 남지 않은 오빠의 책장을 잡아당긴다. 책장 뒤에 그들만의 비밀 통로가 있을 거라고 생각하며 힘을 주어 벽에서 떼어 낸다. 벽 뒤에는 오랫동안 쌓인 먼지만 가득할 뿐 아무것도 없다. 언 제 책장과 벽 사이의 작은 틈으로 들어갔는지 낡은 종이 한 장이 떨어 져 있을 뿐이다. 흑백으로 인쇄된 흑백의 사진. 풀숲에 누워 있는 여 인의 부릅뜬 눈. 그녀의 검은 눈동자를 들여다보다 흠칫 놀라 몸을 떤 다. 머릿속에서 기억 하나가 또 툭, 알을 까고 기어나와 뇌리에 아프 게 파고든다.

어느 날 오빠는 복사된 프린트 몇 장을 보여주었다. 커다란 구덩이 에 시체가 겹겹이 쌓여 있는 사진, 눈을 가린 남자의 머리 뒤에 권총 을 들이대고 있는 사진, 한국 군인임에 틀림없는 남자가 누군가의 잘 린 목을 들어 보이며 활짝 웃는 사진……. 오빠는 안락한 정적을 깨 고, 흑흑 흐느끼는 소리로, 미안하다고, 제발 용서해달라고 했다. 오 빠는 왜 미안했을까. 도대체 누구를 위해 미안한 것이었을까.

그를 죽이는 게 아니었다. 그도 오빠처럼 미안하다고 말했기 때문 이다. 그가 용서받을 수 없는 중독자라는 오빠의 말은 옳았다. 하지만 그는 에탄올이나 니코틴이나 여자 따위에 중독된 것이 아니었다. 그는 마지막에 중독된 사람이었다. 마지막 한 잔, 마지막 한 개비, 마지막 한 판이 그의 영혼을 삼켰다. 아니, 그들의 영혼을 삼켰다. 그들은 모두 마지막으로 한 번만 더! 에 미쳤다.

호호호호……, 소리 내어 웃는다. 방을 뱅글뱅글 돌며 춤을 추기 시작한다. 화장실에 한 번 들를 때마다 내 모습을 보고 묻는다. 거울아 거울아, 이 세상에서 누구 기억이 제일 끔찍하니? 거울은 침묵한다. 대답도 듣지 못한 채 나는 어설픈 춤을 계속한다. 다리가 부러진 발레리나처럼. 당신은 믿는가. 나에게 기억을 만들어준 당신은, 이 모든 것들이 사실이라고 믿는가. 나는 불현듯 선생님에게 묻고 싶어진다. 당신은 전생에 어떤 목소리를 가진 새였냐고.

춤을 멈춘다. 시계가 멈춘다. 싱크대 안쪽의 수백 마리 바퀴벌레들이 멈춘다. 여왕개미에게 양식을 실어 나르던 벽 뒤편의 수만 마리 흰개미들이 멈춘다. 살비듬을 베어 먹으며 피둥피둥 살이 찌던 수억 마리 진드기들이 멈춘다. 사각대는 소리, 날갯짓하는 소리, 몸속에 자라는 수많은 애벌레들이 꿈틀대는 소리가 멈춘다. 방안에 있는 모든 것들이 죽는다.

그러면 빨간 구두 한 켤레가 현관 앞으로 걸어온다. 현관 앞에서, 주희의 댕강 잘린 발목 두 개가 왈츠를 추기 시작한다. 또각, 또그닥, 또각, 또그닥……

박이 한숨을 쉬었다. 서린은 박 앞에 똑바로 서 있었다. 여직원이 문을 열고 들어와 차를 내려놓았다. 박은 의자에 앉아 다리를 꼰 다음 말했다.

"5분 내로 설명해봐."

"정중하게 말하면."

"빨리 설명해주십시오 제발."

"20분만 주면."

"바빠. 어제도 밤샜어."

"알았어. 어차피 다 듣게 될 거야."

서린은 서류 가방에서 녹음기를 꺼내면서 말했다.

"주희의 전생 환상은 앞뒤가 막혀 있었어. 양쪽 문이 꼭꼭 잠긴 기차간처럼. 특히 환상 속 인격이 스무 살 되던 해 봄 이후로는 아무것도 기억 못했어. 원래는 위인전처럼 한숨에 들을 수 있는 게 정상이거든. 현실에서 스무 살 이전의 기억을 읽은 게 환상 속에서 역전됐나 하는 생각도 해봤지만, 아무래도 이상하다 싶었는데, 최근에 유력한 원인 하나를 찾았어."

서린은 녹음기의 재생 버튼을 눌렀다.

―기억이 안 나요. 아니, 말할 수 없어요.

―왜 말할 수 없죠?

―말하지 말라고 해요.

―누가?

―말하면 날 죽일지도 몰라요.

서린은 주희의 흐느낌이 적나라해지는 대목에서 정지 버튼을 눌렀다. 박의 표정이 조금 진지해졌다.

"이 말을 세 번이나 반복했어. 여기서 주희를 위협하는 사람은 김종희야."

"근거는?"

"전생 환상 속에 김종희가 있어. 주희는 그게 오빠란 걸 몰라. 얼굴이 검게 가려져 있거든."

"김주희도 모르는 걸 네가 어떻게 알아?"

"지워졌다는 건 검열당했다는 거야. 죽일지도 모른다잖아. 누가 검열했겠어?"

"김종희가 칼이라도 들이대고 '최면에 빠졌을 때 내 얘기 하면 죽어' 이랬단 말야? 아님 '네 전생 속에 나 없다' 이랬나?"

"비슷해."

"뭐야?"

"김종희는 주희가 최면 치료 받을 것을 미리 예상했어. 그래서 주희 머릿속에 안전판을 여러 개 심어놨지. 환상 속의 자기 얼굴도 지우고, 기차간 사이의 문도 꼭꼭 걸어 잠그고. 뒷얘기를 알 수 없게 해놓고."

"독심술이라도 배웠대? 초능력도 있겠지?"

"독심술이 아니라 최면술을 배웠겠지. 초능력은 모르지만 지능지수는 높아."

"번데기 앞에서 주름잡네. 나 걔 신상 명세 외워. 걔 아이큐 126이야."

"그건 일반 아이큐 검사지. 정밀 검사하면 150 넘겨. 확실해."

"주희랑 살인 사건은 관련 없다고 장담한 게 누구였지?"

서린은 자리에서 벌떡 일어섰다. 박이 시계를 보았다. 지친 표정으로 앉으라는 손짓을 했다.

"최면 걸어서 네가 본 거 걔도 봤다고. 그건 그렇다고 쳐. 근데 사람 머리가 무슨 비디오테이프냐. 기억을 막 지우고 자물쇠 채우고 하게.

그게 가능하다고 생각해?"

"암시를 사용하면 더한 것도 가능해."

박은 조그맣게 클클클…… 하고 웃었다. 의미심장한 눈빛으로 서린을 바라보았다.

"어떤 여자가 나를 사랑하게 만들 수도 있겠네?"

"어떤 여자는 될 수도 있지."

"방금 전 비서는 어때?"

"침대 위에서 널 죽이게 만들어놓을 수도 있어."

박은 씨익, 하고 웃었다. 이마를 짚고 무언가를 곰곰 생각하더니 말했다.

"그런 짓을 왜 하지?"

"뭐? 너 죽이는 짓?"

"살인범이 살인에만 충실하면 됐지 왜 의사놀이까지 하냐고."

"전생 이야기 속에 단서가 있으니까."

"그럼 다 지워 없애면 되지 왜 남겨?"

"다 지우면 자신의 능력을 보여줄 수 없잖아."

"능력? 걔가 그렇게 훌륭해?"

"제대로 교육받은 닥터가 아니라서 실수를 했어. 그래서 주희의 기억 능력에 이상이 생긴 거고."

"쉽게 얘기해."

"주희가 살인 사건 정확히 재현한 거 기억해?"

서린은 가방에서 서류철을 꺼내면서 말했다. 박이 고개를 끄덕였다.

"주희가 그 장면들을 재현해낸 시점은 그 사건들이 신문에 보도된

걸 본 이후야. 알고 있어?"

"물론. 신문 기사를 보니까 살인 장면이 떠올랐다고 하더군."

"어떻게 생각해?"

"새빨간 거짓말이지."

"신빙성 있다며?"

"계속 오빠랑 만나는 거지. 오빠는 보호하고 싶고, 살인은 막아야겠고, 오락가락하다 터무니없는 얘길 꾸며대는 거지. 나도 그 정도 심리는 알아."

서린은 서류철 안에서 종이 세 장을 꺼내놓았다.

"이건 어제 일자 신문 기사야. 그리고 이건 주희와 나의 상담일지 일부지. 내용은 비슷한데—상담일지가 훨씬 더 구체적이지만—, 주희가 말한 일자가 거의 한 달이나 앞선다는 걸 알 수 있을 거야. 처음에는, 아무리 찾아봐도 살인 사건 얘기가 없기에 이상하다 했는데, 이걸 봐. 한 달 전 신문 기사야."

서린은 세 번째 카피를 박 쪽으로 밀었다. 종이 속에는 '신의 뜻을 실천하는 사업가'라는 제목으로 이번에 피살된 자의 특집 기사가 실려 있었다. 박의 눈빛이 반짝, 섬광을 뿜었다.

"그럼, 그것도?"

서린은 대답 대신 고개를 천천히 끄덕였다.

"신문 기사에서 사람 이름을 보면 살인 현장이 떠오르게끔 암시했다 이거냐?"

"전부 계획한 대로 되지는 않았지. 한 번은 도중에 마음이 바뀌어 다르게 죽였고, 또 한 번은 어떤 기자가 하필 한 달 뒤에 죽일 놈을 취재하는 바람에 예고편 내보낸 셈이 됐지."

"이런……, 그게 그렇게 된 거였군."

"너도 뭐 짚이는 거 있어?"

"놈은 바꾼 거 없어. 기사가……."

"무슨 소리야?"

박은 대답 대신 머리를 두 번 쓸어 넘겼다. 손에 힘이 들어가서 마치 쥐어뜯는 것처럼 보였다. 서린의 눈빛이 날카로워졌다.

"너……, 거짓말했구나."

"……."

"사진기자 독살된 거 아냐. 주희가 옳았어. 그래서 그토록 신빙성 있다고 주장한 거였어."

"……."

"나쁜 자식, 변한 거 하나도 없어. 국민들을 상대로 기사를 조작해? 네가 그러고도 검사야?"

"내가 한 거 아냐. 나 그럴 힘 없어."

"감독은 딴 사람이어도 연출은 네가 했을 거 아냐."

"수법이 너무 잔인했어. 완전 무슨 마트로시카*를 만들어놨다구. 김주희한테 들었음 알 거 아냐. 그걸 여과 없이 내보내란 말야? 모든 국민들이 공포로 벌벌 떨게?"

"공포에 떨지 말라고 독살했니? 아예 안락사시켰다고 하지 왜?"

박이 테이블을 주먹으로 쾅, 쳤다.

---

* 러시아의 전통 목각 인형. 바깥쪽의 인형을 벗겨내면 계속해서 새로운 인형이 나옴. 가족을 상징한다고 함.

"연쇄 살인 한번 터지면 어떤 일이 벌어지는 줄 알아? 어떻게 알아내는지 사방에서 전화가 와. 죽은 놈은 하난데 죽였다는 놈들은 하루에도 수십 명이야. 자기가 죽였으니 한번 잡아보라는 년이 없질 않나, 증거품이라는 걸 들고 와서 울며 자수하는 놈이 없질 않나. 더 짜증나는 건 뭔지 알아? 그놈의 빌어먹을 익명 제보야. 자기가 살인범을 잘 아는데 그놈이 그럴 줄 알았다는 둥, 지난번 무슨 살인도 그놈 짓이라는 둥, 이름은 뭐고 생김새는 어떻고 어느 곳에 자주 출현하니 꼭 잡아라, 교활한 놈이니까 거짓말에 속지 마라. 사방에 온통 미친놈들뿐이야. 도대체 그놈들 중에 어떤 놈이 국민이야."

"너의 그 잔머리가 미친놈들 중에서 주희를 솎아낼 수 있었는지는 몰라도, 덕분에 살릴 수 있는 사람 한 명이 죽었어. 앞으로 한 번만 더 거짓말하면 난 그 순간부터 아무것도 안 해."

서린은 차분하지만 날 선 목소리로 말했다. 박은 길게 한숨을 쉰 다음, 알았어, 하고 말했다. 잠시 침묵이 오갔다. 박이 일어서서 회의실을 오락가락하기 시작했다.

"하지만 미리 예측할 수 없다면 그게 무슨 소용이지? 이번 같은 일이 또 있으리라는 보장도 없잖아. 놈은 절대 증거를 안 남겨. 그건 아주 타고났어."

"그러니까 주희의 환상이 중요한 거지."

"단서가 될 만한 건 다 지워놨다며."

"지운 게 아니라 유보해놓은 거야. 살인 사건이 하나 터지면 다음 칸으로 넘어갈 수 있는 문이 열려. 또 터지면 다음 칸이 또 열리고. 피살자 한 명 한 명이 다 자물쇠야. 박살난 자물쇠는 네 개고, 주희가 기억해낸 전생은 네 조각이야. 이제 네 번째 타깃이 잠든 게 확실해졌으니 곧 다섯 번째 칸을 구경할 수 있게 되겠지. 몇 개의 칸이 더 남아 있는지는 아직 모르지만."

"뭐야, 그것도 암시란 말야?"

서린이 고개를 끄덕였다. 박은 고개를 숙이고 턱을 받쳤다.

"전생이랑 살인은 무슨 상관이지?"

서린은 서류철을 펼쳤다.

"전생 환상은 현생의 경험을 토대로 만들어져. 그래서 현생의 주요 인물들은 전생에 다시 나타나지. 김종희가 전생에 나오는 것도 그 때문이야."

"그럼 뭐야. 피살자들이 그 인물들 중에 있다?"

"이제야 얘기가 통하네."

"도대체 전생 내용이 뭐길래 그래?"

박이 좀 보자는 듯이 팔을 내밀었다. 서린은 손바닥을 들어 박을 제지했다.

"환자 기록은 공개할 수 없으니까 간략하게 설명해줄게. 김주희의 전생은 일제 강점기 빨치산 부대에 투입된 여성 간첩이야. 김종희는 자신을 그 환상 속에 등장하는 빨치산 소부대의 부대장이라고 생각하고 있어."

"정말 미치겠군. 미친놈들 천지라고 하자마자 또 미친 얘기군."

서린은 복사본 한 장을 더 꺼냈다.

"일본 제국주의가 조선을 일방적으로 착취했다고 하나 그것은 모르고 하는 소리다. 일본은 비록 무력을 사용하기는 했지만 미개지나

다름없던 조선에 합리적인 정치·경제 시스템을 단기간 내에 구축하는 기여를 했다. 서구에 비해 몇백 년쯤 뒤져 있던 조선은 만약 일본이 없었다면 영영 도태되어 지금과 같은 경제 성장은 결코 이루지 못했을 것이다."

"그건 또 무슨 미친 소리야?"

"사학과 교수의 책에 나와 있는 내용이야. 그가 죽은 이유지."

"겨우 그 몇 줄 때문에 사람을 서른여섯 번이나 고문했단 말야?"

"일본이 조선을 서른여섯 해 지배했거든."

"그럼 친일파들이 표적이다?"

"그 후예들일 수도 있지."

"그게 아이큐 150짜리가 할 생각이야? 나더러 그걸 믿으라고?"

"네가 믿건, 믿지 않건 그건 중요치 않아. 중요한 건 김종희가 믿고 있다는 거지."

"좋아. 좋아. 네 말이 맞다 쳐. 늙은 노인이 빨갱이 심살 건드리는 망발을 해서 죽었다 쳐. 그럼 다른 사람은 대체 왜 죽였는데? 아버지도, 사진작가도, 복지사업가도 다 친일파냐?"

"그건 아직 연구 중이야. 하지만 한 가지 사실만은 확실해."

"뭔데?"

"김종주 다음 노교수야. 전자가 진짜 아버지라면 후자는 상징적인 아버지지. 사진작가랑 복지사업가는 주희랑은 몰라도 김종희와는 개인적인 관계가 없는 것 같아. 종합해보면, 사적인 살인에서 사회적인 살인으로 이행 중이란 얘기가 되는 거지."

박의 오가는 걸음걸이가 빨라졌다. 도대체 이걸 어떻게 설명하란 말야. 박이 중얼거렸다. 서린은 약간 넋 나간 사람처럼 말했다.

"우선 친일파로 생각될 수 있는 사람들을 보호하는 게 급해."

"그걸 지금 말이라고 해?"

"그래, 일단은 숨기자. 그게 좋겠어. 어차피 아는 사람은 우리밖에 없으니까, 모른 척하자."

"좀 전엔 국민들 속이면 안 된다매?"

"생각해봐. 우리가 알아주기를 가장 바라는 사람이 누구겠어? 우리가 리액션하면 계획대로 진행할 거야. 모른 척하면 다른 방식으로 알리려고 안달하다가 결정적인 실수를 저지르겠지. 일부러 증거를 남길지도 몰라. 이건 거짓말이 아니라 수사를 위한 통제야. 범죄심리학의 기본이라고."

서린의 표정은 몹시 진지했다. 박은 후후후, 하고 웃었다.

"네 말이 사실이라면 고민할 필요 없어."

"그건 또 왜?"

"보호대상자가 경찰 쪽수보다 많아."

서린은 거실 벽 하나를 완전히 비웠다. 인테리어 디자이너를 불러 커다란 붙박이 메모판을 설치했다. 처음에는 꽤 커 보였는데 자료며 신문 스크랩, 사진 등등을 꽂아놓고 나니 빈자리 없이 빼곡해졌다. 만일에 대비해 집 안 구석구석에 CCTV 카메라를 설치했다. 5시면 퇴근해서 저녁도 먹는 둥 마는 둥 살인 사건에 몰입했다. 밤새는 날이 잦아졌다. 커피가 늘었다. 블랙홀의 통증이 되돌아왔다.

박은 서린의 말을 완전히 믿지 않는 듯했다. 증거를 잡아야 했다.

그게 힘들다면 다음 표적을 미리 맞히는 수밖에 없었다.

서린은 살인지도부터 만들었다. 누굴, 왜 죽였는지 알아야 했다.

김종희에 대해서는 이미 박이 많은 자료를 모아둔 상태였다. 1972년생. 돌 사진이 있었고, 두 살 때까지 말을 못해 병원에 다닌 기록이 있었다. 이후 여섯 살까지의 기록은 전혀 없었다. 일곱 살에 유치원 입학. '머리는 좋으나 싫어하는 일은 절대 하지 않음'이라는 선생의 기록이 있었다. 몇 개 없는 사진에는 어딘가 주눅 든 듯한, 심약해 뵈는 아이의 모습이 찍혀 있었다. 지금은 유치원 원장이 된 선생을 어렵게 찾아냈다. 그녀는 김종희를 기억했다. 그때 선생 중에 그애 기억 못하는 사람 없을걸요. 개가 자기는 로봇을 그려야 한다면서 끝까지 자기 이름을 안 쓴 애예요. 그래서 내가 가르친 애 중에 유일하게 김종희만 한글을 못 배웠죠. 한번은 금색 색종이를 들고 은색이라고 해요. 그래서 그건 은색이 아니라 금색이야, 했더니, 선생님이 더 좋은 게 금색이라고 했다나요. 자기는 은색이 더 좋으니까 자기한테는 은색이 금색이라데요. 그래서 내가 그럼 남들이 못 알아들어서 못써, 했더니만 앞으로 자기가 금색이라고 하면 은색으로 알아들으면 되잖겠냐는 거였어요.

초등학교 1학년 때 청소를 하다가 이유 없이 의자를 집어던져 거울을 깼다. 정신과 상담이 있었다. 중학교 1학년 때 담임도 그를 기억했다. 종희는 중학교 1학년 때 '도둑 방지'를 주제로 글짓기를 했다가 선생들 사이에서 유명해졌다. 글짓기 주제가 도둑 방지라니. 서린은 크게 웃을 뻔한 것을 겨우 참았다. 종희는 도둑을 옹호하는 글을 썼단다. 담임은 종희가 나이에 걸맞지 않게 너무 사상이 높은 책을 읽고 있었다면서, 나중에 '불온사상'을 가진 학생이 될까 봐 책읽기를 금지했다고 스스럼없이 말했다. 서린은 어이가 없었으나 내색하지 않았다. 종희는 중학교 내내 일명 '왕따'로서 '특별한 보호가 필요한 학생'이었다. 하지만 그녀는 어떤 보호를 했는지에 대해서는 언급하지 않았다. '결국엔 잘못됐군요' 하면서 혀를 끌끌 찼을 뿐이었다.

포장마차를 하고 있는 어머니를 찾았다. 김주희를 맡고 있는 의사다, 아들을 해하려는 게 아니라 도우려는 것이다, 라고 설명하자 그제야 태도가 좀 누그러졌다. '그러니까 그년이 미친 걸 알리면 내 도움이 필요하다 이거여?' 하고 물었다. 서린은 '그럴 수도 있지요' 하고 대답했다.

노파를 통해 문제의 작문을 읽을 수 있었다. '도둑을 다 죽여도 도둑은 또 생길 것이다. 도둑이 생기는 것은 이 사회가 그들을 따듯하게 받아주지 않기 때문이다. 도둑을 없애려면 부잣집의 높은 담부터 허물어야 한다'는 구절이 인상적이었다. 논리는 유치했지만 확실히 중학교 1학년다운 작문은 아니었다.

—그런 게 아녀. 그 얘기는 내가 잘 알어. 글쎄 그 선생눔이 난데없이 국부가 죽었다면서 묵념을 시키드라 이 말이어. 애덜은 묵념하다 못해 막 울어제끼기 시작하는데, 사실 애덜이 몰 알어, 그런데 야는 어릴 때부텀 조숙했거덩. 이그는 아니다. 아부지도 아니고 대통령이 돼졌는데 우리가 왜 우냐 싶어서 고개 빳빳이 세우고 있었드라 이 말여. 애비 닮아 곤조는 있어 가지구. 그른데 이눔의 선생눔이 야를 건방지다면서 때리고 청소시키고 그르니까 얘가 그 정의로운 맘에 뭐시냐, 정당한 저항을 한 것이지, 정신에 이상이 있그나 되바라졌든 게

아니란 말여. 그눔의 국부란 눔이 누구여. 박정희 아녀. 지 아비 베트남 보내서 반병신 맹근 눔 아녀.

노파는 지극히 주관적인 입장에서 아들을 옹호하고 있었으나 거짓말은 아니었다.

고등학교 시절은 순탄하게 지나갔다. 진짜 사건은 대학 2학년 때 터졌다.

—위장 취업을 했다가 걸려서 1년형을 받았어.

—위장 취업? 그게 뭐야?

—뭐, 대학생이 고졸이라고 속여서 생산직으로 취직한 다음에 노동운동 하는 거지.

—그게 왜 1년형 받을 일이야?

—불법이니까.

—무슨 법에 걸리는데?

—위장 취업 자체가 불법이야. 형법, 노동법, 당시에는 국가보안법에도.

서린은 또 웃었다. 보안법이라니. 스트라이크랑 안보랑 무슨 상관이야. 그럼 미국 대학생이 생산직에 취직했다가 스트라이크를 일으키면 FBI나 CIA가 나서야 하나?

—명문대생이고, 이래저래 정상 참작도 되고 해서 실제로 감옥 생활을 하지는 않았어. 대신 곧바로 군대에 갔지.

— '시험소'는 뭐 하는 부대지?

—무기 연구하는 특수 부대야. 화학탄, 생물학탄, 뭐 이런 거. 재밌는 건 '병리과'도 있다는 거야.

―뭐 하는 덴데?

―부검하는 곳이지 뭐. 군인은 사망할 경우 무조건 부검을 받게 돼
있거든.

―거기서 해부학 지식을 습득했군.

―그거지. 그때부터 이미 똘아이였던 거지.

두 가지 사실을 알 수 있었다. 우선 김종희는 보안법에 연루되어 명
문대생다운 사회 진출을 봉쇄당했다는 것. 군대에 다녀온 뒤 그는 대
학에 복귀하지 않았다. 또 하나. 그가 사회에 대해 복수심을 품은 것
은 상당히 오래된 일인 듯했다. 부검실에서 근무한다고 누구나 부검
에 관심 갖지는 않는다. 김종희는 어느 날 갑자기 살인을 시작한 게
아니다. 대부분의 연쇄 살인범이 그렇듯, 그 또한 오랜 세월 동안 환
상과 상상을 통해 단련된 인물이었다.

서린은 거실 한가운데 갖다 놓은 책상 위에 백지를 펼쳤다. 연필을
손에 쥐고 본격적으로 살인지도를 작성하기 시작했다.

지금까지 피살자는 네 명이었다. 아버지, 사학과 교수, 사진작가,
그리고 복지사업가.

사학과 교수는 쉽게 풀렸다. 하필 서른여섯 번 으깨고 뽑고 썰고 잘
라냈다는 것만으로도 살해 이유를 알 만했다. 단지 환상 속의 어떤 인
물에 대응하는지 감이 잡히지 않았다. 아버지인 김종주도 그 부분이
불분명했다.

사진작가 ×××는 수십 년간 소외된 사람들의 얼굴을 필름에 담아
명성을 얻은 인물이었다. 한마디로 '민중작가'였다. 그런데 왜 죽였
을까? 답은 주희가 알고 있었다. 그는 줄리가 일하는 바에 자주 왔다.

모델로 쓰고 싶다며 여러 번 치근덕거렸다. 끝날 때까지 기다렸다가 여관에 강제로 끌고 간 것도 한두 번이 아니었다. 주희는 그를 사창가 시절에 만났다. 그는 한때 주희의 단골이었다. 물론 그는 줄리가 더 이상 창녀가 아님을 알고 있었다. 그래서 그는 더 이상 돈에 묶인 관계를 원치 않았다. 언제든지 줄리의 동료나 고용주에게 두 사람이 한때 금전적인 관계였음을 밝힐 의사가 있었을 뿐이다. 주희는 울먹이느라 더 이상의 이야기는 하지 못했다. 뒷얘기는 듣지 않아도 뻔했다. 줄리는 그가 지나치게 솔직해지기 전에 그가 원하는 인간관계를 '무상으로' 제공할 수밖에 없었을 것이다.

×××는 죽을 만했다. 하지만 김종희의 동기는 정당치 못했다. 살해 방식이 그것을 증명했다. 그는 그냥 죽이지 않았다. 이중, 삼중으로 성적인 모욕을 가했다. 일단 그놈의 잘난 '남근'을 제거했다. 그리고 언어적인 욕설을 신체적인 것으로 바꿨다. 비유를 말 그대로 실행하는 것은 성도착적인 연쇄 살인의 전형적인 특징이다. 이를테면 그들은 '먹고 싶은' 여자의 살점을 진짜로 '먹는다'. 따라서 김종희가 한 짓을 다시 욕으로 옮기면 이랬다. Fuck you. 네 좆이나 먹어라, 다.

작업은 점점 복잡해진다. 작은 대가리(좆대가리)를 잘랐으니 큰 대가리(진짜 머리)도 잘라줘야 한다. 성전환 수술이 끝났으면 진짜 Fuck you를 해줘야 한다. 성기를 먹은 머리는 그래서 뱃속에 들어갔다. 한마디로 시간(屍姦)한 것이다. 그것도 모자라서 김종희는 피살자의 배를 억지로 꿰맸다. 자신의 남근을 먹고 부풀어 오른 배가 무엇을 의미하겠는가. 그것은 남성의 임신, 여성의 생명 창조와 반대되는 죽음의 임신이다. 그렇다면 왜 이렇게까지 까다롭게, 잔인하게 죽였나.

쉽다. 감정에 치우쳤기 때문이다. '정의'의 배면에 '질투심'이 있었기 때문이다.

이 대목에서 현생의 논리만으로는 정당화할 수 없는 합리적인 명분이 탄생한다. 최달성이 진정한 혁명가였다면 김설희를 설득하거나, 혹은 처단했어야 했다. 하지만 그는 그렇게 하지 않았다. 그는 자신이 가진 권력의 힘을 빌려 김설희를 겁탈하려고 했다. '민중'을 위한다는 자가 바로 그 '민중'을 사적인 욕망에 남용했던 것이다. 사진작가는 최달성의 환신이었다.

서린은 분석을 계속했다. 다음은 복지사업가였다. 겉보기엔 훌륭한 인물처럼 여겨졌다. 하지만 박이 정리해서 보내준 자료는 그가 정반대의 인물일 수도 있음을 시사하고 있었다. 아무래도 그가 복지사업을 빙자해 탈세와 공금 횡령을 상습적으로 해온 인물 같다는 것이었다. 그는 주희가 나온 고아원의 운영자였다.

서린은 주희의 입양 서류를 검토하던 때를 떠올렸다. 원칙대로라면 김주희는 김종주에게 입양되지 말았어야 했다. 입양 심사를 통과한 것은 무언가 뒷거래가 있어서였다고 유추할 수 있었다. 복지사업가는 결격 사유가 있는 집에 아동을 넘김으로써 이익을 챙겼을지도 몰랐다. 어린 시절의 양육자. 하지만 은혜의 가면 뒤에서 자신의 사리사욕을 채운 자. 그가 도대체 누구일까. 이상했다. 알 것 같은데 이름이 떠오르지 않았다. 서린은 언어의 진공 상태, 일시적인 실어증 상태를 경험했다. 서린은 온화한 표정을 짓고 있는 복지사업가의 증명사진과 '신의 뜻을 실천하는 사업가'라는 제목의 기사를 번갈아 보았다. 난데없이 흉측한 복어 따위가 가슴속에서 부풀어 올랐다. 가시투성이 기생물체가 흉곽을 밀어내며 자꾸만 커졌다. 서린은 방망이로 복지사업가의 몸을 난타했다. 메스로 복부에 여러 개의 구멍을 뚫었다. 발목을 꽁꽁 묶어 피투성이를 천장에 거꾸로 매달았다. 너 같은 흡혈귀는 박쥐처럼 매달린 채 죽어야 해, 자신도 모르게 중얼거렸다. 그러자 펑, 가슴속의 녀석이 터져버렸다. 뿌듯한 이물질의 감촉과 함께 염산류의 체액이 서린의 심장을 점점이 태웠다. 손안에서 연필이 툭, 부러졌다. 서린은 잠시 무슨 일이 일어났는지 알지 못했다. 눈을 감고 고개를 쳐들었다. 아파트가 갑자기 낯설게 느껴졌다. 구석구석의 모든 공간이 자신의 존재를 알아봐달라고 무언으로 아우성치는 것만 같았다. '가와무라'라는 이름이 그제야 떠올랐다.

주희를 처음 보았을 때의 이상한 끌림, 쉽게 사라지지 않았던 주희에 대한 조소와 불신, 그럼에도 도움을 청해오는 주희를 거절하지 못했던 자기 자신의 모습이 빠른 속도로 스쳐 지나갔다. 주희의 문제와 살인 사건을 애써 분리하려고 했던 심리는 뭐였을까. 역전이*였다. 피분석자에게 멋대로 감정이입하고, 그 사실을 부정하기 위해 색안경을 쓰는 행위.

선생님은 어떨 때 보면 꼭 백인을 닮았어요. 처음에는 석고상 같아서 좀 무서웠어요. 언젠가 주희가 말했다.

서린은 갑자기 깨달았다. 자신이 왜 '가와무라'라는 쉬운 정답을 떠올리지 못했는지, 왜 동명이인 '가와무라'의 메일을 받고 필요 이상으로 분노했는지, 왜 헤어진 애인에게 편지 보내듯 답장을 작성했

---

* counter transference | 전이(transference)의 반대말. 분석자가 피분석자에게 감정이
입하는 현상을 일컫는다.

는지, 왜 간호사를 시켜 번역까지 해놓고 전송하지 못했는지를 알았다. 가와무라는 '아버지'였다. 세련된 제국주의 담론을 설파하는 일인 학자. 유색인 여자와 결혼한, 정확한 발음의 영어를 구사하는 보수적인 미국인. 아내가 동양에서 데려온 검은 머리 인형을 미국인으로 만들려고 무진 애썼던 금발의 백인. 그는 틈만 나면 서린을 모임에 데리고 나갔다. 수많은 지인들에게 딸을 보여주며 자랑하기 좋아했다. 그는 단 한 번도 '케이시'를 양딸이라고 소개한 적이 없었다. 그럴 필요가 없었다. 누가 봐도 케이시는 그의 양딸이었다.

그는 '케이시'에게 화내지 않았다. 서린의 엄마, '리'와는 자주 다퉜지만 '케이시'는 봐주었다. 그는 딱 한 번 자신의 인형에게 화를 냈다. 어느 날 인형이 자신의 주제를 잊고 한국어를 배우겠다고 말했을 때였다.

'케이시'는 결국 한국어를 익혔다. 대학에서 '서린'이란 이름도 가졌다. 자신이 누구인지 알고 싶어 정신분석학을 전공하기로 결심했다. 2년 넘게 스스로의 마음속을 들여다보는 훈련도 거쳤다. 10년 넘게 수많은 환자들을 상대하며 자신의 문제를 극복한 자만이 타인을 치료할 수 있다고 자부했다. 그런데 이제 마흔을 넘겨, 서린은 자신이 원점으로 돌아와 있음을 느꼈다.

서린은 작업을 중지했다. 언제나 있을 법한 현상에 불과하다고 대충 넘어갈 생각은 추호도 없었다. 정신분석에서는 아무리 사소해 보이는 착오도 엄청난 오독의 씨앗이 될 수 있기 때문이었다. 더구나 상대는 연쇄 살인범이었다. 수많은 인명을 살릴 수 있느냐 없느냐의 문제가 자신의 정신 상태에 달려 있었다. 서린은 온몸에 힘을 빼고 앉아 길게 한숨을 쉬었다. 아무나 붙잡고 울고 싶다는 생각이 들었다. 주위에는 아무도 없었다. 틱—, 틱—, 틱—, 틱—, 현관 옆에 달린 시계 소리만 요란했다.

믿는 자와 믿지 않는 자

20명 대원들이 산비탈의 귀틀집 안에 빼곡히 모였다. 나는 고개를 숙인 채 바닥에 꿇어앉아 있었다. 오른편 중앙의 탁자 앞에는 정복을 입은 안이 막대처럼 빳빳하게 서 있었다. 창이 정면에 있어 길게 뻗은 안의 그림자가 내 치마 위까지 드리워졌다. 바로 앞, 사람 키만큼 떨어진 거리에는 최달성이 양반다리를 하고 앉았다. 그의 등 뒤로 햇빛이 무성했다. 나는 그의 표정을 볼 수 없었다.

안혁이 허리춤에서 싸창*을 뽑아 탁자 위에 올려놓았다.

"만약 거짓말을 하면 가차 없이 처단하겠소. 살고 싶으면 모든 일을 곧이곧대로 답하는 게 좋을 것이오. 우선 최 동무에게 묻겠소. 왜 수풀 속에서 김 동무를 때리고 있었던 거요."

---

* 모젤권총.

최가 음, 음, 목청을 가다듬더니 대답했다. 말투가 자신만만했다. 경어도 쓰지 않았다.

"때린 게 아니라 체포하고 있었던 거요."

"체포라니?"

"지집년 하는 짓거리가 우뭉하잖소."

"무엇이 그렇다는 거요. 구체적으로 말하시오."

"북쪽에서 넜다는 기집이 말하능 기 똑 서울 아씨잖소. 춘년이 낯반데기가 허여꾸무레한 기……, 쪽발이맹키로 억양도 이상시럽소."

대뜸 튀어나온 '쪽발이'라는 말에 나는 숨이 멎을 듯했다.

"그것만으로 밀정임을 의심할 수 있소?"

최가 안의 말을 냅다 잡아챘다.

"보개는 몸이 약골인 듯 바람이 불문 늘어질같이 개랑개랑해 보예두 웽그, 들온 지 한 달이나 될까말까한 지집이 행군도 사내맹키로 잘하고 보총 드는 것도 군바리맹키로 하나 으색치 않아요. 어데서 군사 훈련을 받은 기 재웂어요."

안은 말이 없었다. 나는 눈을 돌리지 않고도 적지 않은 대원들이 고개를 끄덕이고 있음을 느낄 수 있었다. 다른 사람은 몰라도 임순례의 표정만큼은 알고 싶었으나 나는 끝까지 시선을 돌리지 않았다.

"너는 함북 출신이라 했는데 어떻게 서울말을 쓰느냐. 말해보라."

안이 물었다. 최한테와는 달리 위압적인 반말이었다.

"한 살 때 부모를 잃었습니다. 함북 출신이란 것을 들어서 알 뿐, 부모의 얼굴조차 보지 못했습니다."

"그렇다면 어디서 어떻게 컸나."

이럴 때를 대비해 준비해둔 거짓말은 얼마든지 많았다. 특무대에서는 나에게 조선 여자 몇 명의 신상 명세를 좔좔 외우게 시켰다. 하지만 과연 속을까. 나는 이빨을 드러내고 달려드는 최보다, 말없이 내 얼굴을 지켜보는 안이 더 무서웠다.

"가와무라라는 일본인이……, 눈 위에 버려진 저를 주워 서울에 있는 자신의 집으로 데려갔습니다."

몇 명의 입에서 탄성이 터져나왔다. 저런…… 왜놈의 집에서? 낮게 읊조리는 소리도 들렸다. 최는 기회를 놓치지 않고, 거보시오, 외쳤다.

"그 웬수놈의 왜놈이 그냥 키워줬을 리는 없고 분명 부려먹었을 긴데, 더구나 더부살이했다는 년이 바눌질도 몬하고 밥 한 끼도 몬 맹글고, 저 간나 송꾸락 가느다항 기 좀 보소. 손버리젱이하구 그짐말하는 버리젱이는 싹이 틀 때 왕소굼으로 싹 내문대야 돼. 왜 예전에 머슴살이였다고 그짓뿔쳤다는 놈 얘기 모르요. 머슴살이가 장작 하나 못 패는 기 알고 보이 왜놈 끄나불이었드래요."

맞아 맞아, 누군가 맞장구쳤다. 주위가 웅성웅성했다. 안이 손을 들어 주변을 정리했다.

"그 집에 조선인 첩이 있었는데……, 그 여인이 저를 자식처럼 키워주셨습니다. 기생 출신이었고 서울 말씨를 썼지요. 여인의 아들딸도 같이 살고 있어서 그 집에서 2년 동안 머물며 서울말을 배웠습니다."

"그렇다면 그 뒤로는 어디서 컸나."

뭐라고 말해야 하나. 진실과 거짓 사이의 줄타기. 홀로 줄 위에 선 나는 목소리가 떨려옴을 느꼈다. 그럴수록 목에 힘을 주었다. 두려움은 간혹 분노처럼 들린다는 것을 나는 알고 있었다.

"서울에 있는 기생집에 팔렸습니다. 돈은 일본인이 챙겼고, 덕분에 저는 엄청난 빚을 졌습니다. 하루 종일 불을 피우고, 방을 치우고, 청소하고 빨래하고, 설거지를 했습니다. 음식하는 법이나, 바느질하는 법은 배우지 못했습니다. 열심히 일했지만 아무리 일해도 빚을 다 갚을 수 없었습니다. 목구멍이 포도청이라 할 수 없이 원수놈들의 수청 드는 일을……. 하지만 평생 그렇게 살고 싶지는 않았습니다. 그래서 목숨을 걸고 빠져나왔습니다."

나쁜 놈들……, 개종재 새끼들……, 대원들이 욕 한마디씩을 주워섬겼다. 최가 앉은자리에서 풀쩍 뛰더니 반은 나를, 반은 대원들을 보며 말했다. 저 간나 이제야 바른말하네, 요조숙녀인 양 그러 내흉 떨드니만.

안이 손을 들었다.

"서울에서 만주에 오기까지의 과정을 말해보라."

나는 아슬아슬하게 야반도주를 한 일이며, 일본군의 감시를 피해 북쪽 땅까지 찾아온 과정을 낱낱이 밝혔다. 중간에 거친 지명과 이동 수단도 정확히 외웠다. 그간에 겪은 산전수전도 세세하게 꾸며대었다. 어려울 것은 없었다. 특무대에서 배운 대로 답하면 그만이었다. 이상한 것은 목이 메어온다는 것이었다. 수백 번, 그저 반복해서 읽었을 뿐인 대본이 점점 내 것처럼, 나의 살아온 기억인 양 느껴졌다. 국경수비대에 붙잡혔을 때, 일본 여자 행세를 해 무사히 풀려난 이야기를 할 때쯤엔 눈시울이 달아올랐다. 부모의 얼굴조차 알지 못하는 고아로, 게이샤들은 하지 않는 허드렛일을 해가며 고된 훈련과 엄격한 규율에 눌려 살면서도, 단 한 번 남들 앞에 내보이지 않았던 눈물이었다. 정말 슬픈 것은 부모의 원수를 갚기 전에 죽는 일뿐이라고 마음을 다진 지 오래였다. 그런데 이곳에 온 지 한 달 만에 나는 15년 동안 지켜온 나 자신의 금기를 깨고 있었다. 나는 왜 하필 이곳에서 우는가.

하지만 눈물이 난 것은 다행이었다. 나쁜 놈들……, 불쌍한 처자구만……, 하는 소리가 여기저기서 터져나왔다. 안은 주위를 조용히 시킨 다음 퉁명스럽게 말했다.

"그래도 여전히 미심쩍다. 아무리 봐도 당신의 손은 노동에 단련된 손이 아니다. 그렇지 않소, 최 동무."

"그러요."

최는 때는 이때다, 하는 듯 의기양양하게 대답했다. 안은 대원들 모두에게 손을 펴 보이라고 했다. 그리고 나에게 고개를 들어 대원들의 손을 바라보라고 명령했다. 나는 대원들의 손을 보고 깜짝 놀랐다. 물론 나의 손에도 생살 터진 자국이 적잖았지만 대원들의 손바닥은 그것에 비할 바 아니었다. 오랜 세월 맨땅을 짚은 발바닥처럼 투박한 것이 있는가 하면, 칼에 찔리거나 총알이 관통한 손바닥, 심지어는 부상이나 동상 때문에 마디가 한두 개쯤 잘려나간 손도 있었다. 나는 숙연해졌다. 그들의 손이 투박하다고는 생각했지만 이 정도로 깊은 흔적을 새기고 있는 줄은 몰랐다. 이젠 죽었구나. 나는 눈을 감았다. 그래도 목숨을 구걸하지는 말자고 다짐했다.

"잘 보았는가. 이것이 오랜 노동과 훈련에 단련된 강철 같은 빨치산의 손이다. 그에 비하면 당신의 손은 얼마나 나약한가. 그렇지 않소, 최 동무."

"그러요. 그러구말구요. 내 츰부터 왜놈들이랑 내통한 갈보년인주

알앗쏴."

"이제는 반역자를 처단할 때가 됐다."

안혁이 허리춤에서 싸창을 뽑는 소리가 들렸다. 나는 이를 악물었다. 이렇게, 결국엔 원수도 갚지 못하고 죽는구나. 그런데 맞은편에서 안 대장, 왜 이러요, 하는 소리가 들렸다. 눈을 뜨고 고개를 들어 보았다. 싸창의 총구가 내가 아닌 최달성의 머리에 겨누어져 있었다.

"동무는 기생집에서 일했을 줄 알았다고 했다. 일본인이 부려먹었을 텐데 손이 너무 곱다고도 했다. 처음에는 군사 훈련을 받은 게 틀림없다며? 근데 지금은 김의 손이 연약하다고 말하는 건가? 말해보라. 숲 속에서 무슨 일이 있었나."

최달성이 씩 웃으며, 대장, 그기 아니고……, 했다.

"바른대로 말하라. 정찰 중에 무슨 짓을 했나."

안혁의 목소리가 좁은 귀틀집을 쩌렁쩌렁 울렸다. 안혁이 싸창을 장전하는 소리가 딸깍, 하고 들렸다. 그제야 사태의 심각함을 파악한 최달성은 온몸을 벌벌 떨었다. 흙땅을 무릎으로 헤치며 닭똥 냄새가 날 정도로 손바닥을 비벼댔다. 데, 데, 데레……, 하더니 큰 실수를 저질렀다는 듯 입을 막고서는 부대장님, 하면서 다리에 매달렸다. 안혁은 무표정한 얼굴로 최달성의 가슴을 걷어찼다.

"너는 정찰 중에 동지를 겁탈하려고 했다. 그것도 모자라 반성은커녕 억압받은 민중에게 감히 '갈보'라는 말을 사용했다. 너는 그따위 썩어빠진 부르주아 사상을 아직도 버리지 못했나. 나는 짐승은 용서해도 반혁명분자는 용서할 수 없다. 조국 혁명과 김×× 장군님을 모독한 죄로 너를 오늘 즉결 처단하겠다. 마지막으로 할 말은 없는가."

"아, 안 대장님. 살궈주소, 살궈조……."

"죽을 때만이라도 빨치산답게 죽어라. 다시 묻겠다. 마지막으로 할 말은 없는가."

최달성은 헉, 헉, 숨 막히는 소리를 내며 귀틀집 안에 모인 대원들을 한 명씩 쳐다보았다. 나는 주위를 돌아보았다. 아무도 그의 눈빛을 똑바로 쳐다보는 이가 없었다. 오직 임순례만이 준엄한 눈빛으로 그를 눌러보고 있었다. 사, 살궈주소. 살궈조……. 기어들어가는 목소리로 최달성이 다시 애절하게 말했다. 그러나 안혁은, 할 말이 없는 것으로 알겠다, 짧게 내뱉은 다음 방아쇠를 당겼다. 나는 눈을 질끈, 감았다. 단발의 총성이 산비탈에 여러 번 울려 퍼졌다. 총성이 산봉우리를 넘고 넘으며 연거푸 하늘의 공기를 갈랐다.

아아악─. 비명 소리가 들렸다. 눈을 떠보니 최달성이 머리를 두 손으로 붙잡고 발작질을 하고 있었다. 팔다리를 제멋대로 휘두르는 모습이 지랄병에 걸린 사람 같았다. 대원 한 명이 뛰어나가 최의 입을 틀어막았다. 뒤따라온 대원들이 손과 발을 붙잡았다. 최가 진정되자 안이 말했다.

"이제 반혁명분자 최달성은 죽었다. 오늘부터는 자랑스러운 빨치산으로 살아가라."

싸창은 허리춤으로 돌아갔다. 안은 대원들에게 등을 돌리며 한마디를 덧붙였다.

"오늘 네가 대원들을 의심하면 내일은 대원들이 너를 의심할 것이다. 그렇게 되면 우리 모두가 서로를 죽이게 될지 모른다. 그 사실을 잊지 마라."

안은 산비탈 아래로 사라졌다. 자리에서 일어난 나는 그제야 몸을 벌벌 떨었다. 안이 떠난 산비탈에 잠깐이지만 회오리바람이 일어나 대원들의 뺨을 차갑게 때리고 지나갔다. 이상하게도 살아났다는 감격 따위는 없었다. 오히려 깊은 수렁 옆에 서게 된 듯한 아슬아슬한 마음이 들었다. 한 발만 잘못 디디면 다시는 헤어나올 수 없는 암흑으로 가라앉을 것 같았다. 임순례는 며칠 동안 말이 없었다.

나는 수십 번도 넘게 그때 일을 생각했다. 어쩐 일인지 안이 싸창에 장전을 하자 최가 데레……, 하고 빌던 것만 자꾸 생각났다. 데레가 뭘까. 혹시 일본말의 '나와?' 그런 위급한 상황에 '나와'? 나는 혼자서 고개를 절레절레 흔들었다. 누가 보면 험한 꼴을 당하더니 실성기가 들었다 했을 것이다.

보리씨 뿌리기가 끝났다. 다른 밭에는 감자도 묻었다. 세 번째 밭을 개간하고 있을 때쯤 사령부의 통신병이 왔다. 다음날 안은 부대 전체의 이동을 명령했다. 이동 준비에 꼬박 하루가 걸렸다. 부대원들은 마치 개미처럼 움직여 해야 할 일들을 말끔히 끝냈다.

우선은 산비탈의 밭들을 보이지 않게 위장했다. 바깥쪽에 가짜 나무를 세우고 밭 위에도 드문드문 풀과 나뭇가지들을 놓아 개간된 땅처럼 여겨지지 않도록 했다. 다음 일은 중요한 장비들을 땅에 묻고 나중에 찾을 수 있도록 표식을 두는 일이었다. 그동안 누벼 만든 과동용 의복, 이곳저곳에서 긁어모은 식량 등도 나무가 많은 숲 속에 띄엄띄엄 거리를 두어 묻었다.

식량이 분배되었다. 쌀과 조, 옥수수, 감자 등속은 몇몇 대원이 한꺼번에 맡았다. 지나치게 식량이 많아 이동이 더딜 것이라는 이의 제기가 있었다. 계절도 여름이라 산에서 충당할 수도 있고 파묻어놓은 식량을 이용할 수도 있다는 의견도 나왔으나 안은 명령이라며 묵살했다. 개인에게는 마을 사람들이 만들어준 떡과 비상용 미숫가루가 지급되었다. 끓인 물로 물통도 가득 채웠다. 지시가 있기 전까지는 결코 개인 식량을 축내서는 안 된다는 명령도 함께 하달되었다.

마지막으로 무기 점검이 있었다. 한 사람당 다섯 묶음의 총알(25발)이 지급되었다.

행군은 다음날 새벽부터 시작되었다. 안은 이전 부대장과 전혀 다른 경로로 움직였다. 조심스럽게 국경을 따라가지 않고 한달음에 만주로 진입했다. 고산지대 대신 농경지대가 훤히 보이는 낮은 구릉을 이용했다. 나는 만주에 조선인 부락이 셀 수 없이 많음을 보고 놀랐다. 크건 작건, 하루에 두세 개쯤을 보는 것이 어렵지 않았다.

안은 그중 몇 개의 마을을 관통했다. 위만군의 추격을 받은 일도 있었으나 아랑곳하지 않았다. 이전 부대장이 이동 경로를 바꾸자는 제안을 했다. 빨리 이동하는 것도 좋지만 만에 하나를 대비해 측면으로 통과하거나 백두산 줄기를 이용하는 게 어떤가, 그게 아니라면 반대 방향으로 거슬렀다가 에돌아가는 등의 방법으로 토벌대를 교란해보자, 는 것이었다. 안은 '그것은 대부대의 전략이다. 그리고 어차피 우리는 큰 원을 그리며 에둘러가고 있다'라는 말 한마디로 그 제안을 묵살했다. 집단 부락을 제외하고 그가 들어가지 못할 마을은 없어 보였다.

만주에 오래 있었다는 초로의 빨치산 류가 흘흘흘, 바람 같은 웃음소리를 내며 안의 꿍꿍이속을 아는 척했다. "그러니까 마약 왜놈드이 빨치산 놈드르 어데 간네 하고 물을 수가 인쩽가. 그리므는 무조건 아는 대루 대라구 우리랑 약조를 했거등. 그런데 왜놈드르 으심이 마네 가지구, 이 간네 그리면 저 가고 저 간네 그리면 이 가고, 위만군 놈드르 또 거비 마네 가지구, 걔네드르 또 바루 대는 기 빠~히 알믄서두, 이 간네 그리면 거짓말이네 하구 절루 피하구, 저 간네 그리면 또 거짓말이네 하구 일루 피하구, 무조건 빨치산 안 간 디루 갈라 하디 싸우려구 안 하디 안 해. 우리들은 죄 명사수지만 그 노마드르 돈이랑지 목숨 귀한 줄만 알아찌 총 한번 쏘몬뿐 놈드르 마~이 있어."

일본군은 제대로 가르쳐줘도 엉뚱한 곳을 뒤지고, 위만군은 '거짓말이다'는 핑계를 대고 일부러 딴 길로 간다는 것이었다. 거의가 단지 돈을 벌기 위해 입대한 자들로 빨치산의 우렁찬 함성 한번이면 위만군 50명쯤은 충분히 쫓을 수 있다고 큰소리쳤다. 류는 위만군이 일본의 말을 어길 수 없어 마지못해 토벌에 참여하지만 사실은 빨치산과 맞붙을 의지가 전혀 없는 오합지졸 부대라 했다. 얼마 전까지만 해도 일본의 토벌 계획을 이쪽에 미리 알려 전투를 피하는가 하면 성안에 편지 한 장만 써 보내도 친절하게 무기와 식량을 내줄 만큼 '친절했다'. 나는 일본군은 어떠냐고, 무섭지 않냐고 물었다. 그는 왜놈들이 악착같기는 하지만 역시 빨치산 한 명이면 왜놈 20명쯤은 무난히 쓰러뜨릴 수 있다며 또 흘흘흘, 바람 소리를 냈다. 나는 다시 물었다. 일본군이 무섭지 않다면 왜 집단 부락은 피해 가는가. 그는 10호 담당제 때문이라고 했다. 만약 집단 부락의 주민 한 명이 빨치산과 내통하거나 빨치산을 도와줬다는 혐의 내지 누명을 쓰게 되면 그 주민의 식구는 물론이고 주변 10호의 주민들을 '삼광(三光)' 한다는 것이었다. 삼광이 무엇이냐고 하자 그는 '모두 죽이고, 모두 불태우고, 모두 빼앗는 것'이라 했다. 나는 질문하기를 그만두었다.

나는 안이 부대를 일부러 노출시키고 있다고 짐작했다. 북서쪽으로 이동 중인 김××부대를 엄호하기 위해, 반대편에 자주 출몰해 토벌대 일부를 유인하려는 꾀였다. 하지만 안의 의도는 그뿐만이 아니었다.

조선인 마을은 하나같이 한산했다. 산에는 거적에 말려 있는 시체가 많았다. 말로만 듣던 '보릿고개'였다. 행군 일주일 만에 맞닥뜨린 마을의 상황이 제일 나빴다.

옹기종기 모여 있는 30여 호쯤의 초막 중 반 정도가 이미 흉가 내지 폐가였다. 습격을 당하거나 불에 탄 것이 아니라 저절로 무너진 집들이었다. 만주가 원래 그렇지만 논은 아예 없었고, 작은 텃밭뿐이었는데, 한참 씨 뿌릴 무렵에 농사지은 흔적이 눈에 띄지 않았다. 버려진 마을? 안은 대원들에게 4, 5조로 나뉘어 집들을 탐색해보라고 명했다. 류가 자신이 아는 곳이니 그럴 필요가 없다며 안 대장을 이끌었다.

류는 한 초막 안으로 성큼성큼 걸어 들어가더니 으흠으흠, 헛기침을 했다. 안에서는 아무 대답이 없었다. 또 으흠으흠 해도 응답이 없자 류는 제 집인 양 걸어가 문을 확 잡아채었다. 아무도 없는 줄 알았던 어둠 속에서 백발의 해골이 고개를 내밀었다. 해골은 한쪽 눈을 살포시 뜨고, '산사람이 왔네' 하더니 헤벌쭉 웃었다. 나는 깜짝 놀라 뒷걸음치다가 엉덩방아를 찧고 말았다.

방 안에는 살아 있는 해골이 둘 더 있었다. 여덟 살, 열 살이라지만 겉보기엔 다섯 살, 여섯 살 정도밖에 안 돼 보이는 남자애와 여자애

한 명이었다. 커다란 옷을 입고 있는 여자아이는 눈만 커다랗게 뜬 채 담쟁이덩굴처럼 벽에 붙어 있었다. 벌거벗은 남자애가 엄마와 함께 이불 속에 들어 있었다. 죄송하……, 면목이 없스……, 여인은 겨우 이불을 끌어 맨몸을 가리며 뇌까렸다. 여인의 뼈만 남은 손을 잡아 쥐며 류는 남편은 어디 갔느냐고 물었다. 잔바람 같은 목소리로 여인은 성에 부역을 갔다고 했다.

다음 집에서도, 또 그 다음 집에서도 비슷한 일이 벌어졌다. 류는 세 번째 집에서 참았던 눈물을 터뜨렸다. 대원들은 이미 흑흑 울고 있었으며 안마저도 하얗게 눈물을 비쳤다. 나는 눈물도 안 나고 몸만 와들와들 떨렸다.

마을에는 20명 정도의 주민이 아직 살아 있었다. 대부분은 굶다 못해 운신할 수 없는 지경이었다. 설사 움직일 수 있다 해도 입고 나올 옷과 신발이 없었다. 빤쓰 대신 천이라도 대고 사는 홍암동의 사람들은 차라리 귀족이었다. 안이 배낭에서 하얀 저고리를 꺼내 노인 한 명에게 입혔다. 대원들도 모두 옷 한 벌씩을 꺼냈다.

류의 인도를 받아 마을 주민들을 일일이 돌아본 후 안은 마을의 후미진 곳에 대원들을 집결시켰다.

"부역이 3일 후에 끝난다는 말을 들었다. 3일 동안은 적들이 오지 않을 것이다. 오늘 밤은 이곳의 초막에 묵는다. 정찰대원들은 주변 경계를 늦추지 마라. 가지고 온 식량의 3분의 1을 이곳에 놓고 간다. 작식대원들은 미음을 끓여 주민들을 구완하고, 나머지 대원들은 식량을 잘 나누어 적들의 눈이 닿지 않을 만한 곳에 묻는다."

환호성이 일어났다. 안이 지시하기도 전에 대원들은 매우 빠른 속도로 조를 짜 흩어졌다. 작식대도 착착 일을 진행시켰다. 연기 때문에 적들의 의심을 사지 않게끔 미음을 여러 집에서 조금씩 나누어 끓였다. 나는 산에서 땔감 구해오는 일을 맡았다. 뒷산에는 풀이 하나도 없었다. 그나마 듬성듬성 있는 나무들도 칼로 목피를 벗겨낸 자국 투성이였다. 손이 닿는 잎사귀는 이미 다 없어졌다. 우리는 깊은 산까지 오르락내리락, 숨가쁘게 뛰어다녀야 했다. 하지만 아무리 정신없이 일해도 머릿속의 혼란은 쉬 잦아들지 않았다. 잔가지들을 모아 산에서 뛰어내려올 때에는, 머릿속에서 지진이 일고, 파도가 쳤다.

밤이 되었다. 남성 대원들은 세 개의 초막에, 여성 대원들은 한 개의 초막에 나뉘어 잠자리에 들었다. 주민들의 밥을 해먹이고 마을 몇 곳에 비상식량을 묻고 오랜만에 대원들도 포식을 하고 내일의 전투 준비까지 마친지라 모두들 방에 눕자마자 잠이 들어버렸다. 무언가 뜻 깊은 일을 했다는 만족의 표정이 잠든 얼굴에도 역력했다. 나는 도저히 잠을 이룰 수 없었다. 눈만 감았다 하면 게이샤 기모노의 아름다운 비단천이 계곡수처럼 펼쳐졌다. 앙상하고 거친 손들, 가문 땅처럼 새빨갛게 갈라지고, 무슨 활판처럼 돋을새김으로 솟아오른 곳들은 하나같이 검은 때로 더께 진 끔찍한 손들이, 화려한 풍경이 수놓인 흠결 하나 없는 비단을 자꾸만 쓰다듬고 있었다.

초막 밖으로 나왔다. 숨을 크게 들이쉬며 자리에 주저앉았다. 갈대로 엮은 담마저 무너진 마당에 달이 밝았다. 잡초만 무성한 황량한 들판과 겨울처럼 헐벗은 산의 윤곽이 그대로 내보였다. 제법 쌀쌀한 바람은 어디서 비릿한 흙냄새만 몰아왔다. 마음에 걸리는 풍경도 냄새도 없었다. 생각만 복잡해졌다. 그토록 갖고 싶었던 게이샤 컬렉션,

아니 기모노 한 벌의 가격이 얼마였던가. 쌀로 따지면 최소 열 가마, 최고급품은 집 한 채 값이었다. 그런데 이곳에 있는 조선인들은 뭔가. 따먹을 잎사귀 하나, 벗겨 먹을 송피 한 장 없다. 몸을 가릴 넝마 한 조각조차 없다. 아버지가 농사 나가면 아들이 벌거벗고, 아들이 채집 나가면 아버지가 벌거벗고, 어머니가 외출하면 다 큰 여자애가 다 큰 남자애한테 맨몸을 보이고, 혹은 한 이불 속에서 아버지와 맨살을 맞대고……. 나도 모르게 두 손으로 얼굴을 가렸다. 손에서 겨불 냄새가 났다.

인기척이 있었다. 누구야. 벌떡 일어서며 옆에 있던 땔나무를 집어 보총처럼 겨눴다. 검은 그림자 하나가 경계가 무너진 마당 안에 성큼 들어섰다. 굵고 나직한 목소리가 마당에 울렸다. 여기서 뭐 하오. 나는 나뭇가지를 떨어뜨리고 고개를 숙였다. 안이었다.

"동무는 두 가지 명령을 어겼소. 알고 있소."

"네, 알고 있습니다."

"읊어보시오."

"절대로 존재를 드러내지 마라. 내일을 위해 푹 자두라."

"그렇게 잘 아는데 왜 명령을 어기오. 동무는 민생단이오?"

"아닙니다. 들어가겠습니다."

나는 황급히 몸을 돌렸다. 등 뒤에서 그가 말했다.

"누가 들어가라고 했소."

안의 그림자가 내 발과 무릎을 덮고 있었다. 나는 그의 그림자만을 노린 채 엉거주춤 서 있었다.

"민생단이 뭔지 아시오."

"모릅니다."

"그런데 뭐가 아니라는 거요."

나는 아무 말도 하지 않았다. 그가 뜬금없이 말했다.

"우리의 혁명 역량이 날로 성숙해가던 어느 날이었소. 일제가 빨치산을 분열 책동하기 위해 항일연군 내에 대규모의 밀정 조직을 침투시켰다는 정보가 입수되었소. 바로 그 밀정 조직을 민생단이라 했고, 민생단을 처단하기 위한 우리의 조직을 반민생단이라 했소."

그는 잠시 쉬었다.

"반역자는 처단해도 처단해도 끝이 없었소. 누구도 믿어 의심치 않았던 자도 민생단이라 했고, 민생단 척결에 앞장섰던 반민생단원조차도 사실은 민생단이었다고 했소. 특히 중공군 놈들은 우리 조선인들을 의심했소. 민족주의 냄새를 풍기기만 하면 반동이라고 몰아붙이던 판인데 오죽했겠소. 처음에는 작전을 하다 실패하거나 부상만 입어도 민생단이라 하더니, 나중에는 밥을 먹다 밥 알갱이를 흘려도, 행군을 하다 춥다는 말만 내뱉어도 민생단이라고 몰아붙였소. 우리는 서로를 의심했소. 나중에는 반역자를 처단하기 위해서가 아니라 단지 살아남기 위해 서로를 의심했소. 누군가를 의심하지 않으면 금방이라도 민생단으로 몰려 처형당할 것 같았소. 총을 버리고 달아나는 사람들이 늘었소. 억울하게 죽기 싫어 도망간 것이지만, 중공군에게는 민생단이 존재한다는 증거가 되었지. 어차피 죽을 거, 싸우다 죽자는 자도 있었소. 어느 쪽이건 숫자가 줄어들기는 마찬가지였지."

"······."

"결국 우리는 알게 되었소. 마지막 일인이 남기 전까지는 반민생단

154

투쟁이 결코 끝나지 않으리란 것을. 어쩌면 마지막으로 살아남는 사람은 민생단이 될지도 모른다는 것을. 죽음보다 무서운 것은 죽어서도 반역자로 낙인찍히는 것이었소. 그런데 민생단으로 몰릴 위험을 무릅쓰고 단호하게 그 사슬을 끊어버린 사람이 있었소."

"……."

"민생단 명부를 빼앗아와 한 장 한 장 우등불 속에 던져 넣으며, '내 부대에는 단 한 명의 민생단도 없다'고 선언했소. 재밌는 건 그 뒤로 정말 단 한 명의 반역자도 발견되지 않았다는 것이오. 중공군 놈들의 어리석은 숙청을 비웃듯이 말이오. 그분이 누군지 아시오?"

나는 천천히 고개를 저었다. 그는 한 땀 한 땀 수를 놓듯이 말했다.

"그분은 바로 김××장군님이시오. 나는 1935년에 1중대 소속으로 부르주아 민생단으로 몰려 다홍왜에서 처형을 기다리고 있었소. 그분이 아니었다면 나는 붉은 포승*에 묶여 죽음을 맞이했을 것이오. 그분이 우리 모두를 살렸소. 뿐만 아니라 조선 혁명의 미래까지 살렸소. 아무리 나쁜 사람도 근본이 악하지 않는 한 믿음으로써 좋은 사람을 만들 수 있다는 그분의 뜻을 이해하시겠소."

고개를 들었다. 그가 내 얼굴을 뚫어지게 들여다보고 있었다. 그의 날카로운 눈빛이 칼날처럼 가슴에 파고들었다.

"일본에서 고학을 할 때 일본인 행세를 하며 조선인들을 멸시하는 학생들을 많이 보았소. 그들은 모두 지주 집안 출신으로 민중에게 착취한 돈을 기녀 거리에 낙엽처럼 뿌리고 다녔지. 우리는 그들처럼 타

---

*민생단의 올가미를 의미하는 빨치산 사이의 은어.

락한 부르주아를 '달걀'이라 불렀소. 민족은 암탉의 품과 같소. 암탉의 품을 모르는 달걀은 썩거나 깨질 뿐이지. 아 참, 일본의 기녀 거리에선 아직 게이샤가 되지 못한 어린 계집아이를 '다마꼬'라 부르더군. 혹시 아시오?"

그는 침묵으로 나에게 총구를 겨누고 있었다. 완전히 항복하기 전까지는 결코 거두지 않겠다는 무언의 암시였다. 나는 떨리는 몸을 붙잡기 위해 두 주먹을 꽉 쥐었다. 그러나 나는 몸과 마음의 동요를 숨기지 못했다. 그는 내가 머리카락 한 올, 손등의 터럭 하나까지 낱낱이 감각할 때쯤에야 비로소 입을 열었다.

"우리는 낫과 곡괭이를 들고 시작했소. 맨손으로 무장한 적들을 때려잡아 그들의 무기와 탄약으로 무장했소. 우리가 지니고 있는 무장은 중공군에게서 받은 게 아니오. 보총에서부터 중기까지 모두 우리의 힘으로 얻은 것이오. 지금 우리는 우리에게 소용되는 모든 것을 스스로 만들어내고 있소. 빨치산은 단순한 무장군이 아니오. 우리는 하나의 움직이는 사회주의 국가요. 따라서 빨치산 군자금의 배후와 근거지를 파헤치려는 일제의 책략은 실패할 것이오. 우리에게는 배후도, 근거지도 없기 때문이오."

그는 돌아서며 말했다.

"당신에게는 북방민의 피가 흐르고 있소. 일본 여자는 당신처럼 강인한 얼굴과 체격을 갖고 있지 못하지. 당신은 조선 여자요. 다른 사람은 몰라도 나는 알 수 있소. 설사 아니래도 어떤 게 옳은 건지는 알겠지."

그는 올 때처럼 순식간에 사라졌다. 멀리서 이리 떼 우는 소리가 들렸다. 한차례 바람이 불고 지나쳤다. 나는 잎도 떼이고 껍질도 깎인 나무처럼 온몸을 떨었다. 마당에는 달빛만 가득했다.

대부분의 부대원들은 안혁을 존경했으나, 어쩐 일인지 김형욱과 임순례는 고분고분하지 않았다. 어느 날 밤 대원들이 잠든 틈을 타 그들은 격렬하게 논쟁했다. 내용은 듣지 못했지만 한 가지는 분명했다. 빨치산 부대의 체제는 일본군의 그것과는 판이하게 달랐다. 일본군의 절대원칙은 상명하복이었다. 지휘관의 결정에 토를 달거나 이견을 제시하는 부대원은 즉결 처형감이었다. 계급 하나가 차이져도 '구두를 핥아라' 하면 핥아야 할 정도였다. 빨치산 부대의 원칙은 부대장을 제외한 모든 대원의 '평등'이었다. 부대장의 명령도 무조건적이라고 할 수는 없었다. 그러나 안은 전형적인 독불장군이었다.

6월에 접어들자 행군이 끝났다. 안의 지휘가 훌륭했던 것인지 하늘이 도운 것인지 소부대는 큰 위기 없이 사령부와 합류하는 데 성공했다. '희샤즈거우 밀영'에서 우리는 4사에 들어갔다. 나는 그곳에서 일주일쯤 지냈다. 안은 장교들의 막사로 갔다. 안과의 거리가 확보되었다. 귀환해야 할 날짜가 가까워지고 있었다. 나는 모든 것들을 유심히 관찰해야 했다.

'희샤즈거우 밀영'은 예상과 달리 숲 속의 야영지 따위가 아니었다. 풀이 덮인 연병장을 중심으로 통나무집이 여러 채 있었다. 막사는 물론, 병원, 재봉소 등의 시설이 두루 갖추어져 있었다. 빨치산의 병력도 만만치 않았다. 입대 시 보았던 백여 명은 일부에 불과했다.

6사와 4사가 있었다. 처음에는 군복으로 두 부대를 구별할 수 있었다. 4사는 잿빛으로 바래고 넝마처럼 찢어진 군복을 걸치고 있었으나 6사 부대원들은 모자에 붉은 별이 달린 깨끗한 새 군복을 입고 있었다. 4사의 지휘관은 조선인 최현이었다. 최현은 6사 사령인 김××의 부하였다. 두 사단의 병력은 4백 명에 육박했다. 좀 떨어진 곳에 백여 명의 2사 부대원들이 매복 중이라는 정보를 감안하면 전체 병력은 5백으로 늘었다. 얼마 뒤 4사 부대원 전원에게 새 군복이 지급되었다. 어떤 소부대가 6백 벌의 군복을 만들고 있다는 한 여대원의 말은 사실이었다. 특무대에서 빨치산 부대의 역량을 터무니없이 과소평가하고 있었던 것이다.

단오절 행사에서 나는 진짜 김××를 알게 되었다. 그는 내가 사령관이라고 생각했던 40대 남자가 아니었다. 40대 남자의 뒤에 서 있었던 검은 얼굴의 사내였다. 아직 20대로 보이는 바로 그 애송이 청년이 천 명 정도의 군민을 모아놓고 연설대에 서 있었다. 더욱더 놀라운 것은 그의 연설 내용이었다. 얼마 전 6사 부대원들이 보천보에 진격해 주재소를 점령하고 각종 시설을 파괴함은 물론 막대한 군자금을 빼앗아왔다는 것이었다. 빨치산 부대가 국경을 넘어, 일본 점령 지역을 습격했다고? 어떤 반군도 범한 적 없는 그 불가침의 영역을? 그는 고작 작은 주재소 하나를 점령했다는 주제에 조선에서의 총성 몇 발이 대일본제국을 무너뜨리기라도 한 것처럼 선전했다. 모든 군민들이 그의 말 한마디에 벌떼처럼 환호했다.

그의 연설이 군민련환대회의 시작을 알렸다. 19도구 구장인 리훈이라는 자가 제안하고, 조국광복회 회원들이 주동이 되어 5월 5일 지양개 들판에서 열린 큰 대회였다. 나는 그저 모든 것이 얼떨떨했다. 수만 명의 일본군이 사방에 깔려 있는데 천 명이나 되는 조선인이 그 한 가운데서 먹고 마시고 웃고 떠들어? 이게 말이 돼?

나는 그의 말을 믿지 않았다. 그의 말이 사실이라면 전 일본군이 이를 박박 갈고 있을 텐데 봄 들판에서 한가하게 여흥이나 즐길 수는 없는 일이다. 생김새도 미덥지 않았다. 일본군 사령관이라면 반드시 갖추고 있을 법한 위엄이 그에게는 없었다. 그의 외모는 사령관이라는 칭호가 송구스러울 만큼 평범했다. 옷차림조차 일반 병사들과 똑같았다. 다른 점은 단 한 가지, 그의 손목에 시계가 채워져 있다는 것이었다. 그의 시계는 햇빛을 받아 마패처럼 빛나고 있었다.

임이 어디서 구했는지 조선 저고리와 조선 치마를 구해 와서 입으라고 주었다. 혹시라도 시험해보려는 의도가 아닌가 싶어 옷고름을 여미는 손이 떨렸다. 임은 감격스러워 그러느냐며 대신 옷고름을 여며주었다. 가슴 밑이 시원하게 뚫린 조선 옷은 날개처럼 가벼웠다. 나는 그 옷을 입고 생전 처음 쌍그네라는 것을 뛰었다. 공중으로 뛰어오를 때마다 푸른 하늘을 올려다보니 살짝 눈물이 어렸다.

연예대의 공연이 있었다. 공연 뒤에는 숲 속 여기저기서 오락회가 열렸다. 수십 명씩 둘러앉아 노래를 부르고 춤을 추었다. 한 사람이 부르면 모두들 따라 불렀다. 누군가 멋들어진 춤사위를 보이면 아무나 튀어나와 난장판을 만들었다. 이상하게도, 누구도 그것에 대해 불쾌해하지 않았다. 도리어 흥겨워했다.

누군가가 처음 보는 사람들을 소개받자고 했다. 내 차례가 왔다. 먼 발치에서 안이 이쪽을 건네보고 있었다. 나는 무언가 훌륭한 연예를 하여 안의 시선을 눌러야겠다고 생각했으나 어렵게 익힌 거문고나

가야금 따위의 악기가 없었다. 주변에는 북이나 꽹과리 같은 원시적인 악기들뿐이었다. 노래를 부르는 수밖에 없었다. 긴장한 탓인지 고작 떠오른 노래가 아리랑이었다. 그것도 내 목에서 흘러나온 것은 음정도 박자도 형편없는 이상한 아리랑이었다. 다행히 첫 소절을 넘겨 놓으니 나머지는 둘러앉은 사람들이 알아서 해주었다. 최가 튀어나와 손으로 부채를 이리저리 돌리는 특이한 춤을 추어 사람들의 시선을 모았다. 모두들 노래를 따라 부르며 한판 춤에 합세했다. 안의 시선 때문에 주눅이 들어 있던 나도 절로 흥이 나 목소리가 높아지고 춤사위에 힘이 붙었다. 그런데 노래는 쉽게 끝나지 않았다. 아리라앙 고오개에르을 너엄어간다……, 하는 아리랑이 끝나자 아리아리 얼수 아라리요, 아리랑 얼시구 노다 가세, 아리랑 고개는 웬 고갠가, 넘어갈 적 넘어올 적 눈물이 난다……, 하는 빨랐다 느렸다 하는 아리랑이 시작되었다. 한 켠에서는 또 아낙 두 명이 날 좀 보소오, 날 좀 보소오, 날 조오옴 보오오소 오오오오 동지섣다아알 꽃 본 드씨이이 날 조오옴 보오오소 오오, 아리아리랑 스리스리랑…… 하는 경쾌한 아리랑을 불러젖혔다. 그러자 또 아리랑 고개를 넘어서니 새 하늘 새 땅이 이 아닌가 아리랑 아리랑 아라리요 아리랑 얼시구 춤을 추세…… 하는 아리랑이 잇달았다. 한 번도 들어본 적 없는 수많은 아리랑의 물결 속에서 나는 음률을 놓쳐버리고 말았다. 그래도 춤사위는 대체로 볼 만했는지 많은 사람들이 칭찬을 했다. 아리랑이 끝나자 최가 넌지시 다가와 희죽거리며 말했다. 옛일은 잊음세. 벤멩할 건덕지가 옰네야. 내 열 번이래도 사과함세. 미안하게 됐네야……, 연신 비굴거리는 말들을 주워섬겼다. 사과를 받는 둥 마는 둥 대충 외면한 다음 주위를 둘러보았다. 안은 그새 사라져버리고 없었다.

아리랑을 부른 것은 나만이 아니었다. 아리랑은 숲 속 여기저기에서 끝도 없이 반복되었다. 아리랑이라는 노래가 무수히 많음을 알고 나는 놀랐다. 서글픈 노래도 있고 흥겨운 노래도 있었는데 가만히 듣다 보니 느린 아리랑과 빠른 아리랑이 따로 있는 것도 아니었다. 어느 것이든 느리게 부르면 서럽게 흐느끼는 듯했고 빠르게 부르면 즐거운 듯 신바람이 났다. 들으면 들을수록 묘한 노래들이었다.

련환대회는 해가 뉘엿뉘엿 이울기 직전까지 계속되었다. 겉으로는 박수를 치고 웃음을 흘리면서도, 나는 안의 눈빛을 다시 볼까 봐 가슴 졸이고 있었다. '게이샤'니 '다마꼬'니 하는 말의 의도는 뭐였을까. 도대체 그는 어떻게, 아니 무엇을 눈치 챈 것일까. 만약 내가 밀정임을 알았다면 왜 아직 살려두고 있을까. 환경의 변화와 정보 수집의 압박감에 눌려 있던 의구심이 축제의 이완된 분위기를 틈타 울쑥불쑥 솟아올랐다. 그래, 아무래도 이곳에서 도망치는 게 좋겠어, 하루라도 빨리. 가장 좋은 날은 오늘이겠지. 당분간은 대원들이 들떠 있을 테니 며칠 동안은 기회가 있을 거야. 하지만 원수는? 전 병력이 다 모였는데, 왜 그가 보이지 않지? 나는 몸이 아프거나, 특수 공작 때문에 행사에 참여하지 못한 인원이 반드시 있을 거라고 나의 믿음을 몰아갔다. 조금만 더 기다려보자, 조금만 더…… 하는 식으로 하루하루를 버티다 보니 보름이 훌쩍 지났다. 그러다가, 결코 잊을 수 없는 그날의 그 전투가 터졌다.

1937년 6월 30일 새벽, 빨치산 4사 부대는 6사 부대와 함께 백두산 남쪽에 배치되었다. 간삼봉이라는 넓은 산지였다.

조선인 장교 김석원*이 이끄는 함흥 74연대가 약 2천 명의 병력을 이끌고 빨치산의 완전 토벌을 부르짖으며 접근하고 있으며, 인원은 우리가 열세지만 매국노를 단죄하기 위해서라도 반드시 적을 타승해야 한다는 최현의 지시가 떨어졌다. 원수를 핑계로 미적거리다가, 아군을 향해 총부리를 겨누게 된 것이었다.

넓은 수림 지역에 세 개의 화산이 솟아 있었다. 화산은 가족처럼 서로를 마주 보고 있었다. 산마루는 비교적 가파른 돌산이었지만 산자락은 경사가 완만해서 납작한 질그릇 세 개가 가지런히 엎어져 있는 듯한 형상이었다. 남쪽에는 한줄기 강이 봉우리의 등을 에두르며 흘러가고 있었다. 6사 부대가 좀 더 높은 동쪽 봉우리를 차지했다. 4사 부대는 야트막한 남서쪽 능선에 배치되었다. 내가 있는 곳에서는 강이 보이지 않았다. 새벽부터 추적추적 비가 내리더니 사방에 안개가 피어올랐다. 희뿌연 구름이 낮게 떠 하늘빛도 가렸다. 나는 길쭉한 바위 뒤에 엎드려 있었다. 먼동이 틀 때쯤에야 눈을 뜨고 전방을 천천히 굽어보았다. 가까운 곳에 키 큰 침엽수림이 빽빽하게 자라 있었다. 산 아래쪽은 안개에 가로막혀 보이지 않았다. 한없이 적막했다. 대원들의 눈꺼풀 여닫는 소리가 들릴 정도였다.

따다다다당—.

날이 밝았다. 앞쪽에서 기관총 소리가 울렸다. 따당 따당, 하는 38식 보총의 답가가 이어졌다. 처음에는 어떤 소리가 어느 편의 것인지 알 수 없었다. 육중한 기관총 소리가 부챗살처럼 퍼졌다. 부채의 끝자

＊ 한국전쟁 시 수도사단장, 3사단장을 맡았던 김석원을 말한다. 김인욱이었다는 설도 있다. 어느 쪽이건 간삼봉 전투의 토벌대장은 조선인이었음에 분명하다.

락에서 번쩍 번쩍, 여러 개의 불꽃이 튀었다. 점차 따당 따당, 하는 소리와 따다다다당— 하는 소리가 서로의 꼬리를 바짝 뒤쫓으며 이쪽으로 다가오고 있었다. 전방의 보초대가 일본군에게 포위되어 기관총으로 응사하며 퇴각해오는 듯했다. 수십 개의 위만군 모자가 안개 속에 떠올랐다. 기다리라— 최현 대장의 고함 소리가 들렸다. 기관총 포수가 목전에 다가오자 위만군 모자 사이사이로 철갑모가 나타났다. 그들은 몹시 빠른 속도로 이쪽을 향해 달려왔다. 그런데도 아무도 사격하지 않았다. 선두가 150미터쯤 앞으로 다가왔다. 금방이라도 목전에 와 닿을 것 같았다. 그제야 일제 사격을 명하는 권총 소리가 울렸다.

땅—.

언제 조용했냐는 듯, 콩을 볶는 듯한 소리가 숲 속을 채웠다. 땅이 벌떡벌떡 일어섰다. 나무에서 파편이 튀었다. 바위를 깨는 금속음이 요란했다. 총알은 전후좌우, 사방에서 날아오는 것 같았다. 하늘에서 뚝뚝 떨어지는 놈, 땅속에서 퍽퍽 튀어 올라오는 놈도 있는 것 같았다. 본능적으로 바닥에 엎드려 몸을 웅크렸다. 땅이 흔들리고 있었다. 그 작은 총알들이, 너른 산마루에 지동을 일으키고 있었다.

눈을 뜨고 주위를 둘러보니 대원들이 사라지고 없었다. 덜컥 겁이 나 몸을 일으켜 세우는데 누군가 등을 내리눌렀다. 임순례였다.

"고립되믄 죽어. 알갔나? 명심하라. 하나, 둘, 셋 하면 내뛰는 기야. 기다리라. 지금은 아니야."

나는 임과 함께 대원들의 매복지로 뛰었다. 큰 나무 하나를 엄폐물 삼아 엎어질 때쯤 전방의 하늘에서 푸른 신호탄이 올라왔다. 일본군의 야광탄이었다. 대원 중 누군가가 같은 색의 신호탄을 쏘아올렸다. 그러자 오른쪽과 왼쪽에서 푸른 신호탄이 나란히 선을 그으며 솟아올랐다. 아군의 것인 줄 알고 일본군이 쏘아올린 것이었다. 그들은 4사 부대를 전, 우, 좌로 포위하고 있었다.

신호탄이 오른 곳마다 총 사격이 시작되었다. 그러나 유인 작전에 속아 4사 부대를 아군으로 인식한 일본군은 혼란에 빠졌다. 어디서 날아오는 총알인지, 어떤 놈들이 진짜고 가짜인지를 구분할 수 없게 된 일본군의 사격은 금방 표적을 잃었다. 4사 부대는 은밀하게 뒤로 빠져 일본군이 저들끼리 싸우는 것을 가만히 지켜보더니 사방으로 흩어져 한 명씩 한 명씩 일본군을 쓰러뜨렸다. 임은 불꽃이 이는 곳을 잘 봐두었다가 조준 사격을 했다. 그러면 같은 자리에서는 다시 불꽃이 일지 않았다. 빨치산은 일본군이 대열을 중시한다는 사실을 이용하고 있었다. 설사 움직인다 해도 그들은 대열을 짜서 집단으로 돌격해왔다. 반면 빨치산은 각자 뛰어다니고 한군데 오래 머물지 않았다.

"움직여. 한곳에 있으면 당해."

"처음엔 다 그런 겨, 오늘은 분위기만 익혀."

곁에 오는 대원들이 나에게 한두 마디씩 건넸다. 나는 여전히 땅에 붙어 총 쏠 엄두를 못 냈다. 두개골을 두들겨대는 쇠망치 소리, 사방에서 튀는 탄알, 흐릿한 시야, 보이지 않는 표적, 평소에 생각해왔던 전쟁이 아니었다. 옆에 있던 대원이 가슴에, 머리에 총을 맞고 즉사했다. 비가 내리는데도 얼굴에 와락 끼치는 살점과 핏방울의 감촉이 생생했다.

콩 볶는 듯한 보총 소리와 육중한 기관총음이 숲 속을 훑었다. 멀지 않은 곳에서 수류탄 터지는 굉음이 연달아 들렸다. 포위가 뚫렸다는 누군가의 외침이 잇달았다. 우와, 하는 함성이 들렸다. 몸을 돌려 산 아래쪽을 굽어보았다. 계곡으로 후퇴하는 일본군의 뒷모습이 보였다. 보초대가 기관총을 쏴대며 그들을 추적하고 있었다. 빨치산 대원들이 사방에서 포위해오는 일본군의 1차 공격을 격퇴하고 진지를 고수한 것이었다. 전장은 침묵에 잠겼다.

해가 중천에 떠올랐다. 안개가 옅어졌다. 나는 전투가 시작된 이후 처음으로 간삼봉의 대략적인 형세를 파악할 수 있었다. 전방은 빽빽한 침엽수림의 바다. 완만하게 능선을 쫓아가면 반대쪽 산마루가 이어지는 계곡을 만날 수 있었다. 서로를 마주 보고 완만하게 솟아오른 두 개의 봉우리는 흡사 아슬아슬하게 이어지는 여인의 젖가슴을 닮아 있었고, 계곡의 한쪽 끝을 가로막은 또 하나의 봉우리는 초임의 배를 연상시켰다. 그 사이에 숟가락 모양의 협곡이 있었다. 일본군은 바로 그 협곡에서 능선에 매복한 빨치산 부대를 포위 공격하고 있었다.

안개가 한쪽으로 몰리면서 6사 부대가 있는 반대쪽 능선이 육안으로 보였다. 나는 눈을 가늘게 떠보았다. 길어봐야 4, 5백 미터쯤 될까. 가장 먼 곳을 가늠해보아도 소총의 사거리를 크게 넘지 않았다. 계곡에 서 있는 일본군은 거의 다 사정거리 안에 있다는 얘기였다. 숟가락 모양의 협곡. 손잡이 쪽으로 들어온 토벌대는 전방이 막혀 나갈 길이 없었다. 그러니까 토벌대는 죄다 숟가락 속에 든 셈이고 빨치산은 그 양쪽 능선에서 그들을 입속에 넣을 음식처럼 내려다보고 있는 형국이었다. 나는 산기슭에 보리밥알처럼 나뒹구는 그들의 시체를 보았다. 하지만 그들의 병력은 빨치산의 네 배였다.

일본군의 본격적인 반격이 시작되었다. 대오를 정비한 그들의 돌격은 오전의 그것보다 훨씬 더 맹렬했다. 대원 한 명이 총을 쏘며 내 쪽으로 달려오다가 목 언저리를 얻어맞고 그대로 내 위에 엎어졌다. 머리가 가슴께로 떨어졌는데 충격이 커서 숨을 쉴 수 없었다. 온몸에 구더기를 뒤집어쓴 것처럼 진저리치며 시체를 옆으로 굴렸다. 죽은 자의 눈이 똑바로 뜨여 있었다. 똑같은 사람이라도 산 몸과 주검이 다르다는 것을 그때 처음 알았다. 눈을 감겨주려 했으나 뒤이어 날아온 탄알들이 죽은 몸조차 짓이겨놓았다. 눈을 감았다 떠보니 시체의 눈동자가 사라지고 없었다. 나는 바보처럼 앞으로 뛰었다. 총알이 날아온다는 인식도 없이 전방에 파놓은 참호로 뛰어들어갔다. 흙 속에 몸을 묻고 아기처럼 몸피를 줄였다. 총소리와 폭탄 터지는 소리가 끝도 없이 계속되었다.

무언가가 하늘을 막아서는 듯한 느낌이 들었다. 반사적으로 눈을 떴다. 일본군 한 명이 부릅뜬 눈으로 나를 내려다보고 있었다. 어린 병사. 그러나 조금의 망설임도 찾아볼 수 없는 야수의 얼굴이었다. 방아처럼 거꾸로 쥔 38식 보총의 끝에 창검이 달려 있었다. 총검이 하늘 높이 올라갔다. 나는 비명을 지르지도 못한 채 총검이 내 가슴을 향해 내리꽂히는 것을 멍청하게 바라보고만 있었다. 이렇게 죽는구나 싶었는데 억, 하는 소리가 들렸다. 총검은 내 몸을 한 뼘쯤 벗어났다. 녀석은 바닥에 꽂힌 보총을 지팡이처럼 짚었다가 앞으로 고꾸라졌다. 머리에서 피가 줄줄 새어나오고 있었다. 누군가가 하늘을 또 막아섰다. 나는 비명을 질렀다. 그는 내 멱살을 틀어쥐었다. 몸이 한 뼘쯤 허공으로 들렸다.

"지금 도대체 뭐 하는 건가. 여기는 전쟁터다. 죽이지 않으면 죽는 다는 걸 모르겠나."

안이었다. 그는 내 멱살을 잡은 채 한 발 뒤에 있는 진지로 뛰었다. 나는 꼭두각시 인형처럼 그를 따라 뛰었다. 도달한 곳은 한참 사격을 하고 있는 임순례의 옆자리였다.

"그렇게 죽고 싶으면 조국을 위해 싸우다가 죽으라."

나를 무섭게 노려보며 그는 말했다. 임에게는, 신입 하나 못 챙기고 뭐 하는 거요! 크게 윽박질렀다. 임은 대답 없이 계속 사격했다. 안은 오른쪽 숲으로 뛰어갔다. 총은 안 쏴도 좋으니까……, 내 옆에서 절대 뜨러지지 말라. 임은 새로 탄알을 장전하면서 말했다. 나는 여전 히 이빨을 덜덜덜 떨고 있었다. 하지만 그 말 한마디에 나는 조금씩 안정을 되찾았다. 더 이상 턱이 부딪치지 않을 때쯤이 돼서야 죽음이 아주 가까운 곳을 스쳐 지나갔음을 깨달았다. 그제야 온몸에 소름이 끼치며 정말로 두려워졌다. 나는 공포의 얼음장 속으로 깊이 말려들 어갔다. 걷잡을 수 없는 마음의 혼란이 그 뒤를 이었다. 안이 나를 살 렸다. 일본군의 밀정일지도 모를 여자를 빨치산의 정치위원이었던 자가 구했다.

—설사 조선인이 아니라도 무엇이 옳은지는 알겠지.

안의 말이 생각났다. 그때도 나는 울타리가 무너진 초가집 마당에 온몸을 떨고 서 있었다. 추워서가 아니었다. 그의 한마디가 내가 믿어 오던 것들을 송두리째 무너뜨렸기 때문이었다. 바람에 흔들리는 소 나무처럼 달빛만 가득한 마당에 그렇게 서서, 나는 빤쓰가 뭔지도 모 르고 살아왔다는 홍암동의 아낙들과, 짐승 이하의 취급을 받으며 죽어가던 산간 마을의 사람들을 생각했다.

중국인 지주는 개만도 못한 놈이었다. 그 죽어 마땅한 개를 빨치산들은 몸성히 풀어주었다. 그 개의 개 노릇을 자청한 군인들에게도 고향에 갈 여비를 나눠주었다. 안은 내가 적일 수도 있다는 것을 알고서도 나를 죽이지 않았다. 오히려 두 번이나 살 기회를 주었다. 하지만 일본군이라면 어땠을까. 특무대의 한 켠에서는 매일같이 여러 개의 부대자루가 나왔다. 새벽마다 그 길쭉한 자루들을 실은 트럭이 빨갛게 해가 떠오르는 들판을 향해 떠났다. 특무대에서는 그 트럭을 쓰레기차라고 불렀으나 그 안에 실린 쓰레기가 걸레 조각처럼 찢기고 발겨진 조선인의 시체임을 모르는 사람은 없었다.

나는 흙더미에 뒤통수를 받치고 누워 후방을 바라보았다. 침엽수림 사이사이로 신중하게 조준 사격을 하고 있는 대원들의 얼굴이 드문드문 보였다. 그들의 눈동자는 하나같이 분노로 타오르고 있었다. 공포도, 두려움도, 슬픔도 담겨 있었지만 용광로처럼 그 모든 것들을 녹이고 있는 것은 분노였다. 그럼에도 그들의 몸짓에는 터무니없는 명랑함이 배어 있었다. 탄알을 재고 장전 손잡이를 밀었다 당기는 그들의 손짓은 정확하면서도 여유 있었다. 삶과 죽음이 오가는 전장에서 그들은, 가끔씩 서로의 얼굴을 바라보며 살며시 웃기까지 했다! 그것은 언제나 기계처럼 굳어 있는 일본군 병사의 그것과는 사뭇 다른 것이었다.

그제야 나는 그들과 나의 차이점을 알았다. 나에게도 분노는 있었다. 목숨을 바쳐도 좋을 만큼 나는 원수를 증오했다. 죽는 게 두려웠다면 혈혈단신으로 백두산에 들어오지는 못했을 것이다. 하지만 그것은 '나' 이지 '우리' 가 아니었다. '원수' 와 '나' 만 존재했지, 애초부터 '이쪽' 이냐 '저쪽' 이냐는 중요하지 않았던 것이다. 반면 저들에게는 '조선' 과 '일본' 이라는 분명한 편이 있었다. '우리' 라는 울타리 속에서 저들은 그 누구보다도 강했다.

안이 옳았다. 이곳은 전쟁터였다. 죽이지 않으면 죽는 수밖에 없었다. 나는 싸워야 했다. 기필코 살아남아 원수를 갚아야 했다. 나는 나에게 보급된 38식 보총을 부여잡았다. 단호하게 첫 번째 탄알뭉치를 약실에 훑어 넣었다.

무수히 많은 총알이 흙과 낙엽들을 마구 들쑤시고 있었다. 나무 파편이 사방에서 튀고, 잘린 나뭇잎들이 조각난 하늘에 점점이 떨어지고 있었다.

일본군의 철갑모는 위만군을 앞세우고 전진해왔다. 여기저기서 '중국놈은 엎디라' 하고 소리 질렀지만 소용없었다. 빨치산 대원들이 일제히 격발했다. 선봉이 와르르 쓰러졌다. 살아남은 위만군과 뒤따라오던 일본군이 시체 뒤에 납작 엎드렸다. 일본군들은 위만군들의 시체를 방패 삼아 맹렬하게 사격해왔다. 그사이 밑에 있던 위만군들이 죽은 동료의 머릿수를 채웠다. 다시 돌격 명령. 아까처럼 위만군들만 앞장서서 달려오다 무리죽음을 당했다. 일본군들은 시체로 쌓인 인간 참호 뒤에서 다시 사격을 했다. 그들은 그렇게, 한 번에 수십 미터씩 야금야금 전진해오고 있었다.

나는 어쩐지 위만군 병사는 쏘고 싶지 않았다. 총알받이가 쓰러지기를 기다렸다가 철갑모가 나타나는 순간 재빨리 방아쇠를 당겼다. 특무대에서 배운 대로 조준도, 숨 참기도, 격발도 제대로 했다. 그런데 어찌 된 일인지 내 총알은 잘 맞지 않았다.

"신입인가 번데 잘 드러. 콩알 하나에 원쑤 한 놈이여."

옆에 있던 남자 대원이 큰 소리로 말했다.

"내리쏠 때는 아래를 겨누어야 가운데 가 맞아."

그는 능숙하게 방아쇠를 당겼다. 곧바로 엎드려 있던 철갑모 하나가 땅바닥에 뒹굴었다. 적진에서 돌격 명령이 떨어졌다. 위만군 병사들이 와 함성을 지르며 일제히 달려왔다.

"들오는 놈은 더 밑을 겨눠."

그는 말이 끝나기가 무섭게 쐈다. 위만군 병사 한 명이 단박에 고꾸라졌다. 다른 대원들이 그를 이어 일제히 사격하자 와르르 대열 하나가 없어졌다. 엄폐할 시체를 찾지 못한 일본군 한 명이 엉거주춤 뒤쪽으로 뛰었다. 그는, "내뛰는 놈은 꼭대기를 겨누라" 했다. 도망치던 일본군은 정확히 등의 중앙을 관통당하고 쓰러졌다. 백발백중이었다.

나는 그가 시킨 대로 해보았다. 여전히 잘 맞지 않았다. 그가 내 총을 오른쪽으로 약간 밀었다.

"바람이 바른쪽에서 불 저그는 바른쪽으로, 왼쪽에서 불 저그는 외로 쫘서, 비가 마~이 오면 바느구녕만 우로."

시간이 많이 지났다. 빗줄기가 굵어져 있었다. 나는 그가 일러준 대로 바늘구멍만큼만 위로 해서 조준했다. 다섯 발에 두세 명쯤은 너끈히 쓰러뜨릴 수 있었다. 처음으로 명중시켰을 때는 내가 총을 맞은 것처럼 가슴 한복판이 화끈거렸다. 그런데 계속 쏘다 보니 명중이 가져다주는 느낌이 점점 달라졌다. 죄책감은 서서히 사라졌다. 나무 표적을 쏘는 것과 다를 바 없었다. 시간이 좀 더 지나니 이쪽에서 탕, 하면 저쪽에서 픽, 쓰러지는 게 제법 재미까지 있었다. 그렇게, 살아 있는 생명을 대상으로 두 시간여 사격 연습을 하다 보니 명중의 짜릿한 쾌감을 즐기게까지 되었다. 임이 기특하다는 듯, 내 쪽으로 고개를 돌려 웃었다. 나는 왠지 쑥스러워 못 본 척 총만 쏘다가 풋, 하고 따라 웃고 말았다. 뜻대로 바꿀 수 없는 상황 앞에서 사람의 마음이 얼마만큼 간사해질 수 있는지를 검지 하나로 터득해가고 있었던 셈이었다.

하지만 갈대처럼 흔들리는 것은 사람의 마음뿐만이 아니었다. 고작 1초도 안 되는 순간에 뒤바뀔 수 있는 삶과 죽음의 경계가, 바로 눈앞에 펼쳐져 있었다.

척탄통* 포수의 동작이 점점 빨라졌다. 그새 거리가 짧아져 포탄은 일본군 뒤편에 떨어졌다. 다급해진 포수는 척탄통을 바꾸어 포탄을 다시 날렸다. 백 미터 앞까지 접근한 적군이 무더기로 쓰러졌다. 급히 장전하느라 척탄통 끝을 넓적다리에 대어 포수는 그 반동으로 크게 다쳤다. 최현이 포수에게 달려갔다.

가까운 진지에 수류탄이 떨어졌다. 대원 중 한 명이 그것을 번개같이 집어 일본군에게 되던졌다. 조금만 늦었다면 우리는 다 죽었을 것이다. 숨을 돌리자마자 적을 향해 돌격하던 대원 두 명이 포탄을 맞고 산산조각 났다. 대원의 다리 하나가 코앞에 날아와 떨어졌다. 나는 그 자리에서 구역질을 했다.

"한곳이라도 무너지면 포위당한다. 뛰어다니면서 빈자리를 메우라."

---

* 지금의 유탄발사기로 구경 50밀리 일본 89식을 말한다. 2구 라이플 모양으로 장거리용과 단거리용의 탄통이 나란히 맞붙어 있다.

일본군은 정말이지 지독하게 달라붙었다. 명중률은 빨치산 부대가 월등히 높았지만, 병력과 화기는 일본군이 훨씬 더 우세했다. 일본군은 빨치산들이 우회 공격하거나 뒤쪽으로 빠져나갈 것에 대비해 강쪽에 배치해놓은 병력마저 끌어왔다. 마지막 1인의 빨치산을 죽일 때까지, 결코 퇴각하지 않을 기세였다.

그들에게 죽음의 총구는 앞에만 있는 것이 아니었다. 장교들이 들고 있는 권총도, 엄호 사격을 하고 있는 기관총도, 호시탐탐 그들의 등을 노리고 있었다. 어떤 장교들은 권총에 착검까지 했다. 권총에 장검을 부착하면 조준 사격은 불가능했다. 그들의 총과 칼은 적을 죽이기 위한 것이 아니었다.

일본군에게 퇴각이란 없었다. 항복보다 몰살이 낫다는 게 지휘관들의 생각이었다. 덕분에 병사들은 뒤에서도 총알을 맞았다. 살아남은 병사는 고향에 돌아가도 평생을 치욕으로 살게 될 것이다. 반면 영예로운 죽음은 일본의 기억 속에서 영원한 삶을 얻는 것이다. 앞으로도, 뒤로도 갈 수 없게 된 자들은 영웅이 된다는 생각에 최면처럼 빠져들어갔다. 하지만 스데이시*(捨石)는 영웅이 될 수 있는가? 아니다. 스데이시는 스데이시일 뿐이다. 나는 버리는 돌이 될 수 없었다. 나에게는 원수를 갚기 위해 일본을 선택했을 뿐이다. 야마토**(大和) 정신 따위는 믿지도 않았다. 전체를 위해 개인을 희생하라. 하지만 힘 있고 귀한 자는 전체를 위해 마지막 순간까지 보호받았다. 야마토는 소수를 지키기 위한 거짓말이었다.

---

* '사석'의 일본말.
** '대화'의 일본말.

172

야마토는 그러나 허상이 아니었다. 적어도 적들이 전, 좌, 우 삼면에서 벌떼처럼 밀려들어오는, 이곳 전장에서는 현실이었다.

좌측에 있는 기관총 하나가 멈췄다. 일본군이 그 틈을 타고 코앞까지 접근해왔다. 최소 인원을 남기고 좌측에 화력을 집중시키라는 명령이 하달되었다. 좌측에는 이미 백병전이 벌어져 있었다. 임은 일어서려는 내 몸을 꾹 누른 다음 혼자서 달려갔다. 일본군은 끝도 없이 저지선을 넘어왔다. 장전하는 속도가 조금이라도 늦춰지면 금방 칼을 들이대고 덤벼들 기세였다. 우측 역시 저지선이 밀리고 있었다.

일본군만큼 빗줄기도 끈질겼다. 정신없이 쏘다 보니 귀가 먹먹해졌다. 물속에 있는 것 같았다. 부력으로 몸이 둥둥 떠오르는 듯도 싶었다.

일본군이 50미터 앞까지 전진했다. 후퇴해야 한다, 고 생각했는데 누군가 돌격을 외쳤다. 일시적으로 토벌대의 중앙이 뚫렸다. 기관총 사수는 한없이 전진했고 그 바람에 토벌대 대열은 11자로 찢겼다. 뒤를 따라간 부대원들이 등을 맞대고 양쪽으로 사격을 했다. 당황한 토벌대는 우왕좌왕 흩어졌다. 좌우측의 저지선이 확보되었다. 소총이 먼저 돌아오고 뒤이어 기관총이 잔당들을 쓰러뜨리면서 참호로 돌아왔다. 나는 감탄했다. 이게 빨치산의 전술이구나. 불리할 때는 물러설 게 아니라 오히려 돌격을 해서 적의 호흡을 끊어놓자는 것이구나. 기관총 사수들은 총을 들고서도 잘 쐈다. 돌격할 때는 맨 앞에서, 돌아올 때는 맨 뒤에서, 대원들의 위기를 잘 모면해주었다. 기습적으로 치고 빠지는 전략 때문에 빨치산은 매번 포위될 위기에서 벗어났다. 그런 식으로 밀고 당기는 싸움이 몇 시간 동안이나 계속되었다.

그러나 잦은 돌격에 빨치산 대원들도 사상자가 늘었다. 저녁이 가까워지면서 일본군의 움직임이 신중해졌다. 시간을 끌어보자는 속셈이었다. 해가 산 뒤로 사라지자 계곡 쪽은 어둠에 잠겨 보이지 않았다. 반면 떨어지는 해를 등에 받아 빨치산 대원들은 쉽게 노출되었다. 기관총 사수가 집중 공격을 받아 세 번이나 교체되었다. 분노를 참지 못하고 일어선 대원들은 십중팔구 표적이 되었다. 특히 돌격조들이 많이 죽었다. 놈들의 수류탄 세례와 막강한 화력의 박격포도 대원들의 숫자를 줄이는 데 큰 몫을 했다. 순차적으로 투입된 그들과 달리 하루 종일 산비탈을 지킨 우리들은 지쳐가고 있었다.

저녁이 되자 일본군은 총공격을 감행해왔다. 호전적인 돌격 나팔 소리가 계곡을 메웠다. 대원들은 모두 죽음을 각오한 표정이었다. 1인당 2백여 발씩 지급된 탄알이 떨어져가고 있었다. 일본군들의 와~ 하는 함성 소리가 점차 가까워지고 있었다. 산 전체를 뒤흔드는 그 무시무시한 소리에 겨우 남아 있던 힘까지 사라져버렸다. 역시 처음부터 중과부적인 싸움이었나. 살고 싶다면 제때 도망쳤어야 했던 게 아닐까. 나는 귓속을 후벼 파는 돌격 나팔 속에서 처음으로 나의 죽음에 대해 생각했다. 총독부는 나를 배신자로 기록할 것이다. 후세의 저항군은 나를 민족의 반역자로 기억하겠지. 저승에 계신 부모님에게도 나는 원수를 갚지 못한 불효자다. 누구에게도 나의 죽음은 불명예와 치욕이구나. 참으로 덧없고 보람 없는 죽음이었다.

그때였다. 맞은편 계곡에서 6사 부대의 나팔수가 길고 느린 나팔을 불었다. 평소에 쓰지 않는 음조라 모두가 고개를 갸웃했다. 이게 뭐꼬. 저 새끼가 미쳤나. 하는 중얼거림도 들렸다. 그런데 가만히 듣다 보니 낯익은 가락이었다. 여성 대원 한 명이 나팔 소리에 맞춰 아주

느리게 노래를 시작했다.

아~리라앙 아~리라앙 아~라~리~요~오~~ 아~리라앙 고
~개~르을 너~엄어간다…….

높지도 낮지도 않은 중성적인 음. 어느 이름 모를 여대원의 목소리
였다. 노래는 활시위를 천천히 당기듯 한 단락쯤 팽팽하게 독주하다
가, 나~를 버리고 가시는 니~임은~~ 하면서부터는 높고 아름다
운 음조의 합창으로 긴장의 끈을 이어나갔다. 소대의 노래는 점차 모
든 여성 대원들의 노래로 번지고 마침내 계곡 전체를 에워싸버렸다.
이름 없이 죽어간 모든 영혼들을 부드러운 젖가슴으로 감싸안듯, 저
들의 욕심을 채우기 위해 약한 자들의 생명을 벌레처럼 짓이기는 전
쟁의 악마들에게 항거하듯, 속삭이다가 부르짖으며, 위로에서 분노
로, 통곡에서 흐느낌으로 이어지는 전장의 아리랑은 순식간에 산비
탈을 휩쓸어 내리며 좁은 계곡을 암흑으로 몰아넣었다. 하늘을 찌르
던 함성 소리가 잦아들었다. 잠시 후엔 돌격 나팔 소리조차 멎었다.
그들은 오랫동안 여자들의 노래를 들어보지 못했던 것이다. 더구나
전쟁터의 한복판에서 그토록 아름답고 구슬픈 노래를 들어보기는 처
음이었을 것이다.

그러나 다음 순간 화살은 활시위를 떠났다. 대원들의 요란한 사격
개시와 함께 아리랑은 경쾌하고 빠른 박자를 타기 시작했다. 급기야
는 토벌대의 혼을 빼놓을 만큼 다급해지더니 여러 개의 아리랑으로
갈라졌다. 어떤 곳에서는 빠른 장단으로 날 좀 보소오, 날 좀 보소오,

할 때마다 적들을 한 명씩 쏴젖혔고, 다른 곳에서는 말깨나 허는 놈 재판소 가고, 일깨나 허는 놈 공동산 가네, 아깨나 낳을 년 유곽에 가고, 목도깨나 메는 놈 부역을 간다……, 하면서 '놈' 소리에 맞춰 사격했다. 나는 지양개에서 들은 수많은 아리랑을 다시 들었다. 노래는 여러 개로도, 하나로도 들렸다. 수십 개의 지류가 하나로 합쳐졌다가 다시금 천 갈래 만 갈래의 물결로 갈라지는 거대한 강 앞에서 나는 숨이 막혔다. 이 소리가 뭔가. 인간의 온갖 감정들을 낱낱이 생각 키웠다가 어느 결에 종잡을 수 없이 뒤섞어버리는 이 소리는 도대체 무슨 소리인가.

일본 병사들은 혼란에 빠졌다. 어떤 이는 어머니를 부르며 울었고, 다른 이는 군장을 벗어던지고 대열을 이탈했다. 소리 지르는 자, 멍청하게 서 있는 자, 칼을 꺼내 들고 자살을 생각하는 자도 있었다. 아리랑의 물결은 삽시간에 토벌대의 전의를 무너뜨렸다.

아리랑은 끝나지 않았다. 전투 내내 꼬리에 꼬리를 물고 계속되었다. 한밤이 되자 그것은 조선 귀신들이 죄다 모여 뛰노는 축제처럼 점점 더 귀살스러워졌다. 그렇게, 대원들은 삼천리 방방곡곡의 원혼을 간삼봉 산자락에 목 놓아 풀어놓았다. 산 사람은 몰라도 귀신을 다시 죽일 수는 없는 법. 귀신에 홀린 토벌대는 총 한 번 제대로 쏴보지 못하고 무더기로 산비탈에 쓰러졌다. 그날, 아리랑은 노래가 아니라 밤하늘에 띄운 소리의 폭격기였다. 그것은 이미 승전가였다.*

---

* 이 전투에서 일본군은 천여 명의 사상자를 내고 철수했다. 시체가 너무 많아 목만 잘라 말파리에 실었는데 동원된 농군들이 이게 뭐냐고 묻자 일본군이 '호박이다' 라고 대답했다는 일화는 유명하다. 그 뒤로 농군들은 일본군을 '호박' 이라고 불렀다. 아군 역시 큰 희생을 치렀으나 김일성 회상에 의하면, 사상자는 고작 50여 명에 지나지 않았다.

커플 기계

　박은 팔짱을 끼고 앉아 정면의 정원을 둘러보고 있었다. 대지는 꽤 넓지만 건물은 7층짜리로 세 동밖에 없는 강남의 고급 아파트. 골프장의 그린처럼 묘한 곡선을 그리며 펼쳐져 있는 잔디밭 정원에는 무질서한 듯 규모 있게 여러 종류의 나무가 심어져 있었으며 한편에는 작은 호수까지 있었다. 정원 가에는 아름드리 나무가 호위병처럼 촘촘히 심어져 있었다. 그 바깥으로 산책로가 펼쳐져 있고 남쪽으로 넘어오면 주차장이었다. 60평이나 된다는 것도 그렇고 한 층에 한 채라는 것도 좋은데 수영장이나 헬스클럽 같은 시설이 없다는 게 영 별로란 말야. 이 정도면 접빈실이나 연회장쯤은 갖추어놓을 만도 한데 말야. 유명하지 않은 아파트라 남의 이목 피하기는 제격이겠어. 박은 지상 주차장에 대놓은 차 안에 앉아 정원을 삼면으로 둘러싸고 있는 60평형 아파트 세 동의 입구를 번갈아 바라보며 생각했다. 벌써 두 시간째, 지루한 시간이었지만 잠시 후 벌어질 일을 생각하면 가슴이 뛰었다. 검사가 된 지 10년 만에 처음으로 해보는 잠복근무. 200×년 8월 ××일. 오늘은 그의 인생에서 잊을 수 없는 날로 기록될 것이었다. 8시 30분. 정원의 나무 그림자가 점점 길어지고 있었다. 이제 30분만 기다리면 약속대로 김승대가 도착할 시간이었다.

박은 무전기를 점검했다. 도청 수신기도 확인했다. 권총을 빠른 속도로 뽑아서 겨누었다가 다시 꽂아보았다. 잘되었다. 박의 얼굴에 저절로 미소가 맺혔다. 오랜만에 차본 콜트 권총이 겨드랑이에 뿌듯했다.

8월 ××일은 김종희가 1992년, 처음으로 경찰에 붙잡힌 날이었다. 위장 취업 후 3개월간의 계획 끝에 파업을 일으키려다가 사전에 정보가 누출된 것이다. 김은 검사보에게 당시 김종희와 일하던 모든 사람들의 신원과 당일의 사건 기록에 대해 꼼꼼히 조사해보라고 지시했다. 아나나 다를까, 석연치 않은 점이 발견되었다. 위장 취업을 한 것은 네 명이었는데 김종희를 제외한 다른 친구들은 파업 당일날 회사에 나타나지도 않았다. 검사보의 설명을 듣기도 전에 박은 무슨 일이 일어났는지 다 알았다. 대부분의 사건은 현장에 가보지 않아도 알 수 있다. 몸으로 범인과 맞서는 것은 형사의 몫이다. 검사는 서류로 세상을 본다. 그렇기 때문에 형사들보다 더 많은 것을 볼 수 있다.

세 명 다 비공식적으로 불러들여. 박은 지시했다. 연쇄 살인은 숨기고 아버지에 대한 살인과 추가적인 복수극의 가능성만 암시하라. 오고 안 오고는 본인의 자유지만 나중에 관련 사실이 조금이라도 밝혀질 경우 처벌할 수 있다고 위협하라. 두 명이 단박에 넘어왔다. 김종희의 2년 선배, 김운의와 고강석이었다.

　형사의 조사를 박은 거울 너머에서 엿보았다. 김운의는 체격이 건장하고 말투가 시원시원한 자였다. 광고회사 마케팅 담당. 금테 안경에 깨끗한 양복, 커다란 금시계. 깔끔하게 꾸민 외모였지만 박은 그의 깡패 근성과 마초 근성을 단박에 알아보았다. 조사가 길어지자 그는 욕설을 퍼붓기 시작했다. 형사의 멱살을 붙잡기도 했다. 잠깐 밖으로 나온 형사는,

　—아 씨발, 무슨 운동권이 훈장이야. 80년대 운동권 출신이 쪽팔리게 거짓말을 하겠냐고. 지가 무슨 목사도 아니고…….

하다가 박을 보고 정중하게 인사를 했다. 박은, 금방 갈 거니까 편하게 하세요, 한 다음 다시 취조실 뒷방으로 들어왔다. 혼자 앉아 있는 김운의를 꼼꼼하게 살펴보다가 양복 깃에 붙어 있는 작은 브로치를 발견하고 웃었다. 국회의원 마크처럼 반짝이는 그것은 분기별 우수 판매원임을 증명하는 다단계 판매회사 브로치였다. 내보내세요. 박은 형사에게 말했다.

　고강석은 촌티가 물씬 나는 사내였다. 대학 졸업 후 과수원 농사. 마른 체격. 어눌한 말투. 면티에 청바지. 촌스러운 검은 구두. 옷차림만큼이나 소박한 얼굴은 설상가상으로 주근깨 범벅이었다. 항상 웃는 듯한 낯에 눈동자까지 맑았다. 하지만 박은 그 잔잔한 물결 속에서 은밀하게 헤엄치는 상어 지느러미 같은 것을 보았다. 박은 그 눈빛을 잘 알고 있었다. 저런 자는 자신이 편안한 상태에서는 포용하지만 몰렸다 싶으면 적의를 숨기지 않는다. 촌스럽고 어눌한 외양이야말로 그들의 무기였다. 당시에는 비굴하게 넘어가지만 상황이 바뀌면 칼

을 들고 덤벼든다. 고강석은 김운의와 달리 십수년 전 김종희와의 일을 자연스럽게 술회하고 자신이 잘못한 일이어서 문득문득 미안해지곤 했지만 그 뒤로는 한 번도 보지 못해 사과를 못했으니 만약 형사님이 먼저 보게 되면 말이라도 전해달라며 씁쓸하게 웃었다. 박은 고강석도 내보냈다.

의심 가는 인물은 김승대였다. 출두는커녕 방문도 단호하게 거절했다. '김종희'에 대해서라면 도와줄 것이 하나도 없으며 자신을 만나고 싶다면 영장이 필요할 거라고 잘라 말했다. 수사하려는 게 아니라 수사에 조언을 구하려는 것이다, 나중에 도움이 될 수 있었다는 사실이 밝혀지면 공무 집행 방해가 될 수도 있다, 차근차근 설명했으나 변호사와 얘기하라고 무뚝뚝하게 대답했다는 것이다. 겉보기로는 가장 떳떳한 인물 같지만 천만에. 평범한 인물들은 평소에 대비를 해두지 않는다. 검찰이다 경찰이다 하면 괜히 속이 뜨끔해서 뒤늦게 잘못한 게 없나 헤아려볼 뿐이다. 실제로 뭔가가 있는 놈들은 준비가 철저하다. 진짜 부자들이 집 안에 모조품을 놔두는 것과 같은 이치다.

김승대는 김종희 제일선의 배신자였다. K전자에 위장 취업했던 인물이 어떻게 십수년 뒤 K그룹의 부장이 되어 있단 말인가. 그의 아버지는 컴퓨터 하드웨어를 생산하는 중소기업의 사장이었고, 1992년 당시 그 회사는 K전자와 하청 관계에 놓여 있었다. 이후 아버지의 기업은 K전자에 합병되었다. 현재 그의 부인은 K그룹 계열사의 사장 딸이었다. 뻔한 얘기였다. 박은 김승대에게 직접 전화를 넣었다.

─저희는 경찰이 아니라 검찰입니다. 수사를 하려는 게 아니라 조언을 구하려는 겁니다. 하시는 일에 누가 되는 일 없을 겁니다. 저도

이런 자잘한 살인 사건 지긋지긋합니다. 끈적끈적한 시체 말고 깔끔한 숫자나 보면서 살았으면 좋겠습니다. 이를테면 기업 감시 같은 거 말입니다. 동기 녀석 얘기를 들어보니까 지난 몇 년간 탈세, 재산 은닉, 불법 합병 뭐 이딴 게 엄청나게 많았더라구요.

김승대는 혼자 왔다. 전형적인 모범생, 혹은 문약한 지식인 안면에 예리하고 날카로운 눈빛을 가진 남자였다. 한눈에도 만만한 놈은 아니었지만 말이 제일 잘 통할 것 같은 상대였다. 박은 사건과 관련 없는 얘기만 줄창 떠들었다. 온갖 아는 사람—사실은 사전 조사한—의 이름을 들먹거리며 친분 관계를 강조하는 것도 잊지 않았다. 대학을 다니며 있었던 소소한 일들도 주책없이 늘어놓았다. 그때는 도서관에서 공부하면 민족의 반역자 취급을 받았다는 얘기, 좋은 아버지 만난 덕택에 모든 학생들로부터 손가락질당했다는 얘기, 학생회장을 위시한 운동권 학생들에게 린치를 당할까 봐서 이래저래 피해 다녔다는 얘기 등등. 김승대는 아무 악의가 없다는 듯 설핏설핏 웃었으나 박의 수다가 계속되자 표정이 굳어지기 시작했다. 김의 뺨에 작은 경련이 일 때쯤, 박은 채집한 나비에 핀셋을 박아 넣듯 조심스럽게 몇 마디를 찔러 넣었다.

—그래도 현실을 지향하던 학생들 틈바구니에서 묵묵히 미래를 바라보았던 사람들이 지금 이 나라를 이끌어가는 것 아니겠습니까. 물론 희생한 사람들한테는 미안한 일이지만, 전쟁을 해도 누군가는 후방에 남아서 삶을 지켜나가야 하는 법이니까요.

김의 손이 어색하게 움직이기 시작했다. 깍지를 꼈다가 무릎 위에 올라갔다가 소파 팔걸이를 두들기다가. 움직이지 않는 몸을 따로 떼

어두고 두 손만 유난히 부산스러워졌다. 검사실에 온 지 한 시간 만에 김은 입을 열었다. 박은 속으로 웃었다. 한 인간의 어떤 것들은 세월 이 아무리 흘러도 변하지 않는다. 친구를 배반한 그 가벼운 입이 어디 로 가겠는가.

—아무래도 이상해.

—뭐가?

—친구들이나 죽이다니. 너무 사소하잖아.

—그럼 뭐, 대통령이라도 죽일 줄 알았니?

—그런 건 아니지만…….

서린은 여전히 범인을 과대평가하고 있었다. 녀석은 잔챙이다. 메 스 따위로 장난 좀 쳤다고 해서 달라질 수 있는 것은 아니다. 박은 김 종희류의 인간을 잘 알았다. 스스로 자신의 인생을 망쳐놓고 그걸 세 상 탓이라고 말하는 인간. 그런 인간들은 평생 콤플렉스에서 벗어나 지 못한다. 마치 대단한 저항 세력이라도 되는 듯 큰소리치지만 그들 이 해낼 수 있는 최대한의 위업은 시대를 등에 업은 범죄, 순진한 범 죄보다 훨씬 더 치사한 범죄다. 독재정권 때 대도라 불리던 것들. 한 때는 홍길동 행세를 하더니 시대가 바뀌자 좀도둑질을 하다 붙잡히고 있다. 무슨 테러리스트 행세하던 막가파도 있다. 그들은 아무런 이념 도 없이, 별 힘도 없는 사람들만 골라 죽였다.

만약 노교수가 죽지 않았다면 박은 이 사건에 관심을 가지지 않았 을 거였다. 초기에는 경찰에 전담시키고 보고나 받으면 그만인, 그저 그런 사건이었다. 그런데 어느 날 부장이 그를 호출했다. 노교수의 죽 음이 단순한 살인에 의한 것인지, 아니면 다른 배경이 있는 것인지,

비밀리에 철저히 수사하라는 것이었다. 박은 부장의 말뜻을 단박에 알아들었다.

반드시 잡아야 했다. 윗자리에 있는 누군가에게 놈은 살인범 이상의 의미다. 그게 누구인지, 어떤 의미인지는 몰라도 된다. 진정으로 안다는 것은 알아야 할 것과 몰라야 할 것을 구분할 줄 안다는 의미다. 과학자가 윤리를 다루지 않듯 검사는 정치에 무관심해야 한다. 그것이야말로 박이 10여 년 검사 생활에 터득한 진정한 검사의 미덕이었다.

박은 이곳저곳을 다시 한번 둘러보았다. 정면으로 햇빛이 날아들고 있었지만 앞을 보지 못할 정도는 아니었다. 김승대의 아파트는 오른쪽 건물에 있었다. 통로는 지상의 현관과 지하 주차장에서 올라오는 길뿐이었다. 맞은편 동 꼭대기 층에 마침 빈집이 있었다. 비밀리에 망원경을 설치했다. 저격수도 배치했다. 지하 주차장에는 형사 두 명이 잠복 중이다. 김승대의 집에 접근할 수 있는 통로는 철통 감시 중이다. 백만분의 1의 확률로 김종희가 잠복조의 눈을 피한다 해도 들키지 않고 김승대의 집에 들어갈 수 있는 방법은 없다. 출입구가 될 수 있는 모든 창문, 모든 문에 센서가 장착되어 있다. 밖으로 불러낼 경우에 대비해 유선 전화, 실내 곳곳에 도청기는 물론, 휴대폰과 차에도 GPS 추적기가 부착되었다. 가까운 경찰서의 기동대는 전원 완전 무장으로 출동 대기 중이다. 둘러보면 둘러볼수록 잔챙이한테는 과분한 환영 행사였다.

박은 싱긋 웃으며 정면을 노려보았다. 하룻강아지의 종말을 암시하듯 해는 거의 다 저물고 하늘에는 조금씩 어둠이 깔리고 있었다. 얼마

지나지 않아 김승대의 BMW가 지하 주차장에 당도했다는 보고가 들어왔다. 박은 땀이 밴 손바닥을 휴지로 닦으며 몸을 곧추세웠다. 정확히 9시. 박은 마음속으로 숫자를 세었다. 박이 20까지 세자 김승대가 계단으로 올라갔다는 무전이 날아왔다. 박은 한숨을 한 번 쉰 다음 무전기의 버튼을 가볍게 눌렀다.

―여기는 독수리, A팀 이상 없습니까, 오버.

―이상 없다, 오버.

―B팀, C팀, D팀 차례로 보고하세요, 오버.

이상 없다는 보고가 차례로 박의 무전기에 떨어졌다. 시큐리티 시스템의 경비 해제되었습니다……, 경비가 개시되었습니다……, 하는 여자 목소리가 도청 수신기에 몇 초 간격으로 들어와 꽂혔다. 박은 시계를 보았다. 9시 5분. 이제 놈을 잡는 건 시간문제였다. 오늘 내로 작업―서린의 말대로 하면 작품―을 끝내야 할 테고, 작업에는 적어도 한 시간 정도가 걸릴 테니, 아무리 늦어도 11시까지는 도착할 것이다. 그러게, 사람을 좀 골라 죽이지 그랬냐. 그랬으면 나 같은 놈한테 안 걸리잖니. 박은 이제 다 됐다는 듯, 득의만면한 표정을 지으며 중얼거렸다.

그때였다. 난데없이 현관을 통해 침입자가 발생했다는 무전이 날아왔다. 박이 무슨 조처를 취하기도 전에 땅! 하는 소리와 함께 김승대 아파트의 베란다에 번쩍, 불꽃이 튀었다. 폭탄인가? 아니면 총성? 박은 깜짝 놀라 차 밖으로 튀어나왔다. 베란다를 올려다보니 유리가 말짱했다. 그렇다면 총성?

박은 자신도 모르게 앞으로 내달렸다. 달리면서 겨드랑이의 권총을

잡았다. 그러나 권총은 무엇에 걸렸는지 잘 빠지지 않았다. 박은 엉거
주춤 멈춰 섰다. 저기 앞, 형사 두 명이 김승대의 집을 향해 전속력으
로 뛰어가는 모습이 보였다.

　—변장했을 가능성 높음. 모자를 쓰고 있거나 눈에 띄지 않는 캐주
얼 복장. 장발이거나 머리가 들쭉날쭉 깎여 있음. 덩치 큰 가방을 메
고 있음. 현금을 많이 갖고 있음. 가짜 신분증, 가짜 크레디트 소지 가
능성 높음. 자주 주위를 둘러보거나 음식점 반찬을 보기 좋게 재배열
하거나 불을 몇 번씩 켰다 끄고 방문이 잠겼는지 여러 번 확인하는 등
의 편집증 성향 있음. 고정된 거주지가 없고 여관 등지를 매일 옮겨
다님. 며칠씩 묵을 경우 거의 나오지 않음. 항상 혼자임. 인적이 드물
거나 인파가 붐비는 거리를 택해 이동함. 4대 일간지를 한꺼번에 삼.
피시방에서 신문을 보거나 도서관 등지에서 하루 종일 독서함. 무엇
보다…….

　서린은 김종희의 프로파일을 작성하다가 한숨을 쉬었다. 네 명이나
죽였다. 이름도, 얼굴도 안다. 그런데 증거가 없다. 현재 박 검사에게
는 경찰 동원력이 없다. 무슨 이유에선지 전국 수배도 할 수 없단다. 4
천만의 인구. 서울에만 천만 명. 그는 크레디트 카드를 쓰지 않는다.
셀폰도 없다. 은행 계좌도, 이메일 아이디도 없다. 가족에게 연락하는
일도 없다. 그 흔한 애인도 없다. 그는 이미 몇천만 원에 달하는 현금
을 확보했다. 지독한 책벌레. 프로급의 정보 수집자. 비범한 통제력.
끈질긴 인내력. 경찰은 그의 얼굴과 이름만 알 뿐이다. 성형 수술을
했다면? 가짜 신분증을 갖고 있다면?

서린은 컴퓨터 앞에서 일어났다. 벽면에 붙여놓은 수많은 스크랩에 시선을 둔 채 김주희의 환상에 대해 생각했다. 이번 것은 저번 것보다 한층 더 정확했다. 환상이라는 말이 무색할 정도로 역사적 사실과도 대체로 일치했다.

'민생단' 역시 기록과 어긋남이 없었다. 어느 날 항일연군 내에 대규모의 일본군 특무가 잠입했다는 증거가 발견되었다. 중국 공산당은 즉각 '반민생단'을 조직해 간첩 소탕에 나섰는데 이 때문에 수많은 조선의 사회주의자들이 억울하게 처형당했다. 민생단은 사실 일본의 사기극으로, 민생단은 아예 없었거나, 있었다 해도 극소수였다. 그런데 중국 공산당은 일본의 거짓말에 속아 수만 명의 병력을 스스로 줄인 것이다. 사실 공포는 외부로부터 왔다. 막강한 일본 제국주의 군대와 싸워 이길 수 있을까? 신념에 대한 의심은 죄책감을 낳고 죄책감은 타인에 대한 증오로 바뀐다. 난 절대로 혁명을 포기하고 싶었던 적이 없어, 동료들을 배반한 건 내가 아니라 너야. 개인의 투사가 집단화되면 마녀사냥으로 발전한다. 조금이라도 남들과 다른 자는 배신자로 낙인찍힌다. 따돌림당하지 않기 위해 반드시 누군가를 따돌려야 하는 학교 교실과 비슷하다. 일인 학자 와다 씨는 말했다. "숙청은 숙청자의 숙청을 낳는다. 숙청된 자의 자리에 대신 들어온 자가 또 숙청되게 한다"고. 서린은 고개를 끄덕였다.

걷잡을 수 없는 맹목적인 살인의 법칙은 김종희에게도 마찬가지였다. 화려한 대의명분은 핑계일 뿐, 이제 그의 살인은 살인 자체만을 목적 삼고 있는 것 같았다. 누가 죽건 상관없다. 중요한 것은 죽음의 효과이기 때문이다. 하나하나의 살인이 모여 살인의 숫자를 늘리는 것이 아니라 '죽음의 자리'가 먼저 정해지고 누군가가 그 자리를 메우기 위해 선택될 뿐이라는 것. 그것은 연쇄 살인의 욕망이자, 테러의 논리이고, 전쟁의 법칙이었다. 와다 씨의 언급은 그대로 현대적 살인에 대한 철학적 잠언이었다.

김주희가 어떻게 이 많은 역사적 사실을 알았을까? 출처는 단 한 곳, 김종희다. 오랜 세월 동안 함께 지내면서 틈틈이 어깨너머 읽은 것, 귀동냥으로 짬짬이 주워들은 것들이 무의식의 상처와 결합되어 논리적인 환상으로 거듭난 것이다. 지금 김종희는 그것이 자신으로부터 유래한 것인지도 모른 채 마치 외부로부터 주어진 사명인 양 마녀사냥을 거듭하고 있었다. 중세의 신학자들이 죄 없는 여자를 화형시키면서 신의 뜻을 따를 뿐이라고 믿었듯이. 김종희는 실제론 모든 악의 근원이 자기 자신이라는 사실을 끝내 알지 못한 채 죽을 것이다.

서린은 거실과 부엌 사이를 왔다 갔다 하기 시작했다. 살인의 순서가 왜 뒤죽박죽인지 알 수 없었다. 원칙대로라면 가와무라에 대응하는 복지사업가가 먼저고, 다음이 사진작가와 대응하는 최달성이다. 그런데 실제로는 아버지, 노교수, 사진작가, 복지사업가의 순으로 죽었다.

노교수 역은 누굴까. 그는 번번이 일본 우익에 유리한 발언을 해왔다. 일본을 옹호한 것은 아니었다. 제자들에 의하면, 그는 '쪽발이'란 말을 자주 썼다. 왜색에 대해서도 일관된 거부감을 표시해왔다. 실제로 그의 집에는 그 흔한 외제가 하나도 없었다. 아들은 아버지가 국산이외의 다른 물건을 절대 사지 못하게 했다고 회고했다. 사정이 이쯤되면 적어도 그의 사전 속에서는 '일본 우익 옹호'와 '조선민족주의'

가 동의어였을 가능성이 높다. 아마도 그는 일본 우익을 내심 존경했을 것이다.

노교수는 우선 김석원과 비슷했다. '빨갱이'를 혐오했다는 점에서, 결과적으로 일본에 조력했다는 점에서. 많은 자들이 김석원의 친일 의혹을 '북의 날조'라고 말하고 있었다. 전쟁 당시 그는 자신의 부대원들을 위해 몸을 사리지 않았으며, 국가를 위해 헌신적으로 싸운 훌륭한 애국자였다는 것이다. 그러나 그들은 김석원이 한국전에서 일본도를 차고 싸웠다든가 '빠가야로'라는 말을 남발했다는 사실은 무시하고 있었다.

김석원은 주희의 네 번째 환상에 등장하는 인물이다. 그렇다면 노교수 살해를 예측할 방법이 없었다. 김석원 이야기는 복지사업가가 죽은 이후에야 주희 머릿속에 떠오르도록 암시되어 있었기 때문이다. 예고 살인이 성립되려면 노교수의 짝패는 첫 번째 환상에서 찾을 수 있어야 한다. 초희? 임순례? 안혁? 서린은 고개를 갸웃했다. 그들이 뭘 잘못했단 말인가.

서린은 무의식적으로 시계를 보았다. 문득 서린은 세계의 모든 시간이 오른쪽으로 가는 것은 태엽시계의 전신이 해시계이기 때문이라는 생각을 했다. 언젠가 대학 때 교수가 거꾸로 가는 시계도 있다고 했었는데 그게 뭐였더라? 그 이름을 떠올리려고 애쓰다가 서린은 딱, 하고 손가락을 퉁겼다.

주희가 서린에게 온 것은 세 번째 살인이 종료된 후였다. 그것 또한 김종희에 의해 조정되었을 가능성이 있다. 복지사업가의 살인 계획이 노출된 것은 우발적인 변수 때문이다. 그러니까 본격적인 예고 살인은 다섯 번째부터다. 네 명은 왜 예고하지 않았나. 네 명쯤은 죽어야 경찰과 검찰, 범죄심리학자의 관심을 끌 수 있다고 계산했다. 그렇다면 네 명까지는 환상의 순서에 집착할 필요가 없다. 범인은 숫자에 집착하는 인물이다. 일제 지배 36년을 상징하기 위해 작품에 36번의 흔적을 남길 만큼. 어쩌면 4는 죽을 사(死)가 아닐까.

놀라운 결과가 나왔다. 죄지은 순서와 살해 순서가 역순이었다.

현생의 인물	아버지	노교수	사진작가	복지사업가	?
전생의 인물	?	김석원	최달성	?	토비대장
죄목	?	조선인으로 일본에 조력한 죄	민중을 등에 업고 개인의 욕구를 채운 죄	은혜를 베푸는 척 이용하고 착취한 죄	저항자로서 또 다른 억압자로 행세한 죄
죄지은 순서	5	4	3	2	1
살해 순서	1	2	3	4	5

아버지는 왜 없나? 아마도 다음번 환상에서 죄를 짓는 인물은 두 명일 것이다. 그중 한 명이 아버지라면 나머지 한 명은 자연스럽게 여섯 번째 희생자. 서린은 재빨리 책상 쪽으로 걸어가 머릿속 도표를 종이 위에 옮겨 적었다. 그리고 다급하게 박에게 전화를 했다.

―웬일이야, 먼저 전화를 다 하고. 무슨 단서라도 잡았어?

―혹시……, 아 이걸 어떻게 설명해야 하지?

―개떡같이 얘기해. 찰떡같이 알아들어볼게.

―지배자한테 저항하는 듯하지만……, 사실은 그걸 핑계로 권력을 쥔…… 뭐 이런 사람 없을까?

―뭔 소리야. 떡 비스무리하게라도 좀 만들어봐.

―음…… 그러니까……, 이를테면 운동권 출신인데 지금은 큰 기

업가랄까, 혹은 지도급 인사가 되었달까······.

—권력 잡은 386세대, 뭐 이런 것 말이냐?

—그래. 이를테면.

—너 혹시 그 사람들이 다음번 연쇄 살인 대상자라고 말하고 싶은 거냐?

—확실치 않지만 가능성은 있어.

박은 뜬금없이 허허, 웃더니 말했다.

—대한민국에 성공한 386이 한두 명이니? 그리고 네 말대로라면 이건 완전 국가 비상사태지.

—그건 또 왜?

—친일파보다 더 많을 테니까.

서린은 소득 없이 시간만 보냈다. 왜 네 번째에서 다섯 번째로 넘어갈 때 범죄 방법이 달라진 것인지 알 수 없었다. 이유는 있었다. 퍼즐을 풀어낼 만한 뾰족한 생각이 떠오르지 않을 뿐이었다. 며칠 뒤 서린은 예약된 환자의 상담을 끝낸 다음 사무실 의자에 멍하니 앉아 있었다. 몸을 이리저리 움직여가며 아무 생각이나 했다. 풀리지 않는 숙제가 있거나 아이디어가 떠오르지 않을 때의 버릇이었다. 한 시간쯤 앉아 있었을까, 갑자기 K전자에 위장 취업한 게 김종희 혼자가 아니라는 데 생각이 미쳤다. 서린은 부랴부랴 주차장으로 뛰어내려가 차에서 관련 서류를 빼왔다. 언제 생각이 떠오를지 몰라 주요 자료의 복사본을 트렁크에 넣어놓고 있었던 것이다. 법정 관련 서류를 보자 이상한 점이 금방 눈에 띄었다. 8월 ××일. 공장에 정상적으로 출근한 것은 김종희뿐이었다. 시작도 하기 전에 파업은 무산되었다. 경찰이 나타나 김종희와 근로자 몇 명을 검거한 것이다. 누군가 밀고자가 있었다. 나머지는 밀고자가 있다는 걸 알고 나타나지 않았다. 어쩌면 밀고자가 없었을지도 모른다. 다만 배신자가 있을지도 모른다는 두려움 때문에 세 명은 서로를 배신했다. 만약 그들이 서로를 무조건 믿었다면 파업은 계획대로 진행될 수도 있지 않았을까. 하지만 그들은 김종희만큼 혁명에 대해 신념이 없었다. 그렇다면 김종희는 그때의 일들을 민생단 사건의 재연으로 파악했다는 말인가? 다섯 번째 희생자는 그럼 그때의 변절자 친구? 서린은 문제를 풀어냈다는 생각에 일순 머리가 짜릿해짐을 느꼈지만 다음 순간 다시 고개를 갸웃했다. 그게 뭐? 간첩 아닌 간첩이 스물여섯 차례나 잡혔다는 1985년도가 아니다. 학생운동의 불길이 거세게 타올랐던 1987년도 아니다. 이 땅의 역사 때문에 고통받은 젊은이들이 어디 한두 명이겠는가. 김종희 정도로 사람을 죽여야 한다면 떳떳하게 살아 있을 사람이 몇 명이나 되겠나.

그때였다. 간호사가 박 검에게서 전화가 왔음을 알려왔다. 박 검은 서린이 전화를 받자마자 왜 휴대폰을 받지 않느냐며 화부터 냈다. 다른 때 같았으면 크게 대거리를 했을 서린이지만 지금은 머리가 복잡해 응수할 여유가 없었다. 박 검이 몇 번씩이나 이름을 부른 다음에야 마지못해 대답을 했다.

—못 들었어? 여기로 좀 올 수 있냐고.

—어어, 들었어. 왜?

—다음 타깃을 찾은 것 같아. 내가 옛날 김종희랑 같이 위장 취업했던 친구들을 조사했는데 그중 김승대라는 사람이 김종희한테서 협

박 편지를 받았어. 대학 다닐 때 자기들끼리 쓰던 암호로 말야. 그럼 그렇지. 내가 처음부터 냄새가 난다 했어. K전자에 위장 취업했던 사람이 어떻게 K그룹 부장이 되어 있냔 말야. 암호를 풀면 내용이 이래. 200×년 8월 ××일. 너의 집으로 빚을 받으러 가겠다. 하필 그날이 김종희가 붙잡혔던 날이야. 일이 쉽게 풀릴 것 같다.

박 검은 흥분을 숨기지 못하는 목소리로 자신이 다섯 번째 타깃을 찾아낸 경위를 장황하게 설명했다. 자신도 방금 같은 생각을 하고 있었다는 말을 서린은 하지 않았다. 하필 비슷한 시기에 비슷한 결론에 도달했다는 게 꺼림칙했다.

서린은 엄지와 검지로 턱을 괴고 진찰실을 빙빙 돌며 생각했다. 논리는 맞아떨어졌다. 변절도 한 데다가 출세까지 했으니 '억압자가 된 죄'와 '배신한 죄'를 골고루 갖췄다고 볼 수도 있었다. 하지만 겨우 김승대? 협박 편지도 이상했다. 왜 보냈을까. 김종희는 정말 김승대가 경찰에 말하지 않을 거라고 순진하게 믿었을까.

설사 거짓임을 알더라도 경찰은 제보자를 보호해야 한다. 그게 공공기관의 법칙이라는 거다. 따라서 놈이 곧이곧대로 200×년 8월 ××일에 김승대 집에 나타난다면 반드시 잡히게 된다. 만약 나타나지 않는다면? 경찰이나 골리려는 유치한 장난에 불과하다.

서린은 고개를 절레절레 흔들며 자동차 키를 찾았다. 그런데 책상 위에도 소파 위에도 자동차 키가 없었다. 서린은 방 안을 들들 뒤지기 시작했다. 방금 쓴 물건인데 어디에 놨는지 통 기억나지 않았다.

어떻게 알고 왔는지 벌써부터 기자 몇 명이 경찰과 실랑이를 벌이고 있었다. 떼로 몰려오는 건 삽시간이라는 얘기였다. 서린은 신분증을 보이고 폴리스라인을 넘었다. 빌라의 4층 꼭대기로 올라가 다시 한번 이름을 대고 현관에 들어섰다. 감식반 몇 명이 문으로 나왔다. 서린은 발밑을 조심하면서 천천히 안으로 들어섰다. 7층 아파트의 꼭대기 층. 정면이 탁 트여 있어 전망이 좋았다. 거실 중앙에 '폭탄'이라고 쓴 이름표가 붙어 있고 바닥에는 약간 그을린 흔적이 있었다. 실내 공기에 매캐한 냄새가 배어 있었다. 그뿐이었다. 말이 폭탄이지 애들이 불장난한 집보다도 못했다. 형사 한 명에게 김승대의 상태를 물어보았다. 실신했을 뿐 경상도 입지 않았단다. 왼쪽 벽에 김승대의 결혼사진이 있었다. 오른쪽은 주방이었다. 주방 한가운데서 박이 키 작은 남자와 이야기를 하고 있었다.

"정밀 분석할 것도 없습니다. 이거 연길폭탄이네요."

원형 탈모 증상이 뚜렷한 남자가 박에게 말했다. 주변머리만 남은 민둥산이 폭탄 떨어진 언덕 같았다.

"그게 뭐요?"

"대략 네 종류가 있습니다. 작약을 종이로 싸서 만든 '소리폭탄', 작약과 고춧가루를 섞어 만든 '고추폭탄', 비살상용입니다. 양철통을 만들고 작약 주변을 돌가루로 채운 '돌가루폭탄', 중상을 입힐 수 있습니다. 양철통에 금속 조각을 붙인 '쇠조박폭탄', 이건 살상용입니다. 쇳조각이 튀어나가 몸에 박히는, 수류탄과 같은 원리죠."

"누가 어디서 만든 거요. 중국산인가?"

"김일성이 1930년대에 만주에서 만들었다고 하죠."

"뭐요?"

"두 개가 터졌네. 여기서 소리폭탄, 저쪽 안에서 고추폭탄. 한 번은 소리가 크게 나고 또 한 번은 매운 냄새가 퍼졌죠? 소리폭탄은 소리를 크게 내는 게 목적이고, 고추폭탄은 지금으로 하면 최루탄이지. 둘 다 개미 한 마리 못 죽입니다."

박의 얼굴이 휴지처럼 구겨졌다. 폭탄 전문가는 맛있는 음식을 눈앞에 둔 사람처럼 입맛을 다셨다.

"이걸 여기에서 보게 되다니 정말 신기하네요. 나도 한번 만들어보고 싶었는데."

박은 한숨을 쉰 다음 물었다.

"추적은 할 수 있습니까?"

"못하죠. 직접 만든 사제 폭탄인데. 요즘에는 안 쓰는 재료들이라."

박이 몸을 돌렸다. 서린이 물었다.

"어떻게 된 일이야?"

"지금까지는 긴가민가했는데, 녀석이 빨치산 흉내를 낸다는 네 말이 맞나 봐."

박은 턱을 쳐들었다. 턱에 힘이 들어가 있었다. 뺨 뒤쪽의 인대가 날카롭게 드러났다. 화가 났을 때 분을 가라앉히려고, 혹은 감정을 숨기려는 박 특유의 표정이었다.

김승대는 8시쯤 귀가해 경보장치를 해제하고 집 안에 들어가 경보장치를 재개했다. 몇 분 후. 모두들 김종희를 기다리고 있는데 시큐리티 시스템의 경보가 울렸다. 실내에서 폭음이 들렸다. 형사들이 권총을 뽑아 들고 빌라 계단을 뛰어올라가 실내에 진입했다. 두 번째 폭음이 들렸다. 집 안에 매운 연기가 가득 퍼졌다. 형사들은 콜록거리며 기절해 있는 김승대를 찾았다. 형사들이 집 안을 샅샅이 뒤지는 사이 무장경찰과 기동대 병력이 빌라를 에워쌌다. 잠시 후 경찰서에서 전화가 왔다. 누군가 혼자 남은 보초를 위협해 기동대 무기고를 털어갔다. 모두 출동 중이라 내무반은 비어 있었다. 입대한 지 한 달 된 신참병의 총에는 실탄이 없었다. 범인은 콜트 권총 한 정과 M16 소총 한 정, 탄알 수백 발을 챙겨 유유히 도주했다. 경찰은 주변 도로를 봉쇄하고 봉쇄 지역을 샅샅이 수색 중이었다.

"이해가 안 가. 어떻게 들어왔지? 아니, 어떻게 나갔지?"

"원래부터 들어와 있었던 게 아닐까."

"불가능해."

"현관 외에는 출입할 통로가 전혀 없었던 거야?"

"당연하지. 안에는 형사들이 들어와 있었고 밖에는 경찰들이 이중삼중으로 포위하고 있었고, 그리고 보안장치 출입 기록은 현관밖에 없어. 도대체 어디로 사라진 거지?"

서린은 박과 함께 집의 구석구석을 둘러보았다. 박은 무엇이든 유별난 것을 찾고 싶어하는 듯했으나 어쩐지 서린은 자연 재료를 쓴 바닥재, 세련된 벽지, 빨간 벽돌 등으로 개조한 내부와 요소요소의 감각 있는 조명 따위에 더 눈이 갔다. 친정으로 피신시킨 부인의 취향일까. 서린은 서재에 감금된 듯이 모여 있는 조잡하고 자잘한 물건들, 낡은 책이며 앨범, 조야한 종이에 인쇄된 문건들, 오래된 스탠드며, 페인트로 그림을 그리고 그 위에 시 따위를 적어 넣은 접시도 보았다. 그 외에도 집 전체의 분위기와 전혀 어울리지 않는 많은 물건들이 김승대의 것일 터였다. 박 검사 몰래 책상 서랍을 열어보니 그중 한 칸에는 친구들에게서 받은 편지가 가득했다.

박과 서린은 애초의 출발점인 주방으로 되돌아왔다. 박이 주방을 빙글빙글 돌더니 다용도실의 문을 열었다. 다용도실 안에 멀쩡히 서 있던 그가 갑자기 이런……, 하면서 혀를 끌끌 찼다. 그러고는 쓰레기 처리장치의 문을 열더니 누군가를 불렀다. 이 안에 사람이 들어갈 수 있겠소? 하고 물었다. 질문을 받은 사람은 충분히 되겠는데요, 하고 대답했다. 박은 다용도실을 나와 거실 복판에 서 있는 특수반 형사 반장에게 걸어갔다. 박은 반장에게 다용도실을 가리키며 뭐라고 뭐라고 설명을 했다. 반장은 형사 두 명을 불러 무언가를 지시했다. 곧 두 명의 형사가 빠른 속도로 아래층으로 뛰어내려갔다.

서린은 쓰레기 처리장치의 안을 들여다보았다. 지하까지 일직선으로 곧장 뻗은 어두운 터널이 보였다.

"여기로 들어온 겁니다. 폭탄 소리에 놀라 김승대는 기절하고, 범인은 자신이 다른 곳으로 도주했다는 인상을 주기 위해 집 안쪽에서 고추폭탄을 터뜨리고 다시 이곳으로 나갑니다. 그때 형사들이 뒤늦게 들이닥친 거죠."

반장이 날씬한 형사 한 명을 불러 들어가보라고 했다. 형사 두 명이 붙잡고 집어넣으니 의외로 넉넉했다. 하지만 팔과 다리를 자유롭게 움직일 정도는 아니었다.

"범인은 김승대의 차에 묻어 왔을지도 몰라요. 트렁크 같은 데 숨어 있다가……."

"다 검사했습니다."

"언제 어디서 했습니까?"

"회사 주차장에서, 그것도 혹시나 싶어 김승대 몰래 했습니다."

"회사 주차장에 숨어 있다가 검사가 끝나자마자 들어갔을 거예요. 김승대 차 트렁크에는 안에서 열 수 있는 레버가 있어. 그러니까 김승대가 집에 도착할 무렵에 맞춰 여기로 올라올 수 있었지. 그리고 이것 봐. 다른 곳에는 다 감지기가 붙어 있는데 여기에만 없잖아."

박의 말은 그럴듯했다. 하지만 반장은 미심쩍은 모양이었다.

"이 좁은 데로 폭탄을 두 개나 들고 통과할 수 있었을까요."

"허리에 끈을 연결해두었다가 올라온 다음에 끌어올리지 않았을까요."

"이 형사 생각은 어때."

"글쎄요……."

"내부 감지기는 왜 작동 안 했지?"

"김승대가 경비 해제를 할 때까지 기다렸겠죠. 그 뒤엔 세팅을 해도 외부 감지기만 작동하니까. 올라오는 것도 밧줄 같은 걸 이용하면 되지 않았을까요."

이 형사가 고개를 끄덕거렸다. 반장이 턱을 긁다가 말했다.

"포위망은 어떻게 뚫고. 봤다는 사람이 한 명도 없어요."

"폭탄 때문에 관심이 쏠린 틈을 타서 지하 주차장으로 빠져나갔겠지요."

아래층으로 내려갔던 형사 두 명이 올라왔다. 반장은 그들에게 뭘 좀 찾았냐고 물어보았다. 그들은 고개를 가로저었다. 작전 중에 주차장 입구를 떠난 적이 있냐고도 물었다. 그들은 역시 고개를 저었다.

"단 한 번도 없어?"

"예. 혹시나 싶어 부동으로 지켰습니다."

"지하 주차장에 다른 출구는 없고?"

"계단과 연결된 데 빼고는 없는데요. 요지마다 지켰는데……, 빠져 나갈 수 없습니다. 혹 아직 안에 있다면 몰라도…….."

"총을 훔쳐서 달아났는데 어떻게 아직 이 안에 있어."

"공범이 있을지도 모르잖습니까."

"뒤져봐."

형사 두 명이 다시 나갔다. 실내에 침묵이 흘렀다. 두 사람은 한동 안 눈빛을 마주치지 않았다. 박의 말은 일리가 있었다. 어디로 빠져나 갔단 말인가. 하지만 반장의 지적도 만만치 않았다. 어떻게 목격자가 단 한 명도 없는가. 반장이 말했다.

"정말 공범이 있는 게 아닐까요."

박은 대답하지 않았다. 다시 침묵이 흘렀다. 두 명의 형사가 돌아왔 다. 주변은 깨끗하다는 보고였다.

"저쪽 상황은 어때. 뭐 좀 성과가 있대?"

"주변 도로 죄 검문 중이고 형사들도 여러 조로 나뉘어서 뒤지고 있 습니다만……."

반장은 박 검사에게 양해를 구한 다음 명령을 내렸다.

"잠복조만 남기고 이동한다. 놈은 아직 포위망을 벗어나지 못했을 것이다. 무슨 수를 써서든 오늘 밤 내로 잡는다. 빨리빨리 움직여."

반장을 따라 형사들이 우르르 빠져나갔다. 빌라에는 몇 명의 경찰 과 박, 그리고 서린만 남았다. 김종희는 경찰과 검찰을 완벽하게 농락 했다. 반면 박은 에너지만 낭비했다. 병력을 수십 명 배치했는데 범인의 그림자조차 못 잡았다. 덕분에 시민들만 벌떼처럼 모여들었다. 빌라 바깥에 모여 있을 기자들을 생각하면 아찔했다. 박은 뺨의 굴곡을 드러낸 채 말이 없었다. 그는 아마도 저 수많은 기자들 앞에서 스타가 되는 꿈을 꾸었을 것이다. 서린은 갑자기 화가 났다.

"형사 몇 명으로 해결한다고 했잖아. 언론에 알려서 여론 조성하는 게 놈이 가장 바라는 바라고 내가 몇 번이나 말했어."

"뭐가 터지기 전까지는 그러려고 했지. 밖에서 그건 꼭 총성처럼 들렸어. 대한민국에서 권총 살인이 났는데 못 잡아봐."

"그래서 동네방네 소문냈니? 이제 어쩔 거야. 현대판 홍길동이라고 나라 전체에 퍼지게 생겼잖아."

"정확히 하자. 홍길동은 도둑놈이고, 이 새끼는 연쇄 살인범이고."

서린은 박을 한차례 흘겨보았다. 박은 멋쩍게 입을 다물었다.

서린의 예상대로 바깥은 기자들로 장사진을 이루고 있었다. 경찰들의 호위를 받으며 겨우 박의 차에 올라탈 수 있었다. 현장에서 멀어지자 서린의 머리에 비로소 떠오르는 것이 있었다. 4는 죽을 사(死)이자 개인 사(私)가 아니었을까. 개인적인 살인은 이것으로 끝이라는 일종의 전환점. 김승대는 타깃이 아니었다. 총을 얻기 위한 미끼였다. 총은 왜? 이제는 살인이 아니라 테러를 하겠다? 연쇄 살인과 테러의 차이? 연쇄 살인은 살인 자체가 목적이지만 테러는 살인의 효과를 더 중시한다. 다음에는 누구를 죽일까? 다음 타깃은 특정 개인이 아니다. '저항을 통해 지배자가 된 자' 다. 혹은 '변절한 자' '민중을 배신한 자', 무엇이든 좋다. 이제부터는 명목도 중요치 않다. 그럴듯하게 맞아떨어지기만 한다면 놈은 누구라도 죽일 것이다. 대표로 한 놈만 죽이면 나머지는 알아서 공포에 떨 것이기 때문이다. 찔리는 게 없는 사람들은 김종희를 영웅시할 것이다.

박의 차가 갑자기 거칠게 섰다. 앞으로 잔뜩 쏠린 몸을 일으켜 세워 보니 건물 입구에 네온사인으로 새겨진 Bar라는 글자가 보였다. 서린은 대뜸, 보고서 안 써? 하고 물었다. 박은, 쓸 게 있어야 쓰지, 퉁명스럽게 내뱉으며 먼저 차에서 내렸다. 서린도 별말 없이 따라 내렸다.

두 사람은 양주를 물처럼 마시며 띄엄띄엄 대화를 했다. 박은 비실비실 웃다가 턱을 앙다물기를 반복했다. 서린은 고무줄로 머리를 묶었다 풀었다 했다. 태엽 인형처럼 두 사람은 계속 건배했다. 양주 한 병이 빌 때까지 서로 아무 말도 하지 않았다.

두 번째 병을 땄을 때에야 서린이 박에게 퀴즈를 냈다.

"피학망상증 여자와 가학망상증 남자가 만났어. 둘은 어떻게 될까?"

"마조히즘이랑 사디즘을 말하는 건가?"

"음. 여자는 강간망상증, 남자는 강간도착증."

"그럼 뭐, 뻔하구만. 여자는 강간해줘. 남자는 알았어."

"먼저 요구하면 재미없지. 그리고 그건 강간이 아니잖아."

"그럼 강간하기를 기다리거나 남자의 강간 욕구를 부추긴다?"

"그렇지. 남자가 먼저 '널 강간해버리겠어' 이래야 실감도 나고 재미도 있지."

"그게 그거 아냐? 남자는 강간해버리겠어. 여자는 빨리 해줘."

"아니지. 좋다고 하면 강간이 아니지. 계속 싫다고 해야지."

"아하. 여자의 노는 예스?"

"성급하게 일반화하지 말지. 어쨌든. 여자가 강간해달라는 눈치를 보이면, 남자는 '네가 먼저 말해봐' 뭐 이따위 태도로 나오는 거지. 그래서 여자는 버티고 또 버티다가 결국엔 몸이 달아서 '좋아 좋아. 제발 나를 강간해줘' 하는 거야. 그럼 남자가 어떻게 반응할 것 같아?"

"흥미를 잃겠지. 그렇게 되면 진짜 강간이 아니라매."

"유어 라이트. 남자는 '싫어' 한 다음에 냉정하게 가버리지."

"푸후. 여자한텐 최고의 모욕이겠구만."

"그 이상이지. 수치스러운 욕망을 들켜버렸으니까."

"자위하다 부인한테 들키는 거랑 비슷한가?"

"그건 귀엽기나 하지."

"그럼 침 흘리면서 쭉쭉빵빵 쳐다보다가 애인한테 들킨다, 는 어때?"

"차라리 쭉쭉빵빵을 꼬셔서 호텔에 들어갔더니 생물학적인 성이 남성이더라, 가 더 비슷하겠다."

"그래서 마조히즘 여성과 사디즘 남성은 궁합이 안 맞는다?"

"천만에. 남자는 상처를 줬고 여자는 상처를 받았으니 목적 달성이지. 섹스는 못했지만."

"흠, 경제적이군……."

"그런 일이 한 번 일어난다고는 안 했어. 원래 반복해야 제 맛이거든."

"그럼 궁합이 맞는다는 건가?"

"물론이지. 진짜로 섹스를 하기 전까지는. 그들은 헤어지기 싫어서

섹스를 안 하는 거거든."

"누구 얘기야? 혹시 너랑 홍길동?"

"후후 그럴 수도 있지. 킬링-머신과 분석-기계. 완벽한 커플이구 만."

박이 먼저 클클클, 하고 웃었다. 서린도 시니컬하게 따라 웃었다. 하지만 둘의 웃음은 오래가지 않았다. 박은 어색한 미소를 썩은 물처럼 입가에 물고 있다가 표정을 굳혔다.

"형사 두 명 붙여줄게. 원한다면 허가된 총을 빌려줄 수도 있어."

"걱정 마. 놈은 나는 절대 안 죽여."

"어떻게 자신해?"

"이미 말했잖아. 우리는 완벽한 커플이라고. 놈은 나랑 헤어지기 싫 어해."

서린은 잔을 붙잡고 눈을 날카롭게 뜨며 대답했다.

너는 왜 크라쿠프에 간다고 말하니?*

　서린은 아침부터 기분이 좋지 않았다. 일어나자마자 갖고 들어온 신문에, '경호원 열풍'이란 제목의 기사가 실려 있었다. 토스트를 구우며 TV를 켜니 뉴스에서도 난리였다. 얼마 전부터 몇몇 국회의원들과 기업가들이 경호원을 새로 고용하거나 늘려 서민들의 눈살을 찌푸리게 하고 있다는 내용의 뉴스였다. 서린은 하도 어이가 없어 실소를 터뜨렸다. 도둑이 제 발 저리다더니. 이 나라엔 죄지은 놈들도 참 많구나……, 하는 생각이 들었다. 누가 정보를 누설했을까? 그럴 만한 놈은 한 놈뿐이었다. 정보를 제한해야 한다고 그렇게 말했건만. 그렇게 비웃어놓고 권력자들 앞에서 촉새 노릇을 해? 서린은 다 구운 토스트를 쓰레기통에 버렸다.

　서린의 기분은 오후가 되어서야 풀렸다. 주희가 상담을 하기 위해

＊ 프로이트의 유명한 농담. 항상 거짓말을 해서 서로를 속이는 두 친구가 다음과 같이 대화를 한다. A : 너 어디로 가니? B : 크라쿠프에 간다. A : 너 왜 크라쿠프에 가면서 렘베르크에 간다고 하지 않고 크라쿠프에 간다고 말하니? (그렇게 말하면 내가 속을 줄 알고?)

병원에 왔기 때문이었다. 수사가 점점 더 미궁 속에 빠져드는 동안 주희의 상태는 눈에 띄게 좋아지고 있었다. 아침나절 갓 구운 빵 냄새가 새어나오는 베이커리의 유리 닦는 풍경처럼, 헝겊이 더러워질수록 점점 더 투명해지는 유리창을 보고 있는 기분이었다.

전생 환상은 김종희에게는 차가운 게임의 법칙이지만, 주희에게는 과거의 그림자를 몰아내주는 밝고 따뜻한 빛이었다. 주희는 동굴 속의 어둠을 버렸다. 줄리의 화려한 의상을 차려입고 초록빛 숲으로 걸어나왔다. 주희는 3인칭을 버리고 줄리를 '나'로 받아들였다. 줄리는 주희라는 껍질을 깨고 핏물에 젖은 날개를 말리는 중이었다. 세상을 자유롭게 날아다니며 새로운 노래를 배울 날도 머지않았다.

놀랍게도 주희의 주(主) 인격은 줄리였다. 주희는 강하면서도 섬세하고, 감수성 못지않게 논리적인 이성이 발달한, 그러나 아직은 조숙한 소녀였다. 그녀가 거쳐온 세월이 건강한 묘목을 성장할 수 없게 눌러놓은 셈이었다. 전생의 인물인 김설희와의 동일시가 그녀의 마른 가지를 풍성하게 키웠을 수도 있다. 하지만 그것 또한 본래 갖고 태어난 튼튼한 밑동이 없고서는 상상하기 어려운 일이었다. 너무 큰 전생 환상의 무게에 눌려 현생의 삶을 무기력한 암흑기로 인식하는 사람들도 적잖았다. 주희는 걸음마 떼는 아이처럼 여러 번 넘어졌지만 아직까지는 기억 후의 우울증 상태를 잘 극복해왔다.

봄꽃처럼 피어오르는 보람을 느끼며 서린은 갓 끓인 차 두 잔을 테이블 위에 올려놓았다. 국화차였다. 찻잔을 잡으며 활짝 웃는 주희의 얼굴이 꼭 국화를 닮았다. 옷까지 꽃무늬 원피스였다.

"오빠는…… 주희 씨가 보기에 어떤 사람이었나요?"

예전 같으면 대답하지 않았을 질문이었다.

"글쎄요, 섬세하고…… 다정하고…… 따뜻하고……."

"좀 더 구체적으로 말한다면?"

"오빠를 생각하면 무지개 생각이 나요."

"무지개?"

"어릴 때 저한테 색색깔의 초콜릿을 자주 사줬거든요. 커서는 잠이 안 올 때마다 무지개 꿈을 꾸게 해줬어요. 너는 이제 하늘로 날아오르는 거야. 저 앞에 있는 무지개에 가까이 가봐. 그러면 정말 무지개가 나타나요. 만질 수도 있고 냄새도 나죠. 색깔마다 감촉도 향도 다 달라요. 너무 좋아서, 무지개를 한 아름 안고 뒹굴다 눈을 뜨면 아침이곤 했죠."

최면이구나. 서린은 차갑게 생각하며 밝게 웃었다.

"무지개를 보여줄 때 무슨 다른 얘기는 하지 않던가요? 이를테면……."

"있어요. 주문을 외워요. 섞이면 안 돼 섞이면 안 돼…… 하고요. 그래야 땅으로 떨어지지 않거든요."

"그건 또 왜 그렇죠?"

"쫄쫄이를 불에 구울 때 너무 많이 태우면 무지개가 없어져버리거든요. 그럼 맛이 없어요."

갑작스런 논리적 비약이 거슬렸다. 서린은 '무지개'가 수많은 암시 중의 하나임을 깨달았다. 김종희는 기억이 무질서하게 뒤섞여 이후 여동생이 나중에 정체성을 되찾지 못할까 봐 끊임없이 경고성 암시를 해왔던 것이다.

암시는 개인적인 체험과 결부될 때 가장 강한 힘을 발휘한다. 김종희가 김승대의 죄책감을 이용해 자신의 충실한 하인이 되도록 조종한 것도 같은 수법이었다. 쫄쫄이는 아마도 어린 시절의 놀이? 섞이면 무지개가 없어지고 무지개가 없어지면 땅에 떨어져 죽는다. 무지개는 자아의 다발, 혹은 전생과 현생의 기억이었다. 서린은 언젠가 바에 찾아갔을 때 줄리가 만들던 여섯 개의 푸세 카페 칵테일을 떠올렸다. 불붙인 레인보는 어린 시절 쫄쫄이의 변형? 순간 서린의 머릿속에서 폭탄 하나가 터졌다. 버섯구름처럼 삼단으로 솟아오르는 일련의 결론이 있었다. 섞여서는 안 되는 일곱 개의 빛. 기억의 전체 퍼즐은 일곱 조각? 그렇다면 죽어야 할 사람도 일곱 명이다.

서린은 봄볕 같은 주희의 표정과 스틸 사진처럼 스쳐 지나가는 살인 현장 사이에서 현기증을 느꼈다. 두통이 몰려왔다. 주희가 괜찮으시냐고 물어왔다. 서린은 요즘 가끔씩 머리가 아프다고 얼버무렸다.

"죄송합니다. 원래 그런 사람은 아니었는데……"

주희의 고개가 숙여졌다. 서린은 자세를 고쳐 잡았다. 주희가 말했다.

"나 또한 그러니까, 오빠도 그런 거겠죠."

"뭐가요?"

"전생 말이에요. 점점 더 현생과의 연관성이 강해져요. 현생의 삶들이 우연인 것 같지 않고, 사소한 한 가지도 다 이유가 있는 것처럼 여겨져요."

"어떤 연관성이 있는 것 같나요. 좀 더 자세하게 얘기해봐요."

"이 세상에 오고, 이 세상에서 겪는 일들이 지난 삶을 채워주기 위한 거라는…… 그런 막연한 생각이오."

"지금의 삶이 이전 삶의 상처를 치유하기 위한 기회처럼 느껴진단 뜻인가요?"

"기회라기보다는 원래부터 그러라고 주어져 있었던 것 같아요. 그렇지 않다면 어떻게 이렇게 정확하게 일치할 수 있나 싶기도 하고요."

"뭐가 그렇게 일치하는데요?"

"모든 게요. 아시잖아요. 사람들도 비슷하고 삶도 그래요. 버려진 것도 그렇고, 사람들과의 관계도 그렇고, 세상에서의 내 위치도 그렇고……."

서린은 말이 나온 김에 그간 미뤄두었던 것들을 확인했다.

"이를테면 사진작가가 최달성을 닮고, 복지사업가가 가와무라를 닮은 것처럼?"

"맞아요. 그들은 같은 사람들이에요."

"어떻게 같다는 걸 알죠? 얼굴이 비슷해서?"

"아니요. 비슷한 점도 있지만 외모는 많이 달라요. 설희도 나와는 다르게 생긴걸요. 그냥 느낌으로 알아요. 겉보기 이전에, 구체적으로 다가오는 그 사람의……, 아 이 사람이구나 싶은 뚜렷한 뭔가가 있어요. 사람마다 지문이 다른 것처럼 그것도 달라요."

서린은 고개를 끄덕거린 다음 말했다.

"이전의 기억에 얽매이는 건 좋지 않아요. 삶은 똑같이 반복되는 게 아니랍니다. 빤한 얘기 같지만, 주희 씨 의지에 따라서 얼마든지 바뀔 수 있는 거예요. 정해진 위치 같은 건 없죠. 딴 건 몰라도 그건 확실해요."

"뭐라고 할까요. 그게 행복하건 고통스럽건 나한테 주어진, 내가 감당해야 하는 어떤 것들이 있구나. 그냥 이 세상에 왔다 가는 게 아니라, 내가 이 세상에 없어서는 안 될 이유 같은 게 있구나, 뭐 이런 생각이 들어요. 보잘것없는 것들조차 보잘것없으라고 있는 게 아니라 자신들은 알지 못하는 어떤 역할을 맡고 있는지도 모른다는 믿음이 생겼다는 거예요. 지렁이가 없으면 흙이 깨끗해지지 않는다면서요. 사람들은 뱀을 흉측하게 생각하지만 뱀이 없다면 양서류가 늘어날 거고 그러면 곤충들 씨가 마를걸요. 뱀은 꼭 필요한 존재인데 단지 겉모습 때문에 미움을 사는 거죠."

주희의 눈동자가 반짝거리고 있었다. 사춘기를 거치고 이제 막 세상에 대한 시각을 확립하기 시작한 10대 후반의 고등학생을 보고 있는 듯했다. 10여 년 만에 자신의 정상적인 발달 단계로 돌아와 새로운 출발선 앞에 선 20대 후반의 소녀. 서린은 계속 물었다.

"아무래도 안혁은 오빠겠지요?"

주희는 주저 없이 고개를 끄덕였다.

"그렇다면 임순례는 누구지요?"

주희는 가만히 고개를 저었다. 모르겠다는 건지, 말할 수 없다는 건지 알 수 없었다. 어쨌든 대답을 얻을 수 없다는 것만은 확실했다. 서린은 되묻기를 포기하고 국화차를 몇 모금 마셨다. 주희도 서린을 따라 조심스럽게, 소리 내지 않고 차를 마셨다. 어린애 같은 주희를 바라보며 서린은 조금 걱정이 생겼다.

"원래 그런 사람은 아니라고 했는데…… 오빠가 왜 변했다고 생각해요?"

주희는 고개를 숙이고 띄엄띄엄 말했다.

"어쩌면, 죽은 노인이, 죽은 노인이 오빠 몸속으로 들어갔나 봐요."

"그게 무슨 소리죠?"

주희는 치마를 만지작거렸다. 눈빛이 흐려졌다가 점차 골똘해졌다.

"내가 그 집에 들어간 지 얼마 안 됐을 때 일이에요. 오빠는 그때 대학생이었는데 방학 때만 나타났죠. 안방에서 양어머니가 양아버지를 때리고 있었어요. 나는 언제나처럼 옷장 안에 숨으려고 건넌방으로 갔는데 오빠가……, 다 큰 어른인 오빠가 침대 위에서 벌벌 떨고 있었어요. 마녀가 언젠가는 자기도 죽일 거라고 하면서요. 그게 무슨 소리냐고 물었더니 오빠가 그랬어요. 아무래도 아빠가, 엄마 몸속으로 들어간 것 같다고요. 어렸을 때 아빠가 틈만 나면 자기를 때렸다는 거예요. 방이 두 개밖에 없어서 마녀가 오빠를 데리고 자고, 나는 양아버지랑 같은 방에서 잤는데, 양아버지는 바짝 마른 늙은이일 뿐 하나도 무서운 사람이 아니었어요. 하지만 오빠의 말을 들은 그날부터 난 무서워졌어요. 마녀한테로 옮겨간 아버지가 다시 노인한테로 되돌아올까 봐서요."

주희는 어린 시절로 돌아간 듯 불안하게 눈빛을 떨다가, 이제는 다 지난 일이라는 듯 입술을 길게 늘이고 살짝 웃었다. 정말 많이 나아졌구나……. 서린은 뿌듯함을 느꼈다. 동시에 가슴 서늘한 슬픔을 느꼈다.

—참 기구한 인생이다. 전생에는 일본인 장교한테서 크고, 현생에는 베트남 참전용사야? 6·25전쟁은 안 거쳤대?

—그런 게 아니라고 몇 번을 말해.

—어떻게 하필 군인들만 쫓아다니면서 사냐. 전쟁 때마다 태어나

는 거 아냐?

─전생은 환상이구요, 현생을 토대로 만들어진답니다. 매일 밤 베트남전에 참전하는 양아버지 밑에서 자랐으니까 어쩔 수 없지.

농담이었지만 박은 자신도 모르게 핵심을 짚은 셈이었다. 폭력은 피해자의 몸뿐만 아니라 정신까지 파괴한다. 왜곡된 관계의 사슬을 엮으며 자자손손 이어질 수도 있어서 더 나쁘다. 한번 폭력에 강하게 노출된 사람은 이후에도 인간관계를 힘의 관계로 파악할 가능성이 높다. 사랑과 증오의 양가감정*. 검게 멍든 육체는 검게 멍든 세계관을 낳는다. 이 여자가 진심으로 사랑해줬더니 나를 배신하는군……, 이 녀석이 안 때리고 곱게 키웠더니 나를 우습게 아는군…….

"사람이 옮겨 다니는 일은 없어요. 주희 씨 몸속에 다른 사람이 들어오거나 하는 일도 없어요. 오빠는 예전이나 지금이나 오빠일 뿐이에요. 걱정 말아요. 일단 잡히면 착한 오빠로 되돌릴 수 있을 거예요. 그건 내가 책임져요. 일이 잘 풀리면 사형을 면할 수도 있을 거예요."

"그거까진 기대하지도 않아요. 저는 오빠가 하루빨리 오빠의 지옥에서 빠져나오기를 바랄 뿐이에요. 그게 이 세상에 오래 머무는 것보다 중요하니까……."

주희의 눈에 약간 눈물이 괴었다. 서린은 티슈를 뽑아 주희에게 주고 등을 살짝 쓰다듬어주었다. 주희는 이 세상에 한 번 머무는 것이 아닌 만큼, 이생을 얼마나 오래 지속하느냐가 아니라 전생의 고리를 어떻게 끊느냐가 훨씬 더 중요하다고 생각하는 게 틀림없었다. 불가

──────────
* ambivalence | 사랑과 증오, 가학증과 피학증, 능동성과 수동성 등 서로 상반된 감정들이 한 인간 안에 공존하고 있음을 말한다.

식으로 하자면 자신의 업을 거두는 과정으로 자신의 삶을 이해한 것이었다. 아이러니하게도 김주희의 상처를 치료하고 있는 것은 진실이 아니라 전생이라는 거짓말이었다. 하지만 똑같은 거짓말이 김종희의 상처에는 독이 되고 있었다. 그는 그래서 더 위험했다. 이생에서 비명횡사해도 다음 생에 다시 태어날 수 있다고 믿는 인간이 무슨 일인들 못하겠는가. 환상을 현실로 믿는 자에게 환상은 더 이상 환상이 아니다. 그것은 현실보다도 훨씬 더 현실적인 어떤 현실이다. 그는 자신의 환상을 증명하기 위해 어떠한 현실도 기꺼이 소모할 준비가 되어 있는 자였다.

서린은 주희에게 차 한 잔을 더 끓여다 주었다. 주희는 한동안 말을 못했지만 많이 울지는 않았다. 상황을 긍정적으로 받아들이고 그만큼 감정을 절제할 수 있게 되었다는 의미였다.

"걱정 말아요. 이젠 모든 게 잘될 거예요. 곧 기억도 다 찾게 될 거구요. 누가 뭐래도, 인간에게 기억이 있다는 건 축복이랍니다."

주희는 눈물을 거두고 나서 말했다.

"목소리랑 똑같은 말씀을 하시네요."

"목소리? 무슨 목소리?"

"최면에서 깨어날 때 만나는 목소리요. 하얀빛 속에서 아주 부드러운 목소리가 들려요."

"아…… 그렇군요. 그 목소리, 자주 만나나요?"

"매번 만나요. 요즘에는 가끔씩 꿈속에서 만나기도 해요."

"목소리가 무슨 얘기를 하던가요?"

"그냥 물어봐요. 정말 항상 물어보기만 하죠. 내가 깨달음을 얻으면 사라지지만 그렇지 못하면 목소리가 안 좋아지거나 다른 질문을 계속하죠. 다정하지만, 무서운 선생님 같기도 해요."

그래. 목소리. 전생 체험자는 죽음을 경험한 후에 어떤 존재를 만나게 된다. 사람에 따라 신, 성령, 마스터, 조상의 넋, 사자들의 영혼 등등으로 인식되는 이 존재는 삶이 종결된 후에 진리를 던져주는 것으로 알려져 있다. 단지 물어봄으로써 깨달음을 주는 존재. 이것은 전생 환상이 초자아에 의해 생성되는 것일 수 있음을 시사했다. 서린은 주희 쪽으로 가깝게 다가앉았다.

"그랬군요. 그것참 재미있네요. 지난번엔 어떤 깨달음을 얻었는지 물어봐도 될까요?"

"믿음에 대해서 깨달았어요. 잘못된 사람도 믿어주면 훌륭하게 될 수 있지만 아무리 올곧은 사람도 불신을 받으면 잘못된 길로 갈 수 있다는 걸 알았지요. 오빠가 그걸 나한테 가르쳐줬어요."

"오빠는 김종희를 말하는 건가요, 아니면……."

"안혁이오. 적의 밀정인 걸 알면서도 저를 무조건 믿어줬잖아요. 최달성도 내치지 않았구요. 하지만 종희 오빠도 비슷해요. 무엇보다도 믿음을 중요하게 생각하죠. 내가 속생각을 숨기고 말 안 할 때마다 서로 거짓말하는 두 친구 이야기를 해줬어요."

서린은 가슴이 뛰었다. 만약 오빠도 그 가르침에 대해 들었다면 혹 살인 동기를 주희의 교훈에서 찾을 수도 있지 않을까.

"그 두 친구 이야기 좀 들어볼까요."

주희는 빙긋 웃더니 대답했다.

"뭐, 간단한 얘기예요. 처음에는 무슨 뜻인지 못 알아들었지만요.

삼식이가 있고 삼돌이가 있는데 둘은 친구예요. 매일매일 서로에게 거짓말을 해대는 친구들이죠. 둘은 영희를 같이 좋아하는데 영희를 만나러 갈 때마다 서로에게 거짓말을 하죠. 동산에 갈 때는 강가에 간다고 하고, 강가에 갈 때는 동산에 간다고 하고요. 그러던 어느 날 삼식이가 삼돌이한테 물어요. 어디에 가니? 하고요. 삼돌이는 강가에 가, 하고 대답하지요. 한참 생각하다가 삼식이가 뭐라고 그랬는 줄 아세요?"

서린은 답을 알면서도 모른 척했다.

"글쎄요, 뭐라고 그랬죠?"

주희는 선생님도 모르는 게 있냐는 듯한 표정으로 대답했다.

"너 왜 강가에 가면서 동산에 간다고 하지 않고 강가에 간다고 말하니? 그렇게 말하면 내가 속을까 봐?"

주희는 국화처럼 활짝 웃었다. 서린도 따라 웃었다. 하지만 머릿속에는 먹구름이 드리워지고 있었다. 아무리 생각해도 그냥 재미 삼아 지껄인 얘기가 아니었다.

러닝머신 위로 땀이 뚝뚝, 떨어졌다. 웃옷은 맨 아래까지 흠뻑 젖었다. 코로 한 번, 입으로 두 번. 엄격하게 지키던 호흡은 들숨과 날숨도 구분할 수 없게 흐트러진 지 오래다. 앙다문 턱 근육은 두 뺨 위에 계단을 만들고, 팽팽해진 종아리 동맥은 터질 듯 도드라졌다. 벌써 한 시간째. 온몸의 격렬한 박동에 맞추어 잔뜩 벼려진 박의 신경은 과거와 현재를 분주히 오가고 있었다.

—남파 간첩 김신조 일당 알아? 이쪽의 예측보다 훨씬 더 빨리 이

동해서 번번이 포위망을 벗어났지.

　—그거랑 이거랑 무슨 상관이야.

　—김종희도 잘 달리니까. 몇 년 세월 동안 하루도 빠짐없이 뛰어다
녔어.

　—그걸 어떻게 알아?

　—주희 씨가 기억해냈어. 나중에는 한 시간 남짓밖에 걸리지 않을
정도로 빨라졌대. 사실을 확인하려고 조사도 좀 했지. 도로안전관리
공단 CCTV 자료를 죽도록 뒤져서 겨우 김종희를 찾아냈어. 정말 가
방을 메고 열심히 달리고 있더군. 매일같이 왕복 40킬로미터 거리를
뛰어서 다닌 거야. 5년이나 그렇게 했대. 전문가가 화면을 분석했는
데 시속 20킬로미터에 육박해. 마라톤 선수 수준이야. 간첩들은 속도
가 얼마나 돼?

　계기판을 보았다. 주행 거리 13. 주행 시간 55 : 25. 김종희보다 5, 6
킬로미터쯤 모자란 기록이었다. 시속 20킬로미터라니. 그게 과연 인
간의 속도일까. 종아리가 심하게 아리기 시작했는데도 박은 속도를
올렸다. 가슴을 때리는 둔탁한 소리가 한 박자 더 빨라졌다. 박은 침
인지 땀인지 알 수 없는 것들을 튀기며 거친 숨을 내쉬었다.

　—김종희가 어떻게 빠져나갔는지 알아냈어.

　—어떻게?

　—아예 오지도 않았어.

　오른발이 기계 위에서 미끄러졌다. 박은 계산대 위의 과자 봉지처
럼 밀려나가 바닥 위에 엉덩방아를 찧었다. 트레이너가 다가와 부축
해주었지만 박은 신경질적으로 손을 내저었다. 비틀거리며 일어나

휴게실 쪽으로 걷기 시작했다. 실내가 한차례 크게 기울어졌다. 10미터 남짓한 거리를 현기증 나게 걸어 가까스로 소파에 앉았다. 약속이나 한 것처럼 다리에 쥐가 났다. 다리를 붙잡는 박의 입에서 저절로 씨발……이 튀어나왔다. 박은 화풀이를 하듯, 있는 힘껏 발끝을 잡아당겼다.

—수사권을 넘기라는 말씀이십니까?

—손 떼라는 게 아니라 이 검사와 보조를 맞추라는 거네.

—그게 그거 아닙니까.

—기동대장은 옷을 벗었네. 변호사 개업하고 싶으면 언제든 얘기해.

박이 수난을 당하는 사이 놈은 영웅이 되었다. 그놈의 입 싼 언론들이 문제였다. 경찰을 '내쫓고' 살인을 방지해야 할 '경찰서'에서 오히려 살인 무기를 '공급' 받은 신원 불명의 범인은…… 살상 능력이 없는 사제 폭탄에 경찰이 허둥지둥하는 사이 수십 명의 포위를 뚫고 연기 속으로 사라졌으며……. 어떤 기자가 놈에게 '스모크'라는 애칭을 붙였다. 방정맞은 혓바닥들이 '스모크'를 유명 인사로 만드는 데는 채 일주일이 걸리지 않았다. 서린은 김승대 사건과 총기 탈취 사건을 별개의 것으로 발표하자고 했다. 김승대 건은 살인 미수 사건으로 축소하고, 김종희를 미치광이 총기 탈취범으로 깎아내리자는 것이었다.

—유명해질수록 더 큰 일을 벌일 놈이야. 이름값에 걸맞게 더 치밀한 수법을 내놓을걸. 하지만 자존심을 건드리면 자신의 진짜 존재를 알리고 싶어서 혈안이 되겠지. 노출증 성향이 극대화될 테고, 결국엔 증거를 남기거나 실수를 저지르게 될 거야.

모르는 소리였다. 그렇게 했다간 온 국민이 검찰과 경찰을 동네 개새끼 이름 부르듯 주워섬기게 된다. 검찰청 홈페이지는 네티즌들의 핵 공격을 받게 될 것이다. 제도권이라면 무턱대고 불신부터 갖는 게 한국 민심이다. 대책 없는 억하심정을 민주주의로 착각하는 놈들. 한 치라도 물러서봐라. 쥐뿔도 모르는 무뇌아들까지 다 덤비게 되어 있다. 범인을 깎아내리면 '그것 하나 못 잡냐'가 된다. 하지만 조금만 과장하면 '역시 대단한 놈이야'가 절로 나온다. 이왕 깔린 멍석이겠다, 불우한 어린 시절이 어쩌고저쩌고……, 그럴듯한 다큐멘터리 한 방 제대로 날려봐, '안 잡혀서 다행이다' '제발 잡히지 마'는 시간문제다. 범인이 스포트라이트를 받아야 검·경찰이 무대 뒤로 빠져나올 수 있었다. 미운 놈 떡 하나 더 준다고. 영웅은 몹시 쓸모 있었다.

신원은 모른다고 발표했다. 대신 사진이나 다름없는 몽타주를 전국에 뿌렸다. 경찰 병력을 최대한 투입해 매일같이 대대적인 불심검문을 벌였다. 특히 수도권은 거지와 노숙자까지 참빗으로 이 훑듯 뒤지라고 지시했다. 그런데도 녀석은 벌써 한 달째 잡히지 않고 있었다. 하기야 잡혀도 문제였다. 뭘로 기소하나? 고작 총기 탈취범으로?

박은 두 손으로 이마를 받쳤다. 한 번 본 적도 없는데 놈의 비웃는 얼굴이 자꾸만 떠올라왔다. 가슴속이 용광로처럼 들끓어 올랐다. 네 놈이 나한테 도전을 해? 네까짓 쓰레기 같은 놈이 감히 나한테?

대단한 혁명가라도 되는 듯 행세하는 놈들 한두 명 안 본 게 아니었다. 그렇다고 그들 모두가 훌륭한 업적을 남긴 것은 아니었다. 오히려 그들 대부분은 언제나 입으로만 저항을 했다. 밤새 술 처먹고 노래 부르며, 말도 안 되는 개똥철학까지 늘어놓으며. 어떤 사람은 평생을 노력해도 박수를 받지 못하는데 그들은 한 달만 감옥에 들어갔다 나와도 영웅이 되었다. 그래서 그들이 정말 자신의 모든 것을 희생했나? 천만에. 다단계 판매 우수 회원이 된 김운의는 약과였다. 어떤 운동권 출신들은 마피아 조직이나 다름없었다. 그들은 자신들의 인줄과 연줄을 십분 활용하여 삽시간에 사회의 헤게모니를 거머쥐었다. 그들은 너무 빨리 태내화(胎內化)된 게 아니었다. 그들은 학생 때부터 벌써 썩어빠진 기득권이었다.

박은 1988년도 겨울을 잊을 수 없었다. 어느 날 집에 들어가보니 고등학교에 다니는 동생 녀석이 집 안의 물건들을 박살내고 있었다. 도대체 무슨 짓을 해서 날 키운 거야! 고래고래 소리 지르며. 몇 대 때려줘야겠다고 생각해 멱살을 잡았는데 녀석의 얼굴이 이미 상처투성이였다. 아버지가 청문회에 나간 다음날이었다.

─그 개새끼 강남에서 잘나간다며?

─누가 호텔 나이트 앞에서 스포츠카에 여자 두 명 태우고 유유히 사라지는 걸 봤다더라.

─생각 없는 놈인 줄은 알았지만 그 정도일 줄이야.

─국회의원 아들이 바본 줄 알아? 다 아버지 정치 위해 꽁꽁 숨기고 다닌 거지.

─그 새끼는 군대도 안 가겠지. 신의 아들을 주위에 놓고도 몰랐으니. 씨발, 좆같은 거.

박은 과실 입구에서 얼어붙었다. 현기증을 느끼며 돌아 나오는데 선배 두 명이 그에게 인사도 하지 않고 지나쳤다. 아니, 적개심에 가득 찬 눈빛으로 고개 숙인 그의 얼굴을 긋고 지나갔다.

친구 몇 명이 절교를 선언했다. 친했던 동아리 여자 후배의 생일잔치에 갔다. 여자 후배는 술에 취해 박의 손을 잡으며, 난 형이 참 좋은데…… 하며 눈물을 글썽였다. 박은 자신의 이마에 주홍글씨가 새겨진 것을 알았다. 그때까지만 해도 그는 자신이 떳떳하다고 생각했다. 하지만 '국회의원 아들'이라는 여섯 글자가 그의 모든 존재를 삼켰다.

새 학기. 개강 잔치에서 학생회장 선배가 박에게 말했다. 박이 모든 것을 버리고 자신에게 오면 평생을 책임지면서 혁명가로 키워주겠다는 것이었다. 주변에 있던 선배 동기들이 건배를 하며, 역시 회장님이야, 그럼, 출신 성분보다 정치적 성향이 더 중요하지, 맞장구를 쳤다. 박은 더 이상 그 자리에 앉아 있을 수가 없었다.

며칠 뒤, 박은 여자친구에게 이별을 선언한다. 시대 때문에 어쩔 수 없다는 말 한마디를 남기고. 그리고 박은 옷가지를 넣은 커다란 가방을 들고 학생회장을 찾아간다. 학생회장은 그를 반갑게 맞아준다. 일단 회포부터 풀자며 그에게 술을 사준다. 진지한 얘기는 나중에 하자며 아주 많이 사준다. 박은 대학에 입학한 뒤 처음으로 그 선배와 웃으며 술을 마신다. 용서받았다는 생각에 그것도 아주 많이 마신다. 소주병이 여섯 개쯤 쓰러진 뒤에야 학생회장은 박에게 진지하게 말한다. 민호야, 사랑하는 민호야, 이제 밤도 늦었으니 집에 가야지, 부모님 걱정하시겠다, 좆나 가난한 놈이지만 오늘 술값은 내가 낸다.

박은 그때 겨우 스물한 살이었다.

학생회장이 경상도에서 알아주는 부잣집 아들이라는 사실을 안 것은 1년 뒤였다. 1년 동안 박이 알아낸 것은 그뿐이 아니었다. 가장 인상적이었던 사건은 박의 여자친구가 속해 있던 민중노래패 동아리

'동지들'을 그가 어느 날 방문한 일이었다. 그에 말에 따르자면, 별일 아니었다. 집회 공연 때 부를 노래 가사 몇 개를 고쳐달라고 요청했을 뿐이다. '민중'을 '민주'로 바꿔주기만 하면 된다. 그것도 정중하게 부탁했다. 다만 그들의 손에는 각목과 쇠파이프가 들려 있었다.

신문사에서 일하고 있던 박은 며칠 밤을 새워 학생회에 대한 기사를 썼다. 하루만 더 지나면 그들의 만행이 만천하에 드러날 찰나였다. 그러나 다음날 신문사와 인쇄소는 복면을 쓴 청년들에 의해 동시에 타격당했다. 정보가 어떻게 새어나간 것일까. 복면을 쓴 사내 한 명은 사라지면서 이렇게 외쳤다 한다. 학생이 학생을 탄압해? 이 썩어빠진 정권의 주구들아. 민족과 역사의 반역자들아. 하지만 그 말은 오히려 그들 자신이 들어야 할 말이었다.

또 다른 연좌제. 또 다른 여론정치. 또 다른 녹화사업. 또 다른 언론 탄압. 그들은 놀랍게도 그들의 적인 80년대 초의 군부독재정권과 닮아 있었다.

비판하는 건 쉽다. 하지만 직접 하는 건 어렵다. 4·19가 왜 삼일천하로 끝났나. 정치가 뭔지도 모르는 학생들이 주동 세력이었기 때문이다.

민중의 뜻? 그게 뭔가? 민중은 이기적이다. 자신한테 유리하게 사회가 돌아가기를 바랄 뿐 역사나 이념 따위에는 관심도 없다. 호경기에 대통령을 하면 아무리 나쁜 짓을 해도 지지율이 오르고, 불경기에 대통령을 하면 아무리 좋은 짓을 해도 지지율이 떨어진다. 그들이 정치에 관심을 갖는 것은 자신의 탓을 사회에 돌리기 위해서다. 그들은 항상 말한다. 자신이 하면 훨씬 더 잘할 수 있다고. 한마디로 자신은 대단한 인물인데 세상이 몰라줘서 그 모양 그 꼴로 산다는 것이다. 그들에게 정치는 보잘것없는 삶을 위로하기 위한 종교다. 혹은 자신의 무능력을 책임지기 싫어하는 자들의 화풀이 대상이다.

세상을 바꾼다는 것은 대안도 없이 불평불만부터 늘어놓는다는 뜻이 아니다. 세상을 바꾸기 전에 자신이 그만한 능력이 있다는 것을 먼저 증명하는 게 순서다. 그래야 제대로, 튼튼하게 바꿀 수 있다. 처음부터 정당하게 싸웠다면 상대도 안 되었을 것들이. 원래대로라면 차마 고개도 못 들었을 것들이. 그래, 그 사실을 너무나 잘 알고 있어서 그렇게 했을 것이다. 정당하게 실력을 쌓아서는 성공할 수 없다는 걸 아니까, 자신들에게 유리한 다른 방법을 찾았을 것이다. 소련이 망하지 않았다고 해도 놈들의 혁명은 애초부터 성공할 수 없는 것이었다. 아니, 절대로 성공해서는 안 되는 것이었다.

박은 소파에서 벌떡 일어섰다. 새삼스럽게 대학 시절에 겪었던 일들에 분노를 느껴서가 아니었다. 자신이 왜, 20년 가까이 된 일들을 다시 떠올려야 하는지 이해할 수 없어서였다. 놈이 도대체 뭔가. 도대체 뭐기에 앙상하게 뼈만 남은 무덤까지 헤집어보게 만드는가. 죽음의 사자처럼 음침한 표정을 짓고 있는 서린의 모습이 눈앞에 닥쳤다. 놈은 오지도 않았어. 박은 갑작스런 흉통을 느끼며 자리에 주저앉았다.

―그럼 공범이 있단 말야?

서린은 무표정하게 고개만 끄덕거렸다. 박은 경련을 하듯 고개를 저었다.

―나 거기서 하루 종일 잠복근무했어. 이상한 사람 한 명 안 나타났어. 설사 김종희가 직접 온 게 아니라 해도 어떻게 포위를 뚫었단 말야.

―뚫을 필요도 없었지. 제 발로 걸어 들어가서 나올 땐 구급 침대에 실려 나왔으니까.

―김승대 말하는 거야? 말도 안 돼.

서린은 탁자 위에 병원 기록을 꺼내놓았다.

―기절한 사람은 동공이 확대되고 맥박이 낮아져. 이것 봐. 김승대 맥박은 거의 정상이야. 더 특이한 건 안구가 REM 중이었다는 거지.

―기절한 척했단 말이야?

―아니. 수면 상태에 빠진 거지. 강제적으로. 따라서 엄밀하게 말하면 공범이랄 수도 없어.

서린은 가방 속에서 작은 녹음기 하나를 꺼냈다.

―김승대 동의 얻어서 기억 과잉 해왔어. 들어보면 충격받을 테니까 미리 대충 설명해줄게. 김승대는 이미 김종희를 만난 적이 있어. 그리고 김종희에 의해 최면에 빠졌지. 물론 본인은 아무것도 기억하지 못하지만. '경비가 개시되었습니다' 는 기계 목소리가 암시였어. 세팅 상태에서 스스로 문을 열었다 닫고, 골프 가방에 담아 가지고 온 폭탄 두 개를 차례로 터뜨렸지. 그 다음에는 두세 시간 정도 자게 돼 있었고…….

박은 4층에 있는 탈의실까지 빠른 속도로 걸어갔다. 가는 도중 낯선 남자와 어깨를 부딪쳤으나 뒤도 돌아보지 않았다. 놈은 오지도 않았다. 박과 형사들이 그를 기다리는 동안 그는 경찰서 앞에 있었다. 기동대원들은 그를 코앞에 둔 채 엉뚱한 곳으로 출동했다. 그 빤한 속임수를 왜 눈치 채지 못했을까.

아무리 의적 흉내 내봤자 소용없다. 넌 연쇄 살인범일 뿐이야. 제

아비, 제 스승도 몰라보는……. 박은 샴푸를 풀어 머리를 박박 문지르며 결심했다. 녀석과 단둘이 마주치게 되면 보는 즉시 총을 꺼내 쏴죽이겠다고. 덕분에 고초를 겪는다 해도 박은 몇 년 내로 반드시 재기할 것이었다. 자신에게는 노교수의 배후가 있으니까. 박은 그들을 모르지만 그들은 박을 아니까. 일단 죽이면 증거도 필요치 않았다. 미해결 사건 몇 개쯤 덤으로 붙여 유가족의 한을 풀어줘도 좋을 것이다. 놈은 될수록 사람을 많이 죽여야 한다. 그리고 반드시 처절한 최후를 맞아야 한다. 그래야 국민들이 충분히 카타르시스하고 안심한 채로 극장을 나올 수 있다. 박은 샤워기의 물을 오래도록 맞으며, 대한민국 검사로서 항상 민중이 바라는 대로 살아가겠다고, 맹세에 맹세를 거듭했다.

서린은 새벽 4시에 전화를 받았다. 경찰이 전국에 수배를 내리고 연쇄 살인 대상자 수백 명을 은밀하게 감시해온 지 꼭 한 달이 지난 시점이었다.

강남에 있는 룸살롱에 도착한 것은 새벽 4시 반이었다. 간판도 없는 곳으로 들어섰는데 내부는 무슨 궁전 같았다. 내장은 죄다 대리석이었고 홀에는 샹들리에까지 달려 있었다. 역시 호화로운 룸. 비싼 양주들과 해산물, 회, 과일 등속의 안주들. 그리고 그 속에서 죽은 네 명의 남자. 살인 현장은 깔끔했다. 복잡다단한 것은 한자리에 모인 20여 명의 살아 있는 사람들이었다. 정확히 말하면 쓸데없이 자리만 축내고 서 있는 무능력한 남자들이었다. 박은 인상만 잔뜩 찌푸린 채 인사도 건네지 않았다.

감식반 두 명이 시체를 정리하고 있었다. 40대 중반쯤의 남자들. 사후 경직이 가슴 위로만 진행된 것으로 보아 2시 반에서 3시 반 사이 사망 추정. 하나같이 얼굴이 일그러지고 입에 피를 물었다. 독살이다. 앉은 자세로 죽었다는 것은 맹독에 의한 급살임을 말해준다. 이들은 한자리에서, 한꺼번에 죽었다. 한 사람이라도 먼저 죽었다면 다른 사람들이 그를 살피느라 자리를 옮겼을 것이다. 감식반 경사가 안주와 술병, 술잔, 남은 술을 대상으로 샘플링과 라벨링을 하고 있었다.

"시안화칼륨*인 것 같아요."

서린은 고맙다는 표시로 고개를 끄덕였다. 갑자기 온몸의 힘이 쭉 빠졌다. 동시에 몹시 화가 났다. 전봇대처럼 속수무책으로 서 있는 박 검에게 다가갔다. 최대한 절제하려고 애썼으나 목소리가 떨려 나왔다.

"몸속에 구멍이 뻥뻥 뚫렸겠군. 잠시지만 엄청난 고통 속에서 죽었을 거야. 왜 하필 독살인지 모르진 않겠지?"

박은 대답이 없었다. 가만 보니 두 눈에 초점이 없었다. 서린이 무슨 말인가를 더 하려고 했을 때 문이 덜컥 열리며 뒤늦게 나타난 중년 남자가 다짜고짜 외쳤다.

"어떻게 된 거야?"

새로 책임을 맡았다는 이 검사구나, 싶었다. 곁눈으로 서린을 바라보는 세모꼴 눈매에, 이 여자는 뭐야, 하는 듯한 불만이 읽혔다. 이 검사는 현장을 두세 군데 날카로운 눈빛으로 내리찍은 다음, 빨리 보고해, 다시 한번 다그치는 투로 말했다. 두 명의 형사가 고스란히 영국

---

* 청산가리.

병정처럼 굳었다. 반장조차 손을 뒤로 모으고 엉거주춤 섰다. 형사 한 명이 대답했다.

"그게……, 여기 종업원들이 잠깐 나간 사이에……."

"종업원들이 누구야? 웨이터야 아가씨야. 형사반장 니가 얘기해 봐."

반장은 조그맣게 헛기침을 한 다음 대답했다.

"계산한다고 아가씨들이 죄다 나간 사이에 침입했답니다. 웨이터 한 명이 봤는데 여자였답니다. 여기 직원도 아니고, 거래하는 아가씨도 아니고……."

"쉽게 말해. 처음 보는 여자였다 이거 아냐."

"네, 그렇습니다."

"마담 불러와."

제일 젊어 보이는 형사 한 명이 뛰어나갔다. 이 검사는 반장을 불러 귓속말로 이것저것 지시했다. 박 검은 아예 없는 사람이었다. 서린은 팔짱을 끼고 서서 조소했다. 이게 도대체 뭐야. 1인당 국민 5만 명을 담당하는 검사가 남자 네 명 죽었다고 두 명씩이나 동원돼?

형사가 들어와 마담이 왔음을 알렸다. 이 검사가 방 바깥으로 이동했다. 서린은 은근슬쩍 뒤를 따랐다. 마담은 이런 일을 처음 당한 듯 거의 초주검이었다.

"긴말 필요 없고, 여기 있는 몰카 다 내놔."

이 검사가 다짜고짜 반말로 말했다. 마담은 와중에도 웃는 표정을 짓고 깍듯한 존댓말로 답했다.

"저희는…… 그런 것은 하지 않습니다, 검사님."

"글쎄, 가지고 오라면 가지고 와."

"정말입니다. 그런 게 있으면 아가씨들이 일을 안 하지요."

"이 여자가 정말, 장사 때려치고 싶어?"

서린은 슬슬 화가 치밀었다. 술집 마담도 마땅히 보호받아야 할 국민의 한 사람인데 제아무리 검사 할아버지라도 저렇게 막 대하는 것은 아니지 않은가. 서린의 분노는 이 검사가, 세무 조사라도 해야 정신 차리겠어? 하면서 때릴 것처럼 손을 들었을 때 폭발 직전에 도달했다. 조인트라도 걷어찰까, 한쪽 발이 움씰움씰하는데 마담이 모기만한 소리로 대답했다. 몰카는 없고……, CCTV는 있는데……, 그거라도……. 이 검사에게 한껏 쏠려 있던 서린의 몸이 마담 쪽으로 급회전했다.

"그게 왜 있는데요?"

"룸에서 혹시 무슨 일이 생길까 봐, 아가씨들 보호 차원에서……."

"아까는 아가씨들이 싫어한다더니? CCTV가 녹화되었으면 그게 몰카잖아요?"

서린은 목소리에 날을 세워 말했다. 알 만했다. 마담은 가게 경영에 지장이 생길까 봐 으레 거짓말한 것이었다. 그러고 보니 남자들의 사망 시간과 신고 시간 사이에 최소 30분에서 많게는 두 시간까지 시차가 있었다. 혹 손님들이 다 나갈 때까지 신고를 늦춘 게 아닐까. 속고속이는 거짓말. 원하는 걸 줄 테니 모든 걸 비밀로 해줘. 마담은 시체를 사이에 두고 검사와 거래를 하고 있는 셈이었다. 어이가 없었다. 다 잡은 범인 놓친 홧김에, 뭐 하나 달렸다고 큰소리치는 남자들에 대한 불만에, 때는 이때다 본때 있게 편들어주려던 상대가 못지않은 뻔뻔스러움을 드러내자 서린의 분노는 극에 달했다. 마침 마그마가 일렁거리는 활화산 꼭대기에 이 검사가 제대로 불을 붙였다.

"당신은 누구야, 누군데 허락도 없이 제멋대로 떠들어."

그때였다. 안에서 박의 괴성이 들렸다. 박은 문을 열고 짐승처럼 튀어나왔다. 이 검사의 멱살을 거머쥐더니, 야 이 개새끼야, 너야말로 뭔데 함부로 떠들어! 고래고래 소리를 질렀다. 따라 나온 형사들이 결사적으로 말렸으나 미치광이처럼 날뛰는 박에게는 역부족이었다. 복도는 순식간에 아수라장이 되었다. 서린은 감정의 방향타를 잃었다. 호랑이 대신 고양이를 잡으려니까 살쾡이가 달려들고, 그래서 살쾡이부터 처지하려니까 고양이가 달려들어 시야를 가로막은 격이었다. 공연히 부메랑 지나가는 자리에 서 있다가 뺨만 긁힌 서린은 무작정 눈에 띄는 것에 분풀이를 했다. 짜악! 하는 파열음과 함께 박의 몸이 휘청거렸다. 복도는 정적에 휩싸였다. 이번에는 박이 방향타를 잃었다. 하지만 그에게는 대신 겨냥할 표적이 마땅치 않았다. 박은 얼뺨을 잡고 이 검사와 서린을 번갈아보더니 뒤돌아서서 걷기 시작했다. 뒤늦게 이 검사가 욕설을 퍼부었다. 다시 돌아서려는 박의 팔짱을 서린은 잽싸게 낚아챘다.

"도대체 왜 그래. 말해봐."

살인이 난 룸과 제법 떨어진 룸 안에서 서린은 박에게 물었다. 눈치 빠른 웨이터가 물 한 잔씩을 가져다주었다.

"그래. 물론 내 잘못도 있어. 네 말대로 형사들을 한곳에 총동원하지 않았으니까. 하지만 네 명 중 한 명은 감시 대상자였어. 그런데 이 검사가 담당 형사들을 다른 데로 동원했다잖아. 그러지만 않았어도 잡을 수 있었다고. 현장에 와봤더니 관할 경찰서 형사들이 한 트럭이야. 다 잡은 놈 놓치고, 특별 수사 동네방네 소문내고, 이게 말이 돼?"

박은 자신의 컵과 서린의 것을 벌컥벌컥 차례로 비우고 나서도 분이 덜 풀리는지 씩씩거렸다. 서린은 눈을 힘주어 감았다. 당장 뛰어나가 이 검사를 후려치고 싶은 충동을 참기 위해서였다. 이 검사는 본질이 아니었다. 서린의 분노가 박에게 뿌리박고 있지 않았듯 박 역시 분노의 진짜 대상은 이 검사가 아니었다. 범인은 이미 도망갔다. 아마도 범인은 여장한 김종희였을 것이다. 하지만 그것은 나중에 따질 일이다. 지금은 박이 왜 평정을 잃었는지를 아는 게 더 중요했다.

"그랬으면 오자마자 화를 냈어야지. 갑자기 폭발한 이유가 뭐야."

"참다 참다 터진 거야."

"그건 기름이 샌 거고. 불씨는 따로 있었을 거 아냐."

박의 반응은 더뎠다. 박은 서린의 시선을 피했다. 눈이 충혈되어 있었다. 관자놀이의 핏줄이 곤두섰다. 턱 근육도 잔뜩 긴장해 있었다. 업무 스트레스 때문인가? 만약 그렇다면 수사를 계속할 수 있는 상황인지를 판단해야 했다. 서린은 꾸준히 기다렸다. 박은 한참 만에 입을 열었다. 예상 밖의 대답이었다.

"죽은 사람 중 한 명이 아는 얼굴이야."

"어떻게 아는데."

"대학 다닐 때 선배야."

"친했어?"

응, 친했어. 조금 친한 편이었어. 안 친했지만 아는 사람이어서 기분이 나빠. 대충은 이런 답이 나와야 한다. 그런데 박의 입은 꽁꽁 얼어

붙었다. 그쯤 끝났으면 모르는데 갑자기 필요 이상으로 성질을 냈다.

"이러지 마. 내가 무슨 환자야? 어? 성질 한번 내면 죄다 상담해줘야 직성이 풀려? 그럼 너는 매일 상담 받겠다? 안 그래?"

박은 점점 더 이상했다. 환자 취급받는 게 불쾌하면 방을 나가야 할 텐데 방 안을 어슬렁거리며 서린의 눈치를 보았다. 서린은 뭔가 다른 게 있다는 걸 뻔히 안다는 듯한 표정으로 박의 얼굴을 빤히 들여다봐주었다. 박은 아무것도 없다는 식으로 서린을 마주 보다가 결국 자신이 들켰다는 걸 인정한다는 투의 표정을 지었다.

"좋아. 알았어. 아주 미워하던 놈이었어."

"정말? 어느 정도 미웠는데."

"죽여버리고 싶을 만큼. 평생 다시 보는 일이 없었으면 했어. 이제 됐어?"

"그래? 그럼 속이 시원해야지 왜 화가 나? 원하는 대로 됐잖아."

박이 의아하다는 표정을 지었다. 진심이냐는 반문이었다. 서린은 단호히 진심이라는 눈빛을 보냈다. 박의 눈빛은 마치 실연당한 사람처럼 흐려지더니 이내 펑! 터졌다. 그 살인범 새끼가 도대체 뭔데……, 탁자를 한 번 쾅 치더니 몸까지 와르르 허물어졌다. 서린은 박의 등을 반쯤 안아 위로해주었다. 두 사람은 5분쯤 그렇게 있었다.

일주일 뒤.

서린은 검토하던 자료를 책상 위에 내던졌다. 클립으로 끼워놓은 사진들이 좌르륵 흩어지면서 다른 것들까지 휩쓸어 바닥 위로 떨어졌다. 서린은 책상 위의 것들을 죄다 쓸어버렸다. 의자에 아무렇게나 주저앉아 흔들의자를 두 번 세 번 계속해서 돌렸다. 책상 모서리에 무릎을 부딪혔다. 마음껏 비명을 질렀다. 더 이상 아프지 않은데도 비명을 질렀다.

네 명의 사내는 술병을 들고 들어온 여자의 손에 독살당했다. 여자가 증거와 함께 사라진 건 물론이었다. 왜 독살인가. 신문 기사를 조작하지 말라는 노골적인 경고였다. 경고는 그쯤에서 끝나지 않았다.

어떻게 알았을까. 서린도 겨우 알아냈다. 그것도 박 본인을 설득해 겨우 얻어들었다. 그런데 전혀 안면도 없는 김종희가 어떻게?

어쨌거나 김종희의 심리전은 박에게 먹혔다. 386 재벌이라고? 한번 속지 두 번 속을까 봐. 하고 박은 생각했을 것이다. 하지만 김종희는 원래 계획대로 386 재벌을 죽였다. 프로이트 농담의 역. 너는 내가 크라쿠프에 간다고 하는데 왜 안 믿니? 다. 더구나 김종희는 박이 아는 사람을 죽였다. 전부 네 명을 죽였지만, 메인 타깃은 박이 학교에 다닐 때의 학생회장이었다. 운동권 출신이었던 그는 서른 즈음에 지방 부호인 아버지 사업을 물려받아 최근 택시 콜 단말기 사업에 뛰어든 전형적인 '386 재벌'이었다. 나머지 세 명도 그냥 죽은 게 아니었다. 네 명의 뛰어난 능력은 서류 심사만으로도 단연 돋보였다. 그들의 기업체에는 하나같이 노동조합이 없었다. 비정규직 노동자도 없었다. 그들은 소수의 정규직만을 채용했다. 비정규직 고용은 그들과 손을 잡은 하청업체들의 몫이었다. 하청업체들은 텅 빈 공장을 가진 유령회사였다. 유령회사는 계약금과 월급 사이의 차액으로 이윤을 얻었다. 유령회사 소속의 유령들은 보너스며 보험 혜택이며 퇴직금은 커녕 월급조차 제대로 받지 못했다. 박이 세 번이나 설명해준 다음에야 서린은 그들이 왜 합법적인지를 이해했다.

검찰은 그들 기업의 압수 수색에서 바이러스에 감염된 컴퓨터를 다수 발견했다. 누군가 그들의 메일과 메신저 등등을 통해 그들의 대화를 엿듣고, 그들의 정기 모임과 단골 술집을 알아낸 흔적이 발견되었다. 범인이 도서관과 피시방에서 자료를 수집하리라는 서린의 프로파일링은 적중했다.

하지만 정말 제대로 위력을 보인 것은 박 검에 대한 김종희의 프로파일링이었다. 김종희는 박 검의 운동권에 대한 적개심이 자신을 위한 처절한 변호였음을 증명했다. 박 검은 학생회장을 필요로 했다. 한 명의 개인과 운동권 전체를 동일시하면서, 그는 자신의 죄책감과 콤플렉스를 정의에 대한 자부심으로 변형시켜왔다. 학생회장의 신원을 확인했을 때 그가 공격적인 성향을 갖게 된 것은 그 때문이었다. 그는 학생회장에게 양가감정을, 더 나아가서는 본질적으로는 같은 편이라는 공모의 감정을 갖고 있었던 것이다! 박 검은 물론 서린의 분석을 인정할 준비가 되어 있지 않았다. 일주일이 지난 지금도 그는 맹목적인 분노에 휩싸여 있었다.

서린은 바닥에 떨어진 자료들을 집어 모으기 위해 몸을 굽히다가 심장을 묵직하게 잡아끄는 공포의 무게를 느꼈다. 서린이 처음으로 손에 잡은 것은 하필 복지사업가의 살인 사건 기록이었다. 복지사업가, 가와무라, 아버지로 이어지는 단어의 연쇄가 서린의 동작을 멈추게 했다. 복지사업가도? 서린 자신으로 하여금 과거를 부활시켜 객관성을 잃게 하려는 놈의 의도적인?

서린은 복지사업가 파일을 책상 위에 올려놓고 고개를 가로저었다. 상대로 하여금 모든 것을 자신의 범죄와 연관시켜 생각하게 만드는 것. 그것이야말로 김종희가 가장 원하는 일이라는 데 생각이 미쳤기 때문이었다.

그러나 서린은 자신도 모르게 고개를 뒤로 돌렸다. 마치 놈의 숨결이 목덜미에 와 닿고 있는 듯한 느낌을 떨칠 수 없었다.

푸른 하늘, 하얀 땅

간삼봉 전투의 영광은 빠른 속도로 사라졌다. 전투가 끝난 직후인 1937년 7월 7일, 베이징에서 루거우차오 사건이 발생하여 중국 본토에까지 전쟁의 화염이 번졌다. 중일전쟁이 시작된 것이었다.

"베이징과 톈진이 함락됐답니다."

전(前) 부대장 김형욱이 말했었다. 그때가 여름이었다. 몇 개월도 되지 않아 난징 참사가 전해졌다.

"장개석이가 큰소리쳤던 난징이 무너졌다는 기 정말이가."

"미친놈들 수십만 명이 사는 도시에 삼광 정책을 써."

"개종재 새끼들. 아 어른 할 거 없이 죄다 잡아 쥑이뿌이고, 에미네란 에미네느 죄다 강간했다 하더구. 낫살 어린 체네도 강간하고, 애기 밴 에미네도 강간하고, 게도 모즈라 달도 안 찬 아새끼를 부뜰어 빼서, 하늘로 제 뿌리서, 저들끼리 총창으로 바드며 노더라 하더구. 천

버르 받으 노므 새끼들. 아직 나지도 아는 생명을 가지고 노룸으 해."

"실루?"

누군가 눈을 둥그렇게 뜨고 물었다. 방이 받았다.

"시일루? 갓논 아그들까지 인디로 디디는 놈들인데……."

류 할아버지가 침울해진 임의 얼굴을 살피며 방을 제지했다. 영희
는 두 손으로 제 얼굴을 가렸다.

"에그 불상해라. 그걸 눈 뜨고 어찌 보까."

"한술 더 떠서 그걸 활동사진으로 죄다 찍었다잖소. 짐승보다도 못
한 것들."

김형욱이 말했다. 아이러니컬하게도 통신원 한 명이 가져온 낡은
일본 신문에는 그 모든 만행이 부시도(武士道)라고 극찬되고 있었다.

우리는 어느새 1938년의 중엽에 서 있었다. 중국의 중심부는 이미
일본군에 의해 잠식되었다. 동만 일대는 전선의 후방에 놓였으나 사
정이 좋을 것은 없었다. 최근에는 거의 대부분의 농민들이 집단 부락
으로 거처를 옮겼다. 일본은 집단 부락에 오면 온갖 종류의 공비로부
터 보호받을 수 있다고 선전했다. 소작농을 벗어나 자작농이 될 수 있
다고 선전하면서 중국인들보다 싼 이자로 돈을 빌려주고 토지까지
대부해주었다. 누군가 소출의 반을 빼앗고 연 10할의 고리대로 선인
들의 피를 빨아먹는 중국인 지주보다는 조선총독부가 나은 게 아니
냐고 물었다. 안혁은 몹시 화를 냈다.

"집단 농장에서 수확이 나면 그걸 누가 갖소. 결국엔 일본군의 식량
이 되는 게 아니오. 그뿐이 아니오. 말로는 땅값을 10년 뒤에 갚아도
좋다고 하지만 사실은 10년이 지나기 전에는 갚지 못하도록 한 것이

오. 아무리 저리라지만 10년이 지나면 이자가 눈덩이처럼 불어날 것이오. 당장 먹고살기도 힘든 저들이 그 돈을 갚을 수 있으리라고 보오? 돈을 조금이라도 갚지 못하면 저 땅이 누구의 것이 되오. 설사 다 갚는다 해도 저들의 땅은 조선총독부의 것이오. 집단 부락 안의 모든 백성은 황국신민이기 때문이오. 결국엔 일본이 만주 땅을 사들이고 있는 거란 말이오. 얼마나 좋소. 자신들은 땅을 가지고, 땅값은 조선 농민들이 대신 내주고. 이래도 중국놈들보다 일본놈들이 낫소?"

나는 일본인들의 영악함에 새삼 혀를 내둘렀다. 내지라고 해도 다를 것은 없었다. 일본 여성들도 착취당하기는 마찬가지였다. 코부에 들어간다는 것은 곧 막대한 빚을 진다는 것을 의미했다. 빚을 다 갚고 출가하는 게이샤들은 소수에 불과했다. 하물며 식모가 자신의 빚을 탕감한다는 것은 쉬운 일이 아니었다. 작은 실수라도 하면 그것은 곧 빚으로 이어졌다. 여하한 이유로 빚을 다 갚지 못하면 코부의 외곽에 있는 사창에 팔릴 수밖에 없었다. 사창의 빚은 코부의 빚보다 훨씬 더 무거웠다.

집단 부락은 하나의 요새였다. 철조망은 약과였다. 마을 경계에 물 홈을 파놓고 그 안쪽에 날카롭게 깎은 긴 나무로 지그재그 울타리를 세웠다. 토성을 네모나게 쌓고 사열한 병사들처럼 줄을 맞춰 집을 밀어 넣은 곳도 있었다. 빨치산과 주민들을 분리하기 위한 수단도 갖가지였다. 놈들은 부락마다 경찰소조를 두고 자위단까지 구성했다. 곳곳에 높은 초소를 설치하고 탐조등과 무장 병력도 배치했다. 빨치산을 돕지 못하도록 5호, 10호씩 묶어 연대 책임을 물렸다.* 그런 식으로 부락 하나당 백 호, 2백 호가 수용되었다. 친분이 있거나 혈연 관계에 있는 사람들은 가까운 곳에 살 수 없었다. 날이 밝기 전에는 나올 수 없었고 해가 이울면 들어가야 했다. 밤이 되어 사이렌이 울리면 집 밖에 나오는 것조차 금지되었다. 그들은 농군이 아니라 사육당하는 소였다.

"50호가 사는 데 벤소가 하납니더. 그라이 아아들이 아무 데서나 대충 일 본다 아입니꺼. 우물은 썩으가꼬 냄시가 말도 못합니더. 끓이면 물이 뻘겋게 돼 가지고. 아이고, 딱 1년 있었는데 한 50명은 죽어가꼬 나갔다 아입니꺼."

가족을 전부 잃고 안전 농촌**에서 탈출한 경상도 사내 리씨는 눈물을 글썽이며 말했다. 안전 농촌과 집단 부락은 만주 벌판에 세워진 작은 제국이었다. 제국과 제국 사이에서 빨치산은 고립되었다. 토벌 작전은 어느 때보다도 악랄했다. 우리는 주력 부대에 식량을 조달해야 했으나 민중들로부터는 아무런 지원도 바랄 수 없었다. 일본군은 주인이 없거나 가을하지 않은 밭을 만나면 무턱대고 불을 질렀다. 우리는 은밀하게 경작한 농작물을 잃었다. 20명 소부대의 끼니조차 챙기지 못하는 날들이 점점 더 늘어나고 있었다. 안도현과 무송현 일대를 중심으로 악랄하게 진행되고 있는 일제의 토벌을 피하기 위해서라도 북만 쪽으로의 이동은 불가피했다. 우리 외에도 후방 공작을 맡

---

*   오가작통법, 십가연좌제 등을 말한다. 묶인 집 중에 한 집이라도 유격대와 내통, 조력한 사실이 밝혀지면 5호, 10호에 똑같은 처벌을 내렸다. 조에 속한 집 전체를 남녀노소 가리지 않고 학살한 경우도 있다.
** 주로 총독부에 의해 간도 지방에 설치된 집촌을 집단 부락이라 하고, 동양척식회사 혹은 만선척식회사에 의해 북만과 남만에 집행된 집촌을 안전 농촌이라 한다. 1938년 현재 만주 지역에는 약 80개의 집단 부락과 5개의 안전 농촌이 있었다.

은 많은 소부대들이 북쪽의 화전, 교하, 액목 등지에 분할 배치되었
다. 멀게는 송화강까지 진출한 부대도 있었다. 우리는 화전현 쪽으로
이동하도록 명령받았다. 안도현과 연길현 사이를 통과해 서쪽으로
이동하기로 했다.

자주 총성이 들렸다. 수렵에 쓰이는 사냥총 소리였지만 안심할 수
는 없었다. 사냥꾼은 물론이고 우연히 마주치는 움집 주인, 인삼포전
농군조차도 일본군의 밀정이기 십상이었다. 우리는 목적지로 직진하
지 못하고 주변을 나선형으로 돌면서 이동했다. 속도가 더뎠지만 토
벌대를 따돌리기 위해서는 어쩔 수 없었다.

육체적 고통에 정신적 압박까지 겹쳐 부대원들의 사기는 급격히 떨
어졌다. 설상가상으로 양식과 돈이 바닥났다. 배낭 속에는 비상용 미
숫가루밖에 없었다. 손에 닿는 대로 풀을 꺾어 먹어야 했다. 먼 길을
떠나는 부대로서 문제가 이만저만이 아니었다. 안혁은 중대한 결정
을 내렸다. 중국인 지주를 쳐서 돈과 양식을 빼앗자는 것이었다. 마침
가까스로 만난 정보원 하나가 최근 안면이 생겼다는 중국인 주가에
대해 귀띔해주었다.

"몇 년 전에 김××장군에게 군인을 해산당하고 재산을 몰수당한
놈입지요. 원래대로라면 빚더미에 앉아 거렁뱅이가 되었어야 할 자
인데, 얼마 안 있어 시내에 금은방을 차렸습니다. 조선총독부에 집단
부락 토지를 임대했다고 하더군요."

정보원이 말했다. 안혁의 입꼬리가 미묘하게 치켜 올라갔다.

"저 혼자 잘 살자고 나라를 팔아먹은 게로군."

평소에도 워낙 눈치가 없는 방이 그게 왜 팔아먹은 거냐고 물었다.

정보원이 설명했다.

"상조 계약이라는 겁니다. 형식적으로는 임대지만 실제로는 매매나 다름없습니다. 토지를 담보로 일본은행에서 융자를 받는 건데 만약 빚을 못 갚게 되면 땅이 총독부 소유로 넘어가게 되는 거지요. 일본놈들은 조선인들에게 그렇게 빌린 땅을 나눠줘놓고서는 자작농을 만들어준 거라고 선전하고 있습니다."

"그럼 왜 첨부터 팔아치우지 않고?"

이번에는 안혁이 설명했다.

"팔아치우면 매국노 소리를 들을 것 아니오. 땅은 넘기되 세금은 계속 받겠다는 거요. 말이 자작이지 농민들은 엄청난 빚을 지고 경작권을 산 것이나 다름없소. 결국 조선 농민들은 그 땅을 영영 가질 수 없는 거지요. 중국인 지주는 돈을 얻고, 총독부는 땅을 얻고, 그 사이에서 민중들만 피를 빨리는 거지. 결국 주인만 중국인에서 일본인으로 달라졌을 뿐 여전히 소작인이란 말이오. 아니, 노예나 다름없소."

류 노인이 갑자기 격양된 목소리로 끼어들었다.

"왜놈드르 떼놈드르 가티 빼아가는 기디 머, 지방세 내야지, 촌세 내야지, 집지은 호세, 경작하믄 고용세, 소 키우믄 양우세, 불 때믄 땔나무세, 애 나믄 해산세, 관청으 드가믄 문턱세⋯⋯, 뭐 노무 세금이 그리 마인지 원⋯⋯."

류 노인은 씁쓸하다는 듯 말끝을 흐렸다. 작은 동굴 안이었다. 어둠 속에서도 대원들의 눈동자는 작은 횃불처럼 타올랐다. 함북에서 백정 노릇을 했다는 마와 대대로 종이었다는 방의 눈동자는 아예 새빨갰다. 그들뿐만 아니라 자작이어서 소학교까지 다녔다는 김형욱과 일본 유학생 출신인 안혁을 제외하면 모든 동무들이 다 소작 출신이었다. 그들 중 상당수는 사랑하는 가족들과 동지들을 일본군의 손에 잃었다. 나는 세상에 나보다 불행한 사람은 없으며, 내 상처가 너무 깊기에 그 누구의 삶에도 관심 가질 여력이 없다고 믿었던 지난날의 생각들이 얼마나 큰 사치였는지를 그들의 눈빛을 보며 새삼 깨달았다. 대원들은 그 눈빛만으로도 주가를 치자는 계획에 의기투합을 이룬 듯했다.

그러나 정보원이 돌아가고 밤이 되자 김형욱과 임순례가 안혁을 반대하고 나섰다. 나는 용변을 해결하기 위해 숲 속에 들어갔다가 대화를 엿듣게 되었다.

"모든 혁명에는 순서가 있고 절차가 있다는 걸 모르십니까. 우리의 임무는 한시라도 빨리 화전현에 도착해 후방 공작에 착수하는 것입니다. 이제 곧 겨울입니다. 수백 명 병사의 목숨이 우리 손에 달려 있단 말입니다."

"빨치산은 인민을 떠나서는 살 수 없다는 김×× 장군님의 말씀을 잊으셨소. 비열한 매국노가 인민의 피를 빨아 호위호식하는 것을 보고서도 그냥 지나치자는 말이오. 집단 부락 안에 있는 백성들은 어쩔 도리가 없지만 놈에게 군자금을 얻어내면 혁명에는 도움이 되오. 결국 먼 미래에는 그것이 인민에게로 돌아가지 않겠소. 장군님은 구체적으로 혁명을 끌어나갈 데 대하여서는 계급에 대한 편견도 갖지 말라 하셨소. 잘만 한다면 우리 편으로 끌어들여 차후의 지원병으로 삼을 수도 있을 것이오."

"민족을 배반하고 제 뱃속을 채우는 놈이 과연 빨치산의 편이 될 것 같습니까. 이쪽의 신분을 노출시켰다가는 차후에 큰 화근이 될 것입니다."

"장군님께서는 혁명의 첫째 조건이 복종과 규율이란 말도 하셨지요. 개인적인 행동이 전체에 악영향을 끼치는 거슬 마이 봤으꾸마. 어느 경우에도 명령을 어겨서는 아니 되잖습니까."

"혁명에는 자발성과 창발성도 똑같이 요구되오."

"만약 위험에 빠져 추격을 당하게 되면 우리의 목숨은 물론이고 임무를 달성할 수 없을지도 모릅니다."

"이대로 가면 도착하기도 전에 목숨을 잃을 것이오."

"명령을 어기고 죽느니 차라리 지키고 죽지요."

"녀석의 몸값을 받은 다음 단 한 명이라도 살아남는다면 임무는 완수할 수 있지만 이대로 전부 죽는다면 아무것도 남지 않소. 동무들이 걱정하는 바는 잘 알겠소. 하지만 신중하게만 행동한다면 이번에도 무사할 수 있을 것이오. 대원들은 지금 지칠 대로 지쳐 있소. 명령과 안전도 좋지만 부대원들의 사기도 한번 생각해보시오."

안혁은 연길 시내의 몇몇 조직원들로부터 주가가 주색에 빠져 산다는 정보를 얻었다. 일본 장교들을 접대하기 위해 자주 들른다는 술집의 위치도 알아냈다. 그런데 시내 외곽으로 끌고 와야 한다는 게 난제였다. 조직원들은 생업에 종사하는 주민이라 신분이 노출되어서는 안 되었다. 부대원이 시내까지 잠입한다는 것은 너무 위험한 일이었다. 조직원 한 명이 주가가 일본군 장교 친구들과 함께 자신 소유의 집단 부락 주변에 자주 사냥을 나온다는 정보를 물어다 주었다. 좋은 헛소문이 돈다는 얘기도 해주었다. 김×× 부대는 거의 다 몰살당했으며, 근방에는 패잔병과 잔당뿐이라는 소문이 근방에 퍼져 있다. 원래는 조선인들의 항일의지를 꺾기 위해 흑색 선전한 것인데 최근에는 일본 장교들까지도 그 소문을 믿어 사병 없이 돌아다닐 만큼 방만해졌다는 것이었다.

우리는 놈들이 지나다니는 길목을 지키고 있다가 놈들을 습격할 계획을 세웠다. 총을 쐈다간 위치가 발각되고 곤경에 처하기 쉬우므로 관심을 끌어서 소리 소문 없이 그들을 무장 해제시키는 편이 좋겠다는 의견이 나왔다. 부대원들의 시선이 서로를 더듬다가 두 사람에게 집중되었다.

조직원이 서양식 의복을 두 벌 구해다 주었다. 양장한 안혁을 보고 나는 깜짝 놀랐다. 유학생 출신이라더니 그 모습은 교토의 돈 많은 신사와 비견해도 못할 성싶지 않았다. 부대원들은 나에게도 온갖 칭찬을 해대었다. 나는 얼굴이 몹시 붉어졌다.

일주일쯤 뒤 안혁과 나는 주가 소유의 야산 속을 서성이고 있었다. 정보원 말대로 그들을 찾기란 쉬운 일이었다. 그들은 말을 타고, 사냥총을 들고 있었다.

우리는 풀숲 밑에 매복하여 맥을 짚고 있었다. 그들이 탄 말이 충분히 다가오자 안혁이 내 손을 잡았다. 우리는 손을 맞잡은 채 앞으로 앞으로 내달렸다. 가냘픈 바람이 그와 나 사이를 스쳤다. 낮은 풀들에 다리가 스치는 작은 소리가 귓전까지 튀어 올라왔다. 나는 나도 모르게 미소를 지으며 고개를 들었다. 하늘 높이 자란 침엽수 잎사귀 사이사이로 별빛 모양의 햇살이 지천으로 쏟아져 내리고 있었다.

우리는 금방 그들 눈에 띄었다. 네 명이었다. 겁도 없이 정복을 차려입은 일본 장교가 둘, 거의 군복에 가까운 사냥복 차림의 중국인이 둘. 장교 한 명만이 총을 겨냥했을 뿐 나머지는 우리를 위험하게 보지 않았다. 내가 다급하게, 다스케테구다사이! 다스케테구다사이! 하고 외치자 그마저도 총을 거뒀다. 나는 애원하는 표정을 지으며 장교들의 계급장을 훔쳐보았다. 붉은 줄 셋에 별 하나. 두 명 다 소좌(소령)였다. 수비대장이나 토벌대장 격의 영관급 장교, 빨치산 토벌대장급이었다.

중국인 주가가 무슨 일이냐며 가장 먼저 관심을 보였다. 아내인 내가 넋이 빠진 사이, 남편인 안이 차분차분 자초지종을 설명했다. 나는 자동차 기술자인데, 신혼여행 겸 만주를 여행하던 중에 노상에서 공비를 만났다, 놈들은 마차와 말, 가진 재산을 빼앗고, 우리는 물론이고 마부와 길잡이까지 왜놈의 주구라며 처단하려 했으나, 놈들이 노획물에 정신이 팔린 사이 도망쳐 이렇게 구사일생으로 살아왔다, 숨까지 몰아쉬어가며 대답했다. 그러자 안경을 쓴 소좌가 매우 관심을 보이며 말에서 내렸다. 어떤 놈들이었는지, 또 몇 명이었는지 자세히 설명해달라는 것이었다. 안은 나타난 인원은 열 명 정도였지만 산속에 백 명 정도가 더 있다고 하더라, 대장은 젊은 사내인데 자신을 김이라 하면서 살고 싶으면 말과 가진 것 전부를 내놓으라고 했으며, 며칠 뒤 자신이 이곳에 다시 오면 일본군들이 무리죽음을 이룰 것이니 주재소 등에 알려도 소용없다고 하더란 얘기를 잘도 꾸며댔다. 소좌는 혹시 그 이름이 김××이 아니더냐고 물었다. 안은 경황이 없어 잘 기억나지 않는다고 대답했다. 주가는 그들이 '고려홍군'이라 하지 않더냐고 아는 척을 했다. '고려홍군'은 중국인들만 쓰는 말이었다. 안은 잘 모르겠다고 했다. 일행은 예상외로 우리의 신분에 대해 의문을 품지 않았다. '김'이라는 성씨 하나에 흥분하여 최소한의 의심조차 잊어버린 표정이었다. 특히 말에서 내려선 소좌가 동그란 안경 속에서 이런저런 생각을 하는 품이 역력했다. 주의 눈동자는 내내 탐욕스럽게 빛났다. 빨치산의 목 하나하나에 현상금이 걸려 있으니 어부지리하자는 심산인 모양이었다.

"이름이 뭐요."

얼굴이 검은 다른 소좌가 안장 위에 곧추서서 꽤 위압적인 말투로 물었다.

"기무라 유스케(木村通介)라 합니다."

"실례지만 부인의 이름은 무엇입니까."

"아오아메 유키히메(青天雪姬), 아니 기무라 유키히메입니다."

"허허, 신혼이라 아직 새 이름이 익숙지 않은 모양이군. 유키히메라……. 고풍스러운 이름이군요."

나는 그의 웃음에 심장이 더 졸아들었다. 검은 얼굴의 소좌는 잠시 뜸을 들였다가 느닷없이 조선말로 물었다.

"그런데……, 그들이 하는 말을 어떻게 알아들었소. 조선말을 잘하시오?"

유스케는 고개를 갸웃하며 못 알아들은 표시를 했다. 그가 일본말로 다시 물었다. 유스케는 그제야 알겠다는 듯 일본말로 대답했다.

"대장이 중국말로 했습니다. 중국인 마부가 통역해주었습니다."

"그럼 중국인은 그들에게 잡혀갔습니까?"

주가 끼어들었다. 유스케가 안타깝다는 투로 말했다.

"그렇습니다. 잘은 못 알아들었지만 '왜놈의 주구'라고 하는 듯했습니다."

그가 다시 물었다.

"그렇다면 당신들은 왜 놓아주었소."

이번에는 내가 호들갑을 떨며 대답했다.

"그들이 저희들의 재물에 눈이 팔린 사이 남편이 저를 잡고 뛰었습니다. 일본이 무섭기는 한지 우리에게는 총을 쏘지 않았습니다."

그는 그럴 만하다는 듯 고개를 까닥하더니 유스케에게로 고개를 돌렸다. 그의 집요함에 나는 슬슬 겁이 났다. 얼굴은 검고 모자까지 눌러써서 생김은 알 수 없었지만 얼핏 보기에도 만만한 자가 아니었다. 30대 중반쯤의, 적지 않게 경험을 쌓은 전형적인 토벌대장의 모습이었다.

"죄송하지만 기무라 상은 어느 회사에 다니시오?"

"만선 자동차 회사에 다니고 있습니다."

그가 고개를 갸웃했다.

"그 회사는……, 얼마 전 닛산에 합병되지 않았소?"

나는 가슴이 철렁 내려앉았다. 유스케가 곧잘 받아넘겼다.

"물론 그렇기는 하지만 입버릇이 돼놔서……. 이름은 바뀌었어도 저는 여전히 만철의 정신으로 일하고 있습니다."

소좌가 고개를 끄덕거렸다. 훨씬 부드러워진 말투로, 요즘 사람들은 그런 정신이 부족하지요, 했다. 나는 기회를 놓치지 않고 울음을 탁, 터뜨렸다. 빼앗긴 물건 중에 결혼 선물로 받은 보석함도 있는데 빨리 가지 않으면 되찾지 못할 거라고 호들갑을 떨었다. 난데없이 소좌가 하늘에 대고 사냥총을 한 방 쏘았다. 안의 몸이 움찔했다. 나는 다행히도 아라! 빗쿠리! 하고 소리 질렀다. 무의식중에도 일본말을 사용한 것이었다. 소좌는 흡족하다는 듯 웃었다. 그것이 그의 마지막 시험이었던 모양이다. 그는 유스케의 양해를 구하고 나에게 손을 뻗었다. 일단은 현장을 살펴보자고 했다. 유스케는 나를 말 위에 올려준 다음 자신도 다른 소좌와 함께 말에 올라탔다. 일행은 꽤 용맹하게 공비가 신혼부부를 습격한 곳으로 출발했다.

그러나 일행은 현장에 도착하지 못했다. 나무숲에 도달하자마자 중국인들의 말이 무언가에 걸려 넘어졌기 때문이었다. 일본인 장교들이 깜짝 놀라 기수를 뒤로 돌렸다. 그사이 안과 나는 장교들의 허리춤에서 권총을 뽑아 그들의 관자놀이에 갖다 대었다. 위장한 10여 명의 대원들이 사방에서 나타나 그들의 가슴에 총구를 겨누었다.

한 시간 뒤.

우리는 집단 부락에서 꽤 멀어진 곳의 밀림 속에 있었다. 네 명의 빨치산이 두 명의 일본군 장교—안혁과 김형욱—에게 붙잡혀 있었다. 대원들은 가까운 곳에 매복하여 포획된 사냥감들의 급소를 앞뒤로 노리고 있었다. 중국인들은 자신의 이름을 불었으나 일본 장교 두 명은 끝까지 소속과 이름을 대지 않았다. 안혁이 말했다.

"좋다. 일본군은 다 똑같은 일본군이다. 너희들의 소속을 알아내느라 시간을 낭비하지 않겠다. 자, 우리는 시간이 없다. 빨리 몸값을 대지 않으면 살아 돌아갈 수 없을 것이다."

안경 쓴 소좌놈이 아까처럼 먼저 나섰다.

"대일본제국이 너희들을 그냥 놔둘 성싶으냐. 우리를 죽이면 너희들은 끝까지 토벌대의 추격을 받게 될 것이다."

김형욱이 호탕하게 웃고는 서툰 일본말로 답했다.

"나는 한평생을 토벌대의 추격을 받으며 살아왔다. 무서워 죽겠구나."

주가가 버럭 소리를 질렀다.

"어차피 우리를 죽이면 몸값을 못 받을 테니 맘대로 하라."

안혁도 만만치 않았다.

"너 같은 악질 매국노를 죽일 수 있다면 그까짓 푼돈쯤이야. 꼭 너부터 죽여주마."

주가가 조용해졌다. 인가라는 다른 중국인이 말했다.

"우리는 매국노가 아니라 민족주의자다. 우리는 단 한 번도 동포를 배반한 적이 없다."

"네가 말하는 동포는 대체 누구냐. 너처럼 탐욕스러운 지주를 말함이겠지. 농민들을 착취해 일본놈들의 만주 점령에 이바지한 게 매국이 아니면 뭐냐?"

주가가 말했다.

"일본은 이제 곧 아시아 전역을 지배하게 될 것이다. 당신은 중국이 일본을 이길 수 있을 거라고 생각하는가. 하물며 대국도 무너지는 바에 조선 같은 소국이 상대가 될 성싶은가. 이길 수 없다면 화친하여 형, 아우의 관계를 유지하는 것이 백성의 피를 덜 흘리는 방법이다. 수백만 명을 희생하고도 진다면 그때는 종속 관계를 벗어날 수 없게 된다. 이것은 매국이 아니라 외교다."

"쭈시강이라더니 네놈이 꼭 그 꼴이구나. 너네 같은 돼지들이 쌀겨를 먹어서 쭈시강(猪食糠)이 아니라 주덕이 강덕을 먹어서 쭈시강(朱食康)이다. 입으로도 나라를 팔아먹는 자여. 네가 원하는 것은 외교(外交)가 아니라 왜교(倭校)＊겠지."

안은 류를 통해 자신의 뜻을 전했다. 검은 얼굴의 소좌놈이 고개를 들었다.

"지주라면 제 아비라도 죽일 놈들이 민족 좋아한다. 너희보다 잘난 놈들을 죽인다고 너희가 세상을 통치하게 될 줄 아느냐. 조센징들은 다 잘났다. 숙일 줄도 모르고 단결할 줄도 모른다. 사방이 적으로 둘러싸여도 저들끼리 싸우는 게 조센징이다. 그러니까 너네들이 남의 지배를 받는 거다. 너네들은 그 잘난 빨갱이끼리도 서로 수백 명씩 죽이지 않았나. 적어도 우리는 너네들처럼 동지를 살육하지는 않는다. 설사 타 민족이라 해도 황국의 신민이라면 친구를 죽이지 않는다. 오직 너네 빨갱이들만이……."

김이 놈의 머리를 개머리판으로 내리쳤다. 놈은 피를 흘리면서도 김이 머리를 잡아채자, 우리가 보호해주지 않았으면 대영제국의 노예가 되었을 것들이……, 하더니 기분 나쁘게 웃었다. 나는 그의 얼굴을 처음으로 자세히 보았다. 시선이 한 번 정면으로 닿자 도저히 고개를 돌릴 수 없었다. 사선으로 그어진 돗바늘만한 상처. 그 낯익은 흉터 외의 모든 것들이 시야에서 하얗게 사라졌다. 급기야는 그 자국

＊ 저식강은 돼지가 쌀겨를 먹는다는 뜻이고 주식강은 주덕이 강덕을 먹는다, 즉 주덕과 모택동의 8로군이 부의를 황제로 내세운 일제 치하의 만주국을 점령한다는 뜻이다. 둘은 중국어 발음이 같다. 왜교는 '일본을 배운다' 혹은 '일본을 널리 퍼뜨린다'는 뜻으로 이해된다.

마저 안개처럼 자꾸만 흩어져 나는 눈을 여러 번 감았다 떴다. 훨씬 흐릿해지기는 했지만 아무리 봐도 그때의 그 칼자국이 틀림없었다. 14년 세월이 원수의 얼굴에 파인 흉터는 희미하게 만들었을지 몰라도, 내 가슴속에 돋을새김한 상처만은 조금도 빛 바래지 못했던 것이다.

땅이 꺼졌다고 느꼈다. 그런데 사실은 풀더미 위에 주저앉은 것이었다. 작고 날카로운 사금파리들이 뇌수에 깊이 박히며 오랫동안 묻혀 있던 기억들을 후벼 파냈다. 몸은 실신한 채 머리만 혼자 깨어 있는 기분이었다.

김이 무슨 일이냐며 나를 부축했다. 내가 막힌 숨을 겨우 쉬고 있는 사이 안은 허리춤에서 권총을 뽑아 들었다. 대원 몇 명이 놀라 풀숲에서 튀어나왔다. 안은 자신을 막으면 그 누구도 가만두지 않겠다고 호령하고 주가의 손목 결박을 칼로 끊었다. 권총을 주가의 손에 쥐여준 다음 얼떨떨해 있는 주가의 머리에 사냥총을 겨누었다. 대원들은 잔뜩 당황하여 저마다 포로를 향해 총을 들었다. 임순례가 제지하기 위해 달려들었으나 안은 꼼짝 말라고 명령했다. 안은 자신을 '김××' 대장이라고 소개한 다음 놈들에게 말했다.

"규칙을 말해주겠다. 네가 1번, 옆에 있는 일본놈이 2번, 3번은 인가, 4번은 저 잘난 일본놈이다. 아주 쉽다. 세 명 중 아무나 쏜다. 안 쏘면 넌 내 손에 죽는다. 다음에는 살아남은 사람 중에 두 번째가 아무나 쏜다. 단 한 명이 남을 때까지 계속한다. 살아남고 싶다면, 잘 생각하라."

주가는 벌벌 떨며 옆에 앉은 세 사람을 둘러보았다. 빨리 쏘지 못하겠나. 안이 윽박지르자 주가가 울기 시작했다. 당장 그만두시오. 김이

옥박질렀으나 안의 총구를 돌리지는 못했다. 주가는 권총을 잡은 채 망설이다 안이 쏴! 하고 소리 지르자 엉겁결에 안경 낀 소좌를 겨냥하고 방아쇠를 당겼다. 김이 주가의 손을 탁, 찼다. 권총이 날아갔다. 대원들이 참았던 숨을 내뱉으며 풀숲에 고개를 숙였다. 안경잡이 소좌의 얼굴에 경련이 일었다. 안은 표정 하나 변하지 않고 주가에게 말했다.

"어차피 권총 안에는 탄알이 없었다."

안은 고개를 돌려 소좌에게도 말했다.

"이게 너네가 말하는 황국신민이라는 거다. 결국엔 내가 죽지 않기 위해 너를 죽이게 되겠지. 일본과 중국과 조선이 하나가 되어 살아간다고? 셋이 번갈아 서로를 쏘면 어떻게 될까. 최종 승리자가 누가 될지는 모르겠지만 어떤 경우건 처음 방아쇠를 당긴 쪽은 반드시 죽게 된다."

아무도 말이 없었다. 검은 얼굴의 소좌가 기묘한 웃음을 터뜨렸을 뿐이었다. 주가는 어느새 바지에 오줌을 쌌다. 하 쉬완 그 남어 옷에 디룹게……. 최달성이 불평을 했다. 대원들이 실소를 터뜨렸다. 하지만 임순례와 김형욱은 웃지 않았다.

두 명의 소좌를 어떻게 할 것인가를 두고 회의가 있었다. 처단하자는 게 중론이었다. 그러나 안은 놓아주라고 명령했다. 상대가 이리 승냥이라 해서 눈에는 눈, 이에는 이 식으로 되갚는다면 똑같은 이리 승냥이가 되지 않겠는가, 이제는 충분히 깨달았을 테니 놈들은 더 이상 우리를 쫓지 않을 것이다, 그들의 잘못을 스스로 깨달을 기회를 주자는 것이었다. 임과 김이 강하게 반발했으나 안은 처벌까지 들먹거리며 자신의 의견을 관철시켰다. 나는 눈앞에서 부모의 원수가 살아 돌아가는 꼴을 보게 되었다. 하지만 상관없었다. 오히려 홀가분했다. 그가 가짜 토비대장이었다면, 나의 진짜 원수도 될 수 없다는 이상한 생각에 사로잡혔다. 진짜 원수라면 가와무라였다. 하지만 꼭 가와무라를 죽여야 한다는 생각도 들지 않았다. 이제는 일본이 곧 가와무라고, 가와무라가 곧 일본이었다.

주가는 편지를 써서 우리에게 몸값을 받아오도록 했다. 우리는 눈을 가려 집단 부락 가까운 산에 그들을 묶어놓았다. 대원들은 중국인들을 처단하고 싶어했으나 안은 이번에도 단칼에 묵살했다. 그들을 죽이면 수많은 중국 민중이 빨치산을 토비로 보게 된다는 것이었다. 당장은 괘씸하지만 먼 미래를 두고 볼 때 중국인은 결코 조선인의 적이 아니라는 것이었다. 결국에는 중국인들도 풀려났다.

며칠을 쉬지 않고 행군한 끝에 뭔가가 속에서 터졌다. 머리도 가슴도 돌처럼 무덤덤한데 눈에서만 눈물이 줄줄 흘러내렸다. 어떤 날은 눈물은 나오지 않고 주책없이 흐느낌만 새어나왔다. 소리를 내지 않으려고 참다 보면 목울대가 들큰거려 못 견딜 지경이었다. 간혹 기침을 참을 수 없을 때가 있었다. 행군 중에 기침은 금물이었으므로 나는 대원들의 눈총을 많이 받았다. 임이 배낭 속에서 소금을 꺼내주었다. 혀 밑에 조금씩 물고 있으면 기침이 잦아들었다. 기침이 멎자 소리 없는 눈물은 다시 시작이었다.

그러는 사이 화전현이 가까워졌다. 안과 김은 화전현 조직원들과의 연계하에 상당한 양의 의복과 식량을 구입하여 비밀 장소에 묻었다. 우리는 행군하고, 도와줄 조직원들을 찾아내고, 의복과 식량을 저장하고, 다시 행군하는 식으로 계속해서 일대를 맴돌았다. 토벌대의 포위망을 벗어나기 위해서였다. 수색조는 3, 4일이 멀다 하고 토벌대를 감지해냈다. 만일에 대비하여 대원들이 각자 전부 매몰 장소를 외웠다. 내년 2월에 무송현의 소부대와 합류할 때까지는 하염없이 만주를 떠돌아다니는 수밖에 없었다.

가을이 다가왔다. 우리는 여전히 수림 속을 행군하고 있었다. 한참을 걷다 보니 정면에 우뚝 솟은 둔덕이 보이고, 그 아래 인적이 애매한 독립가옥 한 채가 있었다. 안 대장이 보초 한 명을 파견했다. 가옥 주변과 닻 모양의 둔덕 너머를 꼼꼼히 살핀 보초들이 안전지대임을 알려왔다. 휴식 명령이 떨어졌다. 근 한 달 만의 대낮 휴식이었다.

대원들은 꽃밭을 발견한 나비들처럼 독립가옥 안팎에 조용히 흩어졌다. 집 안으로 들어간 대원들은 눕자마자 코를 골았다. 바깥을 선택한 대원들은 위장을 위해 낙엽을 덮자마자 죽은 듯 잠잠해졌다. 항상 긴장을 늦추지 않는 김과 임까지 각자 편안한 자리를 찾아 들어갔다.

나는 집 안에 안의 자리를 마련했다. 낙엽을 잘 깔아놓고 기다렸으나 그는 좀체 안으로 들어오지 않았다. 바깥에 나가보았다. 그는 울타리 주변을 훑고 있었다. 가만 보니 울 주변에 난 작은 호박을 따고 있었다. 본인도 고단했을 텐데 어느 틈에 먹을 것을 찾아냈을까. 고개를 궁싯거리며 먹을 것을 따는 그의 뒷모습에 저절로 웃음이 맺혔다. 참으로 오랜만에 웃어본다는 생각이 들었다. 나는 내 웃음에 놀라 표정을 굳히고 안에게로 다가가 앉았다. 안은 퉁명스럽게, 휴식하라는데 왜 명령 불복종하오, 했을 뿐 굳이 거들겠다는 걸 마다하지는 않았다.

"이게 뭔 줄 아오."

"호박인 줄은 알겠는데……."

"떡호박이라는 거요. 어렸을 때 어머니가 자주 끓여주시곤 했지. 무척 단 음식이라오. 대원들이 좋아할 게요."

그는 눈빛이 투명해져서 말했다. 어쩐지 입이 약간 튀어나와 있었다.

그는 떡호박에 대해서만 알고 있을 뿐 모든 일에 서툴렀다. 아궁이에 불도 붙이지 못해 쩔쩔매는 모습을 훔쳐보다가 나는 그만 뱃속이 간질간질해졌다. 마른 나무를 골라 불을 지피며 결국에는 가려움증을 참지 못하고 툭 쏘아붙였다. 명령 불복종이라더니 저 없었으면 어쩌셨을까. 그는 으흠 으흠, 헛기침을 해댔다. 한마디 하면 시원해질 줄 알았던 뱃속에서 숫제 올챙이 떼가 헤엄을 쳤다. 연기가 매운 척 손사래를 친다는 게 고개를 틀자마자 영락없이 웃음귀신이 들어버렸다. 그는 나에게 왜 웃냐며 제자리에서 괜히 안절부절못했다. 나는 웃음을 참다못해 눈물까지 흘리고 말았다.

시간이 없었으므로 호박을 대충대충 잘라 그냥 삶았다. 아무 양념 없이 익히기만 한 것인데도 냄새가 무척 좋았다. 가옥 안으로 옮겨놓고 대원들을 깨웠다. 대원들은 어깨에 손이 닿기만 해도 후닥닥 일어나 배낭부터 들러메었다. 나는 또 웃음귀신이 들었다. 출동 명령인 줄 알았던 것이다. 깨어난 대원은 향긋한 냄새를 맡고서야 엉거주춤한 자세로 주위를 휘둘러보았다.

호박을 가운데 두고 둘러앉았다. 동지들의 얼굴에 호박꽃 같은 웃음이 맺혔다. 흐르는 침을 주체 못하고 막 호박을 입속에 넣으려는 찰나였다. 조용한 숲 속에 보초의 총소리가 울렸다. 숨 가쁘게 날아오르는 새들의 날갯짓 소리가 들려왔다. 육중한 기관총 소리와 동시에 벽에 수십 개의 구멍이 뚫렸다. 구멍을 통과한 햇살이 대원들의 몸 위에 사선을 그었다. 장전 한번 해보지 못하고 대원 몇 명이 그대로 쓰러졌다. 안과 내가 만든 맛깔 나는 호박들이 날아드는 탄환에 부서져 그들의 시체 위에 흩뿌려졌다. 다리에 총상을 입은 채 쓰러진 류 노인이 그 틈바구니에서 여유 있게 호박을 먹고 있었다. 그는 구석으로 몸을 피한 나와 안을 번갈아 보며 고맙다는 듯 웃기까지 했으나 곧 머리에 직격탄을 맞고 사망했다. 나는 가슴을 파고드는 아픔에 잡고 있는 안의 팔을 쥐 비틀었다. 낯익은 목소리가 들려왔다. 총알 구멍으로 바깥을 내다보니 우리가 놓아준 검은 얼굴의 토벌대장이 인솔자였다.

"이키타마마츠카마에!(생포하라)"

대원 몇 명이 구들장을 뜯어 엄폐물을 만들었다. 다른 대원들은 엄호를 받으며 밖으로 흩어졌다. 일부는 가옥 주변의 물홈에 뛰어들었고 나는 안과 함께 둔덕에 자리를 잡았다. 밀림에서 나와 꾸역꾸역 이쪽을 향해 밀려들고 있는 놈들은, 얼핏 봐도 수백 명이었다.

우리는 포위되었다. 놈들의 병력은 우리보다 열 배 이상 많았다. 후방 공작을 맡은 우리들에게는 기관총도 없었다. 하지만 사격술은 우리가 놈들보다 몇 수는 위였다. 우리는 단발로 놈들의 머리와 심장을 정확히 꿰뚫으며 놈들의 돌격조를 몇 시간이 경과하도록 저지할 수 있었다. 수십 명 병력을 순식간에 잃자 검은 얼굴도 함부로 돌격 명령을 내리지 않았다. 싸움은 거리를 좁히는 돌격전에서 거리를 유지하는 사격전으로 변해갔다. 그래봤자 유리한 건 우리 쪽이었다. 놈들은 기관총과 소총을 아무렇게나 쏴 답새겼으나 우리는 총알을 최대한 아꼈다. 쥐 죽은 듯 숨어 있다가 놈들이 조금이라도 움직이면 그대로 명중탄을 안겼다. 놈들은 번번이 사기를 꺾여 쉽게 진격할 엄두를 못 냈다.

그러나 십수 대 수백의 병력 차는 너무 컸다.

놈들의 기관총에 외곽에 있던 대원이 쓰러졌다. 조선 혁명 만세! 를 외치며 남자 대원 몇 명이, 그리고 여성 해방 만세! 를 외치며 영희가, 장렬하게 전사했다. 언젠가 홍암동에서 어무이가 보고 싶다며 울던 영희는, 이제 겨우 열일곱 살 먹은 처녀였다. 포위가 좁혀들자 그녀의 애인은 가슴에 수류탄을 품은 채 적진으로 돌진했다. 몇 개의 총알이 그의 몸에 구멍을 뚫었으나 그는 불사신처럼 계속 뛰었다. 그는 벌집이 된 몸으로 적진 속에 뛰어들어가 일본군 기관총수를 꼭 안았다. 그의 뜨거운 넋과 함께 영희를 죽인 일본군들의 시체가 사방에 흩어졌다. 영희와 결혼해 논 한 마지기만 경작해도 행복하겠다던 그는 고작 스무 살의 총각이었다.

대원들이 하나 둘 쓰러져갔다. 물홈에 있던 대원 몇이 당했다. 내가 있는 둔덕에도 수류탄이 떨어졌다. 대원 한 명이 혁명 만세를 외치며 수류탄을 덮었다. 그의 몸은 몇 미터 위로 튀어오르며 산산조각 났다. 또 하나가 떨어졌다. 이번에는 김형욱이 그것을 잽싸게 집어 되던지려 했다. 그러나 수류탄은 그의 손안에서 터져버렸다. 날아오자마자 폭발하는 그것들은 꼬리가 없는 신형 수류탄*이었다.

김형욱과 또 한 명의 대원이 죽었다. 안은 다리에 파편을 맞았다.

---

* 97식 수류탄을 말한다. 91식 수류탄이 유탄발사기용 프로펠러가 달려 있어 무겁고 폭파 지연 시간도 7, 8초로 길었으나 개량형인 97식은 프로펠러가 없어 가볍고 폭파 지연 시간도 4, 5초로 대폭 짧아졌다.

나는 안을 부축하여 독립가옥 안으로 들어왔다. 다른 대원들도 가옥 안으로 몸을 피했다. 우리는 여덟 명밖에 남아 있지 않았다. 실탄이 떨어져가고 있었다. 주력 부대의 식량을 비축할 욕심에 탄알을 충분히 확보해두지 못했던 것이다.

구들장 밑에 엎드려 엄호 사격을 하고 있던 마가 안을 바라보며 띄엄띄엄 말했다. 총알이 머리를 스쳐 그의 얼굴은 피범벅이 되어 있었다.

"정치위원 동무! 우리는 직금 총알이 떨어디어갑니다. 그러니 우리는 끝내 바티다가 총창으로 포위를 뚫불라요."

어설픈 줄로만 알았던 방이 고개를 끄덕이더니 말했다.

"산사람에게는 죽음도 혁명이디 않겠나. 우리는 목숨을 나사라 삶의 전위대가 되자. 임 동무, 그리고 설희 동무, 대장님 뫼시고 날래 피하시오. 여기는 우리가 맡겠시오."

안은 싸창을 빼들었다.

"나 혼자 살아가면 그게 어찌 혁명가의 삶이겠나. 살아도 같이 살고, 죽어도 같이 죽는다."

임순례가 안의 몸을 일으켜 세웠다. 안이 일어서지 않으려고 고집을 피우자 멱살을 잡았다.

"대장은 그냥 한 사람이 아이고 빨치산 전체의 비밀이오. 명예르 얻으려구 다른 대원들 목숨까지 삽하게 하시겠소?"

"동무는 나를 그렇게 보오? 적에게 동지를 넘기느니 스스로 혀를 끊겠소."

"정 그러믄 시방 다 가티 죽소. 다 뒈지고 혁명도 하지 마오. 누군가느 살아야 조국도 해방시킬 게 아입니까."

임은 안을 우격다짐으로 일으켰다. 나는 있는 힘을 다해 그를 출구 쪽으로 잡아끌었다. 맑은 햇살이 빛나는 비탈길을 바라보며 나는 혁명 따윈 상관없다고 생각했다. 그를 죽게 내버려둘 수는 없었다. 나는 어떻게든 그를 살려야 했다.

빗발치는 총알을 뚫고 한참 가파른 산판을 톺아 오르는데 안의 몸이 갑자기 무거워졌다. 비스듬히 뒤돌아보니 임이 비탈길을 다시 내려가고 있었다. 나는 안의 몸을 바투 잡고 장딴지에 더욱 힘을 집어넣었다. 그러나 산마루에 거의 다 도착했을 때 안은 다리에 총탄 하나를 더 맞았다. 안은 몸무게를 지탱하지 못하고 그 자리에 주저앉아버렸다. 나는 적들이 보이지 않는 산마루에 그의 몸을 질질 끌어 겨우 올려놓았다. 안이 비장한 목소리로 말했다.

"가시오. 혼자 가면 살 수 있소."

나는 고개를 저었다.

"놈들은 아직도 백 명쯤 되오. 나를 부축하고서는 포위망을 벗어날 수 없소. 어서 가시오. 명령이오."

나는 말없이 38식 보총에 탄알을 장전했다. 죽을 때까지 곁에서 싸우겠다는 표시였다. 그는 나의 속내를 읽었는지 단호하게 고개를 저었다.

"설희야, 말 들어라. 한 명이라도 살아남아야 주력 부대에 의복과 식량을 전달할 수 있다. 나를 살리겠다고 수백 명 대원의 목숨을 위태롭게 할 참이냐. 제발 가라."

강철 같은 얼굴을 보여줄 참이었다. 그런데 바보같이 눈물이 흘러내렸다. 그가 내 손을 단단히 잡았다. 그의 손은 따뜻했다.

"혁명가에게는 그 어떤 난관 앞에서도 슬퍼할 권리가 없다. 혁명가에게는 혁명을 위해서라면 죽을 권리조차도 없다. 여기서 죽으면 넌 혁명가가 아니다. 어서 가라."

가슴속 깊이 갇혀 있던 오열이 터져버렸다. '혁명가'라는 한마디에 가슴속 지층들이 그토록 쉽게 흔들릴 줄은 몰랐다. 흔들리다 못해, 갈라지고 무너져, 순식간에 활화산으로 솟아오를 줄은 정말 몰랐다. 나는 이제 눈으로도, 입으로도 울고 있었다. 내가 왜 슬픈지, 왜 고통스러운지를 이해하면서 울고 있었다.

나는 그의 싸창 두 개를 빼앗아 바지춤에 찔러 넣었다. 있는 힘껏 그의 몸을 안아 올리며 말했다.

"혁명을 위해서라면, 당신에게도 죽을 권리는 없어요."

뒤늦게 달려온 최달성이 아니었다면 우리는 적들에게 붙잡혔을 것이다. 그의 도움으로 나는 안을 산속의 인삼포전까지 안전하게 데려갈 수 있었다. 최달성은 산속의 빈 움막을 찾아내 그곳에서 지내고 안과 나는 고 노인의 집에 안이 운신할 수 있을 때까지만 묵어 있기로 했다.

인삼밭의 주인인 고 노인은 안을 극진히 간호했다. 열상에 좋다는 음식을 용케 구해와 먹이고 며칠에 한 번씩 짓찧은 느릅나무 껍질을 상처에 붙여주었다. 고 노인의 인심은 빨치산 부대에 잠입할 때 우연히 만났던 한 노인을 생각키웠다. 고 노인을 만나고서야 나는 예전의 그 노인이 왜 나를 움막에서 내쫓았는지 알게 되었다. 산속에 홀로 사는 노인들은 일제의 핍박을 견디다 못해 세속과의 연을 끊은 사람들이었다. 그들은 철두철미 산사람의 편이었다. 노인은 내가 밀정임을 알아채고 서둘러 나를 내쫓았던 것이다.

안은 자신이 대원들을 죽였다고 매일같이 잠꼬대를 했다. 숲 한복판에 불을 지피고, 삶은 호박 냄새를 퍼뜨려, 일부러 적들을 유인했다는 것이었다. 그럴 때 그의 말투는 심문받는 자의 그것이었다. 그는 자다 말고 벌떡 일어나, 난 민생단입니다, 일본군의 사주를 받아 대원들을 처치했습니다, 고래고래 소리 지르기도 했다. 그의 죄책감은 나에게도 전염되었다. 나는 내가 기침을 해서, 아궁이 앞에서 웃음소리를 내서, 토벌대를 끌어들였다는 생각에서 벗어날 수 없었다. 임의 얼굴이 꿈속에 자주 나타났다. 그녀는 언제나 빛깔 고운 조선 옷을 들고 나를 향해 방긋방긋 웃고 있었다.

나는 두 번, 화전현에 다녀왔다. 화상에 좋다는 오소리 기름과 요긴한 몇 종의 약재를 구하기 위해서였다. 세 사람분의 식량도 마련해야 했다. 고 노인에게는 한 사람이 겨우 날 정도의 식량밖에 없었다. 다시 돌아올 수 없을지도 모를 길을 한 땀 한 땀 밟아나가며 나는 수없이 생각했다. 왜 내가 아니라 당신이었나. 아니, 왜 당신이 아니라 나인가. 그렇게 생각하고 나면 억장이 무너졌다. 나는 그녀보다 가치 있는 삶을 살아낼 자신이 없었다.

그래서였다. 나는 반드시, 안을 사지 멀쩡하게 살려내야만 했다. 그것을 위해서라면 어떤 위험한 일도 기꺼이 감수해야만 했다. 그것은 임과 나의 영혼의 약속이었다. 나는 그 약속을 지켰다.

겨울이 왔다. 안은 지팡이를 짚고 걸을 수 있을 정도로 좋아졌다. 우리는 고 노인이 꺼내온 인삼주 한 잔을 마시는 것으로 간단한 이별식을 했다. 군장을 챙겨 소부대 합류 지점인 무송현으로 떠나는 날에는 아침 햇살이 무척 맑았다.

산도라즈허 후방 밀영까지 백여 리 길의 행군. 처음의 의기와는 달리 그것은 고행길이었다.

우선은 먹을 것이 없었다. 하나씩 챙긴 옥수수떡 한 덩이는 일주일 만에 떨어졌다. 출발한 지 보름 만에, 우리는 걸을 수 없을 정도로 쇠약해졌다. 기약한 날짜는 벌써 열흘이나 지나 있었다.

지팡이를 짚었다. 피나무 껍질을 무릎과 팔목에 묶고 기어가기까지 했다. 곧 그조차도 할 수 없었다. 지척에서 흐르는 냇물 소리를 들으면서도 그냥 쓰러져 있어야 했다. 최달성이 고 노인에게서 가져온 아편의 힘으로 냇가에서 가재를 잡아오지 않았다면 우리 셋은 추위에 생명을 앗기고 말았을 것이다.

안은 열병에 시달렸다. 그의 열병은 쉽게 낫지 않았다. 건강이 워낙 나빠 아편도 별 효과가 없었다. 빈 초막에서 하루를 쉬어가기로 했다. 안의 오한을 달래기 위해 불을 피웠다가 세 사람 다 잠이 들고 말았다. 그날 밤 나는 꿈을 꾸었다. 마을이 온통 불타고 있는, 여섯 살 때의 그 기억이 오래도록 펼쳐졌다. 가와무라가 싸창으로 어머니를 탕! 쏴 죽이는 소리에 놀라 일어나보니 주위가 온통 불바다였다. 고깔불이 천막에 옮겨 붙어 있었다. 군장과 무기를 챙겨 겨우 빠져나왔나 싶었는데 안이 불타는 초막 안으로 다시 뛰어들어갔다. 어디서 기운이 났는지 고양이처럼 동작이 빨랐다. 그는 등짝에 팔뚝만한 횃불을 붙여 돌아왔다. 허겁지겁 땅에 굴려 불을 끄고 나니 등에 손바닥만한 화상이 생겨 있었다. 손에도 화상이 났다. 불에 달궈진 싸창을 맨손으로 집어온 탓이었다. 나는 화가 나서, 그래 그까짓 싸창 하나가 목숨보다중하답니까, 하고 소리 질렀다. 그는, 이 단모폴 싸창은 그냥 싸창이 아니라 김××장군님에게 받은 것이야, 하며 바보처럼 웃었다. 나는 하도 기가 막혀 바위 위에 앉아 있는 그의 뺨과 가슴을 마구 후려갈겼다. 최달성이 나를 제지하며, 거 상체 나 게루븐 사람으, 죄미 고만 하시오 아가시, 하고 말했다. 나는 '아가씨'라는 말을 이해할 수 없어 몸을 돌려 그를 노려보았다. 그는 제풀에 화들짝 놀라 입을 가리고 내 시선을 끝내 외면했다. 기껏 능친다는 게, 쌍눔으 출신이라 예쁜 체네만 보믄 버리젱이가 되놔서, 했다. 나는 말없이 군장을 챙겼다. 상대방의 말실수나 캐고 있을 여유가 없었다.

화상 때문에 안은 지팡이를 짚지 못했다. 오소리 기름이 없었다면 그의 상처는 훨씬 악화되었을 것이다. 최달성과 나는 안을 양쪽에서 들러메고 남은 2, 30리 길을 쉴 새 없이 걸었다. 약속 날짜가 20일이나 지난 12월 초순에 산도라즈허의 밀영에 도착했다. 우리는 그곳에서 하나의 커다란 행운과 또 하나의 커다란 불행을 만났다.

하나는 죽은 줄 알았던 대원들을 다시 만난 것이었다. 밀영에 도착해 주위를 둘러보고 있는데 딱! 딱! 하는 나무 소리가 들렸다. 그것은 우리의 암호였다. 어느 부대냐! 하고 묻는 저쪽의 목소리는 임의 것이었다. 나는 너무나 기뻐 엉엉 울어버리고 말았다. 안도 최달성도 눈물을 글썽거렸다. 그들은 총상을 입은 대원이 엄호 사격을 하는 동안 가까이 있던 연못에 숨었다. 대롱 하나로 숨을 쉬며 몇 시간을 버텨 겨우 살아났다. 갈림길을 걸어간 대원들에게는 미안한 노릇이었지만, 나는 네 명이나 되는 대원들이 살아 돌아온 기쁨을 감출 수 없었다.

그러나 곧 우리에게는 깊은 그늘이 드리워졌다. 소부대가 이미 밀영을 떠난 것이었다. 우리는 고작 일곱 명의 인원으로 밀림 속에 낙오되었다. 그러나 그것은 우리 앞에 닥쳐올 긴 불행의 시작이었다.

우리는 목적지에 도착하자마자 다시 군장을 썼다. 일단은 주력 부대의 병력이 모여 있을 몽강-임강 일대로 떠나는 수밖에 없었다.

우리는 1년 동안이나 김×× 부대를 찾지 못했다. 우리가 밀영에 도착한 1938년 12월에 이미 주력 부대가 국경지대로 대거 이동*했다는 사실만을 확인했을 뿐이었다.

안혁은 뒤쫓아가자고 말했다. 빠른 도보로 이동하면 일주일 만에도 주파할 수 있는 곳이다, 대부대는 적의 눈에 띄기 쉬우니 소부대인 우리가 더 빨리 움직일 수 있다, 는 것이었다. 그는 한발 더 나아가 화전현 주변에 묻어놓은 식량을 캐내와서 주력 부대에 공급해야 한다고 고집을 부렸다. 그는 우리가 몽강과 화전 사이의 절반밖에 되지 않는 거리를 한 달이나 걸려 이동했다는 사실을 잊은 모양이었다. 몇 년 전 치안 불량 지역이 존재하던 때와 지금의 상황은 전혀 달랐다. 우리는 뒤늦게 몽강현에서 장백현을 향해 떠났으나 번번이 토벌대의 포위망에 걸려 쳇바퀴를 돌았다. 신식 무기의 위력은 대단했다. 놈들의 새 기관총은 정신없이 불을 뿜어대면서도 좀처럼 고장나지 않았다. 가만히 엎드려 있다가 탄알이 걸리면 돌격하는 식으로는 이제 기관총

---

* 이를 '고난의 100일 행군'이라 한다. 조선인민혁명군 주력 부대는 1938년 12월 초부터 이듬해 3월 말까지 몽강현 남패자에서 장백현 북대정자로 110일간의 행군을 단행한다. 혜산 사건으로 동요된 민심을 추스르고 장백현 지방에서의 민중적 토대를 유지하기 위한 대규모의 남하로 이후 북한의 역사에서 가장 찬양받는 역사적 사건이 되었다.

수를 잡을 수 없었다. 짤막하게 생긴 신형 수류탄은 땅에 떨어지자마자 터졌다. 그들에게는 화력이 월등한 신식 대포도 있었다. 무엇보다 무서운 것은 비행기였다. 수시로 하늘에 떠다니는 정찰기 덕분에 밤뿐만 아니라 낮에도 불을 피우기 어려웠다. 우리는 남하를 포기했다.

이름 모를 계절들이 갔다. 만주의 산하에는 다시금 눈이 내렸다. 그 어느 해보다도 많은 눈이 고립된 수림 위로 펑펑 쏟아져 내렸다. 한여름, 머리 위로 솟아 있던 위풍당당한 나무들은 발밑에 있었다. 우리를 지켜주던 뜨거운 원시림의 장막이 빙하 속에 갇혔다. 매끈하게 펼쳐진 하얀 땅 위에는 목적지도, 방향도 없었다. 하루의 생존만이 가슴에 품어볼 수 있는 유일한 희망이었다. 우리는 더 이상 군인이 아니었다. 사방에 무서운 적을 둔 채 집단 부락과 집단 부락 사이를 정처 없이 떠도는 동토의 유목민이었다.

바람이 몹시 부는 날이면 우리는 눈 속에 굴을 팠다. 얼음 눈을 깨뜨리는 것은 보통 힘든 일이 아니었다. 두 명, 혹은 세 명이 겨우 들어갈 수 있는 땅속의 얼음집. 입구를 위장복(하얀 베옷이나 두루마기 따위)으로 덮고 푸근푸근 눈을 두어 은폐하면 감쪽같았다. 그곳은 어머니 뱃속처럼 따듯했다. 네 명 정도는 땅속에 있고, 한 명은 보초를 서고, 두 명은 먹을 것을 구하기 위해 돌아다녔다. 우리는 그곳에서 며칠쯤을 버티다 구멍을 메우고 다른 곳으로 이동했다. 하루 종일 돌아다녀도 나뭇잎 한 장 얻기가 힘들었다.

한번은 굴속에서 깜박 잠이 들었는데 머리 위로 무언가가 툭, 떨어졌다. 토벌대인가 싶어 가슴이 철렁 내려앉았는데 두루마기 속에서 꿈틀거리는 것이 토끼였다. 아니, 하늘에서 떨어진 신의 선물이었다.

임순례가 단번에 목을 비틀어 토끼를 잡았다. 우리는 그 토끼를 옷으로 단단히 감아 눈 속에 반나절 정도 묻어두었다가 꺼내어 손질을 했다. 물기 없이 단단하게 냉동된 고기는 익히지 않아도 얇게 잘 잘렸다. 우리는 톱밥처럼 저민 날고기를 조금씩 씹어 먹으며 일곱 명이 토끼 한 마리로 며칠을 버텼다. 최달성과 마 동무는 토끼의 내장과 심장, 심지어 눈알이며 뇌까지 죄다 씹어 먹었다.

보초와 채집조가 자주 바뀌다 보니 남자 대원들과도 별 스스럼없이 굴을 나누어 쓰게 되었다. 안과 얼굴을 마주하는 일도 늘어났다.

안은 마치 딴사람처럼 변해 있었다. 부상과 기아가 그의 몸속에 남아 있던 청년을 완전히 앗아갔다. 영하 수십 도를 내려가는 혹한은 불혹을 넘긴 사내에게는 너무 가혹했다. 열 살은 젊어 보이던 그가 지금은 뼈만 남은 노인처럼 변해 있었다. 류가 죽은 뒤로 그는 부대의 최고 연장자였다. 임과 최만 30대 초반이었고 나머지 네 명의 부대원은 20대였다.

그는 잠에 들 때마다 신들린 사람처럼 헛소리를 했다. ××야, 미안하다, 정말 미안하다…… 뇌까리지 않으면, 장군님 왜 절 버리십니까, 제가 뭘 잘못했습니까, 버럭 소리를 질러 사람을 놀래켰다. 안의 무서운 꿈을 엿들을 때마다 나는 가슴이 까맣게 가라앉았다. 다 타버린 나뭇재처럼 먹먹해진 눈빛을 훔쳐볼 때면 가슴 한복판에 긴 칼이 꽂히는 듯했다.

그는 어느 날 갑자기 명랑해질 때도 있었다. 그럴 때 그와 나는 스스럼이 없었다. 나는 예전 같으면 결코 내색하지 않았을 것들까지도 그에게 물어보았다.

"혹시 제가 코부에 있었다는 걸 아셨나요."

"짐작했지."

"어떻게요?"

"꼭 게이샤 같았으니까."

"어째서?"

"앉아 있는 모습이 달랐거든."

"어떻게요?"

"처음 왔을 때 꿇어앉아 있었다고 들었소. 그 때문에 3일 동안이나 앉아 있었던 거요. 조선 기생은 다리를 옆으로 해서 앉지 노예처럼 꿇어앉지 않소."

"겨우 그것으로?"

"걸어다니는 것도 이상했소."

"그뿐이에요?"

"자면서 일본말로 헛소리를 많이 했소. 임이 먼저 알아챘지. 그것만 빼면 완벽했소."

그는 살며시 웃으며 말했다. 나는 추운 날씨에도 얼굴이 달아오름을 느꼈다. 그와 임은 벌써부터 나의 정체를 알고 있었던 것이다. 그럼에도 나를 믿고 내가 한 명의 빨치산이 되기를 기다려준 것이다. 그것은 누군가에게서 한없이 보호받고 있는 듯한 느낌이었다. 지금은 나를 믿느냐고 굳이 물어볼 필요가 없었다.

어느 날이었다. 식량을 구하러 나간 대원 두 명이 삐라 여러 장을 주워왔다. 그중 한 가지에는 다음과 같이 적혀 있었다.

김××부대는 다 녹아났다. 이제 남은 것은 너희들뿐이다. 무모하게 대항하지 말고 귀순하라.

우리는 '녹아났다'는 단어 앞에서 절망했다. '전멸했다'도 아니고 '죽었다'도 아닌 '녹아났다'라니. 일본놈들이 썼을 만한 표현이 아니었다. 변절하여 토벌대의 조력자가 된 자가 쓴 게 틀림없었다.

안혁은 몇 년 전 보았다는 신문과 잡지의 보도 내용을 말해주었다. '이제는 김××도 없어졌으니 독립투쟁도 끝장이 났다'는 소문이 있었는가 하면, '부자가 2대에 걸쳐 항일반만운동을 계속하던 김××가 토벌대에 의해 36세의 일기로 파란 많은 삶을 마쳤다'는 신문 보도가 이미 1937년도에 있었다는 것이었다. 대원들은 벌써부터 그럴 줄 알았다는 듯 고개를 끄덕였다.

그러나 나와 단둘이 있을 때 안은 아무것도 확신하지 못했다.

"몇 년 전에는 '남은 것은 김×× 부대뿐이다. 김××만 잡으면 항일무장투쟁은 끝난다'고 소문을 냈었어. 근데 왜 지금은 전멸했다고 말하지?"

"……."

"놈들은 이미 거짓 기사를 냈다가 김 장군이 다시 나타나 큰 망신을 당했다. 그런데 왜 또 거짓말을 하는 거지?"

"……."

"그토록 찾아다녔는데 주력 부대가 왜 안 보여? 몇백 명이나 되는 대부대를 못 찾았다는 게 아무래도 이상해."

하얀 벌판 위에 떨어져 있는 놈들의 삐라는 이상하게 호기심을 끌었다. 주변의 움막이나 창고 등지에서 발견하게 되는 소금이며 곡식 같은 것은 차라리 무시할 수 있었다. 청산가리 따위의 독극물을 섞어 일부러 던져놓은 미끼임을 알기 때문이었다. 정 아쉬우면 고깔불에 넣어보면 되었다. 독을 넣은 음식은 푸른색 불꽃을 일으키기 때문이었다. 하지만 삐라의 경우는 얘기가 달랐다. 그것은 우리에게 아무런 해를 가하지 않았다. 그래서 더 보고 싶은 유혹을 끊어내기 어려웠다.

삐라는 점점 더 경고조에서 설득조로 변해갔다. 아니, 그 둘을 교묘하게 반복했다. 최근에는 '김××부대는 전멸했다'는 변함없는 문구 밑에, 자수하는 자는 결코 죽이지 않으며 순순히 귀순하면 따뜻한 잠자리와 이밥(쌀밥)에 고깃국은 물론 술과 여자까지 제공한다는 내용의 삐라가 계속해서 발견되었다. 즉슨, 산사람이 그리워할 법할 모든 생리적 욕구를 그들이 채워주겠다는 것이었다.

"잿빨간 거짓뿌렝."

"손톱으 죄 빼고, 손바닥도 달기발모냥 좍좍 째고, 주리 틀고, 윤디로 지지고, 세 뽑고, 가심에 말뚝이 바가 쥑이느 놈들이 뭐이? 니팔에 괴깃국?"

"콩으루 메쥐르 쏜대두 안 믿는다."

"기럼 기럼. 그놈들이 어떤 놈들인데."

모두들 한마디씩 했다. 하지만 얼굴에는 뭐라 표현할 수 없는 긴장과 초조의 빛이 엿보였다.

계속 얼음굴 속에 있다간 동상의 해를 입거나 축급증에 걸리게 마련이었다. 우리는 땅 밑 생활과 땅 위 생활을 쳇바퀴처럼 반복했다. 땅 위로 나오면 잠자기가 곤란했다. 며칠 동안은 풀뿌리는커녕 물조차 제대로 마실 수 없었다. 위험을 무릅쓰고 불을 때워도 식판에 담은 눈을 열 번을 녹여야 식판 하나분의 물을 얻을 수 있었다. 봄이 될 때까지 이대로 버틸 수 있을까요? 눈치 없는 방이 물었다.

그러던 중 무서운 삐라가 떨어졌다. 변절자들의 사진을 찍은 삐라들이었다. 그들 대부분은 대원들이 알고 있는 사람들이었다. 그들 중에는 평생을 약속한 동지도 있었다. 삐라를 집어오며 눈물을 흘리는 대원이 있었다. 보초를 서는 대원들마다 넋이 나가 과거의 기억들을 헤집어보기에 바빴다.

눈보라가 완전히 멈춘 어느 맑은 날, 보초를 나갔던 경상도 사내 리가 사색이 되어 안에게 달려왔다. 리의 말에 의하면 5, 6킬로미터 떨어진 곳에 토벌대가 진을 치고 있었다. 삐라에 적은 대로 쌀밥에 고깃국 끓이는 냄새가 진동할 뿐 아니라 '색시'까지 정말로 대기하고 있더라는 것이었다. 리는 대단히 사실적으로 토벌대의 임시 부락에 대해 설명했으나 왜 보초가 주변을 돌보지 않고 그토록 먼 곳까지 나갔느냐는 안의 질문에는 똑바른 답을 대지 못했다.

하루는 임과 방이 용케 열 개 남짓의 감자를 캐왔다. 알이 여문 지 얼마나 오래되었는지 반 정도가 녹말로 화해 물컹물컹해진 것들이었지만 가릴 바가 전혀 아니었다. 식사가 끝나고 나자 대원들 사이에는 토론회 아닌 토론회가 벌어졌다. 힘이 없어 그동안 내뱉지 못한 얘기들이 한꺼번에 쏟아져 나왔다. 하나같이 삐라 얘기였다. 결론은 언제나 어떤 경우건 놈들에게 투항할 수 없다는 쪽이었다. 특히 안전 부락에서 탈출해온 경상도 사내가 목에 핏대를 세웠다. 처음에는 온갖 감언이설로 천국에서 살게 해줄 것처럼 선전하지만 시간이 지나면 본

색을 드러내고 노예처럼 부려먹는 게 왜놈들의 전형적인 수법이라는 것이었다. 다들 그 말에 고개를 끄덕였다. 그러나 그날 밤, 새벽녘에 보초를 나간 경상도 사내는 돌아오지 않았다.

"가솔(가족)도 냇버린 놈이 개버릇 남 주까."

"보리 문딩이라더니 까주도 까주도 게(겨)가 나온다는 소래기지 머."

마가 한 말을 최가 받자 방이 한마디 보탰다.

"문딩이? 아 문듸! 음흉하단 말이네?"

우리는 곧장 은신처를 옮겨야 했다. 눈보라는 정작 필요할 때는 쳐 주지 않았다. 날이 맑아 발자국도 덮이지 않았고 시야도 투명했다. 하얀 두루마기를 덧입어 위장했으나 몇 킬로 내려면 우리를 충분히 발견할 수 있지 싶었다. 설피도 흔적은 남았다. 추적을 피하려면 뒷선 사람이 앞선 사람의 발자국을 그대로 밟고, 꼬리를 맡은 사람이 싸리비 따위로 흔적을 지우면서 이동하는 수밖에 없었다. 가끔은 지하족이나 짚신을 신고 뒤로 걸어 적들을 교란시키기도 했다. 자연히 행군 속도가 더딜 수밖에 없었다. 그러던 중 우리는 눈 위에서 리를 만났다.

리는 두 손을 번쩍 들고 이쪽으로 다가왔다. 우리는 깜짝 놀라 총구를 들었다. 안이 한쪽 손을 들어 총을 내리게 했다. 안은 나지막한 목소리로 물었다.

"주위에는 반드시 토벌대가 있을 테니 짧게 말하라. 용건이 뭐냐."

"토벌대는 없십니다. 지가 거짓말로 속이가 저짜로 보냈십니다."

"뭐냐. 이제 와서 마음이 바뀌었단 말이냐. 허튼수작 말고 당장 사라져라."

안은 몸을 낮추고 대원들에게 자신을 따라오라는 손짓을 했다. 리는 안의 옷자락을 붙잡고 늘어졌다.

"수작이 아닙니더. 길 것 같으면 일본군을 데꼬 오지 와 지 목숨 걸고 여까지 혼자 왔겠십니꺼. 우리는 일곱 명빼이 안 되고 일본군의 힘이 너무 심니더. 인자는 중국맹코로 큰 나라도 다 잡아묵었다 아입니꺼. 대장님, 부하들 데불고 지발 자수하시면 안 되겠십니꺼. 최달성이, 쩌 가면 묵을 것도 얼매든지 묵을 수 있고, 또 술도 가시나도……"

동지들이 인상을 찌푸렸다. 이름을 불린 최달성이 가장 흥분했다.

"뭐이 우째, 니미 썹으로 난 눔아. 저눔어 새끼를 기냥 둘 내 아이야. 워데서 개 썹망치 곤달겡이 가튼 소리르 하구 자빠졌어. 이 천하에 불개쌍눔아."

조용히 해라. 이럴 때가 아니다. 안혁이 최를 제지했다. 놈이 이번에는 임을 붙잡았다.

"임 동무, 이라지 말고 목숨을 살리시오."

임은 아예 그에게 대꾸도 하지 않았다. 그가 마치 존재하지 않는 것처럼 행동했다. 아무도 반응하는 이가 없자 그는 최후의 수단인 듯 대열을 계속 따라오며 울부짖었다.

"기냥 가실 끄면 지를 마 쏴삐고 가십시오. 지 혼자 살자꼬 동지들 배신한 놈이 될라느니 마 여서 죽겠십니더."

그는 가증스럽게 눈물까지 흘렸다. 최달성은 총을 들어 그를 정말 쏘려고 했다. 임은 엄한 표정으로 최의 총을 가로막았다. 대신 우리는 안의 지시에 따라 신속히 두 개 조로 나뉘어 숲 속으로 뛰었다. 잠시

동안의 총격전이 있었으나 우리는 토벌대의 포위망을 가까스로 벗어날 수 있었다. 우리는 평소 훈련한 대로 한 바퀴를 돌아 제자리로 돌아오거나 뒤로 뛰는 등의 방법을 써서 놈들을 따돌린 다음 미리 봐둔 집결지로 돌아와 합류했다. 저승 끝까지 갔다가 살아 돌아온 대원들의 얼굴은 하나같이 얼이 빠져 있었다.

생각해보면 무서운 일이었다. 그는 설사 조준을 하더라도 결코 자신을 쏠 수 없다는 사실을 깨닫게 함으로써 오랜 동지애를 일깨우고, 종국에는 자신의 뜻에 따라 움직이게끔 우리를 심리적으로 조종하려 했던 것이다. 일본놈들이 그렇게 하면 된다고 시켰을 것이다. 절대 죽지 않는다는 감언이설을 그는 곧이곧대로 믿었을 것이다. 포로나 인질로 붙잡힌 자는 터무니없는 것조차 쉽게 믿게 마련이니까. 일본군은 설사 아군이라도 임무를 위해서라면 이용해도 좋다고 가르치고 있었다. 만약 누군가 분노에 못 이겨 그를 쐈다면 어떻게 되었을까. 그 총성 한 발이 빨치산의 위치를 알려주는 신호탄이 되었을 것이다.

그러나 최달성 외에 리에게 총구를 들이대고 싶었다는 사람은 단한 명도 없었다. 리의 뒤쪽 바지춤에 싸총이 꽂혀 있는 것을 번연히 눈치 챘는데도 그랬다. 한때 한솥밥을 나눠 먹었던 자에 대한 의리나 동정이 새삼스럽게 솟아오른 것은 결코 아니었다. 리에게 총을 겨눈다는 것은 그의 존재를 인정하는 것이었다. 나 또한 상황이 달라지면 동지를 배반할 수 있다고 고백하는 것이었다. 우리는 우리가 리와 다르다는 것을 어떻게든 증명해야만 했다.

우리는 내심 리의 모든 행동이 진심이기를 바랐다. 그래야만 남은 평생을 죄책감 속에서 살아가게 될 테니까. 분노도 복수도 아니었다.

그것은 오직 증오였다.

안은 삼각 지역*에서의 후퇴를 계획했다. 총소리를 내더라도 산짐 승 몇 마리를 잡아서 속을 든든히 챙긴 다음 원래의 밀영으로 돌아가 자는 것이었다. 임순례가 반대했다.

"산도라즈허는 리가 알아서 아니 됩니다."

"어떤 밀영이 적당하겠소."

"기왕에 백두산 근방으로 가요."

"장백 가까이는 안 돼. 후퇴해야 해."

"후방 밀영은 무송현이 마니 있지마는……."

잠시 침묵이 오갔다. 방이 조심스럽게 말했다.

"거짜게느…… 게 어드메야. 어쨌든 간에 먼젓번 사진 찍힌 ×××가 거지반 다 알 낀데."

마가 곰곰이 생각하다 말했다.

"안도현 넘어가 푸르허르 가지."

방이 곧장 받아쳤다.

"어디 후방 병원? 거게도 그러께(저지난해), 뭐이냐 삐라 나온 ××× 가 총상으로 한동안 있었구마."

주위가 잠잠해졌다. 모두에게 똑같은 질문이 떠오른 듯했다. 과연 그 수많은 변절자들이 미처 알지 못한 밀영을 우리가 찾아낼 수 있을까.

회의는 끝났다. 우리는 눈이 잔뜩 쌓인 숲 속에 모여 앉아 서로의

---

* 무송현, 안도현, 장백현을 잇는 지역. 당시 일제의 치안 숙정 공작이 집중되었던 곳이다. 넓게는 임강현과 몽강현까지 포함된다.

270

얼굴만을 이따금씩 들여다보았다.

안혁이 몇 가지 지시를 내렸다. 단초가 복초로 바뀌었다. 식량을 구할 때도 혼자 다니는 것은 금지되었다. 독자적으로 움직일 때에는 반드시 대장에게 보고하도록 했다. 그러나 무엇보다도 달라진 것은 서로가 서로를 보는 눈빛이었다. 어쨌든 우리는 저쪽으로 넘어가도 죽지 않는다는 것을 이미 알아버렸다. 한 명만 더 배신하면 우리는 몰살을 면할 수 없었다. 설마 누가, 동지를 죽여 호강을 구하고 싶었겠는가. 하지만 나는 아니어도, 너는 넘어갈지 몰랐다.

보초 근무 중에 마 동무가 '춥다' 는 말을 자주 했다. 같이 보초를 선 방이 안에게 와 아무래도 낌새가 이상하다고 보고했다. 안은 어떤 경우에도 동지를 의심해서는 안 된다며 그를 몹시 꾸짖었다. 그러나 그가 돌아가자 한참 동안 미간에 주름을 잡고 생각에 골몰했다. 설마 마가……, 나를 살리겠다고 머리에 피를 흘리면서도 싸우던 친군데……. 안은 중얼거렸다.

방이 풀뿌리를 나눠 먹는 자리에서 문득, '김치 한번 먹어봤으면……' 했다. 평소처럼 물색없이 한 말일 뿐인데 모두의 눈초리가 방에게 쏠렸다.

다른 것은 몰라도 방이 먹을 것 하나만큼은 기가 막히게 잘 구해왔다. 우리는 나무껍질 벗긴 것을 주식으로 버티고 있었다. 불을 피울 수 없는 데다 양잿물도 냇가도 없으니 옛날처럼 죽을 끓일 수도 없는 게 문제였다. 몸속에 품거나 하여 스스로 삭을 때까지 기다릴 수밖에 없었는데 그 거친 것을 먹는 것이 보통 일이 아닌 데다가 툭하면 복통을 일으켰다. 못을 삼키는 것처럼 잘 넘어가지도 않는 나무껍질에 목구멍이 벗어질 때쯤 이런저런 별미를 구해오는 게 꼭 방이었다.

방이 하루는 빈 초막에서 놈들이 던져놓은 소금과 보리 낟알을 발견했다. 평소 같으면 그냥 버렸을 것을 방이 머리를 짰다. 낟알 한 주먹에 소금을 뿌린 다음 눈 위에 듬성듬성 놓아 날짐승의 미끼로 쓴 것이었다. 바람이 불어 낟알이 흩어지는 등 수차례의 시행착오 끝에 방은 꿩을 잡아올 수 있었다.

그런데 그렇게 힘들게 잡아온 것을 대원들이 먹기 꺼려했다. 놈들이 쓴 독을 미끼로 썼다고 설명하니 더더군다나 먹지 않으려 했다. 안이 많이 먹으면 독이 축적되어 문제가 될 수 있지만 한두 마리쯤은 아무 해도 없다고 설명했으나 소용없었다. 임이, 싫으면 대장님이랑 저랑 다 먹지요, 하는 연극에 너도나도 살점을 챙기기 시작했다.

하루는 최달성과 함께 얼음굴 속에 있게 되었다. 그날따라 최달성은 유독 말이 많았다. 대대로 노비 집안으로 어린 시절 헐벗고 굶주리던 시절 얘기서부터, 노비문서가 폐각되었는데도 노비로 남은 아버지와, 그 아버지가 미워 일본과 중국의 탄광이며 목재소 등지를 돌아다니던 때의 이야기까지.

"팔재에 읊는 역마살이 쩨서 떠돌아댕기길 10년 세월 뜨네기 생활에 남은 근 송장이 다 된 육신뿐이장가."

일본놈들의 3분의 1밖에 안 되는 봉급을 받으면서 수년 동안을 뼈 빠지게 일했다. 남은 것은 망가진 심신과 텅 빈 주머니뿐이었다. 20대 중반이 되도록 결혼도 못한 신세, 차라리 아버지가 현명했다는 생각이 들었다. 한번 종놈은 세상이 바뀌어도 여전히 종놈인데, 일본놈들의 종으로 사느니 조선놈의 종으로 사는 것이 마음만은 떳떳하지 않겠는가 싶어 빨치산에 자원했다. 그제야 자유가 음매나 소중항가르 알앗장가. 시종일관 낮게 속삭이는, 그러나 팔과 목덜미에 촘촘하게 소름을 돋우는, 봄날의 산들바람 같은 말소리였다.

나는 최달성을 다시 보았다. 그의 망나니 기질과 허무맹랑한 장광설조차 밤톨을 감싸고 있는 가시 같은 것인 줄 알자 그간의 비웃음과 멸시가 미안해졌다. 그는 주책없이 별 얘기를 다 한다며 눈시울을 붉혔다. 쑥스럽다는 듯 웃더니 담배 한 대만 피웠으면 소원이 없겠다 했다. 그러더니 혼자 흥분해서 갑자기 엉뚱한 소리를 지껄였다.

"설사 항일이란 걸 성공해도 벤할 거이 인쩽가. 빨쟁이건 흰쟁이건 흰말어 궁뎅이나 백말어 똥구녕이나 그기나 이기나 한가지지 머. 그깟 권세 아문 늠이 가짐 우때. 씨부낭 끄 싸그리마커 도독늠들인데 머. 우리 같은 가난뱅이느 죽도록 고상하고 좃뺑이치바야 있는 늠에게 바치기는 마탕가지야. 빨쟁이 짓이라고 뭐 식재들이야 당원들이야 이름 석 자라도 넹기겠지만 우리 같은 늠은 뒈져바야……"

나는 정신이 번쩍 들어 그를 쳐다보았다. 그는 그제야 말을 멈추고 헤헤, 하고 웃었다.

"지금 나 으심하는 거네? 눈노리가 섬쩍항 기 매숩데야. 한번 해본 소레기야. 겡상도 보리 문딩이, 전라도 깽깽이, 서울 깍쟁이라구 부르는데 강원도 사람으 머이라구 부르는지 아나? 감재바우라 해. 속에 똥만 들어앉은 감재바우, 그망쿰 약지 모하다능 기야."

며칠 후에야 나는 거꾸로 그가 내 속을 떠본 것임을 알았다. 나를 미래의 변절자로 낙인찍은 것이었다. 아마도 일본인 밑에서 자란 이력이 쉽게 저쪽으로 넘어갈 만하다고 여긴 모양이었다. 최와 함께 보초를 다녀온 마는 내가 보초를 나간 사이 내 배낭을 죄다 헤집어놓았다. 방은 굴을 같이 쓰게 될 때마다 옛날 얘기를 해달라고 졸랐다. 말로만 듣던 민생단 유령이 부활하고 있었다.

대원 한 명이 사소한 잘못이라도 한 번 할라치면 비난의 눈빛이 와르르 쏟아졌다. 마는 식량을 전혀 구해오지 못해서, 방은 식량을 너무 잘 구해와서 혹시나…… 하는 눈총을 샀다. 최달성은 여자의 알몸을 인쇄해놓은 삐라를 품속에 간직하고 있다가 들켜 안에게 혹독하게 질책을 받았다. 다음날 최는 안이 감기에 잘 걸린다는 둥 몸을 사린다는 둥 꾀병이 심하다는 둥 뒤떠들었다. 나에 대한 의심과 감시도 점점 심해졌다. 임조차 잠든 대원들을 감시하느라 뜬눈으로 밤을 지샐 때가 많다는 것을 나는 알고 있었다. 언제나처럼 품에는 총을 꼭 껴안고 있었다.

꿩을 잡은 지 한 달여가 지났다. 우리는 다시 아사지경에 처했다. 비상식량이었던 미숫가루는 오래전에 떨어졌다. 삭은 나무껍질만으로는 살아남을 수 없었다. 대원들은 별의별 것을 다 먹었다. 꿩의 뼈도 여러 번 고아 먹었고 소금 대용으로 나뭇재 우린 것도 먹었다. 방은 귀신같이 나무에 사는 곤충을 찾아내어 아작아작 씹어 먹었다. 오랜만에 불을 피우자 최는 그렇게 자랑하던 개가죽 토시까지 구워 먹었다.

잠시나마 서로에 대한 불만이 사라졌다. 창자를 하루에도 몇 번씩 난도질하는 배고픔과 먹을 것에 대한 간절함에 다른 것을 돌볼 여념이 없었다. 설사 도망갈 마음을 먹었다 해도 적진까지 뛰어갈 체력이 없었다. 이러나저러나 똑같이 죽을 거 총소리라도 한번 내보고 죽자고 방이 말했다. 최달성이 이왕 총을 쏠 바에는 노루나 멧돼지 같은 산짐승을 한 마리 잡자고 했다. 눈 쌓인 산속에서 총을 쏘면 세 번 네 번 메아리를 치니 여러 발을 쏘지 않는 이상 위치가 발각날 염려는 없다는 것이었다. 안은 반드시 한 발에 급소를 맞혀야 한다고 단도리하고 나서, 누가 사수로 나서겠냐고 물었다. 둘째가라면 서러울 명사수들이 서로 얼굴만 쳐다볼 뿐 나서지 않았다. 혹 오발하여 동료들의 의심을 살까 염려하는 것이었다. 안은 몸이 쇠약해져 사수로 적당하지 않았다. 임은 무리하게 눈을 헤치고 풀뿌리를 찾다가 손에 동상을 입었다.

며칠을 헤매 다닌 끝에 노루 한 마리를 발견했다. 작전은 간단했다. 대원들이 노루를 몰아오면 길목을 지키고 있다가 한 방에 처치하라는 것이었다. 38식 보총은 위험했으므로 중국인들과 소좌놈들에게 빼앗은 사냥총을 사용했다. 나는 내내 긴장해 있었다. 익숙지 않은 총이라 잘못 쏠 것만 같았다. 그러나 막상 노루와 마주치고 나니 특유의 사향만으로도 표적을 겨눌 수 있을 정도로 감각이 예민해졌다. 내가 쏜 총알은 정확히 노루의 두개골을 뚫었다. 노루는 소리 한번 내지 못하고 쓰러졌다. 붉은 피가 산불처럼 눈 위에 퍼져나갔다. 오랜만에 맡아보는 피비린내에 가슴이 벌렁벌렁 뛰었다.

먹을 게 생기자 대원들 머리가 비상해졌다. 마가 엄청난 힘을 발휘해 눈으로 가마 비슷한 것을 쌓았다. 평소에는 낮은 기온과 바람 때문에 불을 붙이기조차 힘들었다. 천막은 강풍에 날아가버린 지 오래였다. 얼음벽은 외풍을 막아주었다. 작은 불을 유지하기에 용이했다. 굴뚝처럼 뚫린 위쪽에 천을 덮고 그 위에 눈을 계속 올렸다. 천은 불빛을 가려주었고 눈은 불에 녹아 천이 타는 것을 막아주었다. 이틀간의 사투 끝에 만들어놓은 숯불에 최가 힘들게 주워온 돌멩이들을 잔뜩 구웠다. 몽고인들이 고기를 익히는 방법이라고 어디서 주워들었단다. 돌멩이들은 불길이 크게 번지지 않도록 억제하는 효과도 있었다.

마가 노루의 배를 조금 갈라 내장을 죄 꺼내는 기술을 보였다. 최가 그 안에 검붉게 달궈진 돌멩이들을 가득 채웠다. 임이 바늘을 가져와 빠르고 꼼꼼하게 구멍을 꿰맸다. 그렇게 만든 것을 눈가마 속 불무지에 던져놓으니 노루는 연기 한번 내지 않고 속에서부터 지글지글 익었다.

우리는 그 고기를 아껴 먹느라 고생했다. 고기를 갑자기 먹으면 큰 탈이 났다. 무엇보다 최대한 오래 먹어야 굶어 죽지 않을 수 있었다. 어쨌든 우리는 죽을 고비를 넘겼다.

그러나 뱃가죽이 등에서 떨어져 나오자마자 불안과 분열은 다시 시작이었다. 이상한 대원에 대한 방의 보고가 잇달았다. 최의 과거사가 여러 번 반복되었다. 마는 가끔씩 동지들의 배낭을 뒤졌다. 안은 매일같이 어멍 어멍……, 잠꼬대를 했다. 깨어 있을 때는 부쩍 조선 공산당 얘기를 자주 했다. 안의 눈빛은 그럴 때만 빛났다.

어느 날이었다. 눈보라와 칼바람에 갈기갈기 찢긴 내 옷을 대신 수선해주며, 겨울 내내 침묵을 지키던 임이 말문을 열었다. 그녀의 입에서 나오리라고는 상상도 못했던 말이었다.

"만약에, 만약에 말이야, 토벌대 놈들 포위에 들면 어찌할 겐가?"

"끝까지 싸워야죠."

"냇다뛸 재간도 없고, 살 거 같으디 않어두?"

"그래도 할 수 없죠."

고개를 끄덕일 줄 알았던 임은 정색을 하고 말했다.

"그러디 말구 거져 자수하라우."

나는 잠시 임이 나를 떠보는 것인가 의아하였다.

"천하의 원수놈들한테 다시 고개를 숙이라고요? 그럴 수는 없어
요."

"그러디 말라. 젊은 에미나 목숨이 아깝지 않나."

"그러는 임 동무는 자수하실 겁니까?"

임은 씁쓸하게 웃으며 고개를 가로저었다. 그제야 나는 임의 말이
진심임을 알았다.

"내래, 결혼두 해보구 아도 나보지 않았나. 녀자로 누릴 거이 다 누
려밧지 않나."

"결혼하셨댔어요? 언제……."

금시초문이었다. 살아온 내력을 웬만큼 다 들었다고 생각한지라 놀
라움이 컸다.

"오빠 잃구 부대에 와 만났지비. 얼굴도 잘나고, 맴씨도 곱고, 쌈때
도 참 날쌨다. 아들놈은 꼭 맑은 세상에 살우게 할랬는데, 글래 오늘
냅다 죽어도 여한이 없었는데……. 아니다, 아니야, 내래 여한 없다.
이제 좀만 지다리며느 고텨 만난다 생각하니까니 되우 행복하다 야."

흔들리는 감정이 목소리를 통해 고스란히 전해져왔다. 나는 망설이
다가 남편과 아들이 어떻게 죽었느냐고 물었다. 임은 바느질을 계속
하며 대단찮은 얘기라는 듯 심심하게 말을 꺼냈다.

"한번은 몇 주 동안 식량 공작을 나갔다가 사령부로 복귀하는데 난

데없이 사냥꾼들을 만나디 않았갔어. 혹시나 위장한 토벌대 놈들인가 싶어 눈에 안 나게 조용히 피해 디나가는데 저쪽에서 아무 물색도 없기에 어유 야 다행이다, 했디."

그녀는 바느질하던 손을 멈추고 먼 곳을 바라보는 듯한 눈빛이 되었다.

"그런데 웬걸, 골짜기르 타는데 나무 사이가 왜놈들 군모로 시뻘건 게 위에서부터 내리조지는 이리 떼들이 뽕나무에 오디 열리듯 하잖갔어."

부대는 훈련받은 대로 두 명 세 명씩 흩어졌다. 그녀한테는 애가 있었다. 애를 안은 채 싸울 수는 없었으므로 남편의 엄호를 받으며 골짜기 밑으로 도망쳤다. 얼마 가지 못해 뒤에서 비명 소리가 들렸다. 남편이 총에 맞은 것이었다. 그녀는 어린애 요를 그 자리에 풀어놓고 되돌아갔다. 적들에게 맹렬히 응사하며 쓰러진 남편을 부축했으나 그는 이미 죽어 있었다. 적들은 아래쪽에서도 몰려와 금방이라도 어린애를 풀어놓은 곳까지 와 닿을 기세였다. 아이는 정확히 적과 그녀의 중간 지점에 있었다. 그녀는 총 쏘는 것도 잊은 채 어린애 쪽으로 마구 뛰어내려갔다. 그러나 다음 순간 그녀는 멈추었다.

"기런 생각이 들더군. 아새끼의 생명인가……, 아니면 조선의 혁명인가……."

살아나가려면 지금 달아나야 했다. 애를 업은 채로 적의 포위를 벗어날 방법은 없었다. 그녀의 품속에는 어렵게 구한 재봉 바늘이 있었다. 부대에 있던 마지막 바늘은 지난달 부러졌다. 수많은 대원들이 아직까지 여름옷을 입고 있었다. 손바느질로는 도저히 몇백 명 병사들의 솜옷을 기간 내에 누빌 수 없었다. 만약 이 물건이 전해지지 않으면 수많은 대원들이 얼어 죽을 것이었다. 그녀는 다시금 생각했다. 아새낀가, 혁명인가. 애 우는 소리가 총소리보다 크게 들렸다. 아이와 연결된 긴 끈이 그녀의 심장을 붙들어 매놓고 있었다. 머릿속에 반 토막 난 채 불타고 있는 어린 동생의 시체가 떠올랐다. 동생은 겨우 다섯 살이었다. 아이는 이제 고작 두 살이었다. 그녀는 이를 악물었다. 죽창처럼 삐죽삐죽해진 마음으로 격발기를 당겼다. 제 손으로 아이를 쏘아 죽인 뒤, 그녀는 뒤돌아서서 마파람을 맞으며 달렸다.

"그 두로는 바늘로 우티르 이래 쿡, 쿡, 띠르고 있을 적에느……."

그녀의 목구멍에서 컥, 소리가 났다. 그녀는 손가락이 바늘에 찔린 줄도 모르고 피 묻은 손으로 입을 틀어막았다. 입이 막히자 코가 샜다. 코마저 닫아버리자 이번에는 눈이 터졌다. 눈은 아무리 닫아도 흘러내리는 눈물을 막지 못했다. 눈꺼풀이 내려올 때마다 눈물이 닭똥만한 크기로 뚝, 뚝, 떨어졌다. 나는 그녀를 달래지도, 그녀와 함께 울지도 못했다. 나는 그녀가 총을 꼭 껴안고 자는 이유를 그제야 알았다. 그것은 죽은 아이의 대신이었다.

"내래 남뎡이고 아들이고 홀다 잡은 간나가 뭐이 넘테가 있어 목숨을 아끼갓나. 하지만 네는 달라, 반다시 살아달라우. 반다시 살아서, 됴흔 남뎡도 만나고 씩씩한 스나도 나아서, 내 대신 됴흔 세상을 꼭 보아달라우."

그녀는 내 손을 꼭 붙잡은 채로 말했다. 나는 그만 고개를 끄덕거리고 말았다. 그 외에 어떻게 달리 응수할 방법이 없었다. 그녀는 나에게 밑도 끝도 없이 고맙다고만 하였다.

다음날 아침. 마와 함께 식량을 구하러 나간 나는 하염없이 펼쳐진 하얀 벌판 한가운데서 우뚝 멈춰 서버리고 말았다. 도저히 대답할 수 없는 질문이 발 앞에 떨어져 있었던 것이다. 내가 본 것은 한 장의 삐라에 불과했다. 그 삐라가 나에게 '너는 누구냐'고 무서운 얼굴로 되묻고 있었다. 분홍색 젖꼭지를 드러낸 채 웃고 있는 기모노 차림의 여자와, 그녀의 몸 위로 뱀처럼 기어들고 있는 남자. 내가 본 것은 두 남녀의 음탕한 정사가 아니었다. 오직 여자의 벗어놓은 기모노, 그 옷에 화려하게 수놓였을 그림에 대한 상상이었다. 10년처럼 길었던 지난 한 달 동안 나는 빛바랜 군복과 창백한 얼굴들, 한없이 펼쳐진 하얀 땅과 푸른 하늘만을 보고 있었다. 그렇게 오랫동안 무채색에 길들여진 나의 눈이 흑백으로 인쇄된 사진 속에서 무지갯빛을 보았다. 나조차 의식하지 못하는 사이에, 떠오르고 피어나고 빛나고 불타오르는, 그 온갖 꿈틀거리는 색에 대한 환상에 사로잡히고 만 것이었다. 나는 참을 수 없는 환멸과 모멸 앞에 무릎을 꿇었다. 아오아메 유키히메…… 아오아메 유키히메…… 내 것 아닌 나의 이름을 부르며, 사방에 적이 있다는 사실도 까맣게 잊은 채, 미친년처럼 깔깔대고 웃었다.

내가 얼음굴로 돌아왔을 때 안은 식은땀을 흘리며 언제나처럼 다시 악몽에 사로잡혀 있었다. 나는 먹먹해진 가슴으로 그의 몸을 나에게 가만히 기대었다. 그는 짐승처럼 가슴속을 파고들며, 어멍……, 어멍……, 애절하게 잠꼬대를 해댔다. 나는 그의 작아진 몸을 꼭 안아주며 소리 없이 느껴 울었다.

잠속의 빛

꼭두새벽부터 박 검에게서 전화가 왔다.

—좋은 소식이 있고 나쁜 소식이 있어. 뭣부터 들을래.

—좋은 거.

—수사 전권이 우리한테 넘어왔어. 우리가 여섯 번째 타깃을 맞혔거든.

—그건 너한테나 좋은 거지. 자, 잠깐. 뭐라고? 여섯 번째 타깃을 맞혀?

—나쁜 건 범인을 또 놓쳤다는 거야. 빨리 와. 빨리 와서 내가 형사들 다 죽여버리기 전에 말려.

양평의 호화 별장. 과속 카메라에 수십 번 찍히면서 무조건 내달려 도착한 현장은 잔혹 영화의 한 장면을 연상케 했다. 서린은 거실에 들어서자마자 소금 인형처럼 굳어버렸다.

쓰러져 있는 두 명의 남자와 두 명의 여자. 그리고 바닥에 떨어져 있는 탈취당한 권총. 희생자들은 두 군데씩 총상을 입고 있었다. 하나는 가슴과 배 부위의 경찰용 권총의 총상이었고, 또 하나는 이마 정중앙에 맞아 두개골을 관통한 M16 소총의 흔적이었다. 네 명 중 단 한 명만이 머리에만 총을 맞았다. 총알이 들어간 구멍과 나온 구멍의 크기가 크게 차이 나지 않았다. 가까이서 쐈단 뜻이었다. 이탈리아제 카펫은 검붉은 피로 점철되어 끈적끈적하게 젖어 있었다. 그 위에, 끈끈이에 붙은 파리처럼 뭉개져 있는 그들은 아직 앳된 얼굴을 유지하고 있는 20대 후반의 청춘들이었다. 김주희와 비슷한 나이. 그녀가 사창가에 있을 때 이미 수백억대의 재산가가 된 재벌 2세들로, 아마 죽음에 대해서는 한 번도 생각해보지 않았을 솜털 성성한 애송이들이었다.

서린은 피해자들의 주변을 대충 훑었다. 파리 밥처럼 흩어져 있는 비싼 음식과 고급술의 향, 드문드문 맡게 되는 희미한 정액의 내, 두세 종류의 향수, 그리고 노골적인 피비린내가 뒤섞여 내는 냄새의 향연은 정말이지 끝내줬다. 서린은 코를 막고, 고개를 틀고, 또각또각 구두 소리를 내며 밖으로 나왔다. 정원에는 하얗게 눈이 쌓여 있었다. 큰 숨을 쉬며 올려다본 하늘은 가슴이 시리도록 파랬다. 푸른 하늘이 방금 본 핏빛과 겹쳐, 서린은 어지럼증과 함께 잠시 기시감을 느꼈다.

"뭐야 이 새끼야. 너 그걸 지금 말이라 해!"

오른쪽 어디선가 고함 소리가 들렸다. 현관 앞의 계단을 내려가 오른쪽을 기웃해보니 집 옆에 형사들이 일렬로 서 있었다.

"형사라는 놈들이, 범인도 아니고, 피해자를 미행하다 놓쳐? 한술 더 떠서, 범인도 알고 있는 파티 장소를 경찰이 몰라? 그러고도 너네가 특수반 형사들이야!"

한 명은 멱살을 붙잡고 흔들고, 또 한 명은 조인트를 깔까 말까 망설이고, 박 검의 상태는 거의 발광 수준이었다. 서린은 계단의 눈을 치우고 걸터앉아 소리 없이 하하, 웃었다. 드디어 네가 본색을 드러내는구나, 싶었다.

박에게 인간에 대한 존중이란 높은 자에 대한 복종이거나, 낮은 자에 대한 우월감과 경멸감을 숨기기 위한 가면에 불과하다는 것을 서린은 일찌감치 간파했었다. 한마디로 그는 교육 잘 받은 백인들처럼 '나이스 앤드 젠틀'하게 차별적이었다. 박이 서린에게 터무니없이 무례하게 구는 것은 오히려 너와 나는 동급이니 예의를 차릴 필요가 없다는 강한 동류의식의 표현이었다.

서린은 박 검이 부탁한 대로 찬물이라도 끼얹어줄까 하다가 그만두었다. 사건의 추이에 대해서는 묻고 말고 자시고 할 것도 없었다. '중국인 지주 사건'의 재현이었다.

—일부러 부도를 낸 거나 다름없지. 부도를 내면 공적 자금이 투여되니까. 본인이 진 막대한 빚을 국민들이 갚는 꼴이지. 그 외에도 이득이 많아. 대규모 공사의 경우 하청업체한테 진 어마어마한 부채를 안 갚아도 되지.

—하지만 본인도 모든 걸 잃잖아.

—아니지. 국가로 넘어간 빌딩 따위를 공개 입찰하는 척하면서 불법적인 선매 형식으로 되찾고, 이른바 작전주 등을 사용해서 갖고 있는 주식을 부풀리고, 여러 가지 통로로 빼돌린 재산을 아내나 자식들에게 물려주는 거지. 방법은 많아. 추적 불가능한 계좌도 있고, 돈세

탁도 하고, 외에도 새로 회사 하나를 차려서 부하 직원을 사장으로 앉힌 다음 자신의 기업을 다시 사들인다든가……, 자신 소유의 학교 · 단체 · 법인 등에 잽싸게 기부금을 낸다든가…….

일명 'IMF 재벌'이었다. 외환 위기 때 부도를 낸 그들은 빈털터리가 되기는커녕 예전과 다름없이 떵떵거리며 살아가고 있었다. 박 검은 그들이 구조조정에 실패한 것이 아니라 고의로 부도를 낸 것이라고 말했다. 외채는 국민들 세금으로 대신 갚고 온갖 탈법적 수단을 동원해 재산을 유지했다는 것이다. 나는 고개를 끄덕였다. 박 검의 말을 거꾸로 뒤집어보면 그들은 자신의 재산은 그대로 유지하면서 외국 자본이 자국민들의 호주머니를 쉽게 털 수 있게끔 도와준 셈이 아닌가. 타임머신을 타고 70여 년 뒤의 서울에 도착한 빨치산 대원 안혁(김종희)은 서울의 IMF 재벌을 만주의 중국인 지주로 인식한 셈이었다. 박의 동기가 지난 몇 년간 그들의 탈세 혐의를 조사해오던 중이라 리스트는 쉽게 뽑혔다. 경찰과 형사들에게 24시간 그들의 일거수일투족을 감시하라는 명령이 떨어졌다. 그런데, 상대적으로 자식들에 대한 감시는 허술했던 것이다.

아버지들은 어르신(국회의원들과 대기업 총수들)들을 재빨리 모방하여 경호원들을 고용했지만, 세상 물정 모르는 청년들은 겁 없이 돌아다녔다는 데에도 이번 작전의 실패 요인이 있었다. 아버지 세대는 도둑의 제 발 저림이라도 갖고 있었지만 자식 세대는 그조차도 갖고 있지 않았던 것이다.

기자들이 들이닥쳤다. 박 검의 주제넘은 얼차려가 중단되었다. 경찰들이 기자들을 몸으로 막는 동안 서린은 잽싸게 폴리스라인을 넘어 차에 탔다.

사건 현장에서 멀어지고 나서야 서린의 마음은 안정되었다. 차의 속력이 높아질수록 머리 회전도 빨라졌다. 서린은 다섯 번째 환상의 죄인이 두 명일 것이라고 예측한 바 있었다. 그중 하나는 아버지고, 다른 하나는 여섯 번째 타깃이다. 예상대로 중국인 지주와 일본군 소좌라는 두 명의 죄인이 등장했다. 일본군 소좌? 왠지 몰라도 그는 아버지와 연결될 듯했다. 그는 항일무장 세력이었다가 일본군의 용병으로 둔갑하여 조선인을 학살하지 않았는가? 아버지 역시 말로만 독립운동가의 후예이지 베트남 참전에서 겪은 상처를 고스란히 주희에게 되돌린 파렴치한 아동학대범 아닌가. 자신이 받은 폭력을 그대로 내면화하여 약자에게 베풀었다는 측면에서 두 사람은 닮아 있었다. 그럼 386 재벌은? 자연스럽게 여섯 번째 환상에 등장하는 '변절자리'와 연결된다. 한때는 저항군이었으나 혁명의 결과를 불신해 적의 편에 선 자. 그러니까 다섯 번째 타깃은 본격적인 예고가 아니라 힌트를 주면서 서린을 교란하기 위한 속임수였을 것이다. 도표가 수정되었다.

현생의 인물	아버지	노교수	사진작가	복지사업가	386 재벌	IMF 재벌
전생의 인물	일본군 소좌	김석원	최달성	가와무라	경상도 사내 리	중국인 지주
죄목	피해자로서 가해자가 된 죄	조선인으로 일본인의 편을 든 죄	민중의 권력을 사적으로 이용한 죄	은혜를 베푸는 척 이용하고 착취한 죄	변절하고 사리사욕을 채운 죄	나라를 팔아 먹은 죄
죄지은 순서	1	4	3	2	6	5
살해 순서	1	2	3	4	5	6

서린은 액셀러레이터를 깊숙이 밟았다. 아침나절인데도 과속 카메

라 불빛이 번쩍번쩍 터지는 것처럼 보였다. 착각이었을까. 꼭 검시관들의 신중한 카메라 플래시 같았다. 팍, 하고 터질 때마다 목탁처럼 구멍이 난 시체들의 얼굴이 스쳤다.

그러나 서린은 계속해서 검문에 걸렸다. 최근 서린은 서울에서도 여러 번 검문을 당했다. 이번에는 양평에서 사건이 터졌으니 주변 도로가 봉쇄된 것은 당연했다. 당연하지 않은 것은 거미줄 같은 감시망과 봉쇄망에도 김종희가 걸려들지 않는다는 것이었다. 이번에도 잡히지 않을 것은 뻔했다. 군인과 경찰은 여자인 서린의 얼굴까지 꼼꼼히 들여다보았다. 386 재벌 사건 이후 노숙자, 거지는 물론이고 여자까지 모조리 검문해야 한다고 서린이 강력 주장한 탓이었다. 줄리는 오빠에게서 화장술을 배웠다.

서린은 검문을 빠져나오자마자 다시 달렸다. 일곱 개 카드 중에 여섯 개가 뒤집혔다. 남은 기회는 한 번뿐이었다. 아직 박 검에게는 말하지 않았지만 이번에 못 잡으면 영영 못 잡는다. 마지막 미션은 지금까지와는 또 달리 테러급 살인일 가능성이 높았다. 권총은 버렸다. 남은 무기는 M16 한 정과 수백 개의 탄알. 뭘 하려는 것일까. 그게 무엇이건 이번만큼은 막아야 했다.

일곱 번째 타깃은 아직 알 수 없었다. 하지만 전체 암호는 공개되었다. 서린은 박 검에게 전화를 걸었다. 박 검은 도대체 어디로 사라진 거냐며 노발대발이었다. 서린은 거두절미하고 번호부터 불렀다.

—받아 적어. 아님 외워. 1-4-3-2-6-5-7. 암호 전문가한테 부탁해. 무슨 뜻인지 반드시 알아내.

—할 일 많은데 딴 데로 튀면서 무슨 다짜고짜······.

─갈 데가 있어. 7시쯤 그때 그 바에서 만나. 이번에는 절대로 언론 통제해야 돼.

─기자들이 잔뜩 왔는데 어떻게 통제해. 국민들 속이지 말라는 거 너 아니었어? 그리고 기사 안 내면 다음번 타깃은 어떻게 맞혀.

─알아서, 무조건 해. 아 참, 나 카메라 20개쯤 찍혔으니까 기록 좀 없애줘.

─야, 너 지금 나랑 장난…….

서린은 폴더를 닫았다. 옆 좌석에 전화를 던지고 발에 더 힘을 주었다. 몇 분 뒤 서린 차의 속도계는 180에 육박했다. 핸들이 파르르, 떨렸다. 은폐할 수 없다면 축소해야 했다. 자신이 한 일의 영향력이 적다는 것을 확인하면 큰 계획을 세울 것이다. 이름 석 자를 확실히 남기기 위해 살인 계획을 연장할 가능성도 높다. 크면 클수록, 길면 길수록 좋다. 그렇게만 된다면 넌 반드시 잡힌다.

시 경계선을 넘은 뒤에도 서린은 두 번 더 검문에 걸렸다. 그래봤자 집에 도착하는 데는 한 시간이 채 걸리지 않았다. 서린은 집에 들어가자마자 컴퓨터로 기사문을 작성했다. 최대한 그럴듯하게 쓰고 신문처럼 편집한 다음 갱지로 프린트하고 복사를 떠서 완벽을 기했다. 검시반에 전화를 걸어 살해 방식을 알려주고 위치와 각도를 계산해서 총 맞은 순서를 알아내 문자로 보내달라고 했다. 그리고 위조한 신문기사를 챙겨 집을 다시 나왔다.

원룸의 문은 열려 있었다. 주희는 방구석에 멍청하게 앉아 있었다. 노크를 몇 번 했는데도 반응이 없더니 서린이 들어서자 부스스 일어섰다. 바짝 마른 몸이 벽에 의지해 담쟁이덩굴처럼 더디게 일어섰다.

오셨어요. 힘없는 목소리가 대나무 바람 소리처럼 들렸다. 서린은 또 기시감을 느꼈다. 곰곰 생각해보니 겹쳐진 장면은 언젠가 줄리가 병원 앞으로 찾아왔던 그때였다. 그때와 달리 주희는 몹시 차분했다. 절박함에 못 이겨, 가쁜 숨조차 가라앉히지 못하고 도움의 눈길을 보내고 있는 것은 이번에는 정반대로 서린이었다. 갑자기 들이닥친 불청객을 향해 은은하게 내보이는 주희의 미소는 마치 서린이 왜 자신을 찾아왔는지 알고 있다는 듯한 표정이었다. 서린은 뭐라 할 말이 없어 비스듬하게 고개를 숙였다. 두 사람은 창문을 투과해 장판 위에 뚝 떨어져 있는 사각형의 햇빛을 사이에 두고 잠시 그렇게 서 있었다.

한 시간쯤 뒤, 서린은 주희와 함께 원룸에서 나왔다. 나오자마자 차를 출발시켰으나 몇백 미터도 못 가 길가에 다시 섰다. 폴더를 열어 원룸에 있을 때 온 문자를 재차 확인했다. 분명 N, D, Y, A의 순이었다. Y는 N을 쏘고 A는 D를 쏘았다. Y는 A를 쏠 수밖에 없어 방아쇠를 당겼으나 불발. A가 Y를 처치하고 최종 승자가 되었다. A는 유일하게 구멍이 하나만 뚫려서 죽었다.

명치께 물이 차오르는 듯했다. 문자로 날아온 순서는 주희가 말한 순서와 정확하게 일치했다. 과연 룰렛 게임의 순서를 정확하게 예측하는 게 가능한가? 더구나 피해자들의 대사까지?

셀폰을 든 채 의미 없이 바깥을 내다보았다. 거리를 지나치는 사람들의 일상이 낯설고 기괴하게 보였다. 혹 내가 양평에서 본 장면은 꿈이었을까. 아니면 원룸에서 들은 얘기가 꿈일까. 서린은 현실과 환상의 경계가 허물어지는 한겨울의 차 안에서 조금씩 차가워지고 있었다.

한참을 그렇게 있는데 K대 앞에 있는 소줏집으로 찾아오라는 전화가 왔다. 서린은 맘씨 좋은 여자친구처럼 집에 차를 갖다 놓고 택시를 탔다. 다른 때 같으면 안 받아줬겠지만 오늘만은 순순히 들어주기로 했다. 박의 심정을 알 만해서였다. 박은 K대에서 법대를 나왔다.

구석에 있는 소줏집을 찾아내느라 시간이 좀 걸렸다. 마치 70년대로 돌아간 듯한 전형적인 학교 앞 소줏집이었다. 천장까지 점령한 낙서가 인상적이었다. 손님은 별로 없었다. 한쪽에 대학생 몇 명이 앉아 있을 뿐이었다. 박은 혼자 술잔을 기울이고 있었다. 두 병째였다.

"이 집이 아직 있네. 벌써 없어졌을 줄 알았는데. 그냥 지나갈 수가 있어야지."

박은 주방에서 소주잔을 집어오더니 서린 앞에 탁, 놓았다. 서린은 고분고분 술잔을 받았다.

"너랑 해야 할 말이 엄청나게 많았는데…‥. 모르겠다. 술이나 마시자."

서린은 소주도, 파리 꾀는 닭똥집과 계란말이도 영 입맛에 맞지 않았지만 연거푸 소주를 세 잔이나 넘겼다. 그래, 술이나 먹자. 할 얘기도 없고, 하고 싶은 말도 없었다. 좀 지저분하고 춥긴 했지만 10분쯤 앉아 있다 보니 그조차 적응이 되었다. 낙서 가득한 벽을 한가롭게 기어다니고 있는 손마디 하나만한 바퀴벌레가 눈에 거슬릴 뿐이었다.

"벌써 열두 명이야. 자그마치 열두 명. 힘 있으면 사람도 아냐? 존중받을 자격도 없어? 그렇게 되기까지 들인 시간과 노력은, 아무것도 아냐? 좋아. 다 좋아. 그럼 뭐가 바뀌어? 그래서 달라진 게 있어?"

"힘없는 여자들이나 죽이는 연쇄 살인범보다는 낫지 뭘 그래."

"너 지금 그 새끼 편드는 거야? 사람 죽이고 다니는 좆같은 살인범은 옳고 그 새끼 잡으려는 나 같은 놈은 틀렸다 이거야?"

반대편 좌석에 모여 앉은 학생들 시선이 이쪽으로 쏠렸다. 서린은 손가락으로 조용하라는 신호를 보냈다. 박 검은 목소리를 조금 낮췄으나, 여전히 격앙되어 있었다. 세 번째 소주병을 따면서 서린은 조심스럽게 말을 꺼냈다.

"너까지 포함해서 모두 다섯 명이 있어. 한 사무실에서 일하는 동료들이지. 한 사람은 네가 가장 좋아하는 친구고, 또 엄청나게 착한 사람이고, 나머지 두 명은 틈만 나면 서로 으르렁거리는 라이벌이지. 또 한 사람은 너의 애인이야. 사람들은 그 사실을 모르지만. 그런데 어느 날 극악무도한 범죄자들이 사무실에 쳐들어와서 다섯 명 모두 인질이 된 거야. 그중에서도 가장 극악무도한 범죄자 왕초가 다른 범죄자들의 만류에도 불구하고 살인 게임을 제시하지. 넌 1번이고 애인은 5번이야. 누구부터 죽일래?"

"애인."

"어째서?"

"애인한테 죽기는 죽어도 싫으니까."

"애인이야말로 가장 너를 안 쏴 죽일 가능성이 높은 사람인데?"

"내 애인이라면 나부터 죽이려고 들걸."

"그래봤자 5번인데?"

"그래봤자 둘만 남으면 날 쏴 죽이겠지."

"나 같으면 착한 친구부터 죽여."

"하필 착한 놈을 왜 죽여."

"그래야 라이벌만 남잖아. 누가 2번이건 서로를 쏴 죽이겠지. 자연

290

스럽게 애인이 세 번째가 돼. 슬픈 눈빛 한번 보내면 애인은 십중팔구 두 번째로 총 쏜 놈을 죽여주겠지. 다음 차례는 나니까 애인을 쏴 죽이면 돼."

"끝내주는군. 역시 아이큐 150은 달라."

"김주희는 뭐라고 답했는지 궁금하지 않아?"

"뭐라고 했는데."

"스스로를 쏴서 자살한다."

"그건 또 왜?"

"너랑 같아. 애인한테 죽는 게 죽기보다 싫어서."

"그럴 거면 나머지 세 명을 처치한 다음 자살하지. 그럼 애인이라도 살잖아."

"김주희는 합리적이고 이성적이지 않거든."

"그래도 그렇지."

"김종희는 뭐라고 했게?"

"김종희 만났어? 어디서?"

박 검의 목소리가 또 높아졌다. 서린은 손가락을 들었다.

"흥분하지 마. 옛날에 김종희가 낸 문제래. 김주희가 전달해줬어."

"사이코 같은 새끼. 뻔하지 뭐."

"뭔데?"

"평소에 열 받게 한 놈 다 죽인다."

"천만에."

"너처럼 착한 놈부터 죽인다?"

"그 방에서 가장 나쁜 놈을 쏴 죽인다."

박 검은 한참 생각하다 말했다.

"누구? 범죄자 왕초?"

"응."

"그럼 본인이 죽잖아."

"물론. 하지만 왕초도 죽지."

"다른 범죄자들이 열 받아서 나머지 사람들을 갈겨버리면 어떻게 하고."

"그래도 왕초는 죽지. 설사 그 방에 있는 인질들이 다 죽더라도, 왕초는 다시 그런 게임을 못하지."

"다른 범죄자들도 있는데. 그런다고 뭐가 달라져."

"나쁜 게임 하는 놈 중 한 명은 줄었잖아. 쫄따구들도 충격받아서 그 게임은 다시 안 할걸. 거시적으로 보자면 가장 많은 사람을 살릴 수 있는 방법이지."

두 사람 사이에 침묵이 오갔다. 박 검은 허허, 웃더니 고개를 숙인 채 주먹을 꽉 쥐었다. 점차 분노로 떨리는 손등에 핏줄이 섰다. 마침내 박 검이 주먹을 높이 쳐들었다. 술상을 내려치려는 줄 알고 서린은 고개를 비끼며 의자를 뒤로 뺐다. 그러나 박 검의 주먹은 오른쪽 벽을 향했다. 퉁, 하는 둔탁한 소리와 함께 바퀴벌레의 몸이 납작해졌다. 터진 내장의 끈기로 벽에 붙어 있던 바퀴벌레는 몇 초 뒤 바닥으로 떨어졌다. 마지막 발악인지 단순한 경련인지 알 수 없는 앞다리의 움직임을 끝으로 완전히 잠잠해졌다. 그때였다. 세 번째 기시감이 서린의 눈앞을 덮었다. 아파트 단지의 놀이터. 아이의 잔인한 운동화. 봄볕 아래 굳어가던 하늘소. 서린은 휴지에 소주를 묻혀 벌레의 체액으로

292

더러워진 박 검의 손을 닦아주다가 일순 행동을 멈추었다. 이번에는 본인이 흥분을 억제하지 못하고 박 검에게 큰 소리로 물었다.

"너, 서울 한복판에서 하늘소 본 적 있어? 하늘소 서식지가 어디지? 이런, 내가 왜 그 생각을 못했지."

"뭔 놈의 갑자기 하늘소야."

박이 말을 끝내기도 전에 서린은 자리에서 벌떡 일어섰다. 의자가 요란한 소리를 내며 뒤로 넘어졌다. 어리둥절한 눈으로 자신을 올려다보는 박에게, 그리고 술집의 모든 사람들에게, 서린은 웅변을 하듯 큰 목소리로 외쳤다.

"놈은 산에 있어! 그래서 안 잡혔던 거야!"

곤충 전문가는 주희가 본 하늘소의 서식지로 북한산을 지목했다. 지도 위에 그간의 이동 경로가 표시되었다. 놈은 북한산뿐만 아니라 수도권 지역의 여러 산맥을 거친 것으로 확인되었다. 일례로 대모산(大母山) 정상의 버려진 참호에서는 놈의 변장도구가 발견되었다. 놈은 '룸살롱 살인 사건' 때 썼던 원피스와 화장품, 구두 등을 벙커 밑에 묻었다. 북한산의 십수 개 등산로 사이사이에 놈이 땅을 파고 몸을 숨겼던 흔적도 발견되었다. 놈은 산 아래로 내려와 임무를 수행하고, 다시 산속에 잠적하는 식으로 범죄 행위를 계속해왔다. 필요한 것들은 자신이 아는 곳에 파묻어놓았다. 서린의 예측과 달리 커다란 가방은 필요 없었다. 많은 현금을 가지고 다니지도 않았다. 노숙자 행세를 할 필요도 없었다. 놈은 행동하는 방식까지 철저하게 빨치산의 그것을 모방해왔던 것이다. 놈의 방식은 한국에서만 가능한 일이었다. 세계 어느 나라에도 서울처럼 산을 여러 개 안고 있는 도시는 없다. 한국인들에게 산은 그만큼 자연스럽다. 오죽하면 주한 미군의 '내가 한국에서 너무 오래 살았다는 생각이 들 때'의 한 항목이 '산꼭대기에서 양복에 넥타이를 하고 하이힐 신은 연인을 보아도 하나도 이상하지 않을 때'일까. 엄밀하게 말해서 놈은 연쇄 살인범이 아니었다. 지역적인 특성을 활용하는 것은 테러리스트의 특징이니까. 서린은 머릿속으로 신조어 하나를 만들어냈다. 킬러리스트(killerist). 킬러이자 테러리스트인 자. 따라서 그는 자신이 킬러라고 생각지 않는다. 그의 임무는 세상의 합법적인 가해자들을 제거하는 것이기 때문이다. 따라서 서린이 추적하고 있는 도표는 김종희 입장에서 보자면 살인명부가 아닌 살인자명부(killer-list)였다.

　서린에게 형사들이 배치되었다. 이번만큼은 서린도 보디가드를 거부하지 않았다. 자신이 사건에 뛰어들기 전부터 놈이 주변을 얼쩡거렸다는 사실이 섬뜩해서이기도 했지만 주희를 보호해야 한다는 의무감이 더 컸다. 놈은 연쇄 살인범의 속성도 다분히 갖고 있는 만큼, '원점회귀'의 방식으로 자신의 작품 세계를 완성할 가능성도 배제할 수 없었다. 주희는 서린의 집으로 거처를 옮겼다. 당분간 바는 나가지 않기로 했다. 지금까지는 하늘소가 주희의 바를 찾아올 경우를 감안해야 했으나 이제는 그럴 필요가 없었다.
　전문가들이 놈이 이동할 수 있는 거리와 장소를 정밀하게 계산했다. 양평과 북한산을 잇는 산지에 군과 경찰이 집중 투입되었다. 놈에게는 '스컹크'라는 별명에 이어 '하늘소'라는 암호명이 붙었다.

서린은 중산층 여사들과의 심리 상담을 최소한 줄였다. 낮에는 병원에서 지금까지의 살인 사건들을 분석하고 퇴근 후에는 집으로 돌아와 주희와 대화를 했다. 주희는 식단까지 짜서 저녁을 차려놓고 매일 칵테일과 간식거리를 준비하는 등 서린과의 동거에 무척 애착을 보였다. 절대 아무 일 하지 말라고 매일같이 잔소리를 해도 소용없었다. 자료들이 흩어져 있는 거실을 제외하고는 먼지 하나 없이 깨끗했다. 옷장이나 서랍, 수건장 따위를 열었다가 깜짝 놀란 것도 한두 번이 아니었다. 어떤 날에는 슬리퍼를 세트로 사다 놓고, 또 어떤 날에는 침대 시트와 커튼을 죄다 갈아놓았다. 덩치 큰 형사 두 명과 다니니 시장 아주머니 한 분이 연예인 아니냐고 물었다며 어린애처럼 좋아했다. 그럴 때 주희는 오랫동안 꼭 안아주고 싶을 만큼 예뻤다. 누가 저런 여자를 마다할까, 동거자를 들인 게 아니라 새색시나 우렁각시를 얻은 것 같다는 생각이 들 정도였다. 하지만 주희와의 행복한 동거와는 별개로, 일곱 번째 타깃을 예측하는 작업은 난관에 봉착했다. 주희는 일곱 번째 조각의 꼬리 부분을 기억해내지 못했다. 김설희의 기억은 1940년 초, 살아남은 빨치산 여섯 명이 눈 속에 고립된 시점에서 끊어져 있었다. 두 번 세 번 최면을 다시 시도해보아도 결과는 같았다.

서린은 주희가 잠든 것을 확인하고 커피 한 잔을 끓여 책상 앞에 앉았다. 천천히 최근의 살인 현장을 되짚어보았다. 종희가 어떻게 죽는 순서를 예측했는지 알 것 같았다.

피해자들은 누군가의 귀빠진 날을 기념해 별장에서 비밀 파티를 열었다. 김종희는 그것이 연례행사임을 이미 알고 있었다. 피해자들은 보통 두세 번 생일 파티를 했다. 그중 한 번이 소수 정예만이 모여 사업상의 의리를 다지는 별장 파티였다. 누구도 엿들어서는 안 되는 비밀 얘기가 오가는 자리이기도 했다. 그들은 성에 대해 개방적인 편은 아니었지만 그들끼리는 파트너를 가리지 않았다. 그들은 네 명 중 한 명에게 문제가 생기면 수단 방법을 가리지 않고 도와줄 정도로 의리를 중시했다. 그들은 마음과 몸과 돈으로 결합된 완벽한 생활 공동체였다. 여기까지는 주희의 증언. 김종희에게 사전 정보를 얻었다면 충분히 알 수 있는 내용이었다.

그들은 미행당하는 것을 눈치 채고 편하게 놀기 위해 형사들을 따돌렸다. 리무진을 예약해 한강도로를 달리는 것처럼 해놓고서 자신들의 차로 바꿔 타고 별장으로 내뺐다. 탈세조사팀으로 오해했기 때문이다. 김종희는 한창 분위기가 뜰 무렵 그들을 습격했다. 집사며 요리사, 청소부 등은 꽁꽁 묶어 창고에 가두었다. 여기까지는 사건 기록. 이 부분에 대해서 주희는 구체적으로 설명하지 못했다.

대신 주희의 입에서는 N그룹의 따님이 종희에게 한 말이 줄줄 흘러나왔다. 김종희는 그들을 훈계했다. 자신들의 잘못을 인정하면 죄를 용서하고 풀어줄 생각이었다. 그런데 N그룹의 따님께서 말실수를 했다. 이 사회는 무한 경쟁 사회다, 능력 있는 자가 더 많이 갖고, 없는 자가 적게 갖는 것은 당연한 것이다. 너는 우리가 진실을 모른다고 하지만 없는 놈들이 배신 때리고 거짓말하기는 더하더라. 그들과 달리 우리에게는 적어도 의리와 신념이라는 게 있다.

말실수의 대가로 룰렛 게임이 시작되었다. 권총은 8연발. 탄알은 네 발. 방아쇠를 당겼을 때 발사될 확률은 2분의 1. 의리와 신념으로 충천한 그들은 망설임 없이 서로에게 총구를 겨눴다. 첫 번째 타자인 N그룹 따님은 Y그룹 따님에게 방아쇠를 당겼다. 총알은 발사되지 않았다. D그룹 아드님은 A그룹 아드님을 겨냥했으나 역시 불발. 세 번째 타자인 Y그룹 따님은 총을 잡자마자 N그룹 따님을 쏘아 죽였다. 초보들이라 차마 얼굴을 쏘지는 못했다. 이마의 총상은 김종희의 확인 사살이었다.

종희가 피해자들에게 준 총은 회전식 리볼버 권총이다. 세 번째에 발사되도록 탄알은 계산해서 꽂아둘 수 있다. N이 Y에게 강한 라이벌 의식을 느꼈다면, 다시 말해 남자 둘을 독차지하고 싶어했다면, Y를 겨냥하는 게 당연하다. Y가 자신을 죽이려 했던 N을 겨냥한 건 더 당연하다. 남자들 경우도 같은 식이다. 혹은 피해자 모두를 종희가 쏘아 죽였다. 중요한 것은 그들이 어떻게 죽느냐가 아니라 어떻게 죽은 것처럼 보이느냐이다. 심리학자에게 '중국인 지주 사건'을 상기시킬 수만 있다면 무엇이든 상관없는 것이다. 주희가 기억해낸 N양의 대사는 미리 만들어놓은 거짓말이다. 나는 아무나 죽이지 않는다, 뉘우치지 않는 자만 죽인다. 그런 메시지를 전달하고 싶었겠지. 룰렛 게임 전체가 살인의 정당성을 외치기 위한 쇼였다. 룰렛 게임도, N양의 대사도 없었다. 하지만 범인은 실제로 그런 일이 있었다고 믿어 의심치 않으리라.

건넌방에서 신음 소리가 들렸다. 서린은 하던 일을 멈추고 귀를 기울이다가, 소리가 다시 나자 자리에서 일어섰다. 방에 먼저 갈까, 부엌에 들를까 하다가 주희 쪽으로 방향을 잡았다. 방 앞에서는 잠시 망설이다 문을 열었다. 그리고 여느 날과 마찬가지로 찬장에 정리해놓은 물건들이 와르르 무너지는 듯한 기분을 느꼈다.

주희는 또 침대 밑에 떨어져 있었다. 그냥 떨어지기만 한 거면 모르겠는데, 온 바닥을 뒤집힌 무당벌레처럼 헤엄치고 있었다. 서린은 한숨을 한 번 쉰 다음 가까이 다가가 허우적대는 주희의 두 손을 잡았다. 신음 소리가 짧은 외마디 비명으로 바뀌었다. 독기로 가득 찬 손이 서린의 손목을 그러잡았다가 날카롭게 할퀴었다. 서린은 상처가 난 손목을 붙잡고 잠시 서 있었다. 악다구니로 손톱을 휘두르고 있어서 앞으로는 접근할 방법이 없었다. 기회를 노리고 있다가 슬라이딩하는 자세로 바닥에 미끄러지며 등 뒤를 안았다. 주희는 비명을 지르며 몸통을 앞뒤로 미친 듯 흔들었다. 서린은 내동댕이쳐졌다. 몇 번을 다시 시도했지만 상황이 더 나빠졌다. 두 번째 방법을 택하는 수밖에 없었다.

꿈틀거리는 주희의 상박을 무릎으로 누르고, 마치 난동 피우는 짐승을 잡듯 부엌에서 가져온 안정제를 팔목에 강제로 주사하며, 서린은 화난 상이 되었다 울상이 되었다 했다. 주희는 약기운으로 편안한 잠을 되찾았으나 서린의 마음은 정반대였다. 서린의 집으로 옮겨온 지 일주일. 주희가 사람의 모양새로 단잠을 잔 것은 단 하루였다. 온 세상이 누전된 것처럼 무섭도록 번개 치는, 융단 폭격처럼 쉴 새 없이 천둥 터지는 어느 겨울비 내리는 밤이었다. 그날 서린은 혼자 날밤을 새웠다. 입에 미소까지 머금은 채 잠들어 있는 주희의 평안한 얼굴을 내려다보며.

한밤중에 팔다리가 움직이지 않아 잠에서 깨어난 적도 있었다. 몸이 달팽이처럼 돌돌 말려 있었다. 누군가가 서린의 몸을 등 뒤에서 무

릎까지 두 팔로 단단히 묶고, 이젠 괜찮아……, 아무 일 없을 거
야……, 중얼거리고 있었다. 서린은 화들짝 놀라 침대에서 벌떡 일어
났다. 팔심이 얼마나 센지 두 번을 자빠지고 나서야 자리에서 일어설
수 있었다. 주희였다. 주희가 어느새 서린 곁에 와 잠들어 있었다. 주
희는 침대를 더듬어 서린 대신 베개를 안았다. 레슬링을 하듯 꼭 안아
누르더니 다시, 이젠 괜찮아……, 아무 일 없을 거야……, 하고 반복
했다. 서린은 등과 목에 소름이 끼치는 것을 느꼈다.

　—나한테 아직 말하지 않은 게 있죠?

　—그런 거 없어요.

　—그렇다면 아마 기억이 안 나는 걸 거예요. 그래서 전생의 나머지
부분도 기억 못하는 거야. 무언가가 돌덩이처럼 누르고 있으니까.

　—난 마음이 편하기만 한데요.

　—주희는 이제 자기 의지만으로 나머지 조각들을 찾을 수 있어요.
포기하면 안 돼요. 지금 편하다고 내버려두면 나중에 곪아터질지 몰
라요. 신발 끈 풀린 걸 걷는 데 지장 없다고 그냥 내버려두겠어요? 나
중에는 발에 밟혀 너덜너덜해지겠죠.

　—구두를 신고 다니면 안 될까요? 난 빨간 구두가 좋은데.

　—주희, 농담하자는 게 아니에요.

　—정말 모르겠어요. 뭘 잃어버렸는지 모르는데, 어떻게 그걸 찾죠?

　—그게 무슨 말이야, 지금까지 잘해왔잖아요.

　—그땐, 뭔가 비어 있다는 느낌이 들었어요. 처음에는 하얀 공간이
끝도 없이 펼쳐져 있다가, 그 다음에는 방문들이 하나 둘 생겨났고,
그 다음엔 자물쇠가 보였고, 이제 열쇠만 찾으면 되겠구나…… 그런

느낌이었는데……, 지금은 모르겠어요. 그냥 방마다 꽉 차 있는 것 같아요. 정말, 제가 뭔가를 기억 못하는 건가요?

뭔가 말하지 않은 게 있어. 서린은 책상을 볼펜으로 두들기며 생각했다. 현생-상처의 입구가 열리지 않으니 전생-환상의 출구도 찾을 수 없게 된 거라고 서린은 판단했다. 입구와 출구의 교차점에는 아마도 외상이 있을 것이다. 원죄라는 이름의 저주받은 투명인간. 그것은 찢어진 옷(상처 난 기억)을 통해 현현하지만 벌거벗은 몸은 아무도, 본인조차도 볼 수 없다. 그러므로 자신의 외상을 아는 자는 없다. 그것의 존재를 어렴풋이 짐작할 뿐이다. 여신의 나체를 목격하는 자의 말로는 죽음이다.

모든 상처는 외상에서 온다. 외상이 없으면 상처도 없다. 그러나 상처 없이는 희열도 없고, 금기 없이는 자유도 없다. 외상이 없는 자의 말로 역시 죽음이다.

최근 주희의 정신세계는 칼이 닿지 않은 생고기, 선이 그려지지 않은 체스판과 같았다. 과거의 사건에서 주관적인 감정과 느낌을 제거한 기억의 무의미한 반죽이랄까. 그렇게 무관심하게 방치해놓은 상처들이 매일 밤 그녀의 무의식 속에서 불꽃놀이를 벌이고 있었다.

주희 개인을 위해서뿐만 아니라 가깝게는 일곱 번째 살인의 지도를 구하기 위해서, 멀게는 김종희라고 하는 인물의 전모를 파악하기 위해서, 서린은 반드시 주희 외상의 원체험을 찾아내야 했다.

지금까지는 강요하지 않았다. 가족처럼 지내고 있는 이상 일상 속에서 자연스럽게 튀어나오기를 기다리자는 편이었다. 사건도 사건이지만 주희의 환자로서의 존엄성을 최대한 존중하고 싶었다. 암호를

통해 우회적인 방법으로 접근할 수도 있다고 계산했다. 하지만 일곱
자리 암호는 쉽게 풀리지 않았다.

서린의 책상 위에는 식은 커피와 일곱 개의 숫자가 적힌 A4 용지가
한 장 놓여 있었다. 몇 시간째 숫자를 노려보고 있었지만 속수무책이
었다. 암호 전문가도 모르겠다고 한 암호였다. 어쩌면 처음부터 암호
따위는 존재하지 않았던 것일까. 상대를 혼란시키기 위해 아무 순서로
나 피해자들을 제거한 것일까. 서린은 고개를 갸웃거리고 책상 위를
대충 정리했다. 일단 자고, 내일 일어나 다시 도전해볼 생각이었다.

다음날.

일어나자마자 책상 앞으로 다가간 서린은 깜짝 놀라 넋을 잃었다.
책상 위에는 수정된 도표와 두 개의 문장이 또박또박한 글씨체로 씌
어져 있었다.

아버지	노교수	사진작가	복지사업가	386 재벌	IMF 재벌	?
?	리 동무	최달성	가와무라	토벌대장	중국인 지주	안혁
1	5	4	3	2	6	7

1 5 4 3 2 6 7 43267 4 7623 산에 있는 자는 누구인가.

── 15432yona묵음누가 요나인가.

ㅁ ㅢhu 묵음 47623

이제 괜찮아요, 당신은 그 자리에 있는 게 아니에요. 그곳에서 일어
나는 일들을 보고 있을 뿐이죠. 마음을 가라앉히고 어떤 일들이 있었
는지 말해봐요. 누군가가 내 손을 잡으며 말한다. 의사선생님이다. 나

는 선생님의 손에 이끌려 열다섯 살의 나에게서 빠져나온다. 감각의 일부는 칼 잡은 소녀에게 둔 채, 또 다른 의식으로 분리되어 허공으로 떠오른다. 선생님의 손을 잡고 노인과 소녀를 가만히 굽어보는 나는 스물일곱 살이다. 스물일곱 살의 나는 더 이상 소녀가 아니다. 하지만 소녀와 나는 한 몸이다.

노인이 잠을 안 자요. 오늘은 밖이 너무 조용해요. 노인은 천둥이 치는 날에만 잠을 잘 자요. 노인의 손에서 무언가가 빛나요.

부들부들 떨고 있는 내 손에, 노인이 칼을 쥐여준다. 몸 뒤에서 내 손을 잡고, 칼 휘두르는 법을 가르쳐준다. 우 복부를 찔러, 이렇게, 그렇지, 그 다음 잡아 빼서 오른쪽으로, 발로 한 번 차고, 이번에는 가슴! 다시 왼쪽으로! 연습 동작이 끝나면 내 눈을 뚫어지게 들여다보며 말한다. 니 사람 찔러봤나. 나는 고개를 좌우로 젓는다. 사람을 찌르면 말이다, 칼이 어찌 되는 줄 아나? 살이 칼을 콱, 붙잡아서 칼이 안 빠진다. 그럴 땐 칼을 돌려야 해, 오른쪽으로, 왼쪽으로, 그럼 씩, 하고 공기가 새들어가면서 칼이 빠져, 그럼 두 번 세 번 돌려 뽑아서 다시 찔러, 이렇게, 이렇게! 노인이 칼을 쥔 내 손을 자꾸만 제 몸으로 끌고 간다. 나는 노인이 칼에 찔릴까 봐 온몸으로 버틴다. 조금이라도 힘을 놓았다간 노인은 정말이지 죽고 말 거야.

밤마다 노인은 나를 이상한 이름들로 불렀다. 나는 박 일병도 되고 김 상사님도 되었다. 노인은 장롱 밑에 고이 모셔둔 방 빗자루를 자주 꺼냈다. 그걸 손잡이가 앞으로 가게 거꾸로 쥐고는, 이게 총이라는 거야, 잘 봐, 하면서 땅! 땅! 총 쏘는 시범을 보였다. 내 몸에 바짝 다가와서는 내 손에 그 우스꽝스러운 걸 쥐여주고 쏴보라고 시켰다. 자세가 조금이라도 틀리거나, 총소리를 땅! 이 아닌 탕! 이나 피융! 으로 한다거나 하면 방 빗자루를 잡은 채 엎드려뻗쳐를 해야 했다. 총 쏘는 흉내를 내지 않으면 노인은 불같이 화를 냈다. 어디서 힘이 나는지, 마른 회초리 같은 팔로 내 멱살을 잡고 미친 듯이 뒤흔들었다. 여기는 전쟁터다, 총은 군인의 목숨이다, 아니 목숨보다 더 소중하다, 알겠나! 고래고래 소리 질렀다. 전쟁놀이는 그런대로 재밌었다. 노인과 방 빗자루를 하나씩 들고 가상의 적을 향해 땅! 땅! 총을 쏘다가 어느 순간 쓰러져버리면 그것으로 끝이었다. 하지만 칼을 꺼내오는 날은 달랐다. 그 밤은 일찍 끝나지 않았다.

하루는 노인이 마녀의 고양이를 훔쳐왔어요. 집 안에서 유일하게 마녀의 사랑을 받는 생명체죠.

마녀한테 들키면 어쩌려고?

마녀는 집에 없었다. 집에는 노인과 나, 고양이, 말라비틀어진 화초들뿐이었다. 고양이를 도와주는 화초는 하나도 없었다. 노인은 나에게 작은 칼과 고양이를 주었다. 큰 칼은 내 목덜미에 갖다 대었다. 칼날이 닿은 자리가 무척 차가웠다. 노인은 나에게 고양이를 찌르라고 했다. 살아 있는 것을 죽여봐야 사람도 죽일 수 있다, 위급한 때 멈칫하면 네가 죽는다. 나는 작은 칼과 작은 고양이를 든 채, 커다란 고양이가 되어 울어댔다. 그럴수록 칼날은 점점 더 목덜미를 파고들었다. 나는 차마 찌를 수 없어 고양이 다리를 조금 베었다. 고양이가 몹시 앙칼진 비명을 내질렀다. 노인이 내 넓적다리에 칼을 그었다. 꿇어앉아 잔뜩 긴장한 넓적다리는 풀 먹인 종이처럼 쉽게 갈라졌다. 하얗게 질렸다가 서서히 피를 내뿜었다. 나는 비명을 지르지 않았다. 고양이를 놓아주었다. 노인은 내 넓적다리에 칼을 한번 더 그었다.

나는 순식간에 시공간을 뛰어넘는다. 열다섯 살 소녀와의 끈이 끊어지고, 나는 어느새 스물다섯 살이 되어 있다.

친아들에게 죽었다고 소문난 고인의 장례식장은 아무것도 그려지지 않은 도화지처럼 깨끗하다. 영정 앞에 혼자 앉은 마녀의 얼굴은 갓 뽑은 한지처럼 창백하다. 손님방에 무표정하게 앉은 마녀의 채무자들은 마분지처럼 딱딱한 얼굴을 지녔다. 유일하게 따뜻한 살을 가진 나는 영정 앞에 혼자 앉은 마녀를 차갑게 훔쳐보고 있다. 밀랍 인형처럼 앉아 있던 마녀가 마침내 눈물을 흘리는 것을, 검푸른 화장이 풀려 마녀의 하얀 얼굴에 11자의 분할선이 그려지는 것을 바라본다. 마녀는 주문을 외듯 몸을 앞뒤로 흔들며 끊임없이 중얼거리고 있다. 아직은 못 가 이눔아, 난 너한테 물어볼 게 많어 이눔아. 먼발치에서 그녀의 입 모양을 읽으며 나는 살며시, 소리 없이 미소 짓는다. 마녀는 거짓말쟁이다. 2년을 못 넘길 거라던 노인은 12년을 버텼다. 노인은 암으로 죽어가고 있지 않았다. 노인은 암세포의 왕성한 생명력에 기생해 목숨을 부지하는 시체였다. 그러므로 암세포가 죽지 않는 한 노인도 죽을 리 없었다.

자, 이제 당신은 다시 열두 살로 돌아옵니다. 다 큰 오빠가 침대 위에서 벌벌 떨던 때 생각나요? 그 무렵부터 조금씩 뒤로 가봐요. 조금씩 조금씩, 바다 속에 실을 풀어 넣듯이…….

나는 바다 속에 천천히 실을 풀어본다. 한참 만에 무게추가 텅, 하고 금속성의 바닥에 닿는 소리가 난다. 엄지와 검지로 실을 잡고 물결과 실의 팽팽한 긴장을 손끝으로 느낀다. 잠시 후 덜컥, 낚싯바늘을 잡아채는 손맛이 온다. 나는 너무 빠르지도 느리지도 않게 도르래를 돌린다. 얇은 실 한 줄로도 무언가가 몸부림치는 느낌이 생생하게 전해진다. 막 기억의 일그러진 얼굴이 수면 위로 드러나려는 순간 나는 그러나 탁, 실을 잡은 손에 힘을 놓고 만다. 알 것 같다. 물 밖으로 건져내지 않아도 누구인지 짐작이 간다. 마녀가 아니다. 노인도 아니다.

오빠는 방학 때만 나타났다. 학기 중에는 공부를 위해 기숙사에서 지낸다 했다. 나는 그것이 오빠의 선택이었는지 마녀의 명령이었는지 모른다. 내가 오빠의 방학이 오기를 손꼽아 기다렸다는 것만 안다. 오빠가 집에 있는 동안만큼은 무섭지 않다는 것만 나는 안다.

그러나 언제부터인가 오빠는 노인보다, 마녀보다 더 무서운 것들을 가져오기 시작했다. 수많은 죽은 사람들의 사진들. 총을 맞고 죽고, 칼을 맞고 죽고, 두들겨 맞아서 죽고, 탱크에 깔려서 죽은 사람들. 내가 태어나던 해 광주에 공수 부대를 투입해 죽였다는 청년들과 시민들. 그가 돌아가고 나면, 나는 그가 보여준 그 무서운 것들을 까맣게 잊고 말았으나, 그는 언제나 새로운 무서운 것들을 가지고 집으로 돌아왔다. 그리고 나에게 미안하다고 말했다. 모든 것이 비겁한 자신 때문이라고 말했다. 그는 그렇게 말하지 말았어야 했다. 오빠만 미안하지 않으면 나는 아무렇지 않을 수 있었다. 오빠가 알고 있다는 사실만 알지 못했다면 나는 아무렇지 않게 오빠를 사랑할 수도 있었다.

눈에서 눈물이 쏟아져 나온다. 열두 살의 나도 울지 않는데 스물일곱 살이나 된 내가 운다. 열두 살짜리가 미처 깨닫지 못했던 슬픔을 스물일곱 살의 내가 느낀다. 나는 울면서 선생님에게 미안하다고 말한다. 참으려 해도, 도저히 참을 수가 없다고 말한다. 너무 오랫동안

참아와서 그런 거예요, 울어야 할 때 너무 자주 울지 않아서 한꺼번에 터진 거예요. 선생님은 내 손을 꼭 잡아주며 괜찮다고 말한다. 나는 그 말에 더 크게 울음보를 터뜨린다. 몸을 위아래로 들썩거리며, 선생님과 맞잡은 손에 힘을 주었다 빼었다 하며, 엄마 잃은 어린애처럼 한참을 운다. 부싯돌 같은 감정과 느낌과 생각들이 저들끼리 부딪쳐 불꽃을 일으킨다. 가슴속에 깔려 있던 자갈밭이 점차 뜨거워져 쇳물처럼 녹는다. 어떤 것들은 뱃속으로 뚝뚝, 떨어진다. 어떤 것들은 식도를 거슬러 올라 눈 밖으로 화르르, 흘러내린다. 안이건 밖이건, 쏟아진 것들은 천천히 굳는다. 천천히 차가워지고 천천히 단단해져서, 날카로운 무늬의 지층이 된다.

마녀의 얼굴이 보여요. 복지사와 함께 그 집에 처음 간 날이에요. 복지사가 나를 그 집에 남겨놓고 혼자서만 돌아가요. 혼자 남은 내가 꼭 버려진 소포 같아요. 방금까지는 연신 웃고만 있던 마녀가, 문을 닫고 나자 완전 딴사람이 되네요. 나는 그날, 아무 이유도 없이 마녀한테 회초리를 맞아요. 마녀가 그래요. 어차피 머지않아 잘못을 하게 될 테니까, 미리 때리는 거라고요.

나는 다시 열두 살의 여자애가 되어 마녀에게 매를 맞고 있다. 키워만 주신다면, 나를 딸로 받아만 주신다면 매일같이 매를 맞아도 좋다고 생각한다. 그 순간 나는 그애에게서 떨어져 나온다. 마녀에게서 매를 빼앗아 그 매로 마녀를 때리기 시작한다. 찰싹 찰싹, 기억들이 튀어오른다. 찰싹 찰싹, 죽은 물고기들이 하나 둘 수면 위로 떠오른다.

어린아이를 몸붙이로 쓰면 목숨을 연장할 수 있다는 말을 들었다, 친아버지라 생각하고 밤에만 끌어안고 자면 된다, 길어도 2, 3년이면 끝날 거다, 그것만 해주면 그때부턴 딸 대접을 해줄 게야, 재워주고 먹여주고 스무 살까지 길러주마, 단 누구에게든 입을 놀려선 안 돼, 특히 내 아들 귀에 들어가서는 절대로 안 돼. 그렇게 말하는 마녀의 눈동자는 곱게 갈린 석탄 같았다. 초점 없이 검은빛을 머금고 있지만 성냥불이라도 그으면 금방 훨훨 타오를 것 같은 그런 눈. 나는 그녀의 말 때문이 아니라, 그녀의 눈빛 때문에 몸서리쳐 떨었다. 그녀는 그토록 증오하는 노인을 왜 살려두고 싶어했을까.

한때는 폭군이었지만, 이제는 아무것도 할 수 없는 노인이 되었다는 마녀의 말은 사실이었다. 노인은 매일매일 마녀에게 맞았다. 손으로도 맞고, 말로도 맞았다. 매일매일 병든 똥개 취급을 받으면서도 노인은 감히 마녀에게 대들 생각조차 하지 못했다. 하지만 노인이 이미 병신이 되었다는, 양귀비가 살아와 맨살을 비벼대도 손가락 하나 세우지 못할 위인이라던 그녀의 말은 새빨간 거짓말이었다.

괜찮아. 그건 무의미한 살덩이일 뿐야. 하루에도 몇 번씩 물을 마시고 오줌을 싸고, 음식을 삼키고 더러운 똥을 싸잖아. 모든 건 들어왔다 나갈 뿐야. 더러운 건 오줌이 되고 똥이 된 그것일 뿐야. 그러니까 괜찮아. 달라지는 건 아무것도 없어. 세포는 매일매일 바뀌어. 10년이 지나면 온몸의 세포가 다 바뀐다고 선생님도 그랬잖아. 언젠가는 끝날 거야. 노인이 죽고 나서 10년만 지나면 돼. 그럼 나는 깨끗한 몸으로 그 사람을 사랑할 수 있어.

나는 매일매일 오늘 내 몸속에서 죽어간 세포들을 헤아렸다. 매일매일 단 한 개의 더러운 세포도 남지 않을 미래를 생각했다. 매일매일 사라지는 세포들과 함께 나는 노인을 사랑했다. 매일매일 생채기 속에서 새롭게 돋아나는 살들과 함께 나는 마녀를 사랑했다. 그래, 누구라도 그런 일을 당했다면 저렇게 됐을 거야, 원래 나쁜 사람들이 아냐, 너무 오랫동안 사랑을 못 받아서 그래, 그러니까 이제부턴 내가 사랑해줄 거야, 진정으로 사랑하면, 언젠가는 저들도 자신의 잘못을 뉘우칠 거야. 나는 언제나 죽도록 그들을 증오하고 나서 생각했다.

하지만 그는 아니었다. 그는 언제나 떳떳하게 아버지를 증오했다. 여자들은 유방을 도려내어 죽이고, 아이들은 토막 내서 불구덩이에 던져 넣었대. 임산부의 배를 갈라……, 아직 다 자라지도 않은 애를 총창으로 찔러 죽였대. 가족과 민족을 위해서였다고? 지옥에선 악마가 되는 수밖엔 다른 수가 없었다고? 개소리. 독립운동가 할아버지도 개소리. 대대로 애국자 집안도 개소리. 난 절대로 아버지를 용서하지 않을 거야.

그렇게 말할 때에도 오빠의 손에는 무서운 사진이 들려 있었다. A자로 벌어진 군인의 가랑이 아래, 모질게도 목숨을 지탱하고 있는 이름 없는 풀 한 포기 옆에, 뺨 한쪽을 흙 속에 파묻은 채로, 땅 위에 납작 엎드려 눈조차 감지 못하고 죽어간 한 여인이 그 안에 있었다. 그녀의 먹물처럼 가라앉은 눈빛은 나를 보고 있었다. 오빠의 손에 붙잡혀 파닥파닥 떨리며, 거미줄에 걸린 나비처럼 아우성치며. 오빠는 울었다. 한없이 서럽게 울면서 나에게 미안하다고 했다. 오빠는 왜 미안했을까. 머나먼 베트남의 이국 땅에서 죽어간 이름도 모르는 처녀와 내가 도대체 무슨 상관이라는 것이었을까.

그래. 나는 노인의 몸붙이였다. 노인이 젊은 시절에 어디서 무엇을 했건, 집에 돌아와 마녀를 두들겨 팼건 어쨌건, 그런 것들은 나와 아무 상관도 없었다. 나에게 그는 암세포에 기생해 겨우겨우 목숨을 부지하고 있는 힘없는 노인에 불과했다. 그리고 나는 암 덩어리 노인에게 기생해 하루하루를 살아가는 어린 살덩이일 뿐이었다. 노인도, 마녀도, 몸 이외의 다른 것을 바꾸어놓을 수는 없었다. 하지만 그때부터였다. 오빠가 자신과는 상관없는 수많은 사람들의 기억에 미치기 시작했을 때부터. 나는 더 이상 살덩이인 것만이 아니었다.

어느 날 그 사진작가가 나를 겁탈했을 때, 그래요, 그 사람한테는 한 번이었지만, 나한테는 수백 번이었어요. 나는 그 한 번에 노인과 지냈던 그 수없이 많은 밤들을 다 떠올려야 했어요. 아무래도 노인이 잠시 그의 몸을 빌려 나를 찾아온 것 같았죠. 노인이 살아 있는 한 내가 어디를 가도 노인은 영원히 나를 쫓아다닐 것 같았어요.

금속성의 바닥이, 펑 소리를 내며 폭발한다. 수챗구멍이 터졌나. 더럽고 비리고 미끌미끌한 구정물과 썩은 시체들이 회오리치며 맑은 물속에 퍼져나간다. 그래. 나는 그날 밤 노인을 찾아갔었다. 검은 원피스를 입고, 가슴속 결결이 박혀 있는 날카로운 칼들을 품은 채. 마녀가 포장마차에 있는 것을 확인하고, 빠르고 은밀한 걸음으로 어두운 골목을 걸어, 노인의 그 무서운 집으로 잠행했다. 노인은 살아 있었다. 언제나처럼 구석자리에 웅크리고 앉아 방 빗자루와 총검을 끌어안고 있었다. 그는 나를 보더니 히죽 웃었다. 내가 올 줄 알았다고 말했다. 왜 찾아왔는지 안다며 고맙다고 말했다. 나는 그에게 다가가 마른 대추처럼 쭈글쭈글해진 그의 몸을 등 뒤로 안았다. 한참을 안아주고, 눈물을 닦아준 다음, 총검을 붙잡고 있는 그의 오른손을 쥐었다. 이제는 제가 칼 쓰는 법을 가르쳐드릴게요. 그는 조용히 고개를 끄덕였다.

　내가 그의 12년을 위해 내 12년을 바쳤으니, 그가 나를 위해 몇 년쯤 희생해도 된다고 생각했어. 그렇잖아. 벌써 죽을 걸 그렇게 오래 살게 해줬으면, 저도 이제 나한테 빚을 갚을 때가 된 거잖아. 그런데 이놈의 노인이, 이놈의 노인이…….

　내 몸은 이제 언제나 노인을 기억했다. 노인이 나를 가지지 않을 때에도, 내가 노인의 방으로부터 도망쳐 나온 뒤에도, 그놈의 세포들은 노인의 시체 위로 솟아오르는 그 유일한 생명을 기억하더니, 마침내 노인이 죽고 그 미라 같은 몸뚱이마저 흙이 되어 사라져도 노인의 그 커다란 자지만은 죽지 않고 되살아나 여린 내 살을 자꾸만 파고드는 것이었다. 몸에서 잘려 나온 노인의 딱딱한 발. 영원히 춤추는 외짝의 뾰족구두. 노인의 좆은 노인이 죽자 영원한 생명을 얻었다.

　그 사실을 오빠가 알게 된 거군요.

　네.

　오빠가 모든 걸 덮어쓰기로 한 건가요?

　네.

　다른 사람을 더 죽여서?

　네.

　오빠가 사람을 죽이는 게 주희 씨 때문이라고 생각하나요?

　네.

　하지만 본인이 노인을 죽이게 된 건 오빠 때문이라고도 생각하지요?

　네.

314

선생님이 내 손을 꼭 잡는다. 화를 내고, 혼낼 줄 알았는데, 모든 것을 이해하고 용서해주시는 성모 마리아처럼, 부드러운 손길로 내 눈물을 닦아주며 말한다.

자, 이제 내가 손가락을 한 번 퉁기면 당신은 나에게 했던 모든 말들을 잊습니다. 내가 숫자를 세면, 당신은 서서히 잠에서 깨어납니다. 손가락을 퉁기는 소리가 들린다. 나는 순백의 깨끗한 옷을 입고 한없이 밝은 빛 속에 안긴다. 빛의 끝에는 오빠가 있다. 오빠는 총을 들고 하얗게 눈 내린 벌판 위를 뛰어가고 있다. 그를 바짝 뒤따르던 나는 눈 위에 우뚝 멈춰 선다. 숨을 고르고 호흡을 멈춘 다음 그의 뒤통수를 향해 총구를 올린다. 그리고 막 그를 향해 방아쇠를 당기려는 순간, 그녀가 아홉을 거쳐 열을 센다. 모든 풍경이 의식의 저편으로 사라진다.

방 안은 고즈넉하다. 침대가 축축하게 젖어 있다. 나는 침대에서 일어나자마자 그녀에게 말한다.

"산속에서 무슨 일이 있었는지 이제 알겠어요."

자동 무한 반복 시스템

주희가 실종되었다. 시장을 다녀오는 길, 잠깐 화장실에 간다고 하더니 쥐도 새도 모르게 사라졌다고 했다. 건장한 형사 두 명이 하이힐 신은 여자 한 명을 놓쳐? 잘못은 지네가 해놓고, 아침부터 이것저것 귀찮게 물어보는 게 많았다. 형사들이 가고 나자 박 검이 왔다. 무슨 할 말이 있는지 혼자 있고 싶다고 말해도 사무실로 돌아갈 생각을 안 했다. 박 검이 커피 한 잔을 끓여 마시겠다고 부엌을 온통 헤집는 동안 서린은 소파에 앉아 꼼짝하지 않았다. 마음이 불안해 견딜 수가 없었다.

서린은 박 검이 있는 게 싫었다. 마음 같아선 한국 풍습대로 소금이라도 왕창 뿌려 내쫓고 싶었다. 팔을 벌리고 심호흡을 했다. 뺨을 크게 부풀려 늙은 펠리컨 흉내를 냈다. 박 검이 커피를 타서 소파에 앉았다.

"뭐 짚이는 거라도 없어?"

박 검이 넌지시 물었다. 없어. 서린은 무뚝뚝하게 대답했다.

"암시를 걸어놓은 게 아닐까. 때가 되면 가출하게끔."

"너 지금 그걸 말이라고 해?"

"미안. 농담이야."

"농담? 사람이 실종돼서 살았는지 죽었는지도 모르는데 농담이 나와?"

서린은 팔짱을 끼고 박 검을 무서운 눈초리로 쏘아보았다. 박 검이 큰소리를 쳤다.

"그럼 이 마당에 무슨 얘기를 할까. 산에 있다는 범인은 몇 주째 안 잡히지. 지리산 빨치산도 아니고 듣도 보도 못한 북한산 빨치산이 말야, 순진해 뵈던 처녀는 휴대폰에 심어놓은 GPS도, 구두에 달아놓은 추적기도 다 떼놓고 사라졌지. 그러는 넌 뭘 했어. 주희가 없어진 일차적인 책임은 너한테 있는 거 아냐?"

서린은 아무 말도 못했다. 정말 주희는 어디로 간 것일까?

아버지는 줄리가 죽었으니까 리스트에서 제외된다. 타깃은 둘 남아 있었다. 그중 하나가 주희가 아니라는 보장은 없었다.

"뻔하지. 실종이 아냐. 하늘소한테 갔든지, 우리한테서 도망쳤든지. 접선 아니면 탈출이지."

박은 커피를 홀짝홀짝 마셨다. 서린은 다리를 꼬아 소파에 몸을 파묻었다.

"또 그놈의 접선 타령이니?"

"맘에 안 들면 네가 한번 설명해봐."

정말 산으로 갔나? 경찰도 못 찾는 오빠를 주희가 무슨 수로?

"기억 잃었던 사람들, 다시 되찾으면서 한 번씩은 겪는 일이야. 행복하고 좋은 기억이라도 힘들어. 근데 주희는 그것도 아니잖아. 의학적으로 일반적인 현상이야. 괜히 특별한 일처럼 만들지 마."

"자아를 찾기 위한 여행이라도 떠났다 이거냐?"

"지금까지 별일 없었던 게 다행인 줄 알아."

박은 다 마신 커피잔을 들었다가 탁, 내려놓았다. 서린처럼 한쪽 다리를 꼬고 고개를 젖히고 앉았다.

"이상하지 않아?"

"뭐가."

"다른 곳은 그렇다 쳐. 연희동 저택도 그렇고, 신림동 여관도 그렇고. 양평도 말은 되지. 하지만 철통같은 수비를 뚫고 강남 룸살롱에 터치다운했다는 건 너무 신출귀몰하지 않아?"

"난 네가 유독 룸살롱 사건에 집착하는 게 더 이상한데?"

"범인이 아리따운 여자였거든."

"말도 안 되는 소리. 그럼 노교수나 사진작가는, 다른 모든 살인은? 주희한테는 알리바이가 있어."

"룸살롱 사건 때는 없지."

"그러니까 뭐야, 공범이다?"

"매번 살인 방법을 정확히 맞힌 게 누구였지?"

"다 설명해줬잖아. 이해 안 가니?"

"아직 일어나지 않은 살인도 맞히고, 그것도 모자라 룰렛 게임 살인 순서까지 맞혔지."

"아하. 주희가 의심받으려고 일부러 그랬겠구나. 다 너처럼 저능안 줄 아니?"

"결정적으로!"

박은 등을 소파에서 떼고 오른쪽 검지를 세워 말했다.

"우리가 다음번 타깃을 누구로 예측했는지 알고 있는 유일한 민간인이 누구였지?"

"연길폭탄 건 얘기하려는 거니? 너는 잘 맞혔는데, 주희가 종희한테 일렀다. 그래서 일을 그르쳤다? 아직 범인을 못 잡은 건 네가 무능해서가 아니라 주희가 종희랑 내통해서다?"

"너의 살인지도와 주희의 것은 달랐어. 내가 틀렸듯이, 네가 틀릴 가능성도 얼마든지 있었다는 거지. 그런데 이상해. 어쩐지 너무 잘 맞아왔단 생각이 들지 않아? 왜 그랬을까? 김종희 이서린은 아이큐가 150이 넘으니까? 완벽한 커플이니까? 거꾸로 생각해봐. 우리가 먼저 예측하고, 그 다음에 죽인 거라면 어떻게 할래."

"무슨 소리야."

"네 번째까지는 직접 골랐겠지. 하지만 그 다음엔? 하늘소가 죽일 걸 우리가 예측한 게 아니라, 우리가 예측한 걸 하늘소가 죽였으면 어떻게 할래."

서린은 말문이 막혔다.

"내친김에 하나 더 생각해보자. 전생에 김설희는 스파이였다며. 그럼 현생에서도 비슷한 역할을 하고 있어야 맞는 거 아냐? 전생은 현생을 토대로 만들어진다. 이게 너의 지론 아니었어? 주희는 더구나 다중 인격이잖아?"

서린은 어이없다는 듯 양 손바닥을 들어 보였다. 기억의 착오를 지어내는 것은 불가능하다. 기억 이상, 신경증, 정체성 장애, 관계망상 등등의 수많은 증상들을 그토록 완벽하게 가장한 예는 없다. 혹 주희가 모르는 사이, 줄리가 살인 행각을 저질렀다? 세계적으로 유명한 다중 인격 장애자였던 크리스 시즈모어는 '만약 환자의 여러 인격 중 하나가 살인을 저지를 수 있다면 다른 인격도 그럴 수 있지만 그렇지 않으면 나머지 인격도 살인할 가능성이 전혀 없다'고 말했다.

　머릿속에 수많은 반론이 떼를 지어 몰려왔지만 서린은 그것을 입 밖에 낼 필요를 느끼지 못했다. 서린의 반응을 엿보느라 자신도 모르게 초조와 긴장을 드러낸 박 검의 눈빛을 똑똑히 보았기 때문이었다. 성녀와 요부로 양분된 여성 다중 인격의 스테레오타입이라니. 한심한 마초의 병적인 성적 환상. 박 검 자신의 열등감에서 비롯된 방어기제이자 공격 본능의 다른 이름. 서린은 주희를, 그 비뚤어진 욕망의 칼날로부터 보호해야 할 의무감을 느꼈다.

　"갑자기 네가 했던 말이 생각난다. 노교수 말야. 남쪽으로 내려갈 땐 비행기를 타도, 다시 서울에 돌아올 땐 배 타고 기차 타고 했다는 그 얘기. 자라 보고 놀란 가슴 솥뚜껑 보고 놀란다고 하지."

　박이 시니컬하게 웃었다.

　"하고 싶은 말이 뭐야? 몸통만 말해."

　"별거 아냐. 천하의 박민호가 한국에서 대학 다니면서 왕따로 전락한 심정이 어땠을까 갑자기 궁금해졌을 뿐이야."

　"말 돌리지 마."

　"왜 왕따였던 기억 되살리기 싫어서 그러니?"

"뭐야?"

"왜 하필 김승대, 김운의, 고강석이 죽을 거라고 생각한 건데? 그 사람들 실제 모델이 누구니? 대학 다닐 때 국회의원 아들이라고 너 왕따시켰던 학교 선배들이니? 그중의 한 명은 룸살롱에서 죽었고? 그런데 참 이상도 하지. 왜 그렇게 불같이 화를 냈을까?"

"그 사건 얘긴 그만 해. 정보가 누출된 데엔 네 책임도 있어. 김주희 한테 수사 과정을 시시콜콜 일러바친 게 누군데 그래."

"가짜 기사문 얘기하는 모양인데, 권력자들한테 아부하려고 일급 비밀 누출시킨 너보단 나아. 왜? 김주희 핑계 대고 신문 방송에 동네 방네 못 떠들게 돼서 안타깝니?"

"너 혼자 대단한 수사를 하셨군요. 정신분석한답시고 김주희랑 수 다 떤 건 아니고?"

"넌 항상 그런 식이지. 궁지에 몰리면 남 탓하는 버릇이 있지."

"너는 항상 공과 사를 구분 못하고? 하여튼 여자들은 항상 감정에 치우쳐서 중대한 일을 그르치지."

서린은 자리에서 일어섰다. '여자들'이라는 말을 듣자마자 오른손에 힘이 들어갔다. 애써 보자기를 만들어도 어느새 주먹이 되어버렸다. 서린은 속에 있던 말을 왈칵, 쏟아냈다.

"이번에는 각본을 어떻게 짰니? 「보니 앤드 클라이드」쯤 되니? 하긴, 한 명보다는 두 명이 좀 더 드라마틱하겠지. 권력자들한테 잘 보이려고 광대 노릇 하니까 좋아? 남 범죄자 만들어서 출세하려고 검사 됐니?"

박은 턱을 앙다물었다.

"아직 말 안 했나? 김종주 죽은 칼 칼자루에서 김주희 DNA가 추출 됐어."

"김종주가 김주희한테 칼로 사람 죽이는 거 가르쳐서 그래. 상담 기록에 다 있어."

"물론 그 기록 중엔 네가 김주희한테 정보 유출한 증거도 녹음되어 있겠지?"

"주희 건드리기만 해. 가만 안 둬."

"찾는 대로 체포할 거야. 대신 너는 봐줄게."

"나한테도 재밌는 얘기가 있는데. 난 네가 지난 1년 동안 한 일들을 잘 알고 있거든."

"날 건드리면 한국에서의 네 경력도 끝이야."

서린은 청바지 주머니에서 소형 녹음기를 꺼내어 박 검에게 들어 보였다.

"죄송한데요. 지금 한 말이 다 녹음이 됐네요. 맘대로 해봐. 난 미국 시민이니까. 돌아가서 논픽션 소설 하나 쓸까 해. 한국 사람들이 음모 설을 무지하게 좋아한다는 거 혹시 알고 있니?"

박 검은 손을 내저었다. 상대할 가치도 없다는 듯 비웃음을 머금고 있었지만 서린은 이미 분노에 휩싸인 눈빛과 얼굴에서 느껴지는 초조를 다 보았다. 서린은 녹음기를 집어넣고 속으로 웃었다. 넌 내 상대가 아냐, 생각하며 소파에 다리를 꼬고 앉아 식은 커피를 마셨다. 커피에서 비린내가 났다.

밤 동안의 여관은 지루증에 걸린 중년 남자 같다. 쉴 새 없이 숨가쁜 교성이 벽을 넘어 들려오지만, 그 소리가 일깨우는 몸짓은 러닝머신 위를 달리는 방만한 육체처럼 어딘가 모르게 애처롭다. 녹슨 자전거의 페달, 땅 위로 떨어지는 짓무른 과일들, 미지근한 잔 속에서 부딪치는 얼음들, 햇빛에 부풀어 터지는 해바라기 씨들, 제 몸의 진동으로 파열된 매미의 바싹 마른 시체 같다. 그에 비하면 간간이 찾아오는 정적은 위대하다. 정적은 모든 것을 제 안에 넉넉히 품을 줄 안다. 나는 그가 원하는 것을 잘 알고 있다.

신새벽, 고요 속에서 눈을 뜬다. 일어나자마자 일회용 옷걸이를 구부려 헤어드라이어를 묶는다. 화장대 거울 위에 매달아놓고 45도 각도로 아래쪽을 내려다보게 고정한다. 화장대 위에 화장품과 도구들을 수술용 도구처럼 줄 맞춰 늘어놓는다. 욕실로 가서 하얗게 탈색시킨 머리를 정성스레 감고, 깨끗이 샤워를 하고, 얼굴에 수분을 조금 남겨 방으로 나온다. 시작은 이마부터다. 왼손을 사용해 이마의 피부를 위아래로 있는 힘껏 늘인 다음 오른손으로 고무 거품 파우더에 액체 라텍스를 묻혀 재빨리 바른다. 양손을 사용하여 더 힘껏 잡아당긴 다음 헤어드라이어를 켜고 골고루 말린다. 손을 살짝 놓아본다. 이마는 금세 중년쯤이 되었다. 잠시 쉬었다가 똑같은 작업을 반복한다. 같은 방식으로 뺨과 턱과 목을 따라 내려가며 시간을 들인다. 동이 터오른다. 적포도주처럼 출렁거리는 햇빛 속에, 새하얗게 활짝 피어난 할미꽃이 생생하다. 나는 거울 속의 노인을 들여다보며 만족스럽게 웃는다. 유키히메가 돌아왔다. 아흔 살 가까운 나이에 비하면 퍽 젊은 얼굴이다. 하지만 이제 화장을 하고, 펜슬과 붓으로 하얀 터럭과 검은 저승꽃을 틔어주고 나면, 그녀는 지금보다 훨씬 더 늙게 될 것이다.

해가 중천에 떠오른다. 주인의 눈을 피해 여관을 빠져나온다. 허름한 양장점, 얼룩덜룩한 쇼윈도에 전신을 비춰본다. 하얗게 쪽찐 머리, 곱게 차려입은 한복과 솜을 넉넉히 둔 비단 두루마기, 털 고무신, 쪼글쪼글한 손과 그 손에 쥔 지팡이까지. 유리에 비친 여자는 화석처럼 늙은 완벽한 백발노인의 모습이다. 조금 더 걸어가 택시를 잡는다. 금방이라도 꺼질 듯한 목소리로 기사에게 행선지를 알려준다. 기사는 아무 의심 없이 나를 길눈 어둡고 세상 물정 모르는 노인으로 받아들인다. 괜히 태웠다고 후회하는 표정이 역력하다. 당신도 언젠간 늙어요, 모든 것을 잊은 채 죽게 되겠죠. 나는 마음속으로 조용히 생각한다. 1세기를 버텨온 눈동자로, 차창을 스치는 수많은 나무들을 겸허하게 바라본다.

도착한 별장에는 경찰이 있다. 그래봤자 두 명. 제대로 근무를 서지 않고 발을 동동 구르며 담배를 피우고 있다. 눈에 띄지 않게 측면을 돌아 산비탈을 오른다. 산에는 앙상한 나무들 천지다. 앙상한 정도가 아니라 여름내 그 흔하던 나뭇잎 한 장 남아 있질 않다. 미끄러지지 않게 조심하며 길도 나 있지 않은 비탈길을 천천히 톺아 오른다. 경사가 완만해지면서 푸른 나무들이 나타난다. 침엽수림이다. 대부분이 가시 같은 잎을 지닌 소나무, 전나무들이다. 가만있어보자, 여기 어딘가에 있을 텐데……. 나는 30분쯤 수림 속을 헤매다가 키 작은 나무 하나를 찾아낸다. 키 큰 나무들 아래서 용케 살아남은 아담한 사철나무. 다른 침엽수와 달리 두텁지만 납작한 잎을 가졌다. 주위를 돌며 나뭇잎 하나하나를 헤아려본다. 아니나 다를까, 잎사귀 몇 개가 모양이 이상하다. 중앙을 반씩 잘라내, 뜯어낸 잎을 매달린 잎에 수직으로 꽂아 넣었다. 나는 노인답게, 흘흘흘……, 바람 새는 소리를 내며 웃는다. 이거다. 네 개의 날을 가진 화살촉들이 가리키고 있는 곳은 대략 북쪽을 향한 가파른 능선이다.

—환상과 똑같은 방식으로 잡자. 주희 얼굴 프린트해서 산에다 뿌리자. 기억의 착오를 일으켜서 투항하게 될 거야. 빨치산 토벌대가 썼던 방법 그대로 하자는 거지.

—북한산 등산로가 몇 갠 줄 알아? 잔길까지 다 세면 20개 가까이 돼. 시민들까지 다 보게 돼. 안 돼.

—놈은 아무래도 양평 쪽에 있어. 양평 쪽은 등산객도 별로 없잖아.

—보는 사람 수가 중요해? 한군데서라도 꼬투리 잡히면 일파만파야. 안 된다면 안 되는 줄 알아.

모르는 줄 알았겠지만 나는 다 알고 있었다. 그녀가 내 이야기를 믿지 않는다는 것을. 실제로 있었던 일들이 아니라 환상에 불과한 것으로 생각한다는 것을. 하지만 그녀의 말대로 나의 전생이 환상이라면 어떻게 이렇듯 생생할 수 있는가. 주희가 살아온 현생보다도 더 뚜렷하게 떠오르는 이 모든 것들을 그녀는 어떻게 사실이 아니라고 말하는가. 그녀는 내 기억을 이용하려고 들었다. 일본군이 빨치산에게 한 짓을 똑같이 오빠한테 할 생각이었다. 그녀는 죽음보다 더 중요한 것이 있음을 믿지 않는다. 그것은 오빠를 죽이는 것보다 더 나쁜 일이라는 걸, 그녀는 알지 못한다.

가파른 능선을 오르며 나는 생각한다. 나는 나다. 전생에는 유키히메였고, 지금은 주희라 해서 내가 두 개인 것은 아니다. 설사 기억해 내지 못했다 해도 나는 언제나 유키히메의 마음을 손안의 거울처럼 느끼며 살아왔을 것이다. 나는 주희도 아니고, 유키히메도 아니다. 이름은 한때 누리는 육신만큼 덧없는 것일 뿐. 나의 존재는 기억 저편에, 우리가 알고 있는 언어로는 표현할 수 없는 마음 깊은 곳에 있다. 왜 당신들은 그것이 없다고 말하는가. 눈을 감고 차분하게 생각해보라. 머리를 비우고 천천히 숨을 내쉬며 아무것도 없는 당신 자신을 한번 느껴보라. 당신은 당신 이상의 것을 존재하고 있음을 언제나 알고 있다. 당신의 존재는 당신의 삶이 끝나도 끝나지 않는다.

비탈이 끝나자 산길이 나온다. 조금만 가면 완만한 비탈인데, 군인 몇 명이 수색 작업을 벌이고 있다. 나는 바위에 발을 단단히 딛고, 나무 뒤에 숨어 숨을 죽인다. 다 지나간 줄 알고 나오려는데 뒤늦게 올라오는 또 한 명의 군인이 있다. 올라갈 수도 없고 내려갈 수도 없고 위치가 어정쩡하다. 나는 군인의 발 움직임에 맞추어 길게 발을 떼어놓으며 그애의 뒤를 돌아 누런 수풀 뒤에 몸을 숨긴다. 군인은 어설프게 이쪽을 돌아본다. 그러나 곧 고개를 돌리고 다른 곳으로 이동한다. 군인과 경찰들은 어리석다. 산속에 숨어든 80대 노인 한 명을 발견조차 하지 못한다. 그런데 어떻게 충분한 식량을 비축했을 30대 청년을 잡겠는가. 수백 명이 아니라 수천 명이라 해도 그들은 다시 젊어진 안혁을 찾아낼 수 없다. 그들은 단 한 번도 목숨을 걸고 무언가를 해보지 않았기 때문이다. 목숨을 건 자를, 그렇지 않은 자는 결코 이길 수 없다.

한참을 가다 보니 산이 끝난다. 벼랑이 나오고 앞에는 커다란 강이 흐르고 있다. 언뜻 보기엔 사이좋게 어울려 잔잔하게 흘러가고 있는 것 같지만 자세히 보면 강은 서로를 배반하며 흐르고 있었다. 중앙에 있는 것들이 가장자리에 있는 것들을 누르고 밀어내며, 앞선 놈은 뒷선 놈의 머리를 짓밟고 뒷선 놈은 앞선 놈의 발목을 잡으며, 그 어떤 하나의 흐름도 순조로울 수 없게 서로를 단단히 결박하고 있었다. 그들은 속절없이 하나였다. 쉴 새 없이 상대의 몸을 할퀴고 상처 내는, 끝없이 펼쳐진 매듭의 강. 과연 저 속에서 누가 온전하게 혼자일 수 있을까. 나는 오래된 노송처럼 그 자리에 서 있었다. 한동안 반짝거리는 빛살들에 먼눈팔다 보니, 흘러가고 있는 모든 것들이 제 안에 칼을 품고 있었다.

몸을 돌린다. 가까운 숲을 뒤져 사철나무를 또 하나 찾아낸다. 표식을 확인하고 잎사귀들이 가리키는 대로 강변을 따라 우측으로 걷는다. 나는 발자국이 드문 눈길을 걷다가 그만 어지럼증에 걸리고 만다. 잔설이 여기저기 남아 있는 숲길 위로, 하얀 파도가 바다처럼 펼쳐져 있는 만주의 침엽수림이 겹쳐진다. 현생의 땅과 전생의 땅이 엎치락뒤치락, 서로의 몸을 뒤집는다. 앞으로 내딛는 발이 자꾸만 허방을 친다. 우뚝, 서버린다. 자연스럽게 두 팔이 총 드는 자세를 취한다. 기억난다. 처음이 아니다. 나는 예전에도 안혁을 뒤쫓은 적이 있다.

어느 날 안혁은 최달성과 함께 대열을 이탈했다. 임이 아파, 내가 혼자 보초를 나갔을 때였다. 다행인지 불행인지, 그날 밤 나는 그들의 도주를 두 눈으로 똑똑히 목격하고 말았다.

겨울이 끝나가고 있었다. 숲 속에는 아직 눈이 많았다. 여기저기서 눈이 무너졌다.

경계선 없는 땅 위에도 엄연히 길이 있었다. 길 아닌 곳을 디디면 눈이 무너졌다. 한번 휩쓸리면 헤어나올 수 없었다. 토벌대는 숲 속에

함부로 들어오지 않았다.

죽을힘을 다해 보이지 않는 길을 뛰었다. 그들의 발자국은 금방 눈에 띄었다. 숲에서 벌판으로 이어지는 경계선에서 그들의 뒷모습을 눈에 잡았다. 최가 한 팔로 안을 부축해서 눈 위를 뛰어가고 있었다. 숲을 빠져나오자마자 나는 그 자리에 우뚝 섰다. 본능적으로 총을 들어 목표물을 겨냥했다. 달아나는 노루를 쏘듯 단발에 최의 뒤통수에 구멍을 뚫었다. 손을 들고 멈추어 설 줄 알았던 안은 그러나 멈추지 않았다. 유령에 홀린 사람처럼 뒤 한 번 돌아보지 않았다. 머리에 총알을 먹고 쓰러진 최의 시체를 잠시 기웃거렸을 뿐이었다. 그의 발걸음은 오히려 더 빨라졌다. 총을 비껴 들고 다시 뛰기 시작했다. 2백 미터 정도를 더 뛰어 거리를 좁힌 다음 다시 멈춰 섰다.

달빛이 눈에 반사되어 그의 모습은 아주 잘 보였다. 거리는 약 백 미터. 최대 사정거리의 4분의 1밖에 안 되는 거리였다. 겨냥은 몇 초 만에 끝났다. 천으로 동여맨 총의 끝, 홀로 맨몸을 드러내고 있는 가늠자가 달빛에 푸르게 빛났다. 식은땀과 가쁜 숨이 코끝에 매달려 작은 고드름이 되어가고 있었다. 총성이 두 번 세 번 나면 위치가 노출된다. 더 뛰어나갔다 적들의 추격을 받게 되면 나뿐만 아니라 대원들의 생명까지 위험했다. 쏘려면 지금 쏘아야 했다. 지금 단발에 쓰러뜨리고 쏜살같이 되돌아가야 추적을 피할 수 있었다. 아새낀가, 혁명인가. 나는 임이 한 말을 몇 번이나 되뇌었다. 그러는 사이 안은 사정거리를 벗어나고 말았다.

—이런 데서 살기엔 그리분 게 너무 많은 사람이었디.

나중에 안 사실이지만, 안은 고학생이 아니었다. 안은 강릉 대지주의 자손으로 그 자신이 그토록 비난했던 부르주아의 한 사람이었다. 그는 빨치산 생활을 하면서 그런 사실을 철저히 숨겼다. 그의 과거를 아는 자는 몇몇 당원들과 최뿐이었다. 최는 그 사실을 약점 삼아 오랫동안 안의 지휘를 무시했다. 부잣집 도령이 뭔 놈의 혁명을 아냐고 은밀하게 뒤떠들기도 했다. 최의 집안은 대대로 안씨 집안의 노비였다. '데레'는 '데렌님'이었다. 그가 나를 '아가시'라 불렀던 것도 그 때문이었다. 임은 또 말했다.

—오래전에 이리 될 줄 알았디. 알았을 때 처단했어야 했는데……. 내래 큰 잘못을 저지르지 않았나.

처음에는 현실감각이 없었다. 왜 안이었을까. 최는 그렇다 치고, 다른 대원들도 많은데 왜 하필 안이어야만 했을까. 나도 모르는 사이 마음속을 덩굴나무처럼 휘감아버린 그를 향한 사랑은 고스란히 증오로 바뀌었다. 존경해 마지않았던 그의 모든 행동들이, 사실은 애초부터 모조리 변절의 징표였던 것처럼 여겨졌다. 그가 나를 죽이지 않았던 것은 믿어서가 아니라 이용 가치가 높다고 판단해서가 아니었을까. 그가 독불장군이었던 이유는 신념이 투철해서가 아니라 이기적이어서가 아니었을까. 쉽게 사람 머리에 권총을 겨눌 수 있었던 것은 정의감 때문이 아니라 생명을 경시해서가 아니었을까. 의문은 의문을 낳았고, 의심은 의심을 낳았다.

이해하려고 노력한 적도 있었다. 세상일에 눈감고 일신 평안하게 살아갈 수도 있었던 사람이, 모든 것을 포기하고 혁명의 길에 투신했다. 나 살기도 힘든 세상에, 얼마나 훌륭한 일인가. 그만큼 했으면 됐다. 나 같은 사람이야 죽어 없어져도 그만이지만, 최의 말처럼 눈 위에 뼈를 뿌린다 해도 기억해줄 사람도 없지만, 안은 달랐다. 안은 만주의 벌판에서 이름 없이 죽어가기에는 너무 아까운 사람이었다. 나는 총밖에 쏠 줄 모르는 사람이지만 그는 지식도 있고 사상도 높은 사람이다. 그는 더 넓은 세상에 나가야 한다. 어떻게든 살아남아서 조국을 위해 더 많은 일을 해야 할 게 아닌가. 나는 언제나 그를 죽도록 증오하고 나서 생각했다.

왜 제때 방아쇠를 당기지 못했을까. 만약 내가, 나의 삶이 한 번이 아니라는 것을, 언젠가는 다시 태어나게 된다는 사실을 미리 알았더라면, 나는 좀 더 용감하게 살았을 것이다. 훨씬 더 많은 것을 용서하고, 사랑도 증오도 없이, 그의 머리를 맞힐 수 있었을 것이다. 내가 그때 그를 죽였다면, 나와 그는 내생에서 다시 만나지 않았을지도 모른다. 그랬다면 이토록 많은 사람을 죽이지도 않았을 것이다.

고개를 돌려 흘러가는 강물을 바라본다. 번쩍 번쩍. 물속에서 금속들이 빛나고 있다. 강에 떨어져 날카로운 칼이 된 하얀 햇살들. 수많은 칼들을 품고서도 상처받지 않기 위해 얼마나 오랜 세월을 흘러온 것일까 강은. 강물이 흘러가도 강은 남듯이, 인생이 끝나도 나의 존재는 남는다. 육신은 물살처럼 찢기고 또 찢겨 끝내 소멸되지만 기억은 죽지 않는다. 강 속에 박혀 있는 저 수많은 물칼들처럼, 고통의 매듭은 영원히 반복될 것이다.

환영들이 불쑥불쑥 눈앞을 가린다. 말발굽 소리, 나무들이 바짝바짝 타오르는 소리, 쉴 새 없이 날아드는 기관총 소리가 점차 귓전에 가깝게 다가온다. 조선 해방 만세. 대원 한 명이 쓰러진다. 임이 격발기를 뽑아 적진에 던지며 하늘을 향해 팔을 벌린다. 녀성 해방 만세,

326

하는 외침과 함께 임의 몸에 여러 개의 구멍이 뚫린다.

임이 아직도 살아 있다면 뭐라고 했을까. 조국이 해방됐으니 여한이 없다고 했을까.

60년 세월이 흘러도 풀리지 않는 설움에 나는 눈물을 흘리며 산길을 걷는다. 강물을 거슬러 앞으로 앞으로, 한 발 두 발 마침표를 찍듯이 걷는다. 이름 없이 죽어간 사람들이 있었다. 이념도 사상도 필요 없이, 오직 좋은 세상을 만들기 위해 목숨 바친 사람들이 있었다. 열번을 다시 태어난다 해도, 나는 절대로 그들을 잊을 수 없다.

그는 나를 보고 뭐라고 할까. 이 유키히메가, 아직까지 살아 있는 모습을 보면 어떤 반응을 보일까. 혼란스럽겠지. 당신이 유키히메라면, 주희는 도대체 누구냐고 묻겠지. 하지만 내 질문이 먼저다. 유키히메의 입을 열려면 당신이 먼저 답해줘야겠다. 나는 당신에게 물을 것이다. 증오하는 사람을 닮지 않으려면 어떻게 하면 되냐고. 물론 나는 당신의 답을 알고 있다. 당신은 주저 없이 대답하겠지. 닮기 전에 죽여 없애면 된다고.

다시 사철나무. 길에서 벗어나 숲 속을 가리키는 표식이 있다. 수건을 꺼내 눈물을 닦고, 그림자가 점차 길어지고 있는 침엽수림 안으로 성큼 들어선다. 채 몇 발을 들여놓기도 전에, 그가 이곳 어딘가에 가까이 있음을 온몸으로 직감한다. 정적은 위대하다. 나는 그가 원하는 것을 잘 알고 있다.

꼬리 긴 바람이 뺨을 훑고 지나갔다. 찰싹 찰싹 때리다가 꼬리 끝으로 왼쪽 입매를 살짝 당겨놓고 도망갔다. 서린은 잠시 떨었다. 가슴속에 폭우가 내리고 있었다. 하지만 자꾸 웃음이 나왔다. 산에 모인 사람들의 표정은 대체로 엄숙했다. 박은 몹시 심각한 표정이었다.

표창 같은 햇살이, 눈 위에 마구 떨어져 박히고 있었다. 김종희는 완만하게 솟아오른 하얀 둔덕 위에 바른 자세로 누워 있었다. 회색의 등산 점퍼와 바지는 온통 흙 감탕이었다. 밝게 빛나는 얼굴은 사진에서 본 것과 달리 온화한 인상이었다. 잠든 얼굴이 어찌나 인자한지 이마 중앙에 뚫린 구멍이 부처님 미간으로 보일 지경이었다.

서린은 김종희의 얼굴을 오래 바라보았다. 이마에서 콧등으로 이어지는 부분이 날카로운 선을 그리고 있었다. 반면 관자놀이에서 뺨으로 떨어지는 면은 여자처럼 부드러웠다. 선량하게 초가지붕처럼 드리워진 눈썹과 미소 짓고 있는 큰 입이 소박한 인상을 주었다. 그는 평범한 30대 청년이었다. 오히려 보기 드물게 착해 보이는 인상이었다. 드문 일은 아니었다. 흉악한 범죄를 저지르는 자가 반드시 흉악하게 생긴 것은 아니었다. 전혀 어울리지 않은 외모를 가진 사람도 많았다. 그럼에도 서린은 자꾸만 되묻게 되었다. 저게 정말 킬러리스트, 김종희의 얼굴인가.

둔덕 위로 보이는 하늘이 파랬다. 빨간 피가 그 푸른 하늘 아래 원형으로 퍼져나가 있었다. 두 색의 대조는 하얀 눈 위에 펼쳐져 있어 더욱 적나라했다. 서린은 또 웃었다. 그것이 거꾸로 뒤집힌 태극 마크처럼 보여서였다. 게임은 끝났다. 박 검은 결국 김종희를 잡지 못했다. 서린은 종이 위에서만 그를 접했다. 결론은 하나였다. 김종희의 압승이었다.

서린은 현장에서 몸을 돌렸다. 경찰들 사이에 주희가 담요를 덮고 앉아 있는 모습이 새삼 눈에 띄었다. 하얗게 풀어헤친 머리, 곱게 차려입은 한복, 한 손에 든 지팡이까지. 주희는 완연한 노인의 모습이었다. 어떻게 저런 생각을 했을까. 저 아이 마음속 어디에 저렇듯 무서운 면이 숨어 있었을까.

땅 위를 서성이던 주희의 젖은 눈동자가 서린을 향해 열렸다. 불안하게 흔들리는 두 개의 우물. 억울하게 죽은 유령들이 저마다 야윈 손을 첨벙거리고 있는 듯한 검은 수면. 서린은 뭐라고 설명할 길 없는 공포와 분노와 배신감을 그 눈에서 느꼈다. 자신의 마음속에서 불현듯, 하늘소의 몸 위로 떨어지던 어린아이의 커다란 운동화를 보았다. 그러나 서린은 그 간절한 두 개의 더듬이를 간단하게 짓밟을 수 없었다. 주희가 환자여서가 아니었다. 자신이 의사여서도 아니었다. 고아이고 여자라는 이유만으로 수많은 사람들에게 유린당한 주희의 슬픈 과거 때문이었다.

"총이 없어졌어. 누가 치웠을까."

현장이 어느 정도 정리되자 박 검이 다가와서 말했다. 서린은 딱딱하게 맞받아쳤다.

"난자당한 걸 독살이라고 내보냈어. 누가 그랬을까."

"영장 발부되는 대로 체포할 거야."

"보호 감호로 빼낼 거야."

"법정으로 불러낼 거야."

"군부대도 못 잡은 범인을 20대 여자 바텐더가 잡았다고 발표할래? 안 쪽팔려?"

"그냥 바텐더가 아니라 2인조 연쇄 살인범이지."

"이 사건 외신 열심히 타고 있다더라."

"그래서."

"장차 쓸 논픽션을 미국 방송국에 팔까 해. 한국인들 못지않게 미국인들도 음모론 좋아하잖아. 혹시 내가 검찰 자료 전부 복사했다는 얘기 했었니?"

박은 절레절레 고개를 흔들며 가버렸다. 무슨 꿍꿍이속인지 뒤를 보며 씩, 웃기까지 했다. 서린은 박의 의기양양한 뒷모습을 실컷 비웃어준 다음 부드럽게 몸을 틀어 주희에게 다가갔다. 주희를 안아주며, 이젠 괜찮아, 다 끝났어, 하고 말해주었다. 주희는 눈물을 터뜨렸다. 한참을 꺼억꺼억 울었다.

예상대로 총은 발견되지 않았다. 대신 김종희의 몸속에서 지도 한 장이 발견되었다. 산 여기저기에 묻어놓은 소지품의 위치를 기록한 지도였다. 그중에는 버튼 키가 달린 견고한 금고도 하나 있었다. 형사 한 명이 권총으로 열겠다는 것을 서린이 맡았다. 5-4-3-2-6-7. 형사들의 탄성 속에 금고는 단번에 열렸다. 금고 속에는 공책 한 권이 들어 있었다. 첫 장을 펼치자마자 서린은 머릿속이 통째로 증발하는 듯한 느낌을 받았다.

1936년 가을, 특무대에서 1년여의 훈련을 마친 후에, 나는 적들의 사령부에 침입하라는 특무대의 명을 받고 국경지대에 투입되었다. 놈들은 8월에 무송현성을 공격해 아군에 적지 않은 타격을 입혔다. 특무대는 김××비(匪)가 백두산 밀림지대로 들어갔다고 보고 몇 명의 특무를 분산 침투시켰다. 대부분은 급조된 밀정으로 소부대 토벌

및 적장의 암살 임무를 맡고 있었으나 내 경우는 달랐다. (……)

서린은 며칠 동안 집에 틀어박혀 원고를 꼼꼼히 분석했다. 전체 6 개 장으로 구성된 육필 원고의 내용은 주희의 머릿속에서 인출된 전생 환상의 내용과 정확하게 일치했다. 일곱 번째 장이 '7'이라는 번호만 적힌 채 씌어지지 않았다는 것도 주희의 경우와 같다면 같았다. 더 놀라운 사실은 다른 문헌과의 대조 과정에서 드러났다.

노트에 기록된 사건들은 상당수가 실제로 있었던 일이었다. 북한 측 자료와 수기에 비슷한 일들이 기록되어 있었다. 하지만 역사적인 기록과 등장인물, 지명, 시기에 차이가 졌다. 예를 들어 '돌찌' 이야기의 체험자는 '황순희'였고, 떡호박을 끓여 먹다가 토벌대의 습격을 받은 것은 '리명선'의 체험이었다. 토벌대의 포위망을 벗어나기 위해 갓난아기를 버린 '리신금', 단 하나 남은 재봉침을 보존하기 위해 역시 갓난아기를 포기한 '안순복'도 있었다.

둘 중 하나였다. 비슷한 일이 여러 번 있었든지, 노트 속 인물들이 일인 다역을 하고 있든지. 서린은 가차 없이 후자를 선택했다. 김종희의 노트 기록은 수많은 사람들의 체험이 조합된 결과였다. 부분부분은 사실이지만 전체는 허구인 이야기. 수십, 수백 명의 기억을 '내림' 받았달까. 환상 속에 등장하는 인물들조차도 자아 정체성 장애를 앓고 있었던 셈이다. 한마디로 표현하자면 김주희는 수십 개의 다른 몸으로 조립된 프랑켄슈타인 걸, 기워진 소녀(Patchwork girl)였다.

김종희는 서린이 주희의 전생을 믿지 않으리라고 예측했을까. 서린은 어차피 믿을 수 없다는 핑계로 기록을 꼼꼼히 뒤져보지 않았다. 덕분에 얼마나 자주, 주희의 환상이 사실일지도 모른다는 미혹에 빠져야 했던가. 믿지 않는다고 생각하는 순간, 실제로는 믿게 된다는 무의식의 논리. 그것까지 계산했다면 김종희는 정말이지 교활한 인간이었다.

어쨌건, 김종희는 자신의 환상을 훌륭하게 실천했다. 어쩌면 무의식 속에서, 김종희는 자신이 마지막 타깃이 되기를 바랐는지도 모르겠다. 유키히메의 마지막 죄인은 안혁이었으므로. 김종희를 죽임으로써, 김주희는 자신의 외상을 극복했다. 연쇄 살인이 끝남과 동시에 김주희에 대한 치료도 끝난 것이다. 이제는, 모든 것이 원점으로 회귀했다.

김종희의 암호는 CIC 암호표*에 의한 것으로 밝혀졌다. CIC 암호표는 CIC**와 OSS*** 요원들 사이의 암호표로, 실제로 사용된 적은 없었다. 암호 전문가는 전쟁 때는 의미 없는 철자를 중간중간 섞는 암

---

* CIC 한글 암호표는 다음과 같다.

자음		모음		받침			숫자 및 구점			영자			
1	2	3	4	5	6	7	8	9	10	11	12	13	14
ㄱ11	ㅋ21	ㅏ30	ㅐ40	ㄱ0011	ㅋ0021	ㄿ0031	1(0051)	拾0061	중문종지0076	A0111	K0121	U0131	0215
ㄴ12	ㅌ22	ㅑ31	ㅒ41	ㄴ0012	ㅌ0022	ㄾ0032	2(0052)	百0062	period0081	B0112	L0122	V0132	0216
ㄷ13	ㅍ23	ㅓ32	ㅔ42	ㄷ0013	ㅍ0023	ㄽ0033	3(0053)	千0063	comma0082	C0113	M0123	W0133	0217
ㄹ14	ㅎ24	ㅕ33	ㅖ43	ㄹ0014	ㅎ0024	ㅀ0034	4(0054)	萬0064	question?0083	D0114	N0124	X0134	0218
ㅁ15	ㄲ25	ㅗ34	ㅜ44	ㅁ0015	ㄲ0025	ㅄ0035	5(0055)	億0065	colon0084	E0115	O0125	Y0134	0219
ㅂ16	ㅆ26	ㅛ35	ㅝ45	ㅂ0016	ㅆ0026		6(0056)	지명 시작0071	parenthesis0085	F0116	P0126	Z0135	0220
ㅅ17	ㄸ27	ㅜ36	ㅞ46	ㅅ0017	ㅉ0027		7(0057)	지명 종지0072	quote0086	G0117	Q0127	0211	0221
ㅇ18	ㅃ28	ㅠ37	ㅙ47	ㅇ0018	ㄵ0028		8(0058)	인명 시작0073	repeat0087	H0118	R0128	0212	0222
ㅈ19	ㅉ29	—38	ㅟ48	ㅈ0019	ㄺ0029		9(0059)	인명 종지0074	&0088	I0119	S0129	0213	0223
ㅊ20		ㅣ39	ㅢ49	ㅊ0020	ㄼ0030		0(0060)	중문시작0075	장모음0089	J0120	T0130	0214	0224
Numeral				1	2	3	4	5	6	7	8	9	0
Kana Phonetic Sound				no	hu	ra	yo	tu	ro	na	ho	ki	re

** 미국방첩대. 지금의 CIA.

*** Office of Strategic Services(미 전략정보국)의 약자. OSS 특수요원들은 1945년 국내 진격을 계획했으나 작전에 임박하여 8·15해방을 맞아 무산되었다. 소수지만 조선인 남녀 대원들이 있었다. 그들의 임무가 무엇이었고 이후 어떤 활동을 했는지는 정확하게 알려지지 않았다.

호가 많았다면서 주희의 메모를 풀어주었다. 1543267은 '15 = ㅁ' '43 = ㅚ'를 합쳐 '뫼'가 되고, '2'는 가나 음소로 'hu', 영어의 'who'와 발음이 같다. '67'은 묵음. 연결하면 '산에 누가 있나'다. 나머지 문장은 둘만의 암호에 의한 것이다. 뒤의 다섯 숫자 '43267'을 앞의 다섯 숫자 '15432'의 순서로 재배열한다. 결과는 '47623'. 4는 가나 음소로 'yo' 7은 'na'다. 합치면 'yona'. 623은 묵음. 앞문장의 'hu'와 연결시키면 '누가 요나인가'가 된다. 'Yona'는 요나(Jonah) 같았다. 요나는 고래 뱃속에서 나오지 않았다는 성서 속의 인물. 심리학에서는 자신 안에 침잠해 밖과의 소통을 거부하는 심리 기제를 요나 콤플렉스(Jonah-complex)라고도 한다. 아마도 김종희는 연쇄 살인을 완성한 다음 서린을 비웃고 싶었던 모양이다. 요나는 대양을 누비지만 밀실에 갇혀 있는 현대인, 모든 것을 안다고 으스대지만 사실은 고래 뱃속밖에 모르는 허약한 지식인을 상징하기도 하니까. 하지만 정작 자신의 착각 속에서 왜곡된 인생을 살아온 것은 김종희였다.

기억을 되찾은 주희의 진술로 김종희의 개인사가 속속 밝혀졌다. 덕택에 서린은 하늘소에 대한 연구도 끝마칠 수 있었다.

어린 시절 김종희는 계속되는 폭력과 구타에도 불구하고 아버지를 존경했다. 할아버지는 독립운동가였고, 아버지는 나라를 위해 싸운 애국자였으므로. 대학에 들어가 베트남전의 이면을 알게 된 후에도 그는 아버지에 대한 연민의 정을 자주 표현했다고 한다. 아버지는 독립운동가의 자손이면서도 국가유공자가 되지 못했다. 참전의 후유증으로 몹쓸 병을 얻고도 보상받지 못했다. 박필례가 그를 오래 살리려 했던 데에는 복수 심리와 함께 보상 문제도 작용하지 않았을까. 그는 아버지가 역사의 희생자이며 그 원인은 왜곡된 역사와 정치에 있다고 굳게 믿었을 것이다.

중요한 것은 존경이 증오로 전환된 시점이다. 그 무렵 종희는 여동생과 동침했다. 강제인지 합의인지는 알 수 없다. 그 뒤 주희는 집에서 쫓겨난다. 사실은 마녀와의 계약 때문이지만 사정을 알 리 없는 종희는 모든 게 자신 때문이라 생각했을 것이다. 그러던 중 종희는 주희가 오랜 세월 동안 아버지의 '몸붙이'였음을 알게 된다. 증오는 그 순간 시작되었다.

서린은 주희의 고백을 토대로, 이후 두 사람의 동거가 단순한 동거가 아닌 사실혼 상태였음을 확인했다. 양아버지에 이어, 의붓오빠와 동침한 여자라니. 다행히, 정말 다행히 주희는 미치지 않았다. 종희가 대신 미쳤다. 아버지를 넘어, 역사와 사회 전체에 대한 복수를 결심한 게 이 무렵. 이 경우 초자아에 대한 증오와 복수의 양은 무의식에서 샘솟는 죄책감의 양과 비례하는 것이다.

내 잘못이 아니다. 아버지의 잘못이다. 그 이전에 사회와 국가의 잘못이다. 너희들이 온갖 부당한 법과 제도를 만들어 내 아내를 유린했다. 그러니까 너네들이 죽어줘야겠어. 유아는 부모의 성교 장면을 목격했을 때 외상을 입는 게 아니다. 그것이 금기임을 알게 될 때, 그것을 환기시키는 사건을 다시 경험할 때 각인된 기억을 외상으로 기입하는 것이다. 가장 나중 일어난 사건이 사실은 진짜 원인이다. 총알을 발사시키는 힘은 폭약에 있지만 폭약을 터뜨리는 것은 방아쇠인 것과 같은 원리다. 종희의 경우에도 감춰져 있던 폭력성에 방아쇠를 당긴 것은 가장 최근의 상처, 즉 여동생과의 동침이었다.

서린은 환상 자체도 원래 주희의 것이 아니라고 확신했다. 그것은 김종희의 머릿속에서 만들어져 주희의 무의식 속에 주입되었다. 그 다음은 쉽다. 내 것이 아닌, 너의 것이라고 믿어버리면 된다. 상대방을 믿게 만든 다음, 상대방의 믿음을 믿어버린 것이다. 덕분에 김종희는 자신을 위해서가 아니라 주희를 위해서, 더 나아가서는 주희로 대변되는 모든 민중들을 위해서 미션을 수행하고 있다고 생각할 수 있었다. 한 명의 역사학도로서 그는 자신의 상처를 역사에 투사함으로써 진짜 외상과의 대면을 피한 것이다.

  전생 환상이 환상이 아니라 사실이라 해도, 그것은 어디까지나 타인의 기억이다. 예전에 살았던 누군가의 기억을 소유하고 있다고 해서 그가 곧 나일 수는 없다. 사람은 끊임없이 죽어도, 어떤 기억들은 영원히 죽지 않고 살아남는가. 내 안에는 어떤 사람의 기억이 숨어 있을까.

  진실이건 아니건, 주희의 기억은 환상에 의해서 재구성될 수 있었다. 따라서 서린은 주희의 환상을 빼앗을 생각이 전혀 없었다. 돌이라도 보아뱀 뱃속이 차 있어야 코끼리가 안전하니까. 단, 안정된 상태를 유지하도록 객관화시킬 필요는 있었다.

  "이번 생을 통해 얻은 교훈이 뭔가요. 목소리들이 뭐라고 말하죠?"

  서린은 한 시간여에 걸쳐 주희의 전생 전편을 연속해서 회상시킨 다음 물었다.

  "오만이오. 오만을 가져서는 안 된다고 말해요."

  "오만? 그게 뭐죠?"

  "자기 자신은 남과 다르다고 생각하는 거요. 아무리 좋은 사상이나 종교를 가졌다 해도, 오만에서 벗어나지 못하는 한 인간은 행복하게 살아갈 수 없을 거예요."

"본인이 오만하게 살았다고 생각하나요? 아니면 오만하게 살았다고 생각되는 사람이 있나요?"

"그이는, 언제나 자신이 옳다고 생각했어요. 김일성 장군을 완벽한 사람이라 믿고, 그 사람처럼 되려고 노력했죠. 김일성 장군을 사칭하기도 했지요. 그는 자신의 사상과 이념을 지키기 위해서 무슨 일이든 할 사람이었어요. 하지만 김일성 장군을 그토록 존경하지 않았다면 그가 그토록 쉽게 다른 사람이 되지는 않았겠죠. 아버지를 그토록 존경하지 않았다면 어느날 갑자기 살인자가 되지도 않았을 거예요."

안혁의 이야기인 모양이었다.

"그이는 김일성 장군이나 자신은 신과 같은 존재라고 생각한 것 같아요. 그이는 타인을 자신의 의도대로 조종할 수 있다고 믿었죠. 나는 남들과 다르다는 생각. 그러니까 아무리 악한 사람이라도 자신의 능력으로 가르치고 교화시킬 수 있다는 생각. 하지만 그는 남들과 다르다는 바로 그 생각 때문에 그렇게 쉽게 자신의 목숨을 구해 혼자 달아날 수 있었던 거겠죠. 그는 너무나 훌륭해서 주변에 있는 대원들과 똑같이 죽을 수 없었던 거예요."

서린은 고개를 끄덕였다.

"그는 다른 사람들의 생각을 바꿀 수 있다는 자신의 생각이 오만임을 알게 되었죠. 그래서 그는 현생에서는 용서하지 말고 다 죽여야겠다고 생각한 거예요. 하지만 그는 현생에서도 한 가지 생각만은 버리지 못했어요. 너희들의 죄와 나의 죄는 같지 않다는 생각. 너희들은 틀렸고, 내 생각은 분명히 옳으니, 나의 죄는 죄가 아니라는 생각. 그게 오만이 아니면 뭐가 오만이겠어요. 그는 자신도 모르는 사이에 그들과 똑같은 사람이 되어가고 있었어요. 그래서 난 그를……, 도저히 그냥…….

주희가 눈에 눈물을 비쳤다. 서린은 더 이상 아무것도 묻지 않았다. 주희는 두 명의 남자를 살해했다. 한 명은 유아 강간범이고, 또 한 명은 연쇄 살인범이었다. 주희는 그들 때문에 평생을 끔찍한 고통에 시달렸다. 그런데 이제는 살인죄로 목숨까지 빼앗겨야 하나? 서린은 마음속으로 조용히 고개를 저었다.

서린이 주희와의 상담을 진행하고 있는 사이, 검찰은 김종희 체포에 관한 공식 발표를 했다. 김종희는 어렸을 때부터 베트남 상이군인인 아버지 밑에서 과도한 정신적 스트레스를 받았으며……, 20명이 넘는 각 분야의 중요 인물들을 암살할 계획을 갖고 있었으나……, 산으로 도피 중 군경의 포위망에 걸려 총격전 중 '사살'되었다. 암묵적인 거래였다. 주희는 건드리지 않을 테니, 너도 내가 무슨 말을 하든 입 다물라는 것이었다. 박 검다운 발상이었다. 서린은 아무 이의 없이 그의 제안을 받아들였다.

사건은 그렇게 마무리되었다. 주희에 대한 치료도 끝났다. 완전한 정상인이 된 주희는 자신의 자아와 평안한 잠을 되찾았으며 외국으로 가서 정착하겠다는 의사를 비쳤다. 아무도 자신을 모르는 곳에 가서 인생을 다시 시작하고 싶다는 것이었다. 서린은 주희의 새출발을 진심으로 축복했다.

박 검은 승진했다. 서린에게 전화해 '애국' 및 '우정' 따위를 운운

하는 일은 다시 없었다. 서린은 중산층 주부들의 공허를 위로해주는 본래의 직분으로 돌아왔다. 검찰에서 또 다른 연쇄 살인의 범죄 심리를 의뢰해왔으나 단호하게 거절했다. 킬러리스트 프로파일은 비공개용으로 분류되어 수많은 사건 파일 속에 묻혔다.

어느새 구정이 다가오고 있었다. 김종희와 함께했던 한 해가 덧없이 저물어가고 있었다. 참혹한 기억의 끝은 고요했다.

결(結)

매미 우는 소리, 참새 지저귀는 소리가 요란했다. 그 틈에 섞여 정체불명의 새 한 마리가 휘리리릭, 휘리리릭, 이상한 소리를 내며 울고 있었다. 메트로폴리탄 한가운데 무슨 새일까. 비둘기나 참새를 빼고 서울에서 새라는 걸 본 적이 없었다. 낙오된 희귀종? 새장에서 탈출한 구관조? 서린은 잠결에도 물음표를 자꾸 떠올렸다. 날아가는 새들을 바라보며 물음표 모양의 낙하산을 붙잡고 천천히 다시 잠 속으로 빠져들려는 찰나, 새들의 재잘대는 소리 사이로 전화기의 기계음이 끼어들었다. 커튼 사이로 스며드는 여름 햇살에 눈부셔하며 수화기를 들었다. 목소리를 듣자마자 짜증이 울컥 치밀어 올랐다. 잘 교육받은 사람의 정확한 영어 발음. 아버지였다.

레퍼토리는 똑같았다. 보고 싶다, 네가 연쇄 살인 하나를 해결했단 얘기 들었다, 그럴 거면 미국에 와라, 왜 스몰 타운—그는 항상 한국을 작은 마을이라 불렀다—에서 재능을 썩히냐, 고래는 큰물에서 살아야 한다……. 언제나처럼 보고 싶다, 로 시작해서 넌 미국인이다, 로 끝났다. 그는 내가 왜 한국에 왔는지 정말 모르는 것일까. 내가 결코 미국인이 될 수 없다는 것을?

전화를 끊고 나서 한동안 침대에 멍하니 앉아 있었다. 정수리에 손을 얹어 부스스한 머리를 흐트러뜨렸다. 보고 싶다는 말이 진심임은 알고 있었다. 하지만 타인을 이해하지 못하는 진심은 진심이 아니었다. 그 사실을 깨달을 때까지, 서린은 아버지를 볼 생각이 없었다.

시계를 보았다. 12시였다. 엄청나게 늦잠을 잔 셈이었지만 오늘은 휴일이라 괜찮았다. 8월 15일. 광복절이었다. 이후 수십 년간 미국 자본주의의 속국이 되기 위해 36년간의 일본 제국주의 지배로부터 해방된 날. 서린은 창고에서 먼지 쌓인 태극기를 꺼내 들었다가 심드렁한 표정이 되어 다시 그것을 잡동사니들 속에 처박았다.

샤워를 하고 나와 주방에서 아침 겸 점심으로 바비큐를 굽다 보니 주희의 팬케이크가 그리웠다. 공부는 잘하고 있을까. 잠은 잘 자고 있나. 지금쯤이면 말도 어느 정도 배우고 생활도 안정됐겠지. 어쩌면 남자친구도 생기지 않았을까. 켜놓은 TV는 보는 둥 마는 둥 거실 소파에 앉아 맛없는 고기 조각과 스크램블을 먹으며 서린은 주희 생각에 푹 빠져버렸다. 어쩐지 우스웠다. 20년을 함께 지낸 아버지도 그립지 않은데 고작 한 달여를 같이 산 여자의 근황이 궁금하다니.

주희는 유럽에 갔다. 벌써 반년이 지났다. 대한민국 검찰이 주희가 원하는 바대로 프랑스에서 요리 공부를 하게끔 백방으로 주선해주었다. 사실은 입을 막겠다는 박의 책략이었지만. 주희에게는 잘된 일이었다. 그런데 왜 연락이 없을까. 서린은 주희가 머물던 방에 가보았다. 책상 위에 올려진 박스를 열어보았다. 주희의 남긴 물건이 심심하게나마 차곡차곡 쌓여 있었다. 위에는 주희가 보낸 엽서들이 있었다. 5월달이 끝이었다. 처음에는 거의 매일 오던 것이 일주일에 한 번, 한 달에 한 번으로 되더니, 몇 달 전에는 아예 뚝 끊겨버렸다. 서린은 애인에게 이별 선언을 당한 것 같은 서운함을 느꼈다.

서린은 박스를 거실에 내왔다. 커피를 끓여 소파에 앉은 다음 박스 안의 물건을 하나 둘 꺼내 보았다. 바텐더가 된 뒤 줄곧 써왔다는 은색 지거는 서린에게 남긴 정표였다. 더 이상 필요 없다며 주고 간 푸세 카페 잔 여섯 개도 박스 구석에 신문지로 잘 싸여 있었다. 중앙에는 오빠에게 선물받았다는 빨간 구두 한 켤레. 그 밑에는 '산에 요나가 있다. 누가 요나인가' 라고 적힌 메모도 있었다.

바닥에는 줄리의 검은 원피스가 있었다. 서린은 그 원피스를 달라고 주희에게 어린애처럼 졸랐었다. 키득키득 웃으며 원피스를 꺼냈다. 샤워 가운을 벗고 입어보았다. 거실 벽에 달린 거울에 자신의 모습을 비춰보았다. 좀 크긴 했지만 모양이 그런대로 괜찮았다. 빨간 구두도 신어보았다. 유독 발이 작아 보이더라니. 공교롭게도 신발은 서린에게 딱 맞았다.

서린은 팔을 정확한 각도로 들고 거울을 향해 인사를 했다. 입으로 왈츠를 흥얼거리며 가상의 상대와 춤을 추기 시작했다. 보이지 않는 남자의 손을 잡고 한 바퀴 멋들어지게 회전한 다음 사선으로 스텝을 밟아나갔다. 그러다가 서린은 거울 앞에서 갑자기 멈춰 섰다. 거울에 비친 TV의 하단에서 '국회의원' '저격' 등의 단어를 발견했기 때문이었다.

　정규 방송이 중단되었다. TV는 공중에서 찍은 시청 앞 광장의 전경을 비추고 있었다. 오늘 8월 15일 오후 2시부터 반핵, 반북 단체 등이 모여 시청 앞 광장에서 개최한 광복절 기념행사에 참석한 ××당 ×××의원이 정체불명의 저격수로부터 저격당하는 사건이 발생……. 채널을 한번 더 돌렸다. 경찰들이 마구잡이로 빠져나가는 시민들을 통제하느라 애를 먹고 있었다. 남성 앵커가 시청 앞에 서서 똑같은 이야기를 반복하고 있었다. 곧 마네킹 같은 여성 앵커의 차분한 얼굴이 등장했다. 그녀의 이야기도 앞의 것들과 다르지 않았다. 또 돌렸다. 사망한 ×××의원의 약력이 화면에 소개되고 있었다. 예전에 조사해 이미 다 알고 있는 것들이었다. 전형적인 우파 정치인. 반전·반핵주의를 표방하면서 이라크 파병과 반북 외교를 가장 강하게 주장해온 자. 뉴스에서는 이번 사건에 대해 이슬람권은 물론 최근 북핵 문제로 국제적인 위기에 몰린 북한의 테러 가능성까지 언급하면서, 이에 대해 엄중한 조사가 필요하다고 주장하고 있었다. 서린은 자신도 모르게 표정이 차갑게 굳었다. 김종희의 노트가 떠올랐다. 수천 명의 일본군이 아리랑 돌림노래 앞에서 허망하게 무너지던 그 장면. 혹 이번의 총알은 한 명의 국회의원이 아니라 이 작은 분단국가의 공포심에 명중한 것은 아닌가.

　고개를 처뜨려 상자를 보았다. 적나라하게 속을 드러내고 있는 상자 안의 모든 것들이 변했다. 주희의 정표는 빛바랜 쇳조각이 되어 있었다. 여섯 개의 잔은 금방이라도 깨어져 날카로운 사금파리로 흩어질 것 같았다. 엽서에 적힌 글씨는 스스로 재배열되어 전혀 다른 의미의 문장들을 만들어냈다. 조화롭게 정리된 줄 알았던 찬장 안의 물건들은 사방에서 아우성치며 들들거렸다. 하지만 한 차례의 진동과 울림이 지나갔을 때 그 모든 것들은 뻔뻔스럽게도 그 자리에 그대로 변함없이 놓여 있었다.

서린은 커피를 마시려다가 잔을 엎었다. 커피가 테이블 위를 흘러 카펫을 검붉은 빛으로 물들였다. 서린은 카펫을 물끄러미 굽어보다 몸을 부르르 떨었다. 머릿속에 있던 큐빅이 회전하기 시작했다. 여섯 가지 색으로 질서정연하게 정렬된 줄 알았던 기억들이 서로의 면을 제멋대로 침범했다. 그것이 멈추었을 때 육면체의 한 면을 이루는 아홉 개의 조각들은 도저히 다시 맞출 수 없을 것처럼 형편없이 뒤섞여 있었다.

만약 환상이 아니라 사실이었다면 어떻게 되나. 김설희가 실제로 존재했던 인격이라면? 그렇다면 누가 김설희를 잠 속에서 깨웠나. 누가 억압받고 고통받은 세월을 기억시키고, 테러리스트의 노련한 기술을 되찾아주었나. 김종희는 하지 않았다. 자신이 했다. 자신이 김종희가 밀봉해놓은 판도라 상자를 열었다. 김종희에게 범죄심리학자는 동반자였던 것이다. 전생의 출구와 현생의 입구를 이어줄 영매. 한 연쇄 살인의 마침표를 찍고 다음 연쇄 살인의 방아쇠를 당겨줄 사람. 그렇다면 왜 아직 살아 있지? 임무가 끝났는데 왜 죽이지 않지? 서린은 거실을 이리저리 서성이다가 고개를 끄덕였다. 김종희의 편집증 속에서 서린은 모든 일의 시초였다. 마지막이 곧 처음이라면, 처음은 반드시 마지막이 되어야 했다. 서린은 두 번째 연쇄 살인의 첫 번째 죄인으로서 가장 나중에 제거될 것이었다.

TV를 껐다. 머릿속이 요란스러웠다. 수많은 단어들이 벌떼처럼 날아다녔다. 서린은 그중에서 '오만'이란 놈을 잡았다. 수백 개의 침들이 몸을 찔러대는데도 놓지 않았다. 김주희가 오만을 두고 뭐라고 했었나. 이쪽은 옳으니, 이쪽의 죄는 정당하다? 그래, 오만. 모든 것을 알면서도 그녀의 죄를 사한 것. 그게 요나의 죄였다.

서린의 얼굴은 노인의 그것처럼 잔뜩 이지러졌다. 금방이라도 울음을 터뜨리거나 비명을 질러댈 것 같은 표정이었다. 그러나 서린은 곧 입꼬리를 뺨 쪽으로 바짝 끌어당기고 웃었다. 오만의 벽을 넘은 것은, 자신뿐만이 아니라는 사실을 깨달은 때문이었다.

서린은 테이블 위에 놓여 있는 자동차 키를 잡았다. 검은 드레스와 빨간 구두를 신은 채 밖으로 나왔다. 참새와 매미 소리가 여전히 시끄러웠다. 이상한 새소리는 더 이상 들리지 않았다.

죽이는 자와 죽임당하는 자

이현우

"우리는 어디서 왔는가? 우리는 누구인가? 우리는 어디로 가는가?" 폴 고갱의 유명한 작품(1897)의 제목이다. 이 물음의 연쇄는 한편으론 미국 FBI 심리분석관이자 범죄 심리전문가 로버트 레슬러가 살인범들과의 면담 때마다 주제로 삼았던 질문이었다. "나는 이들이 살인마가 된 계기가 무엇인지 알아내서 살인범의 심리를 이해하고 싶었다"라는 게 그의 고백이다.

레슬러는 '연쇄살인범(Serial Killer)'이란 용어 자체를 처음 사용한 장본인이자 '범죄 심리분석', 즉 '프로파일링(Profiling)'의 창안자이다. 그런 만큼 그의 물음들을 연쇄살인범 '김종희'에 관한, 작가 노희준의 야심에 찬 소설 〈킬러리스트〉를 읽으면서 가장 먼저 떠올려보는 건 자연스럽다. "그는 어디에서 온 것일까?" 이 물음은 우리를 곧장 작중에서 범죄 심리분석가로 등장하는 서린의 위치로 데려다놓는다. 그리고 그것이 이야기의 시작이었다.

 "한번 해보자. 우리 식대로 해서 훨씬 더 훌륭하게 해내는 모습을 보여주자고." 근 3년 만에 통화를 하면서 박검사는 청소년 범죄 심리를 전공한 서린에게 살인용의자의 여동생 김주희에 대한 심리분석을 부탁한다. 마찬가지로 내가 이 작품에 대한 해설을 맡게 된 것도 한 통의 전화를 받으면서였고 나는 얼떨결에 서린보다는 쉽게 응낙했다. 물론 '훌륭하게 해내는 모습'은 상상하지 않았다. 그저 '한번 해보지'라는 생각에서였다. 그리고는 작품 파일이 날아왔다. 제2회 문예중앙 소설상 수상작 〈킬러리스트〉이었다(내가 받은 원고의 제목은 '기워진 소녀'였고, 파일명은 '붉은 사슬'로 돼 있었다. 작가가 붙인 제목들의 이력은 이 작품의 초점이 미묘하게 변화해왔음을 말해준다).

 그리하여 내가 맡은 역할을, 나는 마치 프로파일러의 그것처럼 상상해보았다. 범행현장을 분석해 범인의 성격, 행동, 직업 등을 좁혀주는 것, 수사를 지원해주는 것이 프로파일러의 몫이라면 작품의 메시지를 해설하거나 해독하여 독자에게 전달해주는 것이야말로 프로파일링과 같은 일 아닐까? 이 경우에 '범인'은 '작가의 의도'라고 해도 좋고 '작품의 의미'라고해도 좋겠다. 해설로서의 비평은 작품(이라는 범행현장)을 판독하여 작가/작품의 의도와 성격과 의의 등을 일반 독자-수사관들이 좁혀서 파악할 수 있도록 지원/협조해주는 일이며 바로 그런 점에서 해설자는 정확하게 프로파일러에 대응한다. 게다가 〈킬러리스트〉는 이미 제목이 시사하는 바대로 연쇄살인범을 추적해가는 추리소설이 아닌가.

"프로파일러는 여러 범죄에서 어떤 패턴을 찾아내어 범죄자의 성격을 가늠하려고 시도하며, 프로파일링 작업은 사실을 토대로 분석적이고 논리적인 추리과정을 거친다. 우리는 '무슨 일이 발생했는지'에서 정보를 수집하고, 이를 통해 '왜 사건이 발생했는지' 알아낸다. 그리하여 이런 정보들을 이용해서 아주 간결하게 범인을 묘사한다. 즉 '무엇'과 '왜'를 합쳐 '누군가'를 찾아내는 것이다."(로버트 레슬러, 〈살인자들과의 인터뷰〉)

레슬러의 방식을 따르자면, 가장 먼저 해야 할 일은 '무슨 일이 발생했는지'에 대한 개요를 파악하는 것이겠다. 〈킬러리스트〉의 '범행현장'에 갓 도착한 독자-수사관들이 책장을 열어젖히자 발견하게 될 목차, 곧 이 '작품의 지도'에는 모두 11개의 장제목이 적혀 있다. 당신이 조금 세심한 편이라면 작품을 읽기 전이라도 이러한 구성 자체가 세밀한 계획하에 고안되었다는 사실을 눈치 챌 수 있을 것이다. 그것을 암시해주는 것이 2장 '빛 속의 잠'과 10장 '잠 속의 빛'이라는 제목이다. 그 두 제목은 거울상적인 관계에 놓여있다. 마치 르네 마그리트의 그림 〈데칼코마니〉(1966)에서처럼 서로 겹치면서 반복되고 또 변주되는 것이다.

그리고 거기서 좀 더 나가면 구성상으로 이 작품이 정확하게 6장을 중심으로 하여 접힌다는 것도 알 수 있을 것이다. 다르게 말하면, 그 접면에 해당하는 제6장 '믿는 자와 믿지 않는 자'가 이 작품의 핵심에 놓이며 그 제목 자체가 '믿는 자/믿지 않는 자'라는 거울상적인 반복과 변주에 기초하고 있다. 그렇다면, 무엇을 믿고 무엇을 믿지 않는다는 말인가?

여기서 잠시 상기해둘 것은, 아마도 독자-수사관들이 책의 표지와 광고 등을 통해서 사전에 알게 될 사실인바, 〈킬러리스트〉가 연쇄살인범에 관한 소설이면서 동시에 항일빨치산에 관한 소설이라는 점이다. 이렇듯 전혀 별개일 것 같은 두 가지 이야기가 김종희/김주희 남매를 매개로 병치/교차되고 있는 것이 이 소설의 독특함이다. 그 이질성을 작가가 '킬러리스트'라는 말로 봉합하는데, 이 작품에서 '킬러'인 김종희는 한편으로 항일빨치산의 유업을 계승한 '테러리스트'이기도 하며 그 두 가지 정체성을 압축적으로 표현해주는 말이 '킬러리스트'라는 신조어이다(사실 김종희라는 캐릭터 자체가 전무후무하다).

연쇄살인범(킬러)가 등장하는 이야기에서 초점은 자연스레 두 가지로 모아진다. '누가 죽이는가', 그리고 '왜 죽이는가'. 그런데, '누가 죽이는가'는 이미 작품의 서두에서 살인용의자 김종희란 이름으로 제시된다. 아예 박검사는 김주희를 부탁하면서 서린에게 이렇게 말한다. "그러니까 네가 적임자지. 살인자의 동생을 맡아달라는 거니까. 어린 시절에 문제가 있거든." 그리고 이 '살인자'라는 예단은 반전되지 않는다. 그 행방만이 묘연할 뿐이다. 그렇다면, '누가 죽이는가'는 사실 이 작품에서 덜 중요하다고 말할 수 있다. 그보다 더 중요한 것은 '왜 죽이는가'이다. 즉, '킬러'보다 더 중요한 의미를 갖는 것은 그의 '리스트'이다.

당연한 일이지만, 작품에서 독자=수사관이 동일시하게 되는 서린의 프로파일링도 그 주된 초점은 그 살인 '리스트'가 어떻게 구성되는 것이냐에 맞춰진다. 그리고 '이중스파이 김설희'라는 자신의 전생에 관한 김주희의 놀랄 만한 진술을 통해서 밝혀지는 바는 'S대 사학과'를 중퇴한 '운동권 출신'의 오빠 김종희가 1930년대 만주의 항일빨치산과 자신을 동일시하고 있다는 사실이다(그는 항일빨치산의 환생이다!). 김주희의 전생 기록을 근거로 하여 서린은 자신이 프로파일링한 내용을 아래처럼 도표화해놓은 바 있다.

현생의 인물	아버지	노교수	사진작가	복지사업가	386 재벌	IMF 재벌
전생의 인물	일본군 소좌	김석원	최달성	가와무라	경성도 사내리	중국인 지주
죄목	피해자로서 가해자가 된 죄	조선인으로 일본인의 편을 든 죄	민중의 권력을 사적으로 이용한 죄	은혜를 베푸는 척 이용하고 착취한 죄	변절하고 사리사욕을 채운 죄	나라를 팔아 먹은 죄

그리하여, 박검사의 말을 빌면 "지리산 빨치산도 아니고 듣도 보도 못한 북한산 빨치산"이 김종희의 정체이자 그가 스스로에게 부여한 역할이다. 이 '듣도 보도 못한 빨치산'의 존재를 당신은 믿을 수 있는지? 여기서 선택지는 두 가지이다. 믿는 자와 믿지 않는 자. 만약 믿지 않는 자의 편에 선다면, 문제는 '어린 시절'이다. 그리고 '네 개의 이름을 가진 여자' 김주희는 흔히 말하는 '다중인격자'이다. 이 다중인격(혹은 해리성 주체성 장애)의 발생논리는 무엇인가?

"한 명의 인간은 하나가 아니다. 모든 인간은 여러 개의 '나'로서 살아간다. 여러 개의 나는 인간 생존의 전제다.(……) 한 명의 인간이 수십 개의 원환을 가지고도 미치지 않고 살아갈 수 있는 것은 일시적인 중심, 즉 '주체의 고정점'을 가고 있기 때문이다. 조금만 연습하면 몇 초 안에 전체 그림을 안정시키면서 자아를 이동시킬 수 있다. 어떤 사람들에게는 가면을 바꿔 쓸 능력이 결여돼 있다. 그들의 상당수는 정신병원에 갇히거나 통제 불가능한 범죄자가 된다."

그러니까 다중인격자는 '주체의 고정점'을 갖고 있지 않은 경우이며, 정신의학자들에 따르면 이러한 인격구조의 장애는 보통 아동기 혹은 사춘기에 받았던 육체적, 성적 학대, 근친상간 등의 정신적 외상에서 비롯된다. 다중인격 형성의 메커니즘으로 네 가지 인자론이 있는데(와다 히데키, 〈다중인격〉), 우선 제1 인자는 정신적 외상으로 인한 해리 발생이나 자기최면 경향과 같이 해리를 발생시킬 수 있는 잠재성이다. 제2 인자는 자아가 적응적인 기능으로는 도저히 대처할 수 없을 정도로 압도적인 경험을 겪는 것이다. 제3 인자는 해리에 의해서 어떤 인격 상태를 형성할 수 있는 기반이다. 그리고 제4 인자는 중요한 타인이 자극으로부터 보호해주는 경험이나 회복시켜주는 경험을 충분히 제공하지 못하는 것이다. 다중인격은 이 네 가지 인자가 모두 갖춰질 때만 발생하게 되는데, 아동학대 경로에 따른 다중인격은 이것을 모두 만족시키는 전형적인 해리성 주체성 장애이다.

김종희와 김주희의 외상적 원체험도 이 범주를 벗어나지 않는다. 그리고 그 점이 마지막장에서 서린이 두 인물에 대해 정리해주는 바이다. 즉, 고아로서 12살에 입양된 김주희는 밤마다, 월남전에 참전한 바 있는 늙은 양부 김종주로부터 성적 학대와 근친상간의 대상이 된다(양모는 '마녀'로 지칭된다). 그리고 김종희는 어린 시절 계속되는 폭력과 구타에도 참전용사, 곧 애국자인 아버지를 존경했었지만 대학에 들어가서 베트남전의 이면을 알게 된 이후에는 그에게 연민을 느끼게 된다. 하지만 자신이 동침하게 된 의붓동생이 오랜 세월 동안 아버지의 '몸붙이'였다는 걸 알게 되면서 그 연민은 증오로 바뀌며 결국은 아버지를 살해한 여동생의 죄를 자신이 덮어쓰고서 더 나아가 역사와 사회 전체에 대한 복수를 결심한다.

그렇다면 김종희의 행동은 '김종주(아버지)-김종희(나)-김주희(엄마)'를 세 구성항으로 하는 전형적인 오이디푸스 콤플렉스의 구도에 기입될 수 있을 것이다. 서린의 분석에 따르면, 부친살해라는 그의 기본적인 욕망, 혹은 폭력성에 방아쇠를 당긴 것은 여동생과의 동침이라는 외상이었다. "한명의 역사학도로서 그는 자신의 상처를 역사에 투사함으로써 진짜 외상과의 대면을 피한 것이다." 그리고는 자신의 시나리오에 따라 동생 김주희에 의해 살해당한다. 이것이 서린이 내린 프로파일링의 결론이다.

물론 검찰의 공식발표는 이러한 외상적 실재를 '현실'의 코드에 맞게 번안한다. "김종희는 어렸을 때부터 베트남 상이군인인 아버지 밑에서 과도한 정신적 스트레스를 받았으며……, 20명이 넘는 각 분야의 중요인물들을 암살할 계획을 갖고 있었으나……, 산으로 도피 중 군경의 포위망에 걸려 총격전 중 '사살'되었다." 사건은 그렇게 마무리된다.

하지만, 만약에 김주희 전생이야기가 환상이 아니라 사실이라면? 그래서 우리가 '듣도 보도 못한 빨치산'의 존재를 믿는 자의 편에 서게 된다면? 우리도 서린처럼 "머리속에 있던 큐빅이 회전하기 시작"할지 모른다.

"만약 환상이 아니라 사실이었다면 어떻게 되나. 김설희가 실제로 존재했던 인격이라면? 그렇다면 누가 김설희를 잠속에서 깨웠나. 누가 억압받고 고통 받은 세월을 기억시키고, 테러리스트의 노련한 기술을 되찾아주었나. 김종희는 하지 않았다. 자신이 했다. 자신이 김종희가 밀봉해놓은 판도라 상자를 열었다. 김종희에게 범죄 심리학자는 동반자였던 것이다. 전생의 출구와 현생의 입구를 이어줄 영매. 한 연쇄살인의 마침표를 찍고 다음 연쇄살인의 방아쇠를 당겨줄 사람."

   그리고 바로 이 지점에서 프로파일러로서의 서린의 위치는 독자가 아닌 작가, 혹은 작가 대행자의 위치와 겹치게 된다. '그는 어디에서 온 것일까?' 란 물음이 종결되는 지점에서 이어지는 연쇄적 물음은 서린으로서의 작가 '그는 누구인가?' 이기 때문이다. '김설희' 를 잠에서 깨움으로써 억압받고 고통 받은 세월을 기억시키고, 김종희에게 테러리스트의 노련한 기술을 전수한 바로 그 사람 말이다. 나는 다시 원고의 맨 첫 장으로 되돌아간다. 그리고는 서린이 검찰측에서 제공해 준 서류들을 열어보듯이 수상작 발표지면에 실린 작가의 수상소감을 같이 읽어본다.

   서린이 김주희를 면담하듯이 작가를 면담할 수는 없기에 서면으로 대체한 이 '면담' 에서, 작가는 시작부터 기대보다 훨씬 많은 이야기를 들려준다. "예전에 누군가가 나의 전생이 일본군과 항일군 사이를 오가던 이중 스파이-그것도 여성이란다-라더라. 역추적을 해서 정말 그런 인물이 있으면 장편을 써보리라 했었다." 그렇게 해서 찾아낸/고안해낸 인물이 '김설희' 이며 이 작품 〈킬러리스트〉는 '이중스파이' 였다는 작가의 '전생' 에 관한 소설이다. 그리고 그 시작은 믿거나 말거나 누군가의 전생 이야기였던 것이다!

   "이 책 저 책을 읽다 보니 이중 스파이야 얼마든지 찾을 수 있었지만 소설이 될 만한 일명 '꺼리' 가 많지 않더라. 그러다가 발견했다.

중일전쟁 때 일본군에게 삼광(三光)당한 중국인 시체, 한국전과 베트남전에서 학살당한 양민들의 시체, 1980년 광주에서 죽어간 시민들의 시체가 비슷한 모습을 하고 있다는 것을. 알고 보니 아는 사람들은 다 알고 있는 구태의연한 사실인 것을, 나는 서른세 살이 되던 해 봄에, 그것도 도서관에서 겨우 알았다."

작년 2005년에 출간된 첫 소설집 〈너는 감염되었다〉의 속표지에 실린 프로필을 보면, 작가는 1973년 서울 출생이고, ××대학교 국어국문학과의 박사과정을 수료했으며 1999년에 등단한 것으로 돼 있다. 소설집에 묶인 단편들을 부랴부랴 읽으며 내가 추정해볼 수 있었던 것은 이미 표제에서 시사되고 있는 것이지만 작가가 컴퓨터를 능숙하게 다룰 줄 안다는 것과 바텐더 경험이 있으리라는 것 등이다(〈킬러리스트〉와 비슷한 시기에 씌어졌을 것으로 추정되는 여러 단편들에서 이 작품의 모티브들을 찾아볼 수 있지만 여기서는 다루지 않겠다). 더불어, '사회역사적 상상력'으로 승부를 거는 작가는 아니라는 것.

작가가 자신의 전생, 곧 이중스파이를 소재로 한 소설을 구상하다가 도서관에서 발견한 '구태의연한' 사실이란 무엇인가? (1)중일전쟁 때 일본군에게 살해당한 중국인 시체, (2)한국전과 베트남전에서 학살당한 양민들의 시체, (3)1980년 광주에서 죽어간 시민들의 시체, 이 세 종류의 시체들이 모두 비슷한 모습을 하고 있다는 것이다. 가령 김종희가 베트남전의 양민학살에 대해 울분을 토하면서 김주희에게 들려주는 바에 따르면 "여자들은 유방을 도려내어 죽이고, 아이들은 토막 내서 불구덩이에 던져 넣었대. 임산부의 배를 갈라…, 아직 다

자라지도 않은 애를 총창으로 찔러 죽였대."가 그 '비슷한 모습'이다.

거기에서 착상을 얻은 작가는 "몇몇 시체들을 골라내어 시체 검시관에게 보이면 단박에, '이건…… 연쇄 살인범의 소행인데요' 할 것만 같았다. 이 소설은, 이런 다소 엉뚱한 생각에서 시작된 것이다"라고 고백한다. 이것이 "타임머신을 타고 70여 년 뒤의 서울에 도착한 빨치산 대원 안혁(김종회)"이란 구상의 탄생 지점이자 2000년대 연쇄살인범과 1930년대 항일빨치산이 겹쳐 놓이게 된 이유이다. 하지만, 그렇다고 해서 이 작품의 의의를 '추리소설'(대중성)에서 '역사소설'(진정성)로 관심이 옮겨간다거나 혹은 이 둘을 모두 아우르고 있다는 데서 찾을 수 있는 것은 아니다. 그건 구태의연하다.

우리가 주목할 필요가 있는 것은 이 작품의 대칭적/반복적 구조이며 '살인지도'로 시작된 이 작품의 마지막장이 '자동무한반복시스템'이란 일종의 도돌이표 같은 제목을 달고 있는 점이다. 바로 이러한 형식과 구성 자체가 '아는 사람들은 다 알고 있는' 작가적 세계관과 연결되는 것이 아닐까? 그러한 세계관을 풀어서 말하자면, 예컨대 김주희의 전생이야기에서 빨치산에 이중스파이로 잠입한 김설희가 잠을 잘 때도 총을 꼭 껴안고 자고 조금만 기척이 있어도 벌떡 일어나는 동료 빨치산 임순례의 가혹한 생존담을 듣고서 갖고 되는 생각에 상응하지 않을까?

"나는 그녀의 말을 다 알아들었다. 그녀가 빨치산에 참가한 이유도 얼마든지 이해했다. 그녀의 말대로 세상은 둘이었다. 하지만 세상에는 사회주의자들이 말하는 부르주아니 프롤레타리아니 하는 것보다 더 큰 나뉨이 있었다. 무력을 가진 자와 가지지 못한 자, 죽이는 자와 죽임당하는 자가 그것이었다."

여기서 김종희/김주희/김설희는, 혹은 이들의 배후에 놓여있는 작가는 먼저 임순례의 말을 빌어서 "세상은 하나가 아니라 둘"이라고 공언한다. 세상이 둘이라는 말은 어떠한 '사회적 관계'도 불가능하다는 것을 뜻한다. 왜 불가능한가? 한 사회를 구성하는 두 항의 적대성이 어떠한 경우에도 해소되지 않기 때문이다. 가령, 사회주의자들에 따르면 부르주아와 프롤레타리아 사이의 계급적 적대는 어떠한 경우에도 해소불가능하다. 흥미로운 것은 이 작품에서 그러한 불가능성이 조금 다른 차원에서 제기된다는 것이다. "무력을 가진 자와 가지 못한 자", 곧 "죽이는 자와 죽임당하는 자"의 대립이 그것이다.

작가도 중일전쟁을 한 가지 예로 들고 있지만, 가령 최소한 중국인 30여만 명이 일본군에게 잔악하게 학살당한 것으로 추정되는 1937년

12월 '난징의 강간'의 한 자료사진은 죽이는 자와 죽임당하는 자의 적대가 어째서 화해/해소 불가능한 것인가를 있는 그대로 보여준다. 한데, 여기서 〈킬러리스트〉의 작가가 도출하는 결론은 "그러므로 서로 죽이지 말자"라는 휴머니즘이 아니다. 작품을 그렇게 읽는 것은 특정한 '사회적 악'을 제거함으로써 공공의 안녕을 회복하고 사회

적 질서를 유지한다는 박검사쪽 시각에 서는 것이리라. 대신에 그러한 학살을 역사 속에서 항상적으로 반복되어온 사실로 직시하면서 그가 제시하는 결론은 "그러므로 사회는 없다"라고 하는 보다 '급진적인' 것이다.

장르소설의 외피를 쓰고는 있지만 노희준의 〈킬러리스트〉는 바로 이 불가능성에 관한 소설로 다시 읽을 수 있다. 그리고 그 불가능성이 암묵적으로 전제하는 바는 사회란 언제나 일정수의 구성원들이 죽어나가줘야 유지된다는 것이다. 이것은 '시스템'이며, 작품의 말미에서 '자동무한반복시스템'이 암시하는 건 다른 게 아니다. 하지만, 이건 너무 과격한 주장이 아닐까? 진실은 언제나 우리에게 거북하기 때문이다. 열 손가락 깨물어서 안 아픈 손가락 있다고 말하는 것처럼. 나는 추리소설이란 형식이 이러한 진실을 유도하면서 한편으론 무마하기 위한 작가의 방책이 아닌가라고 생각한다.

사회적 적대관계의 불가피한 산물(과잉)로서의 죽음을 정당화하는 명분이 바로 '이데올로기'라면, 이 작품에서 연쇄살인범을 추적하는 추리소설이란 형식 자체가 정확히 이데올로기에 상응한다. 따라서 "나는 민족주의자가 아니다. 빨치산 어쩌고저쩌고 했지만 좌파도 아니다. 그런데 언젠가 누가 뭘 쓰고 싶냐기에 이데올로기에 대해 쓰고 싶다 했더니 비웃더라."는 작가의 고백은 액면 그대로 읽을 필요가 있다. 적어도 이 〈킬러리스트〉에서 이데올로기는 '민족주의'나 '빨치산' 혹은 '좌파'와 무관하기 때문이다. 작가는 단지 '이데올로기로서의 추리소설'을 고안해냈을 따름이다. 이 이데올로기적 형식으로서의 추리소설은 빨치산이야기를 통해 잊혀진 역사적 희생을 환기시킴과 동시에 그것을 정당화한다. 연쇄살인범이야기가 빨치산이야기화되는 만큼 그 반대로 빨치산이야기가 연쇄살인범이야기화 되는 것이기에 그러하다.

그러한 틀거리 속에서 이 작품의 진리주장은 어떻게 재구성될 수 있을까? 이미 지적한 대로 이 작품의 정중앙 접면이자 핵심에 해당하는 6장의 간삼봉 전투 장면을 살펴보자. 간삼봉 전투는 1937년 6월 30일 빨치산 2사와 4사, 그리고 6사 연합군 400명(혹은 600명)이 조선인 장교 김석원(혹은 김인욱)이 이끄는 함흥 74연대 약 2000명의 빨치산 토벌대를 맞아 '괴멸적인 타격'을 입힌 전설적인 교전이었고 김일성이란 이름을 조선 국내에 각인시키게 된 전투였다(와다 하루키, 〈김일성과 만주항일전쟁〉). 즉, 항일빨치산투쟁사의 기념비적인 전투 가운데 하나이며 조선민주주의인민공화국의 '건국신화'의 한 대목이다.

아마도 작가가 이 작품에서 가장 많은 공을 들였을 법한 이 간삼봉 전투 장면의 묘사는 빨치산의 아리랑 합창이 승전의 원동력이 되는 것으로 마무리되지만 몰려드는 일본군에 대한 다음과 같은 진술은 곧바로 '빨치산'과 '사회주의국가'라는 이데올로기에도 적용되는 것이 아닐까?

"일본군에게 퇴각이란 없었다.(……) 앞으로도, 뒤로도 갈 수 없게 된 자들은 영웅이 된다는 생각에 최면처럼 빨려 들어갔다. 하지만 스테이시(捨石)는 영웅이 될 수 있는가? 아니다. 스테이시는 스테이시일뿐이다. 나는 사석이 될 수 없었다. 나에게는 원수를 갚기 위해 일본을 선택했을 뿐이다. 야마도(大和) 정신 따위는 믿지도 않았다. 전체를 위해 개인을 희생하라. 하지만 힘 있고 귀한 자는 전체를 위해 마지막 순간까지 보호받았다. 야마도는 소수를 지키기 위한 거짓말이었다. 야마도는 그러나 허상이 아니었다. 적어도 적들이 전, 좌, 우 삼면에서 벌떼처럼 밀려들어오는, 이곳 전장에서는 현실이었다."

이 '전장의 현실'이란 건 '죽이는 자와 죽임당하는 자'의 현실이다. 거기서 이데올로기적 명분은 한갓 거짓말에 지나지 않으며 중국과 일본과 한국, 그리고 베트남 등과 같은 '국가' 또한 그러한 현실의 추상화일 뿐이다(문제는 시체들이다!). 따라서 이 작품의 긴장은 현생과 전생 사이의 간극이나 연쇄살인범과 항일빨치산 사이의 시공간적 거리에서 발생하는 게 아니라 사회적 관계의 불가능성이란 작가적 세계관과 (빨치산소설을 껴안고 있는) 추리소설이란 형식 사이에서 삐져나온다. 이 소설이 명쾌한 추리소설적인 마무리에 머뭇거리면서 마지막이 다시 처음이 되는 '자동무한반복시스템'으로서의 '살육의 역사'에 계속 눈길을 던지도록 하는 이유일 것이다.

이제 나의 몫을 챙겨야겠다. 이 작품에서 나의 마음을 움직인 건 간삼봉 전투의 아리랑도 김종희의 엽기적인 연쇄살인도 아니었다. 대신에 아이를 업은 빨치산 임순례였다. 일본군에게 포위된 상태에서 남편마저 옆에서 죽어간 그녀에게 '아새끼가, 혁명인가'란 물음이 던져진다. 그런데, 그녀에겐 어렵사리 구한 '재봉바늘'이 있었다.

"살아나가려면 지금 달아나야 했다. 애를 업은 채로 적의 포위를 벗어날 방법은 없었다. 그녀의 품속에는 어렵게 구한 재봉바늘이 있었다. 부대에 있었던 마지막 바늘은 지난달 부러졌다. 수많은 대원들이 아직까지 여름옷을 입고 있었다. 손바느질로는 도저히 몇 백 명 병사들의 솜옷을 기간 내에 누빌 수 없었다. 만약 이 물건이 전해지지 않으면 수많은 대원들이 얼어 죽을 것이었다. 그녀는 다시금 생각했다. 아새끼가, 혁명인가."

그녀는 이를 악물고 "죽창처럼 삐죽삐죽해진 마음으로" 격발기를 당겨서 아이를 제 손으로 쏘아 죽인다. 이 대목이 마음을 움직인 것은 어머니로서 아이를 죽인 그녀의 행위에서 죽이는 자는 곧 죽임당하는 자이기 때문이다. 즉, 그녀는 아이를 죽임과 동시에 그녀 자신을 죽였다. '그 두로' 어떻게 되었겠는가?

"그 두로는 바늘로 우티르 이래 쿡, 쿡, 띠르고 있을 적에느……."
그녀의 목구멍에서 컥, 소리가 났다. 그녀는 손가락이 바늘에 찔린 줄도 모르고 피 묻은 손으로 입을 틀어막았다. 입이 막히자 코가 샜다. 코마저 닫아버리자 이번에는 눈이 터졌다. 눈은 아무리 닫아도 흘러내리는 눈물을 막지 못했다. 눈꺼풀이 내려올 때마다 눈물이 닭똥만한 크기로 뚝, 뚝, 떨어졌다. 나는 그녀를 달래지도, 그녀와 함

께 울지도 못했다. 나는 그녀가 총을 꼭 껴안고 자는 이유를 그제야
알았다. 그것은 죽은 아이의 대신이었다.

"내래 남뎡이고 아들이고 홀다 잡은 간나가 뭐이 넘톄가 있어 목
숨을 아끼갓나. 하지만 네는 달라, 반다시 살아 달라우. 반다시 살아
서, 됴흔 남뎡도 만나고 씩씩한 스나도 나아서, 내 대신 됴흔 세상을
꼭 보아 달라우."

혹 '역사'는 이 소설에서 가장 감동적인 이 한 문단에 집약돼 있는
게 아닐까? 이 빨치산 아낙의 비극적인 삶에 체현돼 있는 게 아닐까?
에둘러 갈 것도 없이 "반다시 살아서, 됴흔 남뎡도 만나고 씩씩한 스
나도 나아서, 내 대신 됴흔 세상을 꼭 보아 달라우."가 바로 그 역사
의 정언명령이 아닐까? 더불어 "나는 그녀를 달래지도, 그녀와 함께
울지도 못했다"가 바로 살아남은 자의 염치이자 최소한의 예의가 아
닐까? '우리는 어디로 가는가?' 궁금할 때마다 목숨을 아껴 '반다시
살아서' 역사의 바늘로 손가락을 쿡, 쿡, '찔러볼' 일이다.

노희준 장편소설

킬러리스트

초판 1쇄 발행 2006년 12월 26일
　　2쇄 발행 2007년　2월　5일

지은이 | 노희준

발행인 | 최동욱
총편집인 | 이헌상
편집인 | 김우연
편집 | 김민정 · 백다흠
펴낸 곳 | 랜덤하우스코리아(주)
주소 | 서울시 강남구 삼성동 오크우드 호텔 별관 B2
내용문의 | 02-3466-8846
홈페이지 | www.randombooks.co.kr
인쇄 | 미래프린팅

등록 | 2004년 1월 15일 제 2-3726호
값 9,800원

ISBN 978-89-255-0461-2